浙江省"十一五"重点建设教材

高等院校精品课程系列教材·省级

C语言程序设计与实践

凌云 吴海燕 谢满德◎编著

The Programming

and Practice in C

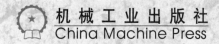

机械工业出版社
China Machine Press

本书由浅入深地讲授了 C 语言程序设计的技术与技巧。首先，介绍了 C 语言的基础语法知识；其次，通过项目开发全过程的全方位指导，从需求分析、算法设计到程序编写和过程调试，以项目实训的形式引导和帮助学生解决实际问题，提高学生解决具体问题的能力，并对程序设计竞赛中的常见算法及其应用进行了介绍；最后，介绍了编程风格与程序调试方法。

　　本书内容齐备、自成一体，可作为计算机及相关专业的本科或专科教材，也可以作为信息类或其他相关专业的辅助教材。

图书在版编目（CIP）数据

C 语言程序设计与实践／凌云，吴海燕，谢满德编著 . —北京：机械工业出版社，2010. 8

（高等院校精品课程系列教材）

ISBN 978-7-111-31007-5

Ⅰ . C… 　 Ⅱ .①凌… 　 ②吴… 　 ③谢… 　 Ⅲ . C 语言－程序设计－高等学校－教材
Ⅳ. TP312

中国版本图书馆 CIP 数据核字（2010）第 113007 号

机械工业出版社（北京市西城区百万庄大街 22 号　邮政编码　100037）
责任编辑：李俊竹
三河市明辉印装有限公司印刷
2010 年 9 月第 1 版第 1 次印刷
184mm×260mm · 19. 25 印张
标准书号：ISBN 978-7-111-31007-5
定价：33. 00 元

凡购本书，如有缺页、倒页、脱页，由本社发行部调换
客服热线：（010）88378991；88361066
购书热线：（010）68326294；88379649；68995259
投稿热线：（010）88379604
读者信箱：hzjsj@ HZbook. com

出版者的话

机械工业出版社华章公司秉承"全球采集内容，服务中国教育"的理念，经过十余年的不懈努力，引进、翻译、出版了大量在计算机科学界、电子科学界享有盛名的专家名著与名校教材，其中包括 Donald E. Knuth、Alfred V. Aho、Jim Gray、Jeffrey D. Ullman、R. Jacob Baker 等大师名家的一批经典作品，这些作品对国内计算机教育事业的发展起到了一定的推动作用。今天，全国高等学校精品课程建设工作的蓬勃开展为我们更好地服务于计算机教育、电子信息科学教育提供了良好的契机，我们将以严谨的治学态度及全面服务的专业出版精神，在国内广大院校老师们的支持与帮助下，陆续推出具有国内一流教学水平的"高等院校精品课程系列教材"。

精品课程是具有一流教师队伍、一流教学内容、一流教学方法、一流教材、一流教学管理等特点的示范性课程，是教育部实施的"高等学校教学质量与教学改革工程"的重要组成部分，是教育部深化教学改革，以教育信息化带动教育现代化的一项重要举措。自2003年精品课程建设项目持续推进以来，国内高校中的优秀教师纷纷在总结本校富有历史传统而又特色突出的课程教学方法与经验成绩的基础上，充分运用现代网络传播技术将优质的教学资源上网共享，使国内其他高校在实施同类课程教学的过程中能够借鉴、使用这些优质的教学资源，在更大范围内提高高等学校的教学和人才培养质量，提升我国高等教育的综合实力和国际竞争能力。经过几年的共同努力，已经建立起了较为齐全的各门类及各专业的校、省、国家三级精品课程体系，期间先后有总计750门课程通过了专家评审，获得了"国家精品课程"称号。

这些各个层次的"精品课程"建设过程都比较充分地体现了教育部所要求的七个重点，即：具有科学的建设规划，配备高水平的教学队伍，不断进行教学内容和课程体系的改革，使用先进的教学方法和手段，注重建设系列化的优秀教材，高度重视理论与实践两个环节，切实激励各方人员共同参与。也正因为这样的多方面积极参与，使得我国的高等教育在近年来由精英教育转向大众教育的跨越式发展中取得了教学质量上的突破与飞跃。精品课教材作为精品课程的要件之一，比以往教材更加具有实践检验性，教学辅助资源经过不断地更新与补充更加丰富，是精品课教学团队智慧的共同体现。

"师者，所以传道授业解惑也"。教材是体现教学内容和教学要求的知识载体，是教师进行教学活动的基本工具，是提高教学质量的重要保证。精品课程教学团队中优秀的老师们集多年治学经验撰写出版相关教材，也是精品课程建设的一个重要方面。华章作为专业的出版团队，长久以来以"传承专业知识精华，服务中国教育事业"为使命，遵循"分享、专业、创新"的价值观，实践着"国际视野、专业出版、教育为本、科学管理"的出版方针，愿与高等院校的老师共同携手，为中国的高等教育事业走向国际化而努力。

为更好地服务于精品课程配套教材的出版，华章不仅密切关注高校的优秀课程建设，而且还将利用自身的优势帮助教师完善课程设置、提供教辅资料、准备晋级申报、推广教学经验。具体详情可访问专门网站 http://www.hzbook.com/jpkc.aspx，并可在线填写出版申请，欢迎您对我们的工作给予帮助和指导。

投稿专线：010 - 88379604

投稿 E-mail：hzjsj@hzbook.com

华章教育

华章科技图书出版中心

　　"C语言程序设计"是一门理论与工程实践密切相关的专业基础课程，在计算机学科的教学中具有十分重要的作用。大力加强该课程的建设，提高该课程的教学质量，有利于教学改革和教育创新，有利于创新人才的培养。学生通过本课程的学习，可以培养良好的编程风格，掌握常见的算法思路，真正提高运用C语言编程解决实际问题的综合能力，为后续课程的实践环节的教学打好基础。

　　目前国内关于C语言的教材较多，有些教材语法知识介绍细致，较适合作为非计算机专业的等级考试类教学用书；有些教材起点较高，内容深奥，不适用于初学者。为了帮助广大学生更好地掌握C语言编程技术，我们组织浙江工商大学C语言程序设计课程组教师进行了深入的讨论和研究，针对学生学科竞赛和课时压缩的背景，将该课程的建设与其他信息类专业的课程体系改革相结合，发挥学院在计算机、电子商务和信息管理等专业上的办学优势，编写了本书。全书以程序设计为主线，采用了渐进式的体系结构，在详细阐述程序设计基本概念、原理和方法的基础上，结合实践教学和学科竞赛的实际情况，通过大量经典实例讲解和实训，使学习者掌握利用C语言进行结构化程序设计的技术和方法，培养和提高他们的实践动手能力和创新协作精神。

　　本书的框架结构分为三个部分。第一部分包括第1~11章，介绍C语言的基础语法知识，这部分内容按C语言的知识点循序渐进地介绍，同时，针对C语言中的重点和难点，如指针，精心设计了丰富的实例，用了大量的篇幅从不同方面对其进行讲解，帮助读者理解并掌握这些重点和难点。第二部分包括第12~13章，为项目实训和常用算法指导部分，这部分通过项目开发全过程的全方位指导，从需求分析、算法设计到程序编写和过程调试，以项目实训的形式引导和帮助学生解决实际问题，提高学生解决具体问题的能力，并对程序设计竞赛中的常见算法及其应用进行了介绍。第三部分即第14章，介绍编程风格与程序调试方法。

　　"C语言程序设计"是一门强调实践练习的课程，对本教材的教学组织可依据两条主脉络进行：从字、词、数据、表达式、语句到函数、指针结构、文件等，这也是语法范畴构成的基本脉络；从程序功能，即以组织数据和组织程序为另外一条基本脉络。安排课程内容时应注意以下几点：

1）介绍程序设计语言语法时要突出重点。C语言语法比较庞杂，有些语句可以相互替代，有些语法不常使用。课程中要重点介绍基本的、常用的语法，不要面面俱到。

2）注重程序设计语言的共性。计算机的发展日新月异，大学期间不可能介绍所有的计算机语言。所以在本课程的学习过程中，教师应该介绍计算机程序设计语言共性的东西，使学生具有自学其他程序设计语言的能力。

3）由于课时的限制，不能安排太多的时间专门讲授程序设计理论。在教学过程中，应以程序设计为主线，结合教材中的实例分析，将程序设计的一般方法和技术传授给学生。

本书由浅入深地讲授了程序设计的技术与技巧，内容齐备、自成一体，对启迪、提高读者的程序设计能力很有裨益，适用于不同层次的读者。本书可作为计算机及其相关专业的本科或专科教材，也可以作为信息类或其他相关专业的选修教材，还可以作为其他一些课程（如"数据结构"、"编译器设计"、"操作系统"、"计算机图形学"、"嵌入式系统"及其他要用C语言进行项目设计的课程）的辅助读物。

本教材的作者均为浙江工商大学承担程序设计、数据结构等课程的骨干教师，项目实践经验丰富，积累了不少的教学素材。本书由凌云负责全书的策划、组织，并对全书进行了统稿和校对，其中凌云编写了第1、2章，吴海燕编写了第6、7、8、9、10、13章，谢满德编写了第3、4、5、11、12、14章。

本教材也是浙江省精品课程"高级语言程序设计"的教学用书，课程教学小组同时注重立体化教材的建设，还配有多媒体电子教案、习题与实验指导，以及教学网站和教学资源库等。读者可以上网共享我们的网络资源，网址为 http://e-lesson.zjgsu.edu.cn。

在本书的编写过程中，参考了部分图书资料和网站资料，在此向其作者表示感谢。由于作者水平有限，书中难免出现遗漏和不足之处，恳请社会各界同仁及读者朋友提出宝贵意见和真诚的批评。

教学内容	学习要点及教学要求	课时安排	
		计算机专业	非计算机专业
第1章 C语言与程序设计概述	了解指令与程序的概念。 了解程序设计的过程。 了解C语言的历史、特点及其程序结构。	2	2
第2章 例子驱动的C语言语法元素概览	了解C语言的基本语法元素，包括变量与常量、算术运算、控制流、函数、数组、基本输入输出等，让学生对C语言有一个整体的感性认识，能编写简单的小程序。	2	2
第3章 基本数据类型和表达式	了解C语言的各种数据类型。 掌握整型常量、浮点常量、字符常量的表示法，以及各种运算符和表达式。	4	4
第4章 输入输出语句	掌握数据输出函数（printf、putchar），数据输入函数（scanf、getchar），熟练使用输入输出语句中常用的格式说明、控制字符串。	2	2
第5章 C程序结构	了解语句的分类、结构化程序设计的基本概念。 掌握循环、分支等控制语句的语法，并能熟练使用这些流程控制语句编写小的程序。	6	6
第6章 数　组	了解数组在内存中的表示方法。 掌握数组（一维、二维、字符数组）的定义、引用和应用，以及数组的典型应用实例，能利用数组编程解决实际问题。	6	6
第7章 函　数	了解基于函数的C语言程序组织方式。掌握函数的定义、函数的调用、函数参数的传递规则、函数的说明、变量的四种存储类别、变量的作用域和生命期。该章重点与难点在于基于函数参数的传递，嵌套函数和递归函数及其应用，变量的作用域和生命期及其应用。	6~8	6（选讲）
第8章 编译预处理	了解编译预处理的三种方式。 掌握包含和宏定义的使用方法。	2	2
第9章 指　针	了解地址的基本概念在C语言中的表示方法。 掌握变量和函数的地址在C语言中的表示法，以及指针变量的定义和引用，指针作为函数参数，指针与数组的关系，指针的运算，字符指针，字符串处理函数，指针数组和指向指针的指针，指向函数的指针，命令行参数的传递。	6~10	6（选讲）
第10章 结构与联合	掌握结构类型的定义，结构变量的说明和引用，结构数组的定义和应用，结构变量的参数传递规则，指向结构变量的指针，结构指针，链表的建立和链表元素的插入、删除、查找。掌握联合和枚举类型的定义及变量的定义使用。该章节的难点在于链表的基本操作。	6~10	6~8（选讲）

（续）

教学内容	学习要点及教学要求	课时安排	
		计算机专业	非计算机专业
第11章 文件操作	了解文件、文本文件和二进制文件的概念，以及非缓冲文件的概念。掌握缓冲文件指针的定义，缓冲文件的打开和关闭，缓冲文件读和写（文本文件方式、二进制文件方式）。	2	2
第12章 综合实训	通过项目开发过程的全方位指导，将所学的知识点串起来。该部分内容详细分析了几个实际项目的开发全过程，从需求分析到算法设计到程序编写到过程调试，通过实例指导，引导和帮助学生解决实际问题，提高学生解决具体问题的能力。	2	2~4 （选讲）
第13章 初涉 ACM/ICPC	结合程序设计大赛，将常见算法分为9大类，分别介绍这9大类算法及算法应用实例。	2~6 （选讲）	2（选讲）
第14章 编程风格与程序调试	对编程风格与程序调试中常见问题进行了阐述，帮助学生形成良好的程序设计风格，提高实际动手调试能力。	2（选讲）	2（选讲）
	教学总学时建议	50~64	50~54

说明：

①本书作为计算机专业的本科"C语言程序设计"课程的教材，建议课堂授课学时为50~64学时（包含习题课、课堂讨论等必要的课堂教学环节，实验另行安排学时），不同学校可以根据各自的教学要求和计划学时数酌情对教学内容进行取舍。其中，第12章实训部分可以选取其中一个例子详细讲解，其他例子让学生自学完成。第13章的内容可在开放实验教学中体现，第14章的内容贯穿在整个课程教学过程中。

②非计算机专业的师生在使用本书时可适当降低教学要求。第13章可以不介绍。若授课学时数少于50学时，则建议第6章中的递归，第9章中的链表部分内容可以适当简化。

课堂教学建议：

①本书的基础部分是第5~11章，这一部分从字、词、数据、表达式、语句到函数、指针等，是语法范畴构成的基本脉络。

②C语言程序设计是一门强调实践练习的课程，对本书的教学组织应以程序设计为主线，介绍程序设计语言语法时重点要突出，不要面面俱到。

③注重程序设计语言的共性。计算机的发展日新月异，大学期间不可能介绍所有的计算机语言。所以在本课程的学习过程中，教师应该介绍计算机程序设计语言共性的东西，使学生具有自学其他程序设计语言的能力。

④如果受学时的限制，第13章比较独立以及第14章都可以略去不讲。

实验教学建议：

本书各章节后面附有实验实例，可以参考这个来布置实验内容。

目 录

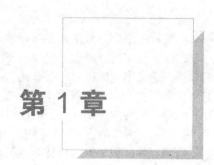

第 1 章

C 语言与程序设计概述

1.1 初见 C 语言程序

中国古代数学家张邱建，在他的《算经》中提出了著名的"百钱买百鸡问题"：鸡翁一，值钱五，鸡母一，值钱三，鸡雏三，值钱一，百钱买百鸡，问翁、母、雏各几何？对于这个问题，很多读者在小学或初中的竞赛中可能都见到过，而且通常都采用不定方程的方式来求解。现在，我们演示通过计算机，用 C 语言解决该问题的方法。通过这个程序，一方面可以让读者对 C 语言有一个感性认识，另一方面可以初步领略计算机解决问题的高效和强大能力。

[例 1-1] 用 C 语言程序解决"百钱买百鸡问题"。

```
#include < stdio. h >
main( )
{
int i,j,k,count = 0;
for ( i = 0;i <= 20;i ++ )
{
  for ( j = 0;j <= 33;j ++ )
  {
    for ( k = 0;k <= 300;k ++ )
    {
      if ( i + j + k == 100&&k%3 == 0&&i*5 + j*3 + k/3 == 100)
      {
        count ++ ;
        printf("方案% d:鸡翁% d 个,鸡母% d 个,鸡雏% d 个\n",count,i,j,k);
      }
    }
  }
}
}
```

运行程序，得到图 1-1 所示结果。

图 1-1　例题 1-1 所示运行结果

例 1-1 显示了一个完整的 C 语言程序，规模很小，功能很简单，但能解决一个实际的问题。从程序中可以看出，在该问题的求解过程中，我们采用了穷举的方法。根据题意，如果 100 元钱全部都用来买鸡翁，则最多可买鸡翁 20 只，现在我们假设可买鸡翁数量为 x，可买的鸡母数量为 y，可买的鸡雏数量为 z，则 x 的范围为 0 ~ 20，y 的范围为 0 ~ 33，z 的范围为 0 ~ 300。对以上范围内所有的 x，y，z 的组合，如果 $x + y + z$ 的总和为 100，并且买 x，y，z 花费的钱总和为 100，则 x，y，z 就是满足条件的解。事实上，穷举法是计算机求解问题时常用的一种方法。

例 1-1 所示程序称为 C 语言的源程序。在 C 语言源程序的描述中，要注意以下几点：

1）C 语言源程序的扩展名必须为 .c 或 .cpp。

2）C 语言是大小写敏感的，在 C 语言的源程序中，大小写是有区别的。

3）如果源程序中出现的符号不是出现在双引号的内部，则均应该在英文半角状态下输入该符号，比如分号不能写成中文分号，而应写成英文半角分号。

例 1-1 是一个用 C 语言编写的解决实际问题的程序实例。读者可以思考一下，我们生活中碰到的哪些问题可以用类似的方法让计算机帮助我们解决问题。

1.2 计算机与程序设计

计算机的功能非常强大，能做非常复杂、人脑难以胜任的许多工作。然而，当你从电子市场买回 CPU、内存、硬盘、机箱等自己组装好一台计算机后，你会发现这台计算机什么也不能做。究其原因，就是因为该计算机上还没有安装任何计算机程序（也就是软件）。硬件是计算机拥有强大功能的前提条件，但是如果没有大脑（也就是计算机程序）去指挥它，它将什么也不能做，所以计算机程序的存在是计算机能够工作、能够按指定要求工作的前提条件。因此，计算机程序（Program）可以简单理解为人们为解决某种问题而用计算机可以识别的代码编排的一系列加工步骤，计算机能严格按照这些步骤去执行任务。计算机只是一台机器，没有智慧，只能按照既定的逻辑工作，这种逻辑是为了实现某个目标而人为制定的，因此我们制定的逻辑必须让计算机能够理解，计算机才能按要求去工作。人们按照计算机能够理解的"语言"来制定这些规则的过程，就是程序设计的过程。

1.2.1 指令与程序

计算机功能比较强大，但是没有智能，而且每次只能完成非常简单的任务，复杂任务必须通过一系列的简单任务有序组合才能完成。因此，人在向计算机发号施令的时候只能以一个简单任务接一个简单任务的方式来完成。这个简单任务称为计算机的指令。一条指令本身只能完成一个最基本的功能，如实现一次加法运算或实现一次大小的判别，不同的指令能完成不同的简单任务。但是通过对多条指令的有序组织，就能完成非常复杂的工作，这个一系列计算机指令（也可理解成人的司令）的有序组合就构成了程序，对这些指令的组织过程就是编程的过程，组织规则就是编程的语法规则。

[例 1-2] 假设计算机能识别的指令有以下四条：

Input X：输入数据到存储单元 X 中。

Add X Y Z：将 X、Y 相加并将结果存在 Z 中。

Inv X：将 X 求反后存回 X。

Output X：输出 X 的内容。

请编写一段由上述指令组成的虚拟程序，实现功能：输入 3 个数 A、B 和 C，求 A + B − C 的结果。

程序如下：

```
Input A;          输入第 1 个数据到存储单元 A 中
Input B;          输入第 2 个数据到存储单元 B 中
Input C;          输入第 3 个数据到存储单元 C 中
Add A B D;        将 A、B 相加并将结果存在 D 中
Inv C
Add C D D;        将 C、D 相加并将结果存在 D 中
Output D;         输出 D 的内容
```

通过例 1-2 可以看出：通过指令的有序组合，能完成单个指令无法完成的工作。上述程序中的

指令是假设的,事实上,不同的 CPU 支持的指令集也不同(由 CPU 硬件生产商决定提供哪些指令)。有点硬件常识的读者都知道,计算机的 CPU 和内存等都是集成电路的集成,其能存储和处理的对象只能是 0、1 组成的数字序列。因此这些指令也必须以 0、1 序列表示,最终程序在计算机中也是以 0、1 组成的指令码(用 0、1 序列编码表示的计算机指令)来表示的,这个序列能够被计算机 CPU 所识别。程序与数据一样,共同存储在存储器中。当要运行程序时,当前准备运行的指令从内存调入 CPU 中,由 CPU 处理这条指令,CPU 一次处理内存中的部分指令,这就是程序的运行过程。

1.2.2　程序与程序设计

计算机程序是人们为解决某种问题用计算机可以识别的代码编排的一系列数据处理步骤,是计算机能识别的一系列指令的集合。计算机能严格按照这些步骤和指令去操作。程序设计就是针对实际问题,根据计算机的特点,编排能解决这些问题的步骤。程序是结果和目标,程序设计是过程。

1.2.3　程序设计和程序设计语言

程序设计是按指定要求,编排计算机能识别的特定指令组合的过程,而程序设计语言是为方便人进行程序设计而提供的一种手段,是人与计算机交流的语言,而且这种程序设计语言也在随着计算机技术的发展而不断地发展。

计算机能直接识别的是由“0”和“1”组成的二进制数,二进制是计算机语言的基础。一开始,人们只能降贵纡尊,用计算机能直接理解的语言去命令计算机工作,通过写出一串串由“0”和“1”组成的指令序列交给计算机执行。这种语言称为机器语言。使用机器语言编写程序是一件十分痛苦的工作,特别是在程序有错需要修改时,更是如此。而且,由于每台计算机的指令系统往往各不相同,所以,在一台计算机上执行的程序,要想在另一台计算机上执行,必须重新修改程序,造成了重复工作。所以,现在已经很少有人用机器语言直接写程序。

为了减轻使用机器语言编程的痛苦,人们进行了一种有益的改进:用一些简洁的英文字母、有一定含义的符号串来替代一个特定指令的二进制串,比如,用“ADD”表示加法,“SUB”表示减法,“MOV”表示数据传递等,这样一来,人们很容易读懂并理解程序在干什么,纠错及维护都变得方便了。这种程序设计语言称为汇编语言,即第二代计算机语言。然而对于计算机而言,它只认识“0”和“1”组成的指令,并不认识这些符号,这就需要一个专门的程序,来负责将这些符号翻译成计算机能直接识别和理解的二进制数的机器语言,完成这种工作的程序被称为汇编程序,它充当的就是一个翻译者的角色。汇编语言同样十分依赖于机器硬件,移植性不好,但效率十分高。现代的桌面计算机,性能已经非常强大,效率已经不是首要关注目标。所以,通常只有在资源受限的嵌入式环境或与硬件相关的程序设计时(如驱动程序),汇编语言才会作为一种首选的软件开发语言。

虽然机器语言发展到汇编语言已经有了很大的进步,但是由于每条指令完成的工作非常有限,因此编程过程仍然繁琐,语义表达仍然比较费力。于是,人们期望有更加方便、功能更加强大的高级编程语言的出现。这种高级语言应该接近于数学语言或人的自然语言,同时又不依赖于计算机硬件,编出的程序能在所有机器上通用。C 语言就是一种能满足这种要求的语言,它由于既有高级语言的通用性又有底层语言的高效性而展示出了强大的生命力,几十年来一直被广泛应用。许多高校也基本上将 C 语言当作计算机专业和相关专业的重要必修课,作为高校学生接触的第一门编程语言。同样,计算机本身并不认识 C 语言程序,因此我们需要将 C 语言程序先翻译成汇编程序,再将汇编程序翻译成机器语言,这个过程往往由编译程序帮我们完成,而不需要我们自己来做。

为了使程序设计更加接近自然语言的表达,方便用户实现功能,包括 C 语言在内的所有程序设计语言必须具有数据表达和数据处理(称为控制)这两方面的能力。

1. 数据表达

为了充分有效地表达各种各样的数据,一般将常见数据进行归纳总结,确定其共性,最终尽可能地将所有数据抽象为若干种类型。数据类型(Data Type)就是对某些具有共同特点的数据集合的总称。我们常说的整数、实数就是数据类型的例子。

在程序设计语言中,一般都事先定义几种基本的数据类型,供程序员直接使用,如 C 语言中的整型、实型(浮点型)、字符型等。这些基本数据类型在程序中的具体对象主要有两种形式:常量(Constant)和变量(Variable)。常量值在程序中是不变的,例如,987 是一个整型常量。变量则可对它做一些相关的操作,改变它的值。

同时,为了使程序员能更充分地表达各种复杂的数据,像 C 等程序设计语言还提供了丰富的构造新的具体数据类型的手段,如数组(Array)、结构(Structure)、联合(Union)、文件(File)、指针(Pointer)等。

2. 数据处理的流程控制

高级程序设计语言除了能有效地表达各种各样的数据外,还必须能对数据进行有效的处理,提供一种手段来表达数据处理的过程,即程序的控制过程。

一种比较典型的程序设计方法是:将复杂程序划分为若干个相互独立的模块,使每个模块的工作变得单一而明确,在设计一个模块时不受其他模块的影响。同时,通过现有模块积木式的扩展又可以形成复杂的、更大的程序模块或程序。这种程序设计方法就是结构化程序设计方法,C 语言就是典型的采用这种设计方法的语言。按照结构化程序设计的观点,任何程序都可以将模块通过三种基本的控制结构(顺序、选择和循环)的行组合来实现。

当我们要处理的问题比较复杂时,为了增强程序的可读性和可维护性,常常将程序分为若干个相对独立的子模块,在 C 语言中,子模块的实现通过函数完成。

1.2.4　程序设计过程

采用高级程序设计语言,指挥计算机完成特定功能,解决实际问题的程序设计过程通常包括以下几步:

1)明确功能需求。程序员通过交流和资料归纳,总结和明确系统的具体功能要求,并用自然语言描述出来。

2)系统分析。根据功能要求,分析解决问题的基本思路和方法,也就是常称的算法设计。

3)编写程序。程序员根据系统分析和程序结构编写程序。这一过程称为编辑程序,最后将编辑的程序存入一个或多个文件,这些文件称为源文件。一般我们把用 C 按照其语法规则编写的未经编译的字符序列称为源程序(Source Code,又称源代码)。

4)编译程序。通过编译工具,将编写好的源文件编译成计算机可以识别的指令集合,最后形成可执行的程序。这一过程包括:编译和链接。计算机硬件能理解的只有计算机的指令,也就是0、1组成的指令码。用程序设计语言编写的程序不能被计算机直接接受,这就需要一个软件将相应的程序"翻译"成计算机能直接理解的指令序列。对 C 语言等许多高级程序设计语言来说,这种软件就是编译器(Compiler),因此编译器充当着类似于"翻译"的角色,其精通两种语言:机器语言和高级程序设计语言。编译器首先要对源程序进行词法分析,然后进行语法与语义分析,最后生成可执行的代码。

5)程序调试。运行程序,检查其有没有按要求完成指定的工作,如果没有,则回到第三步和第四步,修改源程序,形成可执行程序,再检查,直到获得正确结果。

为了使程序编辑(Edit)、编译(Compile)、调试(Debug)等过程简单、方便操作,许多程序设计语言都有相应的编程环境(称为集成开发环境 IDE)。程序员可以直接在该环境中完成程序编辑、代码编译,如果程序出错还可以提供错误提示、可视化的快捷有效的调试工具等。所以,在 IDE

环境中，能使程序员将所有的精力专注于程序设计本身，而不用关心编辑、编译的操作方法。

在 Windows 操作系统中，C 语言的集成开发环境主要有：

1）Borland 公司的 Turbo C 环境

2）Microsoft 公司的 Visual C ++ 环境

在 Linux 操作系统下，主要有：

1）Eclipse

2）Gcc、g ++ 等开源工具

本书所有的例子和实验环境均采用 Visual C ++ 6.0 环境。

1.3　C 语言学习与自然语言学习的关系

C 语言相对来说是一门比较难的语言，很多初学者学了很久还一头雾水，不知道到底要学些什么，怎样学。这里，拟通过对 C 语言学习过程与自然语言学习过程进行对照，使初学者能从熟悉的自然语言学习中理解 C 语言学习的方法和内容。

任何一门新的自然语言的学习过程，都是先学一个个的字或单词，掌握它们的含义和用法；然后学习词语或短语，理解其构词方法和含义；再学习句法，包括句子结构、句型、造句语法、使用场合，最后学习文章写法，包括根据题目进行分析、段落组织、逻辑语义划分、句型组织等。这些都是学习自然语言的基本内容。但是如果只学好这些，只能说会一种语言，离灵活运用、精通一门语言还有很大的差距。运用一门语言最重要，最直接的就是写文章，一篇合格的文章必须没有语法错误，必须紧扣题意。没有语法错误是写文章的基本要求，但是没有语法错误并一定说明该文章就是一篇合格的文章，如果下笔如有神，但是离题万里，这样的文章还是不合格的文章，所以在保证无语法错误的前提下，文章必须紧扣题意，满足题目要求。而一篇优秀的文章，则还要求论述充分，观点独到，行文流畅等。

C 语言也是一门语言，是一门用于与计算机交流的语言，因此其学习方法和过程与学习通常的自然语言基本相似。首先我们要学习 C 语言中的所有"单词"，即关键字的含义和用法，然后学习通过这些"单词"组成的词语与短语的含义，以及通过"单词"组成短语的方法；再学习 C 语言语句的基本句型、语法特点、使用场合和使用方法；最后学习文章即程序的写法，包括根据题目进行分析，段落组织（函数、模块划分），句型应用等。这些都是学习 C 语言的基本内容，但是只学好这些，只能说会 C 语言，离灵活运用、精通 C 语言还有很大的差距。运用 C 语言最重要，最直接的就是按照要求编写合格的 C 语言程序，一个合格的 C 语言程序必须没有语法错误，解决了指定的问题。遵守 C 语言语法规则，没有语法错误是编写程序的基本要求，但是没有语法错误并一定说明该程序就是一个正确的程序，如果下笔如有神，但是离题万里没有解决指定的问题，这样的程序还是不合格的程序，所以在保证无语法错误的前提下，程序必须解决了指定的问题，获得了期望的结果。而一个优秀的程序，则还要求书写风格良好，解决问题的方法独到，具有较高的效率等。

通过上述对比可以发现学习 C 语言与学习任何一门自然语言具有相似的步骤和内容，只是这个文章也就是程序，必须通过计算机书写。

1.4　C 语言的发展历史、现状与特点

1.4.1　C 语言的发展历史和现状

C 语言的发展历史可以追溯到 1961 年的 ALGOL 60，它是 C 语言的祖先。ALGOL 60 是一种面向问题的高级语言，它与计算机硬件的距离比较远，不适合用来编写系统软件。1963 年英国剑桥大学推出了 CPL（Combined Programming Language）。CPL 语言对 ALGOL 60 进行了改造，在 ALGOL

60 基础上接近硬件一些，但是规模较大，难以实现。1967 年剑桥大学的 Matin Richards 对 CPL 语言进行了简化，并保持了 CPL 的基本优点，推出了 BCPL(Basic Combined Programming Language)语言。1970 年至 1971 年间，AT&T 公司贝尔(Bell)实验室的 Ken Thompson 对 BCPL 语言又进一步简化，设计出了非常简单而且很接近硬件的 B 语言(取 BCPL 的第一个字母)，并用 B 语言改写了 UNIX 操作系统。但 B 语言过于简单，功能有限。1972 年至 1973 年间，贝尔实验室的 Dennis Ritchie 在 B 语言的基础上设计出了 C 语言(取 BCPL 的第二个字母)。C 语言既保持了 BCPL 和 CPL 语言的优点(接近硬件，语句精练)，又克服了它们的缺点(过于简单，数据无类型等)。最初的 C 语言只是为了描述和实现 UNIX 操作系统提供一种工作语言而设计的。1973 年，Ken Thompson 和 Dennis Ritchie 两人合作把 UNIX 中 90% 以上的代码用 C 语言改写，即 UNIX 第 5 版(最初的 UNIX 操作系统全部采用 PDP-7 汇编语言编写的)。

后来，C 语言作了多次改进，但主要还是在贝尔实验室内部使用。直到 1975 年，UNIX 第 6 版公布以后，C 语言的突出优点才引起人们普遍注意。1975 年出现了不依赖于具体机器的 C 语言编译文本(可移植 C 语言编译程序)，使 C 语言移植到其他机器时所需做的工作大大简化，这也推动了 UNIX 操作系统迅速地在各种机器上实现。随着 UNIX 的日益广泛使用，C 语言也迅速得到推广，C 语言和 UNIX 可以说是一对孪生兄弟，在发展过程中相辅相成。1978 年以后，C 语言已先后移植到大、中、小、微型机上，已独立于 UNIX 和 PDP 计算机了。

现在 C 语言已风靡全世界，成为世界上应用最广泛的几种计算机语言之一。许多系统软件和实用的软件包，如 Microsoft Windows 等，都是用 C 语言编写的。图 1-2 表示了 C 语言的"家谱"。

以 1978 年发表的 UNIX 第 7 版中的 C 语言为基础，Brian W. Kernighine 和 Dennis Ritchie（合称 K&R）合著了影响深远的名著《The C Programming Language》，这本书中介绍的 C 语言成为后来广泛使用的各种 C 语言版本的基础，被称为旧标准 C。1983 年，美国国家标准化协会(ANSI)根据 C 语言问世以来各种版本对 C 的发展和扩充制定了新的标准，称为 ANSI C。ANSI C 比原来的旧标准 C 有了很大的发展。1987 年，ANSI 又公布了新标准——87 ANSI C，K&R 在 1988 年修改了他们的经典著作《The C Programming Language》，按照 87 ANSI C 标准重新写了该书。目前流行的各种版本的 C 语言都是以它为基础的。

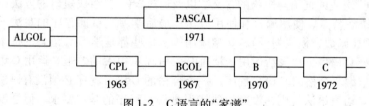

图 1-2　C 语言的"家谱"

目前，在各种不同型号的计算机上，以及不同的操作系统环境下，都出现了多种版本的 C 语言，如在 IBM PC 系列微机上使用的就有 Microsoft C、Turbo C、Quick C 等，这些 C 语言虽然基本部分是相同的，但也有各自的特点。它们自身的不同版本之间也略有差异，如 Turbo C 2.0 与 Turbo C 1.5 相比增加了一些新的功能，Visual C ++ 中对 C 语言也修改和提供了一些新的功能。

1.4.2　C语言的特点

C 语言之所以能存在和发展，并具有旺盛的生命力，成为当今世界上最流行的几种语言之一，有其不同于其他语言的特点。C 语言的主要特点如下：

1)短小精悍而且功能齐全。C 语言简洁、紧凑，使用方便；同时，具有丰富的数据运算符；除基本的数据类型外，C 语言还可以由用户自己构造数据类型。

2)结构化的程序设计语言。具有结构化的控制语句(如 if…else 语句、while 语句、switch 语句、for 语句)。用函数作为程序模块以实现程序的模块化，是理想的结构化语言，符合现代编程风格的要求。

3）兼有高级语言和低级语言的特点。C 语言允许直接访问物理地址，能进行位（bit）操作，能实现汇编语言的大部分功能，可以直接对硬件进行操作，因此 C 语言具有高级语言的功能，又有低级语言的许多功能，可以用来编写系统软件。例如 UNIX 操作系统就是用 C 语言编写的。

4）程序执行效率高。一般只比汇编程序生成的目标代码效率低 10% ~ 20%，这是其他高级语言无法比拟的。

5）程序可移植性好。基本上不做修改就能用于各种型号的计算机和各种操作系统。

以上概览了 C 语言的特点。C 是一门有一定难度的语言，娴熟地驾驭它需要百分之百的投入。通过学习，我们应该努力成为 C 语言高手，掌握 C 语言的思维方式并采用这种方式编写程序和解决问题。

习　　题

1.1　试着从网络下载并运行用 C 语言编写的程序，体会一下用 C 语言能完成哪些工作。

1.2　通过与习题 1.1 下载程序类比，列举几种生活中适合用 C 语言编程解决的问题。

1.3　查找网上知名 C 语言论坛，注册一个账号，体会一个编程爱好者的心境和选择 C 语言用作程序开发具有的优劣之处。

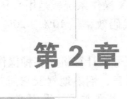

第 2 章

例子驱动的 C 语言语法元素概览

本章对 C 语言的基本语法元素做简要概览，包括变量与表达式、控制流、函数、数组、基本输入输出等，让读者对 C 语言有一个整体的感性认识，能模仿编写简单的小程序。

2.1　变量与表达式

例 2-1 中的程序的功能是打印出常见三角函数 $y = \sin(x * \pi/180)$ 对应的离散值表，其中 x 在一个周期($0° \sim 360°$)内变化，如图 2-1 所示。我们可以根据该表拟合出三角函数 $y = \sin x$ 的三角曲线。

　　[例 2-1]　打印三角函数的散值表。

```
#include < stdio. h >
#include < math. h >
/* 打印一个周期内,三角函数的离散值表 */
int main( )
{
  int x;
  double y;
  int start,end,step;
  start = 0 ;/* 角度下限 */
  end = 360 ;/* 角度上限 */
  step = 30 ;/* 步长 */
  x = start;
  while (x <= end) {
    y = sin(x* 3. 1415926/180);
    printf("% d\t\t% f\n",x,y);
    printf("\n");
    x = x + step;
  }
  return 0;
}
```

0	0.000000
30	0.500000
60	0.866025
90	1.000000
120	0.866025
150	0.500000
180	0.000000
210	-0.500000
240	-0.866025
270	-1.000000
300	-0.866025
330	-0.500000
360	-0.000000

图 2-1　函数 $y = \sin(x * \pi/180)$
的离散值表

这个程序仅由一个名为 main 的函数构成，阅读这个程序，我们将见到 C 语言中的注释、变量、算术表达式等基本元素。

上述程序的第一、二行：

```
#include < stdio. h >
#include < math. h >
```

叫做编译预处理命令，用于告诉编译程序在本程序中包含标准输入输出库以及其他库函数的有关信息。许多 C 源程序的开始处都包含相似的行。

接下来以"/＊"开头以"＊/"结尾的行叫做注释。注释用于解释该程序是做什么的。在例 2-1 中，"/＊打印一个周期内，三角函数的离散值表＊/"就是一行注释，用以说明这个程序的功能。夹在"/＊"与"＊/"之间的字符序列在编译时将被忽略，通俗地讲就是从完成程序功能的角度看，它们可有可无，对程序的功能不会有任何影响。它们可以在程序中自由地使用，目的是为了使程序更易于理解。注释可以出现在任何空格、制表符或换行符可以出现的地方。

注释行的下面是 main 函数，在所有 C 语言的程序中，必须有且仅有一个 main 函数，所有程序的运行都是从 main 函数开始，到 main 结束，其中"main"是函数的名称，称为主函数。

函数要实现的功能在由一对大括号构成的函数体中进行描述。

为了实现程序的功能，我们必须定义一些变量来存储数据，在 C 语言中，所有变量都必须先定义后使用，定义用于声明变量的性质，它由一个类型名与若干所要定义的变量名组成，例如：

```
int x;
double y;
int start,end,step;
```

其中，"int"、"double"是系统已经定义好的关键字。所谓关键字是指系统事先定义好的代表一些特殊含义的名称。"int"代表整数类型，"double"代表浮点数类型。变量 x、y、start、end、step 是由用户设定的变量名。变量 x、start、end、step 为整数类型，变量 y 为 double 类型。

接下来要赋予这些变量具体的数据，在例 2-1 中，以 4 个赋值语句（也可称为赋值表达式）开始，为变量设置初始值。

```
start = 0;
end = 360;
step = 30;
x = start;
```

此外，程序中还出现了其他表达式："x <= end;"称为比较表达式；"y = sin(x＊3.1415926/180);"和"printf("%d\t\t%f\n", x, y);"称为算术表达式。

总体来看，C 语言中的表达式事实上就是常量和变量通过各种 C 语言允许的运算符号进行连接。由例 2-1 中的程序可见，C 语言的语句必须以";"结束。

2.2　分支语句

2.2.1　if 语句

例 2-2 中程序的功能是统计 C 语言程序设计课程期末考试各成绩段的人数，统计分成下述几档：

```
0 ~ 59      不及格
60 ~ 69     及格
70 ~ 79     中等
80 ~ 89     良好
90 ~ 99     优秀
100         满分
```

要求输出各成绩段的具体人数。

[例 2-2]　用 if 语句统计各成绩段的人数。

```
#include < stdio. h >
/＊ 统计各成绩段人数 ＊/
main ()
{
    int score,i;
    int grade[6];
```

```
        for (i =0;i <6; ++i)
            grade[i] =0;
    printf("请输入第一个学生的成绩 \n");
    scanf(" %d",&score);
    while (score ! = −1)
    {
        if (score >=0&&score <60)
        {
            grade[0] ++ ;
        }
        else if (score >=60&&score <70)
        {
            grade[1] ++ ;
        }
        else if (score >=70&&score <80)
        {
            grade[2] ++ ;
        }
        else if (score >=80&&score <90)
        {
            grade[3] ++ ;
        }
        else if (score >=90&&score <100)
        {
            grade[4] ++ ;
        }
        else if (score ==100)
        {
            grade[5] ++ ;
        }
        printf("请输入下一个学生的成绩,输入 −1 表示输入结束\n");
        scanf("%d",&score);
    }
    printf("各成绩段的人数分别如下:\n");
    for (i =0;i <6; ++i)
        printf(" %d\n",grade[i]);
}
```

在程序的控制过程中,我们通常会对满足不同条件的数据进行不同的处理,在例 2-2 中,程序要求根据不同的输入进行数据的统计,其中用于成绩人数分布统计的语句就是以粗体表示的一组 if 语句。

在 C 语言程序中经常会采用如下模式来表示多路判定:

```
if (条件 1)
    语句 1;
else if (条件 2)
    语句 2;
…
…
else
    语句 n;
```

这就是 C 语言中的 if 语句。在 if 语句中,各个条件从前往后依次求值,直到满足某个条件,这时执行对应的语句部分,语句执行完成后,整个 if 构造结束。注意,其中语句 1 ~ n 中的任何语句都可以是括在花括号中的若干条语句。如果其中没有一个条件满足,那么就执行位于最后一个 else 之后的语句。如果没有最后一个 else 及对应的语句,那么这个 if 构造就不执行任何动作。在第一个 if 与最后一个 else 之间可以有 0 个或多个

```
else if (条件)
    语句;
```

就风格而言，我们建议读者采用缩进格式。

2.2.2 switch 语句

C 语言中的多路分支也可以用 switch 语句完成。例 2-2 中的 if 语句完全可以用 switch 语句替换，替换后的程序如例 2-3 所示。

[例 2-3] 用 switch 语句统计各成绩段的人数。

```c
#include < stdio. h >
/*  统计各成绩段人数 */
main ( )
{
    int score,i;
    int grade[5];
    int index;

        for (i = 0;i < 5; ++i)
        grade[i] = 0;
    prlnlf("请输入第 一个学生的成绩 \n");
    scanf("%d",&score);
    while (score ! = -1)
    {
        index = score < 60 ? 0 :((score + 10) - 60)/10;
        switch(index) {
        case 0:
            grade[0] ++ ;
            break;
        case 1:
            grade[1] ++ ;
            break;
        case 2:
            grade[2] ++ ;
            break;
        case 3:
            grade[3] ++ ;
            break;
        case 4:
            grade[4] ++ ;
            break;
        case 5:
            grade[5] ++ ;
            break;
        default:
            printf("输入的成绩非法 \n");
        }
        printf("请输入下一个学生的成绩,输入 -1 表示输入结束 \n");
        scanf(" %d",&score);
    }
    printf("各成绩段的人数分别如下:\n");
    for (i = 0;i < 6; ++i)
    printf(" %d\n",grade[i]);
}
```

其中加黑斜体显示的 switch 语句完成了例 2-2 中的 if…else…语句的功能。switch 语句的通用用法如下:

```c
switch(表达式)
{
    case 表达式 1:语句 1;
    case 表达式 2:语句 2;
    …
    case 表达式 n:语句 n;
    default: 语句 n + 1;
}
```

首先计算表达式的值，然后依次与表达式 1 到表达式 n 进行比较，如果与某一个表达式匹配，就执行其后的所有语句，如果没有与任何一个表达式匹配成功，则执行 default 后面的语句 $n+1$，default 语句也可以不出现，如果不出现，则语句什么事情也不做。

2.3　循环语句

2.3.1　while 循环语句

在例 2-1 中，针对每个 x 值求得的对应 y 值均以相同的方式计算，故可以用循环语句来重复产生各行输出，每行重复一次。这就是 while 循环语句的用途：

```
while (x <= end) {
    ...
}
```

while 循环语句的执行步骤如下：首先测试圆括号中的条件。如果条件为真（x 小于等于 end），则执行循环体（括在花括号中的语句）。然后再重新测试该条件，如果为真（条件仍然成立），则再次执行该循环体。当该条件测试为假（x 大于 end）时，循环结束，继续执行跟在该循环语句之后的下一个语句。while 语句的循环体可以是用花括号括住的一个或多个语句，也可以是不用花括号括住的单个语句，例如：

```
while (i < j)
    i = 2 * i;
```

在这两种情况下，我们总是把由 while 控制的语句向里缩进一个制表位（本书中以四个空格表示），这样就可以很容易地看出循环语句中包含哪些语句。尽管 C 编译程序并不关心程序的具体形式，但在适当位置采用缩进对齐的风格更易于人们阅读程序，这是一个良好的代码书写风格。同时，我们建议每行只写一个语句，并在运算符两边各放一个空格字符以使运算组合更清楚。花括号的位置不太重要，我们从一些比较流行的风格中选择了一种，读者可以选择自己所合适的风格并一直使用它。

2.3.2　for 循环语句

C 语言提供了多种循环控制语句，除了上一小节提到的 while 循环外，用得比较多的还有 for 循环。我们将例 2-1（打印一个周期内三角函数离散值表）中的循环控制用 for 语句来实现，改写为例 2-4。

[例 2-4]　用 for 语句实现的三角函数离散值表。

```
#include <stdio.h>
#include <math.h>
/* 打印一个周期内,三角函数的离散值表 */
int main()
{
    int x;
    double y;
    for (x = 0; x <= 360; x = x + 30)
    {
        y = sin(x*3.1415926/180);
        printf(" %d\t\t %f\n",x,y);
        printf("\n");
    }
    return 0;
}
```

这个版本与例 2-1 执行的结果相同，但看起来有些不同。一个主要的变化是它删去了大部分变量，只留下了一个 x 和 y，其类型分别为 int 和 double。本来用变量表示的下限（x 的开始值 0）、上限（x 的最大允许值 360）与步长（每次 x 增加的大小 30）都在新引入的 for 语句中作为常量出现。for 语句也是一种循环语句，是 while 语句的推广。如果将其与前面介绍的 while 语句比较，就会发现其操作要更清楚一些。for 循环的通用语法如下：

```
for(表达式 1;表达式 2;表达式 3)
    循环体语句;
```

圆括号内共包含三个部分，它们之间用分号隔开。示例程序中的表达式 1 为 x = 0，是初始化部分，仅在进入循环前执行一次。然后计算表达式 2，这里表达式 2 为 x <= 360，用于控制循环的条件测试部分：这个条件要进行求值，如果所求得的值为真，那么就执行循环体。循环体执行完，再执行表达式 3（x = x + 30）加步长，并再次对条件表达式 2 求值。如果求得的表达式为真，继续执行循环体，一旦求得的条件值为假，那么就终止循环的执行。像 while 语句一样，for 循环语句的循环体可以是单个语句，也可以是用花括号括住的一组语句。初始化部分（表达式 1）、条件部分（表达式 2）与加步长部分（表达式 3）均可以是任何表达式。

在程序设计的过程中，可以采用 C 语言提供的任何一种循环控制语句来实现循环的功能。

2.4　符号常量

例 2-4 中的程序把 3.1415926、360、30 等常数直接写在了程序中，这并不是一种好的习惯，原因有：

1）这些纯粹的数没有任何的表征意义，几乎不能给以后可能要阅读该程序的人提供什么信息。

2）使程序的修改变得困难，因为如果要修改终止度数和步长，必须修改程序中的所有的 360 和 30。

解决上述问题的一种方法是赋予它们有意义的名字。#define 指令就用于把符号名字（或称为符号常量）定义为一特定的字符串，如下所示：

```
#define 名字 替换文本
```

此后，所有在程序中出现的在#define 中定义的名字，如果该名字既没有用引号括起来，也不是其他名字的一部分，都用所对应的替换文本替换。这里的名字与普通变量名的形式相同：以字母开头的字母或数字序列。替换文本可以是任何字符序列，而不仅限于数字。

[例 2-5]　用符号常量打印三角函数的离散值表。

```c
#include < stdio. h >
#include < math. h >
/*  打印一个周期内,三角函数的离散值表 */
#define PI 3. 1415926
#define START 0
#define END 360
#define STEP 30
int main()
{
    int x;
    double y;
    for (x = START;x <= END;x = x + STEP)
    {
        y = sin(x*PI/180);
        printf(" %d\t\t %f\n",x,y);
        printf("\n");
    }
    return 0;
}
```

这里，START、END、PI 与 STEP 称为符号常量，而不是变量，故不需要出现在定义中。这样如果需要提高函数曲线的拟合精度就只需要缩小 STEP 并给定更精确的 PI 值即可。符号常量名通常采用大写字母，这样就可以很容易地与采用小写字母的变量名区别开来。注意：#define 也是一条编译预处理的命令，因此该行的末尾是没有分号的。

2.5　输入输出

输入输出是程序设计中最为基础的一部分内容，通常，我们会对输入的数据进行处理，然后输出某个结果。在例 2-1 中（打印一个周期内三角函数离散值表），使用了 printf 函数来实现数据的输出，这是一个通用格式化输出函数，后面会对此作详细介绍。该函数的第一个参数是格式控制字符串，由两部分组成：普通字符和控制字符。普通字符原样输出，控制字符是指以百分号（%）和一个字母组合成的字符，输出时用对应的参数变量的值替换。对应规则为第一个控制字符对应函数的第二个参数，第二个控制字符对应函数的第三个参数，依次类推。控制字符的字母必须与对应的参数数据类型一致，它们在数目和类型上都必须匹配，否则将出现错误。

printf 函数可以对输出的数据进行宽度、长度及对齐方式上的控制，具体的控制方式详见本书的第 4 章。

到目前为止，所有的打印一个周期内三角函数离散值表的程序，其周期起始点和转换步长在程序中都是作为常数固定了。如果希望在每次程序运行的时候由用户输入周期起始点和转换步长，则需要通过输入函数 scanf 完成。修改后的程序如例 2-6 所示。

[例2-6]　用 scanf 函数实现的三角函数离散值表。

```
#include < stdio. h >
#include < math. h >
/* 打印一个周期内,三角函数的离散值表  */
#define PI 3. 1415926

int main()
{
  int x;
  double y;
  int start,end,step;
  printf("请输入周期起始点、终止点和步长\n");
  scanf(" %d %d %d",&start,&end,&step);
  for (x = start;x <= end;x = x + step)
  {
    y = sin(x*PI/180);
    printf(" %d\t\t %f\n",x,y);
    printf("\n");
  }
  return 0;
}
```

其中行

```
scanf(" %d %d %d",&start,&end,&step);
```

就是负责从键盘输入数据的函数，其使用方法与 printf 函数基本相同，不同点主要体现在第二个参数以后的参数，其前面都有符号"&"，表示取这些变量的地址。

2.6　数组

在例 2-2 中，要求我们统计 C 语言程序设计课程各个成绩段的人数并输出，在该例子中，我们不是定义 6 个独立的变量来存放各个成绩段的人数，而是使用了"数组"来存放这 6 个不同的数据。

程序中的定义语句

```
int grade[6];
```

用于把 grade 定义为由 6 个整数组成的数组。在 C 语言中，当我们要定义一组类型相同的数据的时候，可以通过定义数组的方式来定义这些元素，通过数组名和下标来引用某一个元素，数组的下标总是从 0 开始，在例 2-2 中，这个数组的 6 个元素分别是 grade[0]、grade[1]、…、grade[5]。这在分别用于初始化和打印数组的两个 for 循环语句中得到了反映。

C 语言中数组不能当作一个整体来访问，必须通过下标依次访问，每个元素基本等价于一个同类型的普通变量。下标可以是任何整数表达式，包括整数变量(如 i)与整数常量。

2.7 函数

C 语言的程序是由一个个函数构成的，除了有且必须有的 main 主函数以外，用户也可以自己定义函数。此外，C 语言的编译系统还提供了一些库函数。函数为程序的封装提供了一种简便的方法，在其他地方使用函数时不需要考虑它是如何实现的。在使用正确设计的函数时不需要考虑它是怎么做的，只需要知道它是做什么的就够了。当定义好一个函数后，可以通过函数调用的方式来使用该函数的功能。

在上述的例子中，我们所使用的函数(如 printf、getchar 与 putchar 等)都是函数库为我们提供的。接下来，我们看看怎样编写自己的函数。我们通过编写一个求阶乘的函数 factorial(n) 来说明定义函数的方法。

factorial(n)函数用于计算整数 n 的阶乘，即 factorial(4)的值为 24。这个函数不是一个实用的阶乘函数，它只能用于处理比较小的整数的阶乘，因为如果要求阶乘的整数比较大，使用该方法很容易越界，导致程序没办法获得正确的结果。希望读者读完整本书以后能为该问题找到正确的解决方法。

下面给出函数 factorial(n)的定义及调用它的主程序，由此可以看到引入函数后的整个程序结构。

[例2-7] 计算整数 n 的阶乘。

```
#include < stdio. h >
int factorial (int n);
/*  测试 factorial 函数 */
main ( )
{
  int i;
  for (i = 0; i < 10; ++ i)
    printf(" %d 的阶乘是: %d\n",i,factorial(i));
  return 0;
}
/*  factorial:n 的阶乘, n >= 0 */
int factorial (int n)
{
  int i,p;
  p = 1;
  for (i = 1; i <= n; ++ i)
    p = p*i;
  return p;
}
```

函数定义的一般形式为:

```
返回值类型 函数名( 可能有的参数定义)
{
  声明和定义序列
  语句序列
}
```

不同函数的定义可以以任意次序出现在一个源文件或多个源文件中，但同一函数不能分开存放在几个文件中。如果源程序出现在几个文件中，那么对它的编译和装入比将整个源程序放在同一文件时要做更多声明，但这是操作系统的任务，而不是语言属性。我们暂且假定两个函数放在同一文件中，从而使前面所学的有关运行 C 程序的知识在目前仍然有用。

在我们的例子中，factorial 函数定义的第一行：int factorial(int n)，声明参数的类型与名字以及该函数返回的结果的类型。factorial 的参数名只能在 factorial 内部使用，在其他函数中不可见：在其他函数中可以使用与之相同的参数名而不会发生冲突。一般而言，把在函数定义中用圆括号括住的变量叫做形式参数。

factorial 函数计算得到的值由 return 语句返回给 main 函数。关键词 return 后可以跟任何表达式：

```
return 表达式；
```

函数不一定都返回一个值。不含表达式的 return 语句用于使控制返回调用者(但不返回有用的值)。调用函数也可以忽略(不用)一个函数所返回的值。读者可能已经注意到，在 main 函数末尾也有一个 return 语句。由于 main 本身也是一个函数，它也就可以向其调用者返回一个值，这个调用者实际上就是程序的执行环境。一般而言，返回值为 0 表示正常返回，返回值非 0 则表示引发异常或错误终止条件。从简明性角度考虑，在这之前的 main 函数中都省去了 return 语句，但在以后的 main 函数中将包含 return 语句，以提醒程序要向环境返回状态。

对函数的使用，叫函数调用。main 主程序在如下命令行中对 factorial 函数进行了调用：

```
printf(" %d 的阶乘是：%d\n",i,factorial(i));
```

调用 factorial 函数时，传送了一个变量 i 给它，一般把函数调用中与参数对应的值或变量叫做实际参数，如变量 i，由实际参数传递值给形式参数。而 factorial 函数则在调用执行完时返回一个要按一定格式打印的整数。在表达式中，factorial(i)就像 i 一样是一个整数。

2.8　算法

2.8.1　算法的概念

人们使用计算机，就是要利用计算机处理各种不同的问题，而要做到这一点，人们就必须事先对各类问题进行分析，确定解决问题的具体方法和步骤，再根据这些步骤，编制好一组让计算机执行的指令(即程序)，让计算机按人们指定的步骤有效地工作。这些具体的方法和步骤，其实就是解决一个问题的算法。根据算法，依据某种规则编写计算机执行的命令序列，就是编制程序，而书写时所应遵守的规则即为某种语言的语法。由此可见，程序设计的关键之一，是解题的方法与步骤，即算法。学习高级语言的重点和难点之一就是掌握分析问题、解决问题的方法，锻炼分析、分解最终归纳整理出算法的能力。与之相对应，具体语言(如 C 语言)的语法是工具，是算法的一个具体实现。所以在高级语言的学习中，一方面应熟练掌握该语言的语法——因为它是算法实现的基础；另一方面必须认识到算法的重要性，加强思维训练，寻找问题的最优解决方法，以写出高质量的程序。

下面通过例 2-8 来介绍如何设计一个算法。

[例 2-8]　设有一物体从高空坠下，每次落地后都反弹到原高度 2/3 差一米的地方，现在测得第 9 次反弹后的高度为 2 米，请编程求出该物体从多高的地方开始下坠。

问题分析：

此题粗看起来有些无从下手的感觉，但我们仔细分析物体的运动规律后，能找到一些蛛丝马迹。假设物体坠落时的高度为 h_0，第 1 次到第 9 次反弹的高度依次为 h_1，…，h_9，现在只有 $h_9 = 2$ 是已知的，但我们从物体的反弹规律能找出各反弹高度之间的关系：

$$h_9 = h_8 * 2/3 - 1$$

$$h_8 = h_7 * 2/3 - 1$$
$$h_7 = h_6 * 2/3 - 1$$
$$h_6 = h_5 * 2/3 - 1$$
$$h_5 = h_4 * 2/3 - 1$$
$$h_4 = h_3 * 2/3 - 1$$
$$h_3 = h_2 * 2/3 - 1$$
$$h_2 = h_1 * 2/3 - 1$$
$$h_1 = h_0 * 2/3 - 1$$

分析这些等式，能找到一个描述这个运动规律的通用表达式：

$$h_i = h_{i-1} * 2/3 - 1 \qquad i = 9, 8, 7, 6, 5, 4, 3, 2, 1$$

进一步转换为：

$$h_{i-1} = (h_i + 1) * 3/2 \qquad i = 9, 8, 7, 6, 5, 4, 3, 2, 1$$

这就是此题的数学模型。

算法设计：

考察上面从 h_9 到 h_0 的计算过程，其实是一个递推过程，这种递推的方法在计算机解题中经常用到。另一方面，这些递推运算的形式完全一样，只是 h_i 的下标不同而已。由此，可以通过循环来处理。为了方便算法描述，我们统一用 h_0 表示上一次的反弹高度，h_1 表示本次的反弹高度，算法可以详细描述如下：

1）$h_9 = 2$；{第 9 次物体反弹的高度}

　$i = 9$。{反弹次数初值为 9}

2）$h_0 = (h_1 + 1) * 3/2$。{计算上次的反弹高度}

3）$h_1 = h_0$。{将上次的反弹高度作为下一次计算的初值}

4）$i = i - 1$。

5）若 $i >= 0$，转第 2 步。

6）输出 h_0 的值。

其中第 2~5 步为循环，递推计算各次反弹的高度。

上面的例子演示了一个算法的设计过程，即从具体到抽象的过程，具体方法是：

1）弄清解决问题的基本步骤。

2）对这些步骤进行归纳整理，抽象出数学模型。

3）对其中的重复步骤，通过使用相同变量等方式求得形式的统一，然后简练地用循环解决。

算法的描述方法有自然语言描述、伪代码、流程图、N–S 图、PAD 图等，自然语言描述简单、明了，但是由于程序员之间母语的差别，妨碍了程序员之间的正常交流，因此出现了后面四种算法描述形式，下面我们主要讲解其中的流程图描述方法。如果读者对其他的描述方法有兴趣，可以参考其他文献和书籍。

2.8.2　流程图与算法描述

描述算法的工具有多种，其中使用最广泛的是流程图，流程图又称程序框图。流程图是一种传统的算法表示法，它利用几何图形的框来代表各种不同性质的操作，用流程线来指示算法的执行方向。由于它简单直观，部分消除了不同国籍程序员之间的交流障碍，所以应用广泛。

下面首先介绍常见的流程图符号及流程图的例子。图 2-2 给出了一些常见的流程图标准符号。

在流程图中，判断框左边的流程线表示判断条件为真时的流程，右边的流程线表示条件为假时的流程，有时在其左、右流程线的上方分别标注"真"、"假"或"T"、"F"或"Y"、"N"。另外还规定，流程线从下往上或从右向左时，必须带箭头，除此以外，都不画箭头。

　　在上述基本流程图符号的基础上，我们可以用一个完整的流程图来描述例2-8的算法。其流程图如图2-3所示。

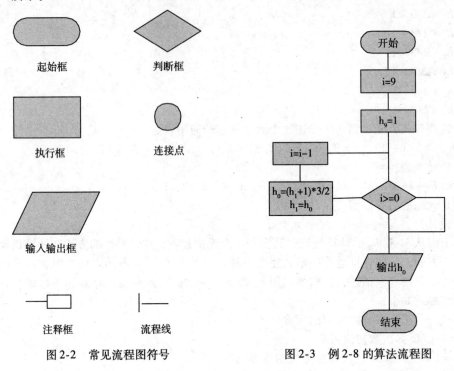

图2-2　常见流程图符号　　　　　　图2-3　例2-8的算法流程图

习　题

2.1　请对感兴趣的例子程序进行修改，观察修改后的程序运行结果。

2.2　请以一两个生活中的现象为例，用算法描述图的方法，描述解决问题的步骤。

2.3　搜集网络上知名的C语言编程网站，关注入门级的C语言问题，并尝试解决。

## 第 3 章

基本数据类型和表达式

在第 2 章中，我们从总体上介绍了一个 C 程序的基本结构，使读者对 C 程序有了大概的了解。本章将详细介绍 C 语言程序中使用的基本语法单位、数据类型、运算符和表达式。

3.1 基本语法单位

任何一种语言都会根据自身的特点规定它自己特定的一套基本符号。例如，英语的基本符号是 26 个英文字母和一些标点符号。C 语言作为一种程序设计语言，也有它的基本符号，程序就是由这些基本符号组成的。

3.1.1 基本符号

程序中要对各种变量和各种函数起名，这些变量名、函数名都是由语言的基本符号组成的。C 语言的基本符号包括：

1）10 个数字（0~9）；

2）大小写各 26 个英文字母（A~Z，a~z）；

3）特殊符号，主要用来表示运算符，它通常是由 1~2 个特殊符号组成。包括：

```
+   -   *   /   %   <   <=   >   >=
==  !=  &&  ‖   !   &   |    ~   =
++  --  ?:  «   »  ()  []   {}  ,
```

等等。

3.1.2 关键字

关键字在语言中有特定的语法含义，用来说明某一固定含义的语法概念，程序员只能使用，而不能给它们赋以新的含义，例如不能作为变量名，也不能用作函数名。表 3-1 中列出了 ANSI C 中的 32 个关键字，主要是 C 的语句名和数据类型名等。C 语言中大写字母和小写字母是不同的，如 else 是关键字，而 ELSE 则不是。我们将在后面的章节中边学习边介绍这些关键字的用途。

此外，还有一些含有特定含义的标识符。它们主要用在 C 语言的预处理程序中。这些标识符不是关键字，但因具有特定含义，建议读者不要在程序中把它们作为一般标识符随意使用，以免造成混乱。

特定字有 define、undef、include、ifdef、ifndef、endif、line 等。

表 3-1   ANSI C 中的 32 个关键字

auto	double	struct	sizeof
break	else	int	static
case	enum	long	switch
char	extern	register	typedef
const	float	unsigned	union
continue	for	return	void
default	goto	short	volatile
do	if	signed	while

3.1.3   标识符

标识符用于给程序中不同的语法概念以不同的命名，以便能区别它们。如用来表示常量、变量、语句标号、用户自定义的名称等。程序中的标识符应满足 C 语言的一些规定：

1）以英文字母或下划线"_"（下划线也起一个字母作用）开头；

2）标识符的其他部分可以用字母、数字、下划线组成；

3）长度一般不超过 8 个字符，在不同的系统中有不同的规定；

4）大、小写字母含义不一样，例如：MAX，max，Max 均表示不同的标识符；

5）不能用关键字作标识符。

下面列出几个正确和不正确的标识符：

正确　　　　　不正确

smart　　　　　5smart
decision　　　　bomb?
key_board　　　key—board
FLOAT　　　　　float

为了使程序易读、易修改，标识符命名应该选择恰当，尽量符合人们习惯，表示有意义的标识符。一般取用英文单词、汉语拼音作为标识符。作为习惯，一般约定标识符常量使用大写字母，其余均用小写字母。

3.2   数据类型

现实生活中的数据多种多样，如某个学生的成绩单可以包括：姓名、课程、学分、成绩、平均分等。这里，学分、成绩、平均分是数值（整数或小数）数据，姓名、课程是文字符号。为此，C 语言把它能处理的数据分成为若干种类型。

C 语言提供了丰富的数据类型，它们基本上可以分成二类：基本类型和构造类型。如图 3-1 所示。

本章只介绍基本类型中的字符型、整型和浮点型，其他类型将在以后各章中讨论。

基本类型也称标准类型，其中整型表示数据值是一个整数。浮点型表示数据值包含小数。按照有效位数和数值的范围分为单精度型和双精度型。字符型代表数据值是某个字符。基本类型数据是 C 语言能直接处理的数据。由于受具体机器硬件和软件的限制，每一种数据类型都有它的合法取值范围。

表 3-2 中列出了 Turbo C 中字符型、整型和浮点型的取值范围。对不同的 C 语言系统，所支持的基本类型有所差异，而且取值范围与机器硬件有关，在使用时请参阅有关手册。

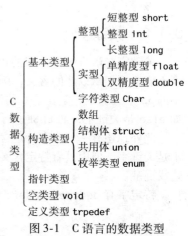

图 3-1   C 语言的数据类型

需要指出的是：C 语言没有提供布尔（逻辑）类型，在逻辑运算中，它是以非零表示真（TRUE），以数值 0 表示假（FALSE）。

表 3-2　Turbo C 中字符型、整型和浮点型的取值范围

类型	符号	关键字	所占位数	数的表示范围
整型	有	(signed)int	16	− 32768 ~ 32767
		(signed)short	16	− 32768 ~ 32767
		(signed)long	16	− 2147483648 ~ 2147483647
	无	unsigned int	16	0 ~ 65535
		unsigned short	16	0 ~ 65535
		unsigned long	32	0 ~ 4294967295
实型	有	float	32	3.4e − 38 ~ 3.4e38
	有	double	64	1.7e − 308 ~ 1.7e308
字符型	有	char	8	− 128 ~ 127
	无	unsigned char	8	0 ~ 255

3.3　常量与变量

3.3.1　常量

C 语言中的常量是不接受程序修改的固定值，常量可为任意数据类型，如下所示：

字符常量：'a'、'\n'、'9'

整型常量：21、123、2100、− 234

浮点型常量：123.23、4.34e − 3

下面具体介绍不同数据类型的常量。

1. 整型常量

整形常量可分别以十进制、八进制、十六进制表示。C 语言的整型常量有以下四种形式：

（1）十进制整数

形式：±n

其中，n 是数字 0 ~ 9 组成的序列，中间不允许出现逗号，规定最高位不能是 0，当符号为正时可以省略符号" + "，" − "表示负数。

例：123、− 1000、− 1 都表示十进制整数。

而 1.234、10 − 2、10/3、0123 是非法的十进制整数。

（2）八进制整数

形式：±0n

其中，0 表示八进制数的引导符，不能省略，n 是数字 0 ~ 7 组成的序列，当符号为正时可以省略" + "，" − "表示负数。特别要注意的是，八进制整数的引导符是数字 0，而不是字母 O。

例：0123、01000、01 都是表示八进制整数。

而 012889、123、670 是非法的八进制整数。

（3）十六进制整数

形式：±0xn　/*0 是数字 0，而不是字母 O */

其中 0x 表示十六进制数的引导符，不能省略。n 是 0 ~ 9、a ~ f 或 A ~ F 的数字、字母序列。当符号为正时可以省略" + "；" − "表示负数。一般前面的字母 x 小写，后面的 A ~ F 也应小写，或者全部大写。a ~ f 或 A ~ F 分别表示数字 10 ~ 15。

例如，0x12c、0x100、0XFFFF 都是表示十六进制整型数。

（4）长整型整数

前面几种表示形式的整型是基本整型，但对于超过基本整型取值范围的整数，可以在数字后加字母 L 或 1，表示长整型整数。从表 3-2 可以看到，长整型数据的表示范围比基本整型的表示范围大得多。

例如，123456L、07531246L、0XFFFFFFFL 分别表示十进制长整型整数、八进制长整型整数、十六进制长整型整数。

2. 实型常量

实型常量又称浮点常量，是一个十进制表示的符号实数。符号实数的值包括整数部分、尾数部分和指数部分。实型常量的形式如下：

[digits] [. digits] [E |e[+ |−]digits]

在此 digits 是一位或多位十进制数字（从 0~9）。E（也可用 e）是指数符号。小数点之前是整数部分，小数点之后是尾数部分，它们是可省略的。小数点在没有尾数时可省略。指数部分用 E 或 e 开头，幂指数可以为负，当没有符号时视为正指数的基数为 10，例如：

1.575E10 表示为:1.575×10^{10}；

在实型常量中不得出现任何空白符号。在不加说明的情况下，实型常量为正值。如果表示负值，需要在常量前使用负号。下面是一些实型常量的示例：

15.75,1.575E10,1575e−2,−0.0025,−2.5e−3,25E−4；

所有的实型常量均视为双精度类型。实型常量的整数部分为 0 时可以省略，如下形式是允许的：

.57,.0075e2,−.125,−.175E−2；

注意字母 E 或 e 之前必须有数字，且 E 或 e 后面指数必须为整数：
如 e3，2.1e3.5，. e3，e 等都是不合法的指数形式。

3. 字符常量

字符常量是指用一对单引号括起来的单个字符。如 'a'，'9'，'! '。字符常量中的单引号只起定界作用并不表示字符本身。单引号中的字符不能是单引号（'）和反斜杠（\），它们特有的表示法在转义字符中介绍。

在 C 语言中，字符是按其所对应的 ASCII 码值来存储的，一个字符占一个字节。例如，部分字符的 ASCII 码值如下：

```
!:     33
0:     48
1:     49
9:     57
A:     65
B:     66
a:     97
b:     98
```

注意字符 '9' 和数字 9 的区别，前者是字符常量，后者是整型常量，它们的含义和在计算机中的存储方式都截然不同。

由于 C 语言中字符常量是按整数（short 型）存储的，所以字符常量可以像整数一样在程序中参与相关的运算。例如：

```
'a' −32；   /* 执行结果 97 − 32 = 65 */
'A' + 32；  /* 执行结果 65 + 32 = 97 */
'9' − 9；   /* 执行结果 57 − 9 = 48 */
```

4. 字符串常量

字符串常量是指用一对双引号括起来的一串字符。双引号只起定界作用，双引号括起的字符串中不能是双引号(")和反斜杠(\)，它们特有的表示法在转义字符中介绍。例如，"China"，"C program"，"YES&NO"，"33312-2341"等。

C 语言中，字符串常量在内存中存储时，系统自动在字符串的末尾加一个"串结束标志"，即 ASCII 码值为 0 的字符 NULL，常用'\0'表示。因此在程序中，长度为 n 个字符的字符串常量，在内存中占有 $n+1$ 个字节的存储空间。例如，字符串 China 有 5 个字符，作为字符串常量"China"存储于内存中时，共占 6 个字节，系统自动在后面加上 NULL 字符，其存储形式为：

C	H	I	N	A	NULL

要特别注意字符串与字符串常量的区别，除了表示形式不同外，其存储性质也不相同，字符'A'只占 1 个字节，而字符串常量"A"占 2 个字节。

5. 转义字符

转义字符是 C 语言中表示字符的一种特殊形式。通常使用转义字符表示 ASCII 码字符集中不可打印的控制字符和特定功能的字符，如用于表示字符常量的单引号(')，用于表示字符串常量的双引号(")和反斜杠(\)等。转义字符用反斜杠\后面跟一个字符或一个八进制或十六进制数表示。表 3-3 给出了 C 语言中常用的转义字符。

表 3-3　转义字符

转义字符	意义	ASCII 码值（十进制）
\a	响铃（BEL）	007
\b	退格（BS）	008
\f	换页（FF）	012
\n	换行（LF）	010
\r	回车（CR）	013
\t	水平制表（HT）	009
\v	垂直制表（VT）	011
\\	反斜杠	092
\?	问号字符	063
\'	单引号字符	039
\"	双引号字符	034
\0	空字符（NULL）	000
\ddd	任意字符	三位八进制
\xhh	任意字符	二位十六进制

字符常量中使用单引号和反斜杠以及字符常量中使用双引号和反斜杠时，都必须使用转义字符表示，即在这些字符前加上反斜杠。在 C 程序中使用转义字符\ddd 或者\xhh 可以方便灵活地表示任意字符。\ddd 为斜杠后面跟三位八进制数，该三位八进制数的值即为对应的八进制 ASCII 码值。\xhh 后面跟两位十六进制数，该两位十六进制数为对应字符的十六进制 ASCII 码值。使用转义字符时需要注意以下问题：

1）转义字符中只能使用小写字母，每个转义字符只能看做一个字符。

2）\v 垂直制表和\f 换页符对屏幕没有任何影响，但会影响打印机执行相应操作。

3）在 C 程序中，使用不可打印字符时，通常用转义字符表示。

6. 符号常量

C 语言允许将程序中的常量定义为一个标识符，称为符号常量。符号常量一般使用大写英文字母表示，以区别于一般用小写字母表示的变量。符号常量在使用前必须先定义，定义的形式是：

```
#define <符号常量名> <常量>
```

例如：

```
#define     PI      3.1415926
#define     TRUE    1
#define     FALSE   0
#define     STAR    '*'
```

这里定义 PI、TRUE、FALSE、STAR 为符号常量，其值分别为 3.1415926，1，0，'＊'.

define 是 C 语言的编译预处理命令，它表示经定义的符号常量在程序运行前将由其对应的常量替换。定义符号常量的目的是为了提高程序的可读性，便于程序的调试和修改。因此在定义符号常量名时，应使其尽可能地表达它所表示的常量的含义，例如前面所定义的符号常量名 PI（π），表示圆周率 3.1415926。此外，若要对一个程序中多次使用的符号常量的值进行修改，只需对预处理命令中定义的常量值进行修改即可。

3.3.2　变量

其值可以改变的量称为变量。一个变量应该有一个名字（标识符），在内存中占据一定的存储单元，在该存储单元中存放变量的值。请注意区分变量名和变量值这两个不同的概念。

所有的 C 变量必须在使用之前定义。定义变量的一般形式是：

```
type variable_list;
```

这里的 **type** 必须是有效的 C 数据类型，**variable_list**（变量表）可以由一个或多个由逗号分隔的多个标识符名构成。下面给出一些定义的范例。

```
int i,j,l;
short int si;
unsigned int ui;
double balance,profit,loss;
```

程序员应根据变量的取值范围和含义，选择合理的数据类型。下面详细介绍整型、实型（浮点型）、字符型的变量。

1. 整型变量

C 规定在程序中所有用到的变量都必须在程序中指定其类型，即"定义"。例如：

```
main ()
{
  int a,b,c,d;/* 指定 a,b,c,d 为整型变量* /
  unsigned u;/* 指定 u 为无符号整型变量* /
  a=22;b=-11;u=5;
  c=a+u;d=b+u;
  printf("a+u= %d,b+u= %d\n",c,d);
}
```

运行结果为：

```
a+u=27,b+u=-6
```

可以看到不同类型的整型数据可以进行算术运算。在本例中是 int 型数据与 unsigned int 型数据进行加减运算。

2. 实型变量

实型变量分为单精度（float 型）和双精度（double 型）。对每一个实型变量都应在使用前加以定义，如：

```
float    x,y;        /* 指定 x,y 为单精度实数 */
double   z;          /* 指定 z 为双精度实数 */
```

在一般系统中，一个 float 型数据在内存中占 4 个字节(32 位)，一个 double 型数据占 8 个字节(64 位)。单精度实数提供 7 位有效数字，双精度提供 15 ～ 16 位有效数字，数值的范围随机器系统而异。值得注意的是，实型常量是 double 型，当把一个实型常量赋给一个 float 型变量时，系统会截取相应的有效位数。例如：

```
float a;
a = 111111.111;
```

由于 float 型变量只能接收 7 位有效数字，因此最后两位小数不起作用。如果将 a 改为 double 型，则能全部接收上述 9 位数字并存储在变量 a 中。

3. 字符变量

字符变量用来存放字符变量，注意只能存放一个字符，不要以为在一个字符变量中可以放字符串。字符变量的定义形式如下：

```
char c1,c2;
```

它表示 c1 和 c2 为字符变量，各放一个字符。因此可以用下面语句对 c1、c2 赋值：

c1 = 'a'; c2 = 'b'; 例如：

```
main()
{
  char c1,c2;
  c1 = 97;c2 = 98;
  printf(" %c %c",c1,c2);
}
```

c1、c2 被指定为字符变量。但在第 3 行中，将整数 9 7 和 9 8 分别赋给 c1 和 c2，它的作用相当于以下两个赋值语句：

c1 = 'a';c2 = 'b';

因为 'a' 和 'b' 的 ASCII 码为 97 和 98。第 4 行将输出两个字符。" %c" 是输出字符的格式。程序输出：

```
a  b
```

又如：

```
main ()
{
  char c1,c2;
  c1 = 'a';c2 = 'b';
  c1 = c1 - 32;
  c2 = c2 - 32;
  printf (" %c %c ",c 1,c 2);
}
```

运行结果为：

```
A B
```

它的作用是将两个小写字母转换为大写字母。因为 'a' 的 ASCII 码为 97，而 'A' 为 65，'b' 为 98，'B' 为 66。从 ASCII 代码表中可以看到每一个小写字母比大写字母的 ASCII 码大 32。即 'a' = 'A' + 32；。

3.3.3　变量的初始化

变量的初始化是指在定义变量的同时给变量赋以初值，使某些变量在程序开始执行时就具有确定的值。

其形式为：

```
<数据类型> <变量标识符>=<常量表达式>;
```

例如：

```
char c = 'A', ky = 'K';        /* 字符型变量 c、ky 初值分别为 'A'、'K' */
int j,i = 1;                   /* 整型变量 i 初值为 1,j 没有赋初值 */
floatsum = 3.56;              /* 单精度变量 sum 初值为 3.56 */
```

如果对几个变量赋以相同的初值，不能写成：

```
int a = b = c = 3;
```

而应写成：

```
int a = 3,b = 3,c = 3;
```

赋初值相当于有一个赋值语句。例如：

```
int   a = 3;  相当于:  int a;      /* 指定 a 为整型变量 */
                       a = 3;     /* 赋值语句,将 3 赋予 a */
```

又如：int a = 4, b, c = 5;

相当于：

```
int a,b,c;
a = 4;
c = 5;
```

对变量所赋初值，可以是常量，也可以是常量表达式。例如：

```
double alf = 3.14159/180;
```

3.4　表达式和运算符

C 语言的运算符范围很广，具有非常丰富的运算符和表达式运算，为程序编制提供了方便。表达式是由操作数和运算符组成，运算结果产生一个确定的值。操作数可以是常量、变量、函数和表达式，每个操作数都具有一种数据类型，通过运算得到的结果也具有一种数据类型，结果的数据类型与操作数的数据类型可能相同，也可能不相同。运算符指出了表达式中的操作数如何运算。C 语言中，共有 44 种运算符，根据各运算符在表达式中的作用，表达式大致可以分成：算术表达式、关系表达式、逻辑表达式、条件表达式、赋值表达式和逗号表达式等。

在一个表达式中，若有多个运算符，其运算次序遵照 C 语言规定的运算优先级和结合性规则。即在一个复杂表达式中，看其运算的顺序，首先要考虑优先级高的运算，当几个运算符优先级相同时，还要按运算符的结合性，自左向右或自右向左计算。下面具体介绍这些运算符。我们要从运算符功能、要求运算量个数、要求运算量类型、运算符优先级别、结合方向以及结果的类型等几个方面去考虑。

3.4.1　算术运算符

表 3-4 列出了 C 语言中允许的算术运算符。在 C 语言中，运算符" + "、" – "、" ∗ "和"/"的用法与大多数计算机语言的相同，几乎可用于所有 C 语言内定义的数据类型。当"/"被用于整数或字符时，结果取整。例如，在整数除法中，10/3 = 3。

一元减法的实际效果等于用 – 1 乘单个操作数，即任何数值前放置减号将改变其符号。模运算符" % "在 C 语言中也同它在其他语言中的用法相同。切记，模运算取整数除法的余数，所以" % "不能用于 float 和 double 类型。

表 3-4 算术运算符

运算符	作用	运算符	作用
–	减法，也是一元减法	%	模运算
+	加法	– –	自减（减1）
*	乘法	++	自增（增1）
/	除法		

下面是说明 % 用法的程序段：

```
int x,y;
x = 1 0 ;
y = 3 ;
printf (" %d",x/y);/* 显示 3 */
printf (" %d",x %y) ; /* 显示 1,整数除法的余数* /
x = 1;
y = 2;
printf (" %d,%d",x/y,x %y); /* 显示 0,1 */
```

最后一行打印一个 0 和一个 1，因为 1/2 整除时为 0，余数为 1，故 1 % 2 取余数 1。

C 语言中有两个很有用的运算符，通常在其他计算机语言中找不到它们。自增和自减运算符，"++"和"– –"。运算符"++"是操作数加 1，而"– –"是操作数减 1，换句话说：

```
x = x +1;同 ++ x;
x = x –1;同 – – x;
```

自增和自减运算符可用在操作数之前，也可放在其后，例如：x = x +1；可写成 ++ x；或 x ++；但在表达式中这两种用法是有区别的。自增或自减运算符在操作数之前，C 语言在引用操作数之前就先执行加 1 或减 1 操作；运算符在操作数之后，C 语言就先引用操作数的值，而后再进行加 1 或减 1 操作。请看下例：

```
x = 10;
y = ++ x;
```

此时，y = 11。如果语句改为：

```
x = 10;
y = x ++ ;
```

则 y = 1 0。在这两种情况下，x 都被置为 11，但区别在于设置的时刻，这种对自增和自减发生时刻的控制是非常有用的。在大多数 C 编译程序中，为自增和自减操作生成的程序代码比等价的赋值语句生成的代码要快得多，所以尽可能采用加 1 或减 1 运算符是一种好的选择。

下面是算术运算符的优先级：

最高 ++ 、 – –

– （单目运算符取负号）

* 、 / 、%

最低 + 、 –

编译程序对同级运算符按从左到右的顺序进行计算。当然，括号可改变计算顺序。C 语言处理括号的方法与几乎所有的计算机语言相同：强迫某个运算或某组运算的优先级升高。

++ 和 – – 的结合方向是"自右向左"。前面已经提到，算术运算符的结合方向为"自左向右"，这是大家熟悉的。如果有：

– i ++

变量 i 的左边是负号运算符，右边是自增运算符，两个运算符的优先级相同，按照"自右向左"的结合方向，它相当于：

-(i++)

如果有：

printf("%d",-i++);

则先取出 i 的值使用，输出 -i 的值 -3，然后使 i 增值为4。

注意，(i++)是先用 i 的原值进行运算以后，再对 i 加1。不要认为先加完1以后再加负号，输出 -4，这是不对的。

3.4.2 赋值运算符

赋值运算符分简单赋值运算符和复合赋值运算符两种。

简单赋值运算的一般形式是：

<变量标识符>=<表达式>

其中，"="号是赋值运算符。其作用是将一个表达式的值赋给一个变量，同时该值作为赋值表达式的结果。如"a=5%3"的作用首先执行取余运算，然后执行赋值运算（因为"%"的优先级高于"="的优先级），把表达式 5%3 的结果 2 赋给变量 a，同时该值 2 作为这次赋值运算的结果。说明：

1）在 C 语言中，同时可以对多个变量赋值。

例如：a=b=c=d=0;

表示将 a、b、c、d 变量赋零值。根据运算符自右向左的结合性，该表达式从右向左依次赋值。相当于：

a=(b=(c=(d=0)));

2）如果赋值运算符两侧操作数类型不一致时，在赋值时要进行类型转换，即将右边表达式的类型自动转换成左边变量的类型，再赋值。表达式类型转换以后的值作为赋值运算的结果。

- 将实型数据（包括单、双精度数）赋给整型变量时，舍去实数的小数部分。

  如：int i;

  i=3.56;/* 变量 i 的值为 3 */

- 将整型数据赋给单、双精度变量时，数值不变，但以浮点数形式存储到变量中。

  如：float f;

  f=23;/* 先将 23 转换成 23.00000，再存储在 f 中 */

C 语言中提供的赋值运算符，除了常用的简单赋值运算符"="外，还有 10 种复合赋值运算符。在简单赋值运算符"="之前加上其他运算符，就构成了复合赋值运算符。如在"="前加一个"+"运算符，就构成了复合赋值运算符"+="。

例如：a+=3 等价于 a=a+3

   x*=y+8 等价于 x=x*(y+8)

   x%=3 等价于 x=x%3;

以"a+=3"为例来说明，它相当于使 a 进行一次自加 3 的操作。即先使 a 加 3 再赋给 a。同样，"x*=y+8"的作用是使 x 乘以（y+8）再赋给 x。说明：

1）复合运算符相当于两个运算符的结合。

例如：a+=b 相当于 a=a+b，但并不等价。在 C 语言中，复合赋值运算符看成是一个运算符，a 只被计算一次，而后一个式子中，a 被计算二次，先运算一次，后赋值一次，所以使用复合赋值运算符，可使程序精练，缩短程序代码，提高执行效率。

在复合赋值运算中，对于赋值号右边是复杂的表达式时，例如，x*=y+10-z 相当于 x=x*(y+10-z)而不是 x=x*y+10-z，即将右端表达式看做一个整体和 x 进行有关运算。这是因为赋值运算符的优先级仅高于逗号运算符。

用赋值运算符将一个变量和一个表达式连接起来的式子称为"赋值表达式"。

它的一般形式为：

<变量标识符> <赋值运算符> <表达式>

如"a = 5"，是一个赋值表达式。对赋值表达式的求解过程是：将赋值运算符右侧的"表达式"的值赋给左侧的变量。赋值表达式的值就是被赋值的变量的值。例如，赋值表达式"a = 5"的值为5（变量 a 的值也是5）。

上述一般形式的赋值表达式中的"表达式"，也可以是一个赋值表达式。例如：

a = (b = 5)

括号内的"b = 5"是一个赋值表达式，它的值等于5，因此"a = (b = 5)"相当于"b = 5，a = 5"，a 的值等于5，整个表达式的值也等于5。因为赋值运算符的结合方向是"自右向左"，所以"b = 5"外面的括号可以不要，即 a = (b = 5) 和"a = b = 5"等价。下面是赋值表达式的例子：

```
a = b = c = 5            （赋值表达式的值为5，a、b、c 的值均为5）
a = 5 + (c = 6)          （赋值表达式的值为11，a 的值为11，c 的值为6）
a = (b = 4) + (c = 6)    （赋值表达式的值为10，a 的值为10，b 的值为4，c 的值为6）
a = (b = 10)/(c = 2)     （赋值表达式的值为5，a 的值为5，b 的值为10，c 的值为2）
```

赋值表达式也可以包含复合赋值运算符。设 a 的初值为8，表达式：

a + = a - = a * a

也是一个赋值表达式，根据优先级和结合性，此赋值表达式的求解过程为：

2）先进行"a - = a * a"的运算，它相当于 a = a - a * a = 8 - 8 * 8 = - 56；

3）再进行"a + = -56"的运算，相当于 a = a + (- 56) = - 56 - 56 = - 112。

3.4.3 关系运算符

关系运算是逻辑运算中比较简单的一种。所谓"关系运算"实际上是"比较运算"。将两个值进行比较，判断比较的结果是否符合给定的条件。例如，a > 3 是一个关系表达式，大于号"＞"是一个关系运算符，如果 a 的值为5，则满足给定的条件"a > 3"，因此该表达式的值为"真"（即"条件满足"）；如果 a 的值为2，不满足"a > 3"条件，则称关系表达式的值为"假"。

C 语言提供6种关系运算符，见表3-5。

表3-5 关系运算符

优先级	运算符	意义	例	结果
6	<	小于	'A' < 'B'	真
	<=	小于等于	12. 5 <=10	假
	>	大于	'A' > 'B'	假
	>=	大于等于	'A' + 2 >= 'B'	真
7	==	等于	'A' == 'B'	假
	! =	不等	'A' != 'B'	真

说明：

1）参加比较的数据可以是字符型、整型和浮点型数据。

2）前4种关系运算符（<、<=、>、>=）的优先级相同，后两种优先级相同。前四种高于后两种。例如，"＞"优先于"=="。而"＞"与"<"优先级相同。

3）关系运算符优先级低于算术运算符。

4）关系运算符优先级高于赋值运算符。

用关系运算符将两个表达式连接起来的式子，称为关系表达式。例如：

```
a+b>c+d,'a'<'d'
```

在 c 语言中没有提供逻辑类型数据，而用不等于零的数（一般是整型 1）代表逻辑真（true），用整型数 0 代表逻辑假（false）。因此，关系表达式的结果是整型数 0 或 1，而非逻辑量，如果变量 a、b 定义为：

```
int a=3,b=1;
```

则表达式 a+b 的值为 1，表示逻辑"真"（true）。

正因为如此，关系运算符的两边也可以是关系表达式。如果定义：

```
int a=3,b=1,c=-2,d;则表达式
a>b!=c    的值为1;（因为 a>b 的值为1，即 1=-2 是正确的）
a==b<c    的值为0;表示逻辑"假"（false）
b+c<a     的值为1;
```

如果有以下表达式：

```
d=a>b       则 d 的值为1;
d=a>b<c     则 d 的值为0,因为关系运算符">"和"<"优先级相同,案自左向右的方向结合,先执行"a>b"得值为1,
            再执行关系运算"1<c",得到值为0,赋给d。
```

设变量 x 在[0，10]范围内，用数学表达式为 $0 \leq x \leq 10$，若将此式误写成 C 语言表达式：

```
0<=x<=10
```

这时候，C 语言的编译系统不会指出错误（而在其他程序设计语言中编译出错）。其计算结果不管 x 取何值，表达式的值总为 1，请读者思考这是什么原因？

3.4.4　逻辑运算符

C 语言提供三种逻辑运算符：
&&　　　逻辑与
‖　　　逻辑或
!　　　逻辑非

"&&"和"‖"是"双目（元）运算符"，它要求有两个数据参加操作或运算，运算结果是整型数 1 或 0，表示逻辑真（true）或逻辑假（false）。例如：

```
(a>b)&&(x>y),(a>b)‖(x>y)
```

"!"是"单目运算符"，只要求一个运算量，如!(a>b)。

表 3-6 给出了三种逻辑运算符的优先级。

表 3-6　逻辑运算符

优先级	运算符	意义	例	结果
2	!	逻辑非	!7	0
11	&&	逻辑与	'A'&&'B'	1
12	‖	逻辑成	3‖4	1

逻辑运算举例如下：
a&&b　　　若 a，b 都为真，则 a&&b 为真。
a‖b　　　若 a，b 中有一个为真，则 a‖b 为真。
!a　　　若 a 为真，则 !a 为假。

表 3-7 为逻辑运算符的"真值表"。用它表示当 a 和 b 的值为不同组合时，各种逻辑运算所得到的值。

表 3-7　逻辑运算真值表

a	b	!a	!b	a&&b	a‖b
0	0	1	1	0	0
0	1	1	0	0	1
1	0	0	1	0	1
1	1	0	0	1	1

说明：

1）参加逻辑运算的数据类型可以是字符型、整型、浮点型。

2）优先级：

● 当一个逻辑表达式中包含多个逻辑运算符时按以下的优先顺序：

!（非），&&（与），‖（或），即"!"是三者中最高的。

● 逻辑运算符中的"&&"和"‖"低于关系运算符，"!"高于算术运算符。例如：

(a > b)&&(x > y)　　　　可写成：　　　　a > b&&x > y

(a == b)‖(x == y)　　　可写成：　　　　a == b‖x == y

(!a)‖(a > b)　　　　　可写成：　　　　!a‖a > b

当一个表达式中出现算术、关系、逻辑运算时，要分清优先级，为程序清晰起见，可以通过圆括号以显示规定运算次序。

C 语言在给出逻辑运算结果时，以数值 1 代表"真"，以"0"代表"假"，但在判断一个值是否为"真"，以 0 代表"假"，以非 0 代表"真"。即将一个非 0 的数值认作为"真"。例如：

1）若 a = 4，则 !a 的值为 0。因为 a 的值为非 0，被认为是"真"，对它进行"非"运算，结果为"假"，"假"以 0 代表。

2）若 a = 4，b = 5，则 a&&b 的值为 1。因为 a 和 b 均为非 0，被认为是"真"，因此 a&&b 的值也为"真"，值为 1。

3）a，b 值同前，a‖b 的值为 1。

4）a，b 值同前，!a&&b 的值为 0。

5）a，b 值同前，4&&0‖2 的值为 1。

通过这几个例子可以看出，由系统给出的逻辑运算结果不是 0 就是 1，不可能是其他数值。而在逻辑表达式中作为参加逻辑运算的运算对象（操作数）可以是 0（"假"）或任何非 0 的数值（按"真"对待）。如果在一个表达式中不同位置上出现数值，应区分哪些是作为数值运算或关系运算的对象，哪些是作为逻辑运算的对象。例如：

```
5 > 3&&2‖8 < 4 - ! 0
```

表达式自左至右扫描求解。首先处理"5 > 3"（因为关系运算符优先于 &&）。在关系运算符两侧的 5 和 3 作为数值参加关系运算，"5 > 3"的值为 1，在进行"1&&2"的运算，此时 1 和 2 均是逻辑运算的对象，均作为"真"处理，因此结果为 1。再往下进行"1‖8 < 4 - ! 0"的运算。根据优先次序，先进行"! 0"运算，结果为 1，因此，要运算的表达式变成："1‖8 < 4 - 1"，即"1‖8 < 3"，关系运算符" < "两侧的 8 和 3 作为数值参加比较，"8 < 3"的值为 0（"假"）。最后得到"1‖0"的结果 1。

实际上，逻辑运算符两侧的运算对象可以是 0 和 1，或者是 0 和非 0 的整数型，也可以是任何类型的数据，可以是字符型、实型或其他类型。系统最终以 0 和非 0 来判断它们属于"真"或"假"，例如：

```
'a'&&'d'
```

的值为 1（因为 'c' 和 'd' 的 ASCII 值都不为 0，按"真"处理）。

逻辑表达式求解时，并非所有的逻辑运算符都被执行，只是在必须执行下一个逻辑运算符才能求出表达式的解时，才执行该运算符。这种特性被称为短路特性。例如：

```
int a = 1,b = 2,c = 5,d = 4;
a > b&&c = d* 3&&a + b;
```

先计算 a > b 值为 0，就不再继续进行右边的运算，逻辑表达式为 0。因为没有计算表达式“c = d* 3”的值，故变量 c 的值还是 5。

同样，在进行多个 ‖ 运算时，当有一个操作数为 1 时，也就不进行下一步计算，表达式结果为 1。例如：

```
a－4‖b < 5‖c > a
```

先计算 a－4 为非 0，后面两个关系表达式不进行判断，得逻辑表达式值为 1。反之继续判断 b < 5 是否为非 0，以此类推。

熟练掌握 C 语言的关系运算符和逻辑运算符后可以巧妙地用一个逻辑表达式来表示一个复杂的条件。

例如，判别某一年 year 是否为闰年。闰年的条件是符合下面二者之一：

1）能被 4 整除，但不能被 100 整除。

2）能被 400 整除。

可以用一个逻辑表达式来表示：

```
(year %4 == 0&&year %100! = 0)‖ year %400 == 0
```

当 year 为某一整型值时，上述表达式的值为 1，则 year 为闰年；否则为非闰年。

可以加一个 "!" 用来判别非闰年：

```
! ((year %4 == 0&&year %100! = 0)‖ year %400 == 0)
```

若表达式值为 1，year 为非闰年。

也可以用下面逻辑表达式判别非闰年：

```
(year %4! = 0)‖(year %100 == 0　&&　year %400! = 0)
```

表达式为真，year 为非闰年。请注意表达式中不同运算符的运算优先次序。

3.4.5　位运算符

位运算是指按二进制进行的运算。在系统软件中，常常需要处理二进制位的问题。C 语言提供了 6 个位运算符。这些运算符只能用于整型操作数，即只能用于带符号或无符号的 char、short、int 与 long 类型。表 3-8 为 C 语言提供的位运算符列表。

表 3-8　位运算符表

运算符	含义	描述
&	按位与	如果两个相应的二进制位都为 1，则该位的结果值为 1，否则为 0
|	按位或	两个相应的二进制位中只要有一个为 1，该位的结果值为 1
^	按位异或	若参加运算的两个二进制位值相同则为 0，否则为 1
~	取反	~是一元运算符，用来对一个二进制数按位取反，即将 0 变 1，将 1 变 0
<<	左移	用来将一个数的各二进制位全部左移 N 位，右补 0
>>	右移	将一个数的各二进制位右移 N 位，移到右端的低位被舍弃，对于无符号数，高位补 0

1. "按位与"运算符(&)

"按位与"是指：参加运算的两个数据，按二进制位进行"与"运算。如果两个相应的二进制位都为 1，则该位的结果值为 1；否则为 0。这里的 1 可以理解为逻辑中的 true，0 可以理解为逻辑中的 false。按位与其实与逻辑上"与"的运算规则一致。逻辑上的"与"，要求运算数全真，结果才为真。

若 A = true，B = true，则 A∩B = true。

例如：3&5

3 的二进制编码是 11，内存储数据的基本单位是字节(Byte)，一个字节由 8 个位(bit)所组成。位是用以描述电脑数据量的最小单位。二进制系统中，每个 0 或 1 就是一个位。将 11 补足成一个字节，则是 00000011。

5 的二进制编码是 101，将其补足成一个字节，则是 00000101。

按位与运算：

```
        00000011
&       00000101
        00000001
```

由此可知 3&5 = 1；

"按位与"的用途主要有：

1)清零。

若想对一个存储单元清零，即使其全部二进制位为 0，只要找一个二进制数，其中各个位符合以下条件：原来的数中为 1 的位，新数中相应位为 0。然后使二者进行 & 运算，即可达到清零目的。例如整数 43，二进制为 00101011，另找一个整数 148，二进制为 10010100，将两者"按位与"运算：

```
        00101011
&       10010100
        00000000
```

2)取一个数中某些指定位。

若有一个整数 a(假设占 2 个字节)，想要取其中的低字节，只需要将 a 与 8 个 1"按位与"即可。

```
    a 00101100 10101100
&   b 00000000 11111111
    c 00000000 10101100
```

3) 保留指定位。

与一个数进行"按位与"运算，此数在该位取 1。

例如：有一数 84，即 01010100，想把其中从左边算起的第 3，4，5，7，8 位保留下来，运算如下：

```
        01010100
&       00111011
        00010000
```

即 a = 84，b = 59，c = a&b = 16。

2."按位或"运算符(|)

两个相应的二进制位中只要有一个为 1，该位的结果值为 1。

例如：48 | 15，将 48 与 15 进行"按位或"运算。

```
        00110000
|       00001111
        00111111
```

"按位或"运算常用来对一个数据的某些位定值为 1。例如，如果想使一个数 a 的低 4 位改为 1，则只需要将 a 与 15 进行"按位或"运算即可。

3."异或"运算符(^)

"异或"运算符的规则是：若参加运算的两个二进制位值相同则为 0，否则为 1；即 0^0 = 0，

0^1 = 1, 1^0 = 1, 1^1 = 0；

例如：　　　　　　　　00111001

　　^　　　　　　　　00101010

　　　　　　　　　　　00010011

按位"异或"的用途主要有：

1）使特定位翻转。

设有二进制数 01111010，想使其低 4 位翻转，即 1 变 0，0 变 1，可以将其与二进制数 00001111 进行"异或"运算，即

　　　　　　　　　01111010

　　^　　　　　　　00001111

　　　　　　　　　01110101

运算结果的低 4 位正好是原数低 4 位的翻转。可见，要使哪几位翻转就将与其进行'^'运算的该几位置为 1 即可。

2）与 0 相"异或"，保留原值。例如：10^0 = 10

　　　　　　　　　00001010

　　^　　　　　　　00000000

　　　　　　　　　00001010

因为原数中的 1 与 0 进行异或运算得 1，0^0 得 0，故保留原数。

3）交换两个值，不用临时变量。

例如：a = 3，即二进制 00000011；b = 4，即二进制 00000100。想将 a 和 b 的值互换，可以用以下赋值语句实现：

　　　　　　　a = a^b；

　　　　　　　b = b^a；

　　　　　　　a = a^b；

　　　　　　　a = 00000011

　　^　　　　　b = 00000100，则

　　　　　　　a = 00000111，转换成十进制，a 已变成 7；

继续进行

　　　　　　　a = 00000111

　　^　　　　　b = 00000100，则

　　　　　　　b = 00000011，转换成十进制，b 已变成 3；

继续进行

　　　　　　　b = 00000011

　　^　　　　　a = 00000111，则

　　　　　　　a = 00000100，转换成十进制，a 已变成 4；

执行前两个赋值语句："a = a^b；"和"b = b^a；"相当于 b = b^(a^b)。

再执行第三个赋值语句：a = a^b。由于 a 的值等于（a^b），b 的值等于（b^a^b），因此，相当于 a = a^b^b^a^b，即 a 的值等于 a^a^b^b^b，等于 b。

4. "取反"运算符（~）

"取反"是一个单目运算符，用于求整数的二进制反码，即分别将操作数各二进制位上的 1 变为 0，0 变为 1。

5. "左移"运算符（<<）

"左移"运算符是用来将一个数的各二进制位左移若干位，移动的位数由右操作数指定（右操作数必须是非负值），其右边空出的位用 0 填补，高位左移溢出则舍弃该高位。

例如，将 a 的二进制数左移 2 位，右边空出的位补 0，左边溢出的位舍弃。若 a = 15，即 00001111，左移 2 位得 00111100。

左移 1 位相当于该数乘以 2，左移 2 位相当于该数乘以 2 * 2 = 4，15 << 2 = 60，即乘了 4。但此结论只适用于该数左移时被溢出舍弃的高位中不包含 1 的情况。

假设以一个字节(8 位)存一个整数，若 a 为无符号整型变量，则 a = 64 时，左移一位时溢出的是 0，而左移 2 位时，溢出的高位中包含 1。

6. "右移"运算符(>>)

右移运算符是用来将一个数的各二进制位右移若干位，移动的位数由右操作数指定(右操作数必须是非负值)，移到右端的低位被舍弃，对于无符号数，高位补 0。对于有符号数，某些机器将对左边空出的部分用符号位填补(即"算术移位")，而另一些机器则对左边空出的部分用 0 填补(即"逻辑移位")。注意，对无符号数，右移时左边高位移入 0；对于有符号的值，如果原来符号位为 0(该数为正)，则左边也是移入 0。如果符号位原来为 1(即负数)，则左边移入 0 还是 1，要取决于所用的计算机系统。有的系统移入 0，有的系统移入 1。移入 0 的称为"逻辑移位"，即简单移位；移入 1 的称为"算术移位"。

例如，a 的值是十进制数 38893：

a　　　　1001011111101101(用二进制形式表示)

a >> 1　0100101111110110 (逻辑右移时)

a >> 1　1100101111110110 (算术右移时)

Turbo C 和其他一些 C 编译采用的是算术右移，即对有符号数右移时，如果符号位原来为 1，左面移入高位的是 1。

7. 位运算赋值运算符

位运算符与赋值运算符可以组成复合赋值运算符。如 & = 、|= 、>>= 、<<= 、^= 等。

例如：a& = b 相当于 a = a&b

　　　　a <<= 2 相当于 a = a <<2

3.4.6　逗号运算符

C 语言提供一种特殊的运算符—逗号运算符。用逗号将若干个表达式连接起来。如：

3 +5,6 +8

称为逗号表达式。逗号表达式的一般形式为：

<表达式 1>,<表达式 2>,<表达式 3>,…<表达式 n>

逗号表达式的求解过程是：先求解表达式 1，再求解表达式 2，直到求解完表达式 n，最后一个逗号表达式的值是整个逗号表达式的值。逗号运算符又称为"顺序求解运算符"。例如上面的逗号表达式"3 +5,6 +8"的值为 14。又如，逗号表达式：

a =3* 5, a* 4

先求解 a = 3 * 5，得到 a 的值为 15，然后求解 a * 4，得到 60，整个逗号表达式的值为 60，变量 a 的值为 15。

逗号运算符是所有运算符中级别最低的。因此，下面两个表达式的作用是不同：

① x = (a = 3, 6*3)

② x = a = 3, 6*3

表达式①是一个赋值表达式，将一个逗号表达式的值赋给 x，x 的值为 18。

表达式②相当于"x = (a = 3), 6*3"，是一个逗号表达式，它包括一个赋值表达式和一个算术表达式，x 的值为 3。

其实，逗号表达式无非是把若干个表达式"串连"起来，在许多情况下，使用逗号表达式的目的只是想分别计算各个表达式的值，而并非一定要得到和使用整个逗号表达式的值，逗号表达式常用于循环语句(for)中，详见后面的章节。

3.4.7　条件运算符

C 语言提供了一个可以代替某些条件语句的条件运算符。条件运算符要求有三个操作对象，称三目运算符。它是 C 语言中唯一的一个三目运算符。条件表达式的一般形式为：

表达式 1? 表达式 2:表达式 3

说明：

1) 条件运算符的执行顺序：先求解表达式 1，若为非 0(真)，则求解表达式 2，此时表达式 2 的值就作为整个条件表达式的值。若表达式 1 的值为 0(假)，则求解表达式 3，表达式 3 的值就是整个条件表达式的值。

例如：max = (a > b)? a:b

执行结果就是将条件表达式的值赋给 max，也就是 a 和 b 二者中的较大者赋给 max。

2) 条件运算符优先于赋值运算符，因此上面赋值表达式的求解过程是先求解条件表达式，再将它的值赋给 max。

条件运算符的优先级别比关系运算符和算术运算符都低。因此，max = (a > b)? a: b，括号可以不要，可写成 max = a > b? a: b；如果有 a > b? a: b + 1，相当于 a > b? a: (b + 1)，而不相当于(a > b? a: b) + 1；。

3) 条件运算符的结合方向为"自右至左"。如果有以下条件表达式，a > b? a: c > d? c: d 相当于 a > b? a: (c > d? c: d)，如果 a = 1、b = 2、c = 3、d = 4，则条件表达式的值等于 4。

4) 通常用条件表达式取代简单的条件语句，这部分在后面条件语句中介绍。

3.5　各类数值型数据间的混合运算

在 C 语言中，允许不同类型的数据之间进行某些混合运算，前面提到，字符型数据可以和整型通用。不仅如此，C 语言还允许整型、单精度型、双精度型、字符型数据之间进行混合运算。例如：

10 + 'a' + 1.5 − 8765.1234 * 'b'

是合法的。在进行运算时，不同类型的数据要先转换成同一类型，然后进行运算。转换的规则按图 3-2 所示。

图中横向的左箭头表示必定的转换，如字符型(char)参加运算时，不论另一个操作数是什么类型，必定先转换为整型(int)；short 型转换为 int 型，单精度(float)型数据在运算时一律先转换成双精度(double)，以提高运算精度(即使是两个 float 型数据相加，也要先转换成 double 型、然后再相加)。

图中纵向的上箭头表示当运算对象为不同类型时的转换方向。例如 int 型与 double 型数据进行运算，先将 int 型的数据转换成 double 型，然后在两个同类型(double 型)数据间进行运算，结果为 double 型。注意箭头方向只表示数据类型级别的高低，由低向高转换，不要理解为 int 型先转换成 unsigned 型，再转换成

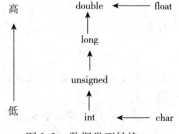

图 3-2　数据类型转换

long 型，再转换成 double。如果一个 int 型数据与一个 double 型运算，是直接将 int 型转换成 double 型。同样，一个 int 型数据与一个 long 型数据运算，直接将 int 型转换成 long 型。

假设 i 为 int 型，f 为 float 型变量。运算表达式：10 + 'a' + i * f，运算次序依次为：

1）进行 10 + 'a' 的运算，'a' 自动转换成整型 97，然后执行相加，结果为整型值 107。

2）进行 i* f 的运算，首先 f 自动转换成 double 型，然后把 int 型的 i 转换成 double 型，两个 double 型数据进行算术乘，结果是 double 型。

3）整型值 107 与 i* f 的积相加。由于 i* f 的值是 double 型，先将整型数 107 转换成 double 型，然后再相加，结果为 double 型。

习　题

3.1　分别写出下面各表达式运算后 a 的值，设原来的 a = 12，n = 5。

　　1）a + = a　　　　　　2）a − = 2　　　　　　3）a* = 2 + 3

　　4）a/ = a + a　　　　 5）a = (n % = 2)　　　 6）a + = a − = a* = a

3.2　设 x = 3，y = 1，下列语句执行后，m，x，y 的值是多少？（各小题相互无关）

　　1）m = ++ x − y ++；　　2）m = ++ x，x ++；　　3）m = x ++，++ x；

　　4）m = (x ++ % ++ y)；　 5）m = (x = 3 +++ y)；

3.3　出下面各逻辑表达式的值，设 int a = 3,b = 4,c = 5;

　　1）a + b > c&&b == c

　　2）a ‖ b + x&&b − c

　　3）! (a > b)&&! c ‖ 1

　　4）! (x = a)&&(y = b)&&0

　　5）! (a + b) + c − 1&&b + c/2

3.4　要将"China"译成密码，方法是：将原来字母用其字典顺序后面的第四个字母替换。例如：原来 a 用 e 替换，原来 A 用 E 替换。故"China"译成密码应为"Glmre"。试编一个程序用赋值的方法使变量 c1、c2、c3、c4、c5 的值分别为 'C'、'h'、'I'、'n'、'a'，经过运算，使 c1、c2、c3、c4、c5 的值分别为 'G'、'l'、'm'、'r'、'e'，并在屏幕上显示。

3.5　若有定义：int a = 10,b = 9,c = 8；顺序执行下列两条语句后，变量 b 中的值是多少？

　　c = (a − = (b − 5))；

　　c = (a %11) + (b = 3)；

3.6　设 x 和 y 均为 int 型变量，且 x = 1，y = 2，则表达式(1.0 + x/y)的值为多少？

3.7　设 y 是 int 型变量，请写出判断 y 为奇数的关系表达式。

3.8　表示"整数 x 的绝对值大于 5"时值为"真"的 C 语言表达式是什么？

3.9　若 x 为 int 类型，请以最简单的形式写出与逻辑表达式!^x 等价的 C 语言关系表达式。

第 4 章

输入输出语句

在程序的运行过程中，往往需要由用户输入一些数据，这些数据经机器处理后要输出反馈给用户。通过数据的输入输出来实现人与计算机之间的交互，所以在程序设计中，输入输出语句是一类必不可少的重要语句。在 C 语言中，没有专门的输入输出语句，所有的输入输出操作都是通过对标准 I/O 库函数的调用实现。最常用的输入输出函数有 scanf()、printf()、getchar()和 putchar()，以下分别介绍。

4.1　putchar 函数

当我们要把字符一个一个输出时，可以用 putchar 函数，它是一个专门输出字符的函数。
其一般形式是：putchar(<字符表达式>)
该函数的功能是输出"字符表达式"的值。
例如：putchar('A');　　　输出字符'A'；
　　　putchar('A'+1);　　输出字符'B'；
在使用标准 I/O 库函数时，要用预编译命令"#include"将"stdio.h"文件包含到用户源文件中，即

```
#include < stdio. h >
```

stdio.h 是 standard input&output 的缩写，它包含了与标准 I/O 库函数有关的定义和函数声明（具体见编译预处理命令章节）。在需要使用标准 I/O 库中的函数时，应在程序前使用上述预编译命令。

[例 4-1]

```
#include < stdio. h >
   main( )
   {
    char a,b,c;
    a = 'B';b = 'O';c = 'Y';
    putchar(a);putchar(b);putchar(c);
   }
```

运行结果：

BOY

也可以输出控制字符，如 putchar('\n')输出一个换行符。如果将例 4-1 程序最后一行改为：

```
putchar(a);putchar('\n');putchar(b);putchar('\n');putchar(c);putchar('\n');
```

则输出结果为：

```
B
O
Y
```

也可以输出其他转义字符，例如：

```
putchar('\101');        /* 输出字符'A' */
putchar('\'');          /* 输出单引号字符'*/
putchar('\015');        /* 输出回车,不换行 */
```

4.2 printf 函数

在前面章节中我们已用到 printf 函数，它的作用是向显示器输出若干个任意类型的数据。这里我们可以看到 putchar 和 printf 函数的主要区别：putchar 只能输出字符，而且只能是一个字符，而 printf 可以输出多个数据且为任意类型。

4.2.1 printf 函数的格式

printf 函数的一般格式为：

printf(<格式控制>,<输出表列>)

"输出表列"是需要输出的一些数据，可以是表达式。例如：

printf(" %d %d",a+2,b);

"格式控制"是用双引号括起来的字符串，也称"转换控制字符串"，它用于控制输出数据的格式，包括两种信息：

1）格式说明，由"%"和格式说明字符组成，如 %d、%f 等 printf 的格式说明字符见表 4-1。它的作用是将输出的数据转换为指定的格式输出，格式说明是由"%"字符开始的。输出表列中有多少个数据项，格式控制串中就应有多少个格式说明，并且它们依次对应，如上面的 printf 中，第一个" %d"控制表达式 a+2，而第二个" %d"控制表达式 b。

表 4-1　printf 格式符

格式字符	说明
d	以带符号的十进制形式输出整型数(正数不输出符号)
o	以八进制无符号形式输出整型数(不输出前导符 0)
x	以十六进制无符号形式输出整型数(不输出前导符 0x)
u	以无符号十进制形式输出整型数
c	以字符形式输出，只输出一个字符
s	输出字符串
f	以小数形式输出单、双精度数，隐含输出 6 位小数
e	以标准指数形式输出单、双精度数，数字部分小数位数为 6 位
g	自动选用 %f 或 %e 格式中输出宽度较短的一种格式，不输出无意义的 0

2）普通字符，即需要原样输出的字符。

例如：printf("a = %d b = %d",a,b);

在上面双引号中的字符除了" %d"和" %d"以外，还有非格式说明的普通字符（" a ="和" b ="），它们按原样输出。计算机在执行该语句时，首先输出格式控制串中的" a ="，然后碰到一个格式说明" %d"，就从输出表列中取第一个数据项 a，按格式说明输出该数据项值，然后原样输出格式控制串中的" b ="，又碰到第二个格式说明" %d"，取输出表列中的第二个数据项 b，按格式说明输出其值。

如果 a、b 的值分别为 3、4，则输出为：

a＝3　b＝4

其中"a＝"和"b＝"是 printf 函数中的"格式控制"字符串中的普通字符输出的结果。3 和 4 是 a 和 b 的值。假如 a＝12，b＝123，则输出结果为：

a＝12　b＝123

由于 printf 是函数，因此，"格式控制"字符串和"输出列表"实际上都是函数的参数。可以表示为：

printf(参数 1,参数 2,参数 3,…,参数 n);

printf 函数的功能是将参数 2～参数 n 按参数 1 给定的格式输出。

4.2.2　格式说明字符

不同类型的数据应该用不同的格式说明字符。即使同一类型的数据，也可以用不同的格式说明，以使数据以不同的形式输出。如一个整型数，我们可以要求它以十进制形式输出，也可以要求它以十六进制或八进制形式输出。格式说明字符有以下几种：

（1）d 格式符

它用来控制整型数按十进制形式输出。有以下几种用法：

1）%d，按整型数据的实际长度输出。

2）%md，m 为指定的输出字段的宽度。如果数据的位数（包括负号）小于 m，则右对齐左端补以空格，若大于 m，则按实际位数输出。如：

printf(" %4d,%4d,%4d",a,b,c);

若 a＝12,b＝－12,c＝12345，则输出的结果为：

12, －12,12345

3）% －md，m 为指定的输出字段的宽度。如果数据的位数小于 m，则左对齐补以空格，若大于 m，则按实际位数输出。如：

printf(" %-4d,%-4d,%-4d",a,b,c);

若 a＝12,b＝－12,c＝12345，则输出的结果为：

12 ,－12 ,12345

4）%ld，输出长整型数据。如：

long a＝135790;

printf(" %ld",a);　输出为：

135790

如果用 %d 输出，就会发生错误，对 long 型数据应当用 %ld 格式输出。对长整型数据也可以指定字段宽度，如将上面 printf 函数中的" %ld"改为" %8ld"，则输出为：

　　135790

　8 列

一个 int 型数据可以用 %d 或 %ld 格式输出。

前面所述的 m、l、－ 称为附加格式说明字符（也称为修饰符）。

下面我们对整型数据用 d 格式符作一小结：

1）如按标准十进制整型的实际位数输出，不加修饰符（如 %d）；

2）如按长整型输出，加修饰符"l"（如 %ld），否则按标准整型输出；

3）如控制输出的宽度，加修饰符"m"（如 %8d），否则按实际宽度输出；

4）如在指定输出的宽度内"左对齐"输出，加修饰符"–"（如 %–8d），否则"右对齐"输出；

以上控制输出的方法对下面讲到的格式符"o、x、u"也一样适合。

（2）o 格式符

它以八进制数形式输出整型数据。

例如：int b = 15;

　　　　printf(" %d, %o",b,b);

输出为：

15,17

由于是将内存单元中的各位的值（0 或 1）按八进制形式输出，因此此处的数值不带符号，即将符号也一起作为八进制数的一部分输出。例如，–1 在内存单元中（以补码形式）存放如下：1111111111111111（假设占两个字节）。

例如：　　int a = –1;

　　　　printf(" %d, %o",a,a);

输出为：

–1,177777

不会输出带负号的八进制整型数。对长整数（long 型）可以用" %lo"格式输出。同样可以指定字段宽度，如 printf(" %8o",a)输出格式为 177777。

o 格式符一般用于输出正整数或无符号类型的数据。

（3）x 格式符

它以 16 进制形式输出整型数据。

例如：　　int b = 26;

　　　　printf(" %d, %x",b,b);

输出为：

26,1a

同样不会出现负的十六进制数。例如：

int a = –1;
printf(" %x, %o, %d",a,a,a);

输出结果为：

ffff,177777,–1

同样可以用" %x"输出长整型数，也可以指定输出字段的宽度，如" %12x"。

x 格式符一般用于输出正整数或无符号类型的数据。

（4）u 格式符

它用来输出 unsigned 数据，即无符号数，以十进制形式输出。

一个有符号整型数（int 型）也可以用 %u 格式输出，此时把符号位当作数值看待。反之，一个 unsigned 型数据也可以用 %d 格式输出，按相互赋值的规则处理。unsigned 数据也可用 %o 或 %x 格式输出。

［例 4-2］

main()
{

```
unsigned int a =65535;
int b = -2;
printf("a= %d, %o, %x, %u\n",a,a,a,a);
printf("b= %d, %o, %x, %u\n",b,b,b,b);
}
```

运行结果为：

```
a= -1,177777,ffff,65535
b= -2,177776,fffe,65534
```

（5）c 格式符

它用来输出一个字符。如：

```
char c = 'a';
printf(" %c",c);
```

输出字符'a'，注意" %c"的 c 是格式符，逗号右边的 c 是变量名，不要搞混。

一个整数，只要它的值在0～255 范围内，也可以用字符形式输，在输出前将该整数转换成换成相应的 ASCII 字符；反之，一个字符数据也可以用整型数形式输出，但输出的是其 ASCII 码值。

[例4-3]

```
main()
{
  char c = 'a';
  int i =97;
  printf(" %c, %d\n",c,c);
  printf(" %c, %d\n",i,i);
}
```

运行结果为：

```
a,97
a,97
```

也可以指定输出字数宽度，如果有：

```
printf(" %3c",c);
```

则输出：

⌴⌴a

即变量 c 输出占3 列，前2 列补空格。

（6）s 格式符

它用来输出一个字符串有几种用法：

1）% s，例如：

```
printf(" %s","CHINA");
```

输出 "CHINA"字符串（不包括双引号）。

2）%ms，输出的字符串占 m 列，若字符串长度小于 m，则"右对齐"，左边补空格。如字符本身长度大于 m，则突破 m 的限制，将字符串全部输出。

3）% -ms，若字符串长度小于 m，则在 m 列范围内，"左对齐"，右边补空格。如字符本身长度大于 m，则突破 m 的限制，将字符串全部输出。

4）%m. ns，输出占 m 列，但只取字符串中左端 n 个字符。这 n 个字符输出在 m 列的右侧，左边补空格。

5）% -m. ns，其中 m、n 含义同上，n 个字符输出在 m 列范围的左侧，右面补空格。如果 m 省略或 n > m，则 m 自动取 n 值，即保证 n 个字符正常输出。

[例 4-4]

```
main()
{
  printf("%3s,%7.2s,%.4s,% - 5.3s\n","CHINA","CHINA",CHINA",CHINA");
}
```

输出如下:

CHINA,⎵⎵⎵⎵⎵CH,CHIN,CHI ⎵⎵

其中第三个输出项的格式说明为"%.4s",即只指定了 n,没指定 m,自动使 m = n = 4,故占 4 列。

(7)f 格式符

它用来输出实型数(包括单、双精度数),以小数形式输出。有以下几种用法:

1)%f,不指定字段宽度,由系统自动指定,使整数部分全部如数输出,并输入 6 位小数。应当注意,并非全部数字都是有效数字,单精度数的有效位数一般为 7 位。也就是说单精度数用 %f 格式输出,只有前 7 位是有效的。双精度数的有效位数一般为 16 位,双精度数用 %f 格式输出时。只要前 16 位有效。

[例 4-5]

```
main()
{
  float x,y;
  x = 111111.111;y = 222222.222;
  printf("%f",x + y);
}
```

运行结果为:

333333.328125

显然,只有前 7 位数字是有效数字。千万不要以为凡是打印出来的数字都是准确的。双精度数如果用 %f 格式输出,它的有效位数一般为 16 位,同样给出小数 6 位。

[例 4-6]

```
main()
{
  double x,y;
  x = 1111111111111.111111111;y = 2222222222222.222222222;
  printf(" %f",x + y);
}
```

运行结果为:

3333333333333.333010

可以看到最后 3 位小数(超过 16 位)是无意义的。

2)%m.nf,指定输出的数据共占 m 列,其中有 n 位小数。如果数值长度(包括小数点和负号)小于 m,则采用"右对齐"输出,左端补空格。如果 m 省略则整数部分按实际宽度如数输出。

3)%m.nf 与 %m.nf 基本相同,只是使输出的数值"左对齐",右端补空格。

[例 4-7]

```
main()
{
  float f = 123.456;
  printf("%f,%11f,%10.2f,%.2f,-10.2f\n",f,f,f,f,f);
}
```

输出运行如下：

123. 155994, 123. 455994, 123. 46,123. 46,123. 46

f 的值应为 123.456，但输出为 123.455994，这是由于实数在内存中的存储误差引起的。

(8)e 格式符

它以指数形式输出实数。可用以下形式：

1）%e，不指定输出所占的宽度和数字部分小数位数，由系统自动指定给出 6 位小数，指数部分占 5 位（如 e+002），其中"e"占一位，指数符号占一位，指数占 3 位。数值按标准化指数形式输出（即小数点前必须有而且只有一位非零数字）。例如：

printf("%e",123. 456);

输出：

1. 234560e +002

也就是说用 %e 格式输出实数共占 13 列宽度。

2）%m.ne 和 % −m.ne，m、n 及" −"字符含义与之前相同。此处 n 为指数的数字部分（又称尾数）的小数位数。如省略 n，则 n=6。如省略 m，则自动使 m 等于数据应有的长度，即 m=7+n。

例如 f=123.456，则

printf("%e, %10e, %10. 2e", % −10. 2e,%. 2e",f,f,f,f,f);

输出如下：

1. 234560e +002,1. 234560e +002,1. 23e +002,1. 23e +002,1. 23e +002

第二个输出项按"%10e"格式输出，只指定了 m=10，未指定 n 的值，凡未指定 n，自动使 n=6，整个数据长 13 列，超过给定的 10 列，则突破 10 列的限制，按实际长度输出。第三个数据按" %10. 2e"格式输出，右对齐，小数部分占 2 列，整数部分占 1 列，共占 10 列，而实际宽度只有 9 列，故左面补一个空格。第四个数据按" % −10. 2e"格式输出，应占 10 列，数值只有 9 列，故数值左对齐，右面补一个空格。第五个数据按 %. 2e 格式输出，只指定 n=2，未指定 m，自动使 m 等于数据应占的长度，今为 9 列。

(9)g 格式符

它用来输出实型数，它根据数值的大小，自动选 f 格式或 e 格式（选择输出时占宽度较小的一种），且不输出无意义的零。例如，若 f=123.468，则

printf(" %f, %e, %g",f,f,f);

输出如下：

123. 468000,1. 234680e +002,123. 468

用 %f 格式输出占 10 列，用 %e 格式输出占 13 列，用 %g 格式时，自动从前面两种格式中选择短者（今为 %f 格式为短），故选择按 %f 格式输出，且小数位中的最后三位为无意义的 0，不输出。%g 格式用得比较少。

以上介绍了 9 种格式符，归纳如表4-1。从表中可以看出格式字符 d、o、x、u 用于控制有符号或无符号整型数据，其中 d 用于输出有符号数，而 o、x、u 用于输出无符号数；c 用于控制字符数据；s 用于控制字符串；f、e、g 用于控制实型数据。

在格式说明中，在 % 和上述字符间可以插入表4-2 所列的几种修饰符号。

用 printf 函数输出时，应注意数据类型与上述格式说明匹配，否则会出现错误。

在使用函数 printf 函数时，还有几点要说明：

1）格式字符要用小写字母，如 %d 不能写成 % D'。

表 4-2 附加格式说明字符

字符	说明
字母 l	用于长整型数，可加在格式符 d、o、x、u 前面
m（正整数）	数据最小宽度
n（正整数）	对实数表示输出 n 位小数；对字符串表示从左边截取字符的个数
-	输出的数字或字符在域内向左对齐

2）可以在 printf 函数中的"格式控制"字符串内包含第 2 章介绍过的转义字符，如"\n"、"\t"、"\b"、"r"、"\f"、"\377"等，它们将原样输出。

3）上面介绍的 d、o、x、u、c、s、f、e、g 等字符，如不是用在" % "后面就作为普通字符，原样输出。一个格式说明以"% "开头，以上述 9 个格式字符之一为结束，中间可以插入附加格式说明字符。例如：

```
printf("c=% cf=% fs=% s",c,f,s);
```

第一个格式说明为" %c"不包含其后的 f，第二个格式说明为" %f"不包括其后的 s。第三个格式说明为"% s"。其他的字符为原样输出的普通字符。

4）如果想输出字符"%"，可以在"格式控制"字符串中用连续两个 % 表示，或者使用转义字符" \45"，如 printf(" %f%%",1.0/3)；
输出：

```
0.333333%
```

5）不同的系统在格式输出时，输出结果可能会有一些小的差别，例如用 %e 格式符输出实数时，有些系统输出的指数部分为 4 位（如 e+02）而不是 5 位（如 e+002），前面数字的小数部分为 5 位而不是 6 位等。

4.3 getchar 函数

此函数的作用是从键盘输入一个字符，并把这个字符作为函数的返回值。getchar 函数没有参数，其一般形式为：getchar()。

[例 4-8]

```
#include <stdio.h>
main(){
    char c;
    c=getchar();
    putchar(c);
}
```

在运行时，如果从键盘输入字符'a'；

a   （输入 a 后，按回车键字符才送到内存）

a   （输出变量 c 的值'a'）

注意，getchar()只能接受一个字符。getchar 函数得到的字符可以赋给一个字符变量或整型变量。也可以不赋给任何变量。也可以作为表达式的一部分，例如，例 4-8 第 5、6 行可以用下面一行代替：

```
putchar(getchar());
```

因为 getchar()的值为'a'。也可以用 printf()函数：

```
printf(" %c",getchar());
```

在一个函数中调用 getchar 函数，应该在函数的前面（或文件开头）用：

```
#include <stdio.h>
```

因为在使用标准 I/O 库中的函数时需要用到 stdio.h 文件中包含的一些信息。

4.4 scanf 函数

getchar 函数只能用来输入一个字符，用 scanf 函数可以用来输入任何类型的多个数据。

4.4.1 一般形式

scanf 函数的一般形式是：

scanf(<格式控制>,<地址表列>)

其中，"地址表列"由若干个地址组成的表列，是可以接收数据的变量的地址。"格式控制"的含义同 printf 函数，但 scanf 中的"格式控制"是控制输入的数据。

[例 4-9]

```
main()
{
  int a,b,c;
  scanf(" %d %d %d",&a,&b,&c);
  printf(" %d,%d,%d\n",a,b,c);
}
```

运行时按以下方式输入 a,b,c 的值：

```
3 4 5    (输入 a,b,c 的值)
3,4,4    (输出 abc 的值)
```

&a、&b、&c 中的 '&' 是地址运算符，&a 指 a 在内存中的地址。有关地址运算将在第 9 章详细介绍，这里读者先记住，当要输入一个数据给变量 a 时，应表示成"&a"，上面 scanf 函数的作用是：输入三个十进制整型数给变量 a,b,c。a,b,c 的地址是在定义变量 a,b,c 之后就确定的(在编译阶段分配的)。

"%d %d %d"表示按十进制整型数形式输入三个数据，然后把输入数据一次赋给后面地址表列中的项目。输入数据是在两个数据之间以一个或多个空格间隔，也可以用回车键或跳格键。用"%d %d %d"格式输入时，不能用逗号作两个数据间的分隔符，如下面的输入不合格：

3,4,5(按回车键)

4.4.2 格式说明

和 printf 函数中的格式说明相似，scanf 中的格式说明也以% 开始，以一个格式字符结束，中间可以插入附加格式说明字符(修饰符)。如表 4-3 和 4-4 所示。

表 4-3　scanf 格式字符

格式字符	说明
d	用来输入十进制整型数
o	用来输入八进制整型数
x	用来输入十六进制整型数
c	用来输入单个字符
c	用来输入字符串，将字符串送到一个字符数组中，在输入时以为空白字符开始，以第一个分隔字符结束。系统自动把字符串结束标志 '\0' 加到字符串尾部
f	来输入实型数，可以用小数形式或指数形式输入
e	与 f 作用相同，e 与 f 可以互相替换

表4-4 scanf 附加的格式说明字符

字符	说明
l	用于输入长整数数据(可用 %ld、%lo、%lx),以及 double 型数据(用 %lf 或 %le)
h	用于输入端整型数据(可用 %hd、%ho、%hx)
m(正整数)	指定输入数据所占宽度(列数)
*	表示本输入项在读入后不赋给相应的变量

说明:

1)C 语言在 scanf 中不使用 %u 格式符,对 unsigned 型数据,以 %d、%o 或 %x 格式输入。

2)可以指定输入数据所占列数,系统自动按它截取所需数据。例如:

```
scanf("% 3d% 3d",&a,&b);
```

输入:123456

系统自动将 123 赋给 a,456 赋给 b。

也可以用于字符型,例如:

```
scanf("% 3c",&ch)
```

输入 3 个字符,把第一个字符赋给 ch,例如输入 abc,ch 得到字符 'a'。

3)% 后的附加说明符" * ",用来表示跳过它相应的数据。例如:

```
scanf("% 2d% * 3d% 2d",&a,&b);
```

如果输入如下数据:

```
12 345 67
```

将 12 赋给 a,67 赋给 b。第二个数据"345"被跳过不赋给任何变量。在利用现成的一批数据时,有时不需要其中某些数据,可用此法"跳过"它们。

4)输入数据时不能规定精度,例如:

```
scanf("% 7.2f",&a);
```

是不合法的,不能企图输入以下信息而使 a 的值为 12345.67。

```
1234567
```

4.4.3 scanf 函数的执行中应注意的问题

1)scanf 函数中的"格式控制"后面应当是变量地址,而不应是变量名。例如,如果 a、b 为整型变量,则

```
scanf("% d,% d",a,b);
```

是不对的,应将"a,b"改为"&a, &b"。这是 C 语言的规定。

2)如果在"格式控制"字符串中除了格式说明外还有其他字符,则在输入数据时应输入与这些字符相同的字符,即原样输入。例如:

```
scanf("% d,% d",&a,&b);
```

输入时应为如下形式:

```
3,4
```

注意,3 后面是逗号,它与 scanf 中的"格式控制"中的逗号相对应。如果输入时不用逗号而用空格或其他字符是不对的:

```
3  4    (不对)
3:4     (不对)
```

如果是：

```
scanf("% d % d",&a,&b);
```

输入时两个数据间应空两个或更多的空格字符。

如果是：

```
scanf("% d:% d:% d",&h,&m,&s);
```

输入应为以下形式：

```
12:23:36
scanf("a =% d,b =% d,c =% d",&a,&b,&c);
```

输入应为以下形式：

```
a =12,b =24,c =36
```

程序员如果希望让用户在输入数据时有必要的提示信息，可以用 printf 函数。例如：

```
printf("input a,b,b =");
scanf("% d,% d,% d",&a,&b,&c);
```

3)在用"% c"格式输入字符时，空格字符和"转义字符"都作为有效字符输入：

```
scanf("% c% c% c",&c1,&c2,&c3);
```

如输入：

```
a  b  c
```

字符'a'送给 c1，字符' '送给 c2，字符'b'送给 c3，因为% c 已限定只读入一个字符，后面不需要用空格等作为两个字符的间隔，因此'[ ]'作为下一个字符送给 c2。

4)在输入数据时，遇到以下情况时该数据认为结束；

- 遇空格，或回车键或跳格键(tab 键)。
- 遇宽度结束时，如"% 3d"，只取 3 列。
- 遇非法输入。例如：

```
scanf("%d %c %f",&a,&b,&c);
```

若输入：

```
1234a123o. 26
```

第一个数据对应 %d 格式，输入 1234 之后遇字母，因此认为数值 1234 后已没有数字了，第一个数据到此结束，把 1234 送给变量 b，由于 %c 只要求输入一个字符，因此 a 后面不需要空格，后面的数值应送给变量 c。如果由于疏忽把本来应为 1230. 26 错打成 123o. 26，由于 123 后面出现字母'o'，就认为此数值结束，将 123 送给 c。

4.5　程序举例

[例 4-10]　输入三角形的边长，求三角形面积。为简单起见，设输入的三边长 a,b,c 能构成三角形。

程序如下：

```
#include < math. h >
main()
{
```

```
float a,b,c,area;
scanf(" %f %f %f",&a,&b,&c);
s = (a + b + c)/2;
area = sqrt(s* (s - a)* (s - b)* (s - c));
printf("a = %7.2f,b = %7.2f,c = %7.2f,s = %7.2f\n",a,b,c,s);
printf("area = %7.2f\n",area);
}
```

运行情况如下：

```
3,4,6
a = 3.00,b = 4.00,c = 6.00,s = 6.50
area = 5.33
```

程序中用了预处理命令#include < math. h > ，这表示要用到数字库函数。

[例4-11]　从键盘输入一个大写字母，要求转换成小写字母输入。

程序如下：

```
#include < stdio. h >
main()
{
  char c1,c2;
  c1 = getchar();
  printf(" %c, %d\n",c1,c1);
  c2 = c1 + 32;
  printf(" %c, %d\n",c2,c2);
}
```

运行情况如下：

```
A
A,65
a,97
```

习　　题

4.1　若 a = 3,b = 4,c = 5,x = 1.2,y = 2.4,z = − 3.6,u = 51274,n = 128765,c1 = 'a',c2 = 'b'。想要得到以下的输出格式与结果，请写出程序(包括定义变量类型和设计输出)。

```
a = 3   b = 4   c = 5
x = 1.200000,y = 2.400000,z = − 3.600000
x + y = 3.60   y + z = − 1.20   z + x = − 2.40
u = 51274   n = 127865
c1 = 'a'or97(ASCⅡ)
c2 = 'B'or98(ASCⅡ)
```

4.2　写出下面程序的输出结果。

```
main()
{
  int a = 5,b = 7,c = − 1;
  float x = 67.8564,y = − 789.124
  char c = 'A';
  long n = 1234567;
  unsigned u = 65535;
  printf(" %d %d\n",a,b);
  printf(" %3d %3d\n",a,b);
  printf(" %f, %f\n",x,y);
  printf(" %−10f, %−10f\n",x,y),
  printf(" %8.2f, %8.2f, %.4f, %.4f, %3f, %3f\n",x,y,x,y,x,y);
  printf(" %e, %10.2e\n",x,y);
  printf(" %c, %d, %o, %x\n",c,c,c,c);
```

```
    printf(" %ld, %lo, %x\n",n,n,n);
    printf(" %u, %o, %x, %d\n",u,u,u,u);
    printf(" %s, %5.3s\n","COMPUTER","COMPUTER");
}
```

4.3 用下面的 scanf 函数输入数据，使 a = 3,b = 7,x = 8.5,y = 71.82,ci = 'A',c2 = 'a'，问在键盘上如何输入?

```
main()
{
    int a,b;
    float x,y;
    char c1,c2;
    scanf("a= %d b= %d",&a,&b);
    scanf("x= %f y= %e",&x,&y);
    scanf("c1= %c c2= %c",&c1,&c2);
}
```

4.4 用下面的 scanf 函数输入数据，使 a = 10,b = 20,c1 = 'A',c2 = 'a',x = 1.5,y = − 3.75,z = 67.8,请问在键盘上如何输入?

```
scanf(" %5d %5d %c %c %f %f %* f, %f",&a,&b,&c1,&c2,&x,&y,&z);
```

4.5 输入一个华氏温度，要求输出相应的摄氏温度。公式为:

$$C = 5/9 * (F − 32)$$

输出要有文字说明，取两位小数。

第 5 章

C 程序结构

5.1 C 语句

一般来说，程序是由一系列命令组成，用于完成一定的功能。那么，C 语言程序的结构是什么样的呢？一个 C 程序可以由一个或若干个源程序文件(分别编译的文件模块)组成，而一个源程序文件可以由一个或若干个函数组成。一个函数由数据描述和数据处理两部分组成：数据描述的任务是定义和说明数据结构(用数据类型表示)以及数据赋初值；数据处理的任务是对已提供的数据进行各种加工。

描述和处理都是由若干条语句组成的。C 语言的语句用来向计算机系统发出各种命令，控制计算机的操作和对数据如何进行处理。其中用于数据操作的语句可以分为五类。

1)控制语句。控制程序中语句的执行。C 语言有 9 种控制语句，它们是：

- if( ) ~ else ~   (条件语句)
- for( ) ~   (循环语句)
- while( ) ~   (循环语句)
- do ~ while( )   (循环语句)
- continue   (结束本次循环语句)
- break   (中止执行 switch 或循环语句)
- switch   (多分支选择语句)
- goto   (转向语句)/ * 不建议使用 */
- return   (从函数返回语句)

上面 9 种语句中括号内是一个条件，~ 表示内嵌的语句。例如："if( ) ~ else ~ "的具体语句可以写成："if(x > y)z = x;else z = y;"。

2)函数调用语句。由一次调用加一个分号构成一个语句。例如：

printf("This is a C statement. ");

3)表达式语句。由一个表达式构成一个语句最典型的是：由赋值表达式构成一个赋值语句。例如：

a = 3;

是一个赋值语句，其中的 a = 3；是一个赋值表达式。可以看到一个表达式的最后加一个分号就成了一个语句。一个语句必须在最后出现分号，分号是语句中不可缺少的一部分。例如："i = i + 1"是表达式，不是语句；"i = i + 1;"是语句。

任何表达式都可以加上分号构成语句。例如：

```
i ++ ;
```

是一语句，作用是使 i 值加 1。又如：

```
x + y;
```

也是一个语句，作用是完成 x + y 的操作，它是合法的，但是并没有把 x + y 的值赋给另一个变量，所以它并无实际意义。

表达式能构成语句的一个特色。其实"函数调用语句"也属于表达式语句，因为函数调用也属于表达式的一种。只是为了便于理解和使用，我们把"函数调用语句"和"表达式语句"分开来说明。由于 C 程序中大多数语句是表达式语句（包括函数调用语句），所以有人把 C 语言称作"表达式语言"。

4）空语句。下面是一个空语句：

```
;
```

即只有一个分号的语句，它什么也不做。

5）复合语句，可以用{ }把一些语句括起来成为复合语句，如下面是一个复合语句。

```
{
  z = x + y;
  t = z/100;
  printf(" %f",t);
}
```

这个复合语句本身又由三个语句组成。注意，复合语句中最后一个语句中最后的分号不能忽略不写。

C 语言允许一行写几个语句，也允许一个语句拆开写在几行上，书写格式无固定要求。但是一个语法单位（如变量名、常量、运算符、函数名等）不能分写在两行上。

5.2　程序设计基础

在介绍其他语句和较为复杂程序的设计以前，我们先介绍一下程序设计步骤的概念。

所谓程序设计，就是根据具体的处理（或计算）任务，按照计算机能够接受的方式，编制一个正确完成任务的计算机处理程序。程序设计过程一般包括以下几个步骤：

（1）明确问题

对需要解决的问题以及与之有关的输入数据和输出结果进行详细而确切的了解，并尽可能清晰完整地整理成文字说明。

（2）分析问题，建立数学模型

对程序需要解决的具体问题进行分析，分析问题的关键之处，确定程序需要的变量以及变量之间的关系。把变量之间的关系用数学表达式表达出来，就是建立数学模型。

（3）确定处理方案，即进行算法设计

确定怎样使计算机一步一步地进行各种操作，最终得出需要的结果，这就是算法设计。

（4）绘制流程图

流程图又名程序框图，它用规定的符号描述算法，是一种普遍使用的表达处理方案的方法和手段，绘制流程图可使程序编制人员的思路清晰正确，从而减少或避免编写程序时的错误。

（5）编写程序

用选定的程序设计语言根据流程图指明的处理步骤写出程序。

（6）调试和测试程序

通过测试查出并纠正程序执行过程中出现的错误。一个复杂的程序，往往要经过各种测试。通过测试，确定程序在各种可能的情况下都能正确工作，输出准确的结果，然后才能投入运行。

（7）编写文档资料

交付运行的程序应具有完整的文档资料。文档资料包括：

1）程序的编写说明书，如程序设计的技术报告、数学模型、算法及流程图、程序清单以及测试记录等。

2）程序的使用说明书，如程序运行环境、操作说明。

（8）程序的运行和维护

程序通过测试以后，尽管测试得很细致、很全面，但是对于一个十分复杂的程序来说，很难保证不出现任何漏洞，因此这种程序在正式投入运行之前，要在实际工作中用真实数据对其进行考虑，称为试运行。它主要检查程序的功能是否还有缺陷，程序的操作和执行的响应速度是否满足设计要求等，在确信其可靠性之后才能投入正式运行。

在运行过程中可能会发现新的问题和提出新的要求，因此需对程序进行修改或补充，这称为程序的维护。

5.3　结构化程序设计的三种基本结构

结构化程序设计的概念首先是从以往编程过程中无限制地使用转移语句 goto 而提出的。转移语句可以使程序的控制流程强制性地转向程序的任一处，如果一个程序中多处出现这种转移情况，将会导致程序流程无序可寻，程序结构杂乱无章，这样的程序是令人难以理解和接受的，并且容易出错。尤其是在实际软件产品的开发中，更多地追求软件的可读性和可修改性，像这种结构和风格的程序是不允许出现的。

1996 年，计算机科学家 Bohm 和 Jacopini 证明了这样的事实，任何复杂的算法，都可以由顺序结构、选择（分支）结构和循环结构这三种基本结构组成，因此我们构造一个算法的时候，也仅以这三种基本结构作为"建筑单元"，遵守三种基本结构的规范。基本结构之间可以并列，可以相互包含，但不允许交叉，不允许从一个结构直接转到另一个结构的内部去。正因为整个算法都是由三种基本结构组成的，就像用模块构建的一样，所以结构清晰，易于正确性验证，易于纠错。这种方法就是结构化方法。遵循这种方法的程序设计，就是结构化程序设计。

5.3.1　顺序结构

顺序结构表示程序中的各操作是按照它们出现的先后顺序执行的，其流程如图 5-1 所示。图中的 S1 和 S2 表示两个处理步骤，这些处理步骤可以是一个非转移操作或多个非转移操作序列，甚至可以是空操作，也可以是三种基本结构中的任一结构。整个顺序结构只有一个入口点 a 和一个出口点 b。这种结构的特点是：程序从入口点 a 开始，按顺序执行所有操作，直到出口点 b 处，所以称为顺序结构。事实上，不论程序中包含了什么样的结构，而程序的总流程都是顺序结构的。

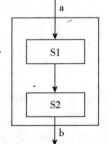

图 5-1　顺序结构

5.3.2　选择结构

选择结构表示程序的处理步骤出现了分支，它需要根据某一特定的条件选择其中的一个分支执行。选择结构有单选择、双选择和多选择三种形式。

单选择流程图如图 5-2 所示，双选择是典型的选择结构形式，其流程如图 5-3 所示，图中的 S1 和 S2 与顺序结构中的说明相同。由图中可见，在结构的入口点 a 处是一个判断框，表示程序流程出现了两个可供选择的分支，如果条件满足执行 S1 处理，否则执行 S2 处理。值得注意的是，在这两个分支中只能选择一条且必须选择一条执行，但不论选择了哪一条分支执行，最后流程都一定到达结构的出口点 b 处。

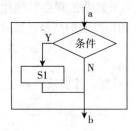

图 5-2　单选择结构

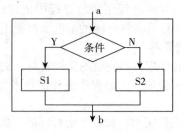

图 5-3　双选择结构

当 S1 和 S2 中的任意一个处理为空时，说明结构中只有一个可供选择的分支，如果条件满足执行 S1 处理，否则顺序向下到流程出口 b 处。也就是说，当条件不满足时，什么也没执行，所以称为单选择结构，如图 5-2 所示。

多选择结构是指程序流程中遇到如图 5-4 所示的 S1、S2、…、Sn 等多个分支，程序执行方向将根据条件确定。如果满足条件 1 则执行 S1 处理，如果满足条件 n 则执行 Sn 处理，总之要根据判断条件选择多个分支的其中之一执行。不论选择了哪一条分支，最后流程要到达同一个出口处。如果所有分支的条件都不满足，则直接到达出口。有些程序语言不支持多选择结构，但所有的结构化程序设计语言都是支持的，C 语言是面向过程的结构化程序设计语言，它可以非常简便地实现这一功能。

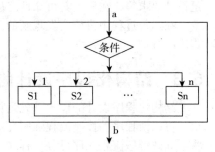

图 5-4　多选择结构

5.3.3　循环结构

循环结构表示程序反复执行某个或某些操作，直到某条件为假（或为真）时才可终止循环。在循环结构中最主要的是：什么情况下执行循环？哪些操作需要循环执行？循环结构的基本形式有两种：当型循环和直到型循环，其流程如图 5-5 所示。图中虚线框内的操作称为循环体，是指从循环入口点 a 到循环出口点 b 之间的处理步骤，这就是需要循环执行的部分。而什么情况下执行循环则要根据条件判断。

当型循环结构：表示先判断条件，当满足给定的条件时执行循环体，并且在循环终端处流程自动返回到循环入口；如果条件不满足，则退出循环体直接到达流程出口处。因为是"当条件满足时执行循环"，即先判断后执行，所以称为当型循环。其流程如图 5-5a 所示。

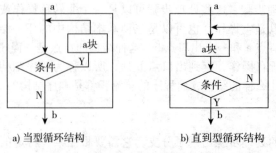

a) 当型循环结构　　　　　　　b) 直到型循环结构

图 5-5　循环结构

直到型循环结构：表示从结构入口处直接执行循环体，在循环终端处判断条件，如果条件不满足，返回入口处继续执行循环体，直到条件为真时再退出循环到达流程出口处，是先执行后判断。因为是"直到条件为真时为止"，所以称为直到型循环。其流程如图 5-5b 所示。同样，循环型结构也只有一个入口点 a 和一个出口点 b，循环终止是指流程执行到了循环的出口点。图中所表示的 S 处理可以是一个或多个操作，也可以是一个完整的结构或一个过程。

通过三种基本控制结构可以看到，结构化程序中的任意基本结构都具有唯一入口和唯一出口，并且程序不会出现死循环。

5.4　if 分支语句

到目前为止，我们所接触到的程序都是从第一条语句开始，一步一步地顺序执行到最后一条语句。但在实际情况中，往往会碰到在一定的条件下要完成某些操作，而在另一个条件下要完成另一些操作，这时就需要条件语句，即 if 语句。

if 语句是用来判断所给定的条件是否满足，然后根据判定的结果（真或假）决定执行给出的哪一部分操作。

C 语言提供了三种形式的 if 语句。

5.4.1　第一种 if 语句形式

```
if （<表达式>）
    <语句>
```

当表达式的值成立时，执行语句。执行流程如图 5-6 所示。

例如：

```
if(x>y)  printf(" %d",x);
```

当 x > y 时，执行 printf 语句，否则就执行下一语句。

[例 5-1]　输入三个数，按从小到大顺序输出。

```
main()
{
  float a,b,c,t;
  scanf(" %f, %f, %f",&a,&b,&c);
  if(a>b)
    {t=a;a=b;b=t;}
  if(a>c)
    {t=a;a=c;c=t;}
  if(b>c)
    {t=b;b=c;c=t;}
  printf(" %5.2f, %5.2f, %5.2f",a,b,c);
}
```

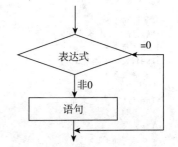

图 5-6　if 语句的第一种形式流程图

运行情况如下：

```
3,7,1
1.00, 3.00, 7.00
```

第一个 if 语句执行完后，使 a≤b，执行完第二个 if 语句后使 a≤c，第三个 if 语句重排 b、c 的顺序，使得语句执行完后 b≤c，即 a≤b≤c。

5.4.2　第二种 if 语句形式

```
if(<表达式>)
    <语句 1>
else
    <语句 2>
```

当表达式的值成立，执行语句 1，否则执行语句 2。执行流程如图 5-7 所示。

例如：

```
if(x > y)
    printf(" %d",x);
else
    printf(" %d", y);
```

当 x > y 时，显示 x 的值，否则显示 y 的值。

[例 5-2]　用 if 语句的第二种形式改写例 5-1。

```
main()
    {
        float a,b,c,t;
        scanf(" %f, %f, %f",&a,&b,&c);
        if(a > b)
            {t = a;a = b;b = a;}
        if(a > c)
            {t = a;a = c;c = t;}
        if(b > c)
            printf(" %5.2f, %5.2f, %5.2f",a,b,c);
        else
            printf(" %5.2f, %5.2f, %5.2f",a,b,c);
    }
```

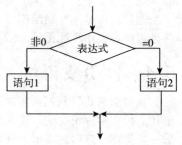

图 5-7　if 语句的第二种形式流程图

5.4.3　第三种 if 语句形式

```
if( <表达式 1 > )
    <语句 1 >
else if ( <表达式 2 > )
    <语句 2 >
elseif( <表达式 3 > )
    <语句 3 >
...
else if( <表达式 m > )
    <语句 m >
else
    <语句 m + 1 >
```

当表达式 1 成立时，执行语句 1，否则判断表达式 2 是否成立，如果表达式 2 成立，则执行语句 2，若表达式 2 也不成立，则判断表达式 3 是否成立，如果表达式 3 成立，则执行语句 3，以此类推，如果所有 if 后面的表达式都不成立，则执行语句 m + 1，如图 5-8 所示。

例如：

```
if      (number > 500)      cost = 0.15;
else if  (number > 300)      cost = 0.10;
else if  (number > 100)      cost = 0.075;
else if  (number > 50)       cost = 0.05;
else                         cost = 0;
```

说明：

1)三种形式的 if 语句中，在 if 后面都有"(<表达式 >)"，一般为逻辑表达式或关系表达式，但也可以是算术表达式和赋值表达式等。例如：

```
if(a == b&&x == y) printf("a = b,x = y");
```

系统对表达式的值进行判断，若为 0，按"假"处理，若为非 0，按"真"处理，执行指定的语句。假如有以下 if 语句：

```
if(3) printf("OK");
```

是合法的，执行输出结果"OK"，因为表达式的值为 3，按"真"处理。由此可见，表达式的类型不限于逻辑表达式，可以是任意的数值类型(包括整型、实型、字符型)。例如，下面的 if 语句：

```
if('a') printf(" %d",a);
```

也是合法的，执行结果：输出 'a' 的 ASCII 码 97。

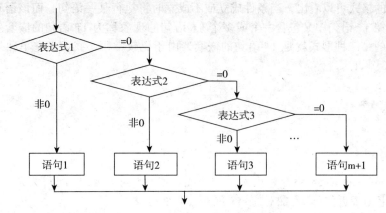

图 5-8　if 语句的第三种形式

2）第二、三种形式的 if 语句中，在每个 else 前面有一分号，整个语句结束处有一分号。例如：

```
if(x > 0)
    printf(" %f",x);
else
    printf(" %f", - x);
```
各有一个分号

这是由于分号是 C 语句中不可缺少的部分，这个分号是 if 语句中的内嵌语句所要求的。如果无此分号，则出现语法错误。但应注意，不要误认为上面是两个语句（if 语句和 else 语句）。它们都属于同一个 if 语句，else 子句不能作为语句单独使用，它必须是 if 语句的一部分，与 if 语句配对使用。

3）在 if 和 else 后面可以只含一个内嵌的操作语句（如上例），也可以有多个操作语句，此时用花括号 "{}" 将几个语句括起来成为一个复合语句。如：

```
if(a + b > c&&b + c > a&&c + a > b)
{
  s = 0.5* (a + b + c);
  area = sqrt(s* (s - a)* (s - b)* (s - c));
  printf("area = %6.2f",area);
}else
  printf("it is not a trilateral");
```

注意在{}外面不需要再加分号。因为{}内是一个完整的复合语句，无需外加分号。

[例 5-3]　用 if 语句的第三种形式改写例 5-2。

```
main()
  {
  float a,b,c,t;
  scanf(" %f, %f, %f",&a,&b,&c);
  if(a > b)
    {t = a;a = b;b = t;}
  if(a > c)
    printf(" %5.2f, %5.2f, %5.2f",c,a,b);
  else if(c > b)
    printf(" %5.2f, %5.2f, %5.2f",a,b,c);
  else
    printf(" %5.2f, %5.2f, %5.2f",a,c,b);
  }
```

5.4.4　if 语句的嵌套

从 if 语句的格式可以看出,当条件成立或不成立时将执行某一语句,而该语句本身也可以是一个 if 语句。在 if 语句中又包含一个或多个 if 语句的现象称为 if 语句的嵌套。事实上,前面介绍的 if 语句的第三种形式就是 if 语句的嵌套,由于比较常用,我们把它单独列出来。但嵌套不仅仅限于此,例如:

```
if(条件1)
  if(条件2) 语句1
  else  语句2
else          /* 内嵌 if */
  if(条件3) 语句3
   else 语句4
```

由于 if 语句中的 else 部分是可选的,应当注意 if 与 else 的配对关系。从最内层开始,else 总是与它上面最近的(未曾配对的)if 配对。假如写成:

```
if(条件1)
  if(条件2)  语句1
else
  if(条件3)  语句2
  else      语句3
```

编程人员把 else 写在第一个 if(外层 if)同一列上,希望 else 与第一个 if 对应,但实际上这个 else 是与第二个 if 配对,因为它们相距最近。上述语句等价于:

```
if(条件1)
{
  if(条件2)    语句1
  else
  {
    if(条件3)  语句2
    else       语句3
    }
}
```

因此最好使内嵌的 if 语句也包含 else 部分,这样 if 的数目和 else 的数目相同,从内层到外层一一对应,不致出错。

如果 if 与 else 的数目不一样,为实现程序设计者的设想,可以加花括弧来确定配对关系。例如:

```
if(条件1)
{
  if(条件2)    语句1
}
else
  语句2
```

这时,{} 限定了内嵌 if 语句的范围,因此 else 与第一个 if 配对。

[例5-4]　有一函数

$$y = \begin{cases} -1 & (x < 0) \\ 0 & (x = 0) \\ 1 & (x > 0) \end{cases}$$

编一程序,输入一个 x 值,输出 y 值。

有以下几种写法,请读者判断哪些是正确的?

程序1:

```
main()
{
  int x,y;
  scanf(" %d",&x);
  if(x<0)
    y=-1;
    else if(x==0)
      y=0;
    else
      y=1;
    printf("x= %d,y= %d\n",x,y);
}
```

程序 2：将上面的程序的 if 语句改写为

```
main()
{
  int x,y;
  scanf(" %d",&x);
  if(x>=0)
    if(x>0)
      y=1;
    else
      y=0;
    else
      y=-1;
    printf("x= %d,y= %d\n",x,y);
}
```

程序 3：将上述 if 语句改写为

```
main()
{
  int x,y;
  scanf(" %d",&x);
  y=-1;
  if(x! =0)
    if(x>0)
      y=1;
    else
      y=0;
  printf("x= %d,y= %d\n",x,y);
}
```

程序 4：将上述 if 语句改为

```
main()
{
  int x,y;
  scanf(" %d",&x);
  y=0;
  if(x>=0)
    if(x>0)
      y=1;
  else
    y=-1;
  printf("x= %d,y= %d\n",x,y);
}
```

　　请读者画出相应的流程图，并进行必要的分析。只有程序 1 和程序 2 是正确的。一般把内嵌的 if 语句放在外层的 else 子句中（如程序 1 那样），这样由于有外层的 else 相隔，内嵌的 else 不会和外层的 if 配对，而只能与内嵌的 if 配对，从而不致搞混，如像程序 3、程序 4 那样就容易混淆。

5.4.5 程序举例

[例5-5] 键盘输入任一年的公元年号，编写程序，判断该年是否是闰年。

分析：设 year 为任意一年的公元年号，若 year 满足下面两个条件中的任意一个，则该年是闰年。若两个条件都不满足，则该年不是闰年。闰年的条件是：

1）能被 4 整除，但不能被 100 整除。

2）能被 400 整除。

用变量 leap 作为闰年的代表。若 year 年是闰年，则令 leap = 1；否则，leap = 0。最后根据 leap 的值输出"闰年"或"非闰年"的信息。

程序如下：

```
main()
{
  int year,leap;
  scanf(" %d",&year);
  if(year %4 ==0)
  {
    if(year %100 ==0)
    {
      if(year %400 ==0)
        leap =1;
      else
        leap =0;
    }else
      leap =0;
  }else
    leap =0;
  if(leap)
  printf(" %d is",year);
  else
    printf(" %d is not ",year);
  printf("a leap year\n");
}
```

运行情况如下：

1）1989

1989 is not a leap year

2）2000

2000 is a leap year

也可以将程序中第 5 ~ 18 行改写成以下的 if 语句：

```
if (year %4! =0)
  leap =0;
else if (year %100! =0)
  leap =1;
else if (year %400 ! =0)
  leap =0;
else
  leap =1;
```

也可以用一个逻辑表达式包含所有的闰年条件，将上述 if 语句用下面的 if 语句代替：

```
if ((year %4 ==0&&year %100! =0)‖(year %400 ==0))
  leap =1;
else
  leap =0;
```

5.5　switch 分支语句

if 语句只有两个分支可供选择，而实际问题中常常需要用到多分支的选择。例如，学生成绩分类(90 分以上为 'A' 等，80 ~ 89 分为 'B' 等，70 ~ 79 分为 'C' 等)；人口统计分类(按年龄分为老、中、青、少、儿童)；工资统计分类；银行存款分类；等等。当然这些都可以用嵌套的 if 语句来处理，但如果分支较多，则嵌套的 if 语句层数多，程序冗长而且可读性降低。C 语言提供 switch 语句直接处理多分支选择，它的一般形式如下：

```
switch( <表达式> )
{
  case <常量表达式 1>:        <语句 1>
  case <常量表达式 2>:        <语句 2>
  ……
  case <常量表达式 n>:        <语句 n>
  default:                    <语句 n + 1>
}
```

例如，根据考试成绩的等级打印出百分制分数段的程序如下：

```
switch(grade)
{
  case'A':printf("85 ~ 100\n");
  case'B':printf("70 ~ 84\n");
  case'C':printf("60 ~ 69\n");
  case'D':printf(" < 60\n");
  default:printf("error\n");
}
```

说明：

1) switch 后面括弧内的表达式和 case 后的常量表达式，可以是整型表达式或字符型表达式。

2) 每一个 case 的常量表达式的值必须互不相同，否则就会出现相互矛盾的现象(对表达式的同一个值，有两种或多种执行方案)。

3) default 是可选的。当所有 case 中常量表达式的值都没有与表达式的值匹配时，如果 switch 中有 default 就执行 default 后面的语句。如无 default 则一条语句也不执行。

4) 在执行 switch 语句时，用 switch 后面的表达式的值一次与各个 case 后面常量表达式的值比较，当表达式的值与某一个 case 后面常量表达式的值相等时，就执行从这个 case 后面的语句开始到 switch 的"}"之间的所有语句，不再进行比较。如上述例子中，如果 grade 的值等于 'B'，则将连续输出：

```
70 ~ 84
60 ~ 69
 < 60
error
```

这显然不符合要求。对于这种问题，应该在执行完一个 case 后面的语句后，使它不再执行其他 case 后面的语句，跳出 switch 语句，即终止 switch 语句的执行。采用的方法是：在恰当的位置增加 break 语句。break 语句的作用就是跳出 switch 语句。将上面的 switch 语句改写如下：

```
switch(grade)
{
  case'A':printf("85 ~ 100\n");
          break;
  case'B':printf("70 ~ 84\n");
          break;
  case'C':printf("60 ~ 69\n");
          break;
```

```
    case'D':printf("<60\n");
            break;
    default:printf("error\n");
}
```

　　最后一个分支(default)可以不加 break 语句。修改后，如果 grade 的值为'B'，则只输出"70~84"。

　　5)多个 case 可以共用一组执行语句，如：

```
...
case'A':
case'B':
case'C':printf(">60\n");
        break;
...
```

　　即 grade 的值为'A'、'B'或'C'都是执行同一组语句。

　　[例5-6]　运输公司对用户计算运费。距离(s)越远，每公里运费越低。标准如下：

s<250 km	没有折扣
250≤s<500	2% 折扣
500≤s<1000	5% 折扣
1000≤s<2000	8% 折扣
2000≤s<3000	10% 折扣
3000≤s	15% 折扣

　　设每公里每吨货物的基本运费为 p(price 的缩写)，货物重为 w(weight 的缩写)，距离为 s，折扣为 d(discount 的缩写)，则总运费 f(freight 的缩写)计算公式为：

$$f = p * w * s * (1 - d)$$

　　分析此问题，折扣的变化是有规律的：折扣的"变化点"都是 250 的倍数(250，500，1000，2000，3000)。利用这一特点，可以在横轴上加一坐标 c，它代表 250 的倍数。当 c<1 时，无折扣；1≤c<2 时，折扣 d=2%；2≤c<4 时，d=5%；4≤c<8 时，d=8%；8≤c<12 时，d=10%；c≥12 时，d=15%。据此写出程序如下：

```
main()
{
  int cs;
  float p,w,d,f;
  scanf("%f,%f,%d",&p,&w,&s);
  if(s>=3000)
    c=12;
  else
    c=s/250;
  switch(c)
  {
    case 0: d=0;break;
    case 1: d=2;break;
    case 2:
    case 3: d=5;break;
    case 4:
    case 5:
    case 6:
    case 7:d=8;break;
    case 8:
    case 9:
    case 10:
    case 11: d=10;break;
    case 12: d=15;break;
  }
```

```
f = p* w* s* (1 - d/100.0);
printf("freight = % 15.4f\n",f);
}
```

运行结果如下：

```
100,20,300
freight =     588000.0000
```

请注意：c、s 是整型变量，因此 s/250 为整型数。当 s≥3000 时，令 c = 12，而不是 c 随 s 增大，这是为了在 switch 语句中便于处理，用一个 case 可以处理所有 s≥3000 的情况。

5.6 while 循环语句

while 语句用来实现"当型"循环结构。其一般形式如下：

while(<表达式>)<语句>

其中"表达式"为循环控制表达式，当"表达式"的值为非 0 值时执行 while 语句中的内嵌套语句。其流程图见图 5-9。其执行特点是：先计算"表达式"的值，若为 0，则不进入循环执行语句，若为非 0，则执行"语句"，然后再计算"表达式"的值，重复上述过程。其中"表达式"必须加括号，"语句"是循环体，即程序中被反复执行的部分，可以是一条语句，也可以是用花括号括起来的复合语句。

[例 5-7] 计算 1 + 2 + 3 + … + 100。

这里用两个变量 i 和 sum，i 是循环变量，既用来表示每次加的数值，又用来控制循环次数；sum 用来放累加值，它们的初值分别是 1 和 0，放在循环的外面。进入循环后先判定 i <= 100，若条件成立，执行 sum + i→sum，做累加，再做 i + 1→i；将循环变量加 1，该次循环结束后，将变量 i 和 100 比较，若 i <= 100，则再执行循环的两条语句，如此重复，直到 101(即 i > 100)时，结束循环。

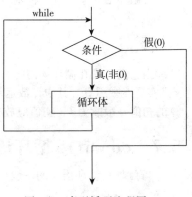

图 5-9　当型循环流程图

其程序如下：

```
main()
{ int i,sum = 0;
  i = 1;
  while(i <= 100)
  {
    sum = sum + i;i ++ ;
  }
  printf("% d",sum);
}
```

下面说明例 5-7 的执行过程：

循环次数	循环变量 i	与终值比较	是否执行循环体	累加值 sum	循环变量 i 新值
1	1	i <= 100	执行	1	2
2	2	i <= 100	执行	3	3
3	3	i <= 100	执行	6	4
4	4	i <= 100	执行	10	5
		……			
100	100	i <= 100	执行	5050	101
101	101		不执行(出循环)		

　　注意：在循环体中应有使循环趋于结束的语句，本例循环结束的条件是"i > 100"，因此在循环体中应有使 i 增值以最终导致 i > 100 的语句，现用"i ++ ;"语句达到此目的。如果没有这条语句，则 i 的值始终不改变，造成死循环，循环永不结束。

　　[例5-8]　计算 1! + 2! + 3! + 4! + ... + 20! 的值。

　　其程序如下：

```
main()
{int i = 1;
    float t,sum;
    t = 1.0;
    sum = 0.0;
    while(i <= 20)
    {  t = t* i;
        sum = sum + t;
        i ++ ;
    }
    printf("% f",sum);
}
```

　　从以上几个例子中可以看到，在用循环语句实现累加或连乘时，循环控制变量(上面几例中的 i)、用以存放累加和连乘的变量(如以上几例中 t、sum)的赋初值语句，应放在循环语句的外面。请读者思考一下，若输出语句 printf 放在循环语句里面，其输出形式将会如何？

　　在循环语句中，有三种基本语句：

```
x = x + 1;
s = s + x;
t = t* x;
```

　　当它们出现在循环体内时，"x = x + 1;"实现计数运算；"s = s + x;"实现累加运算；"t = t* x;"实现连乘运算。其中计数运算和累加运算的初值一般赋值为 0(也可视具体问题而定)，连乘运算的初值一般赋为 1，初值应放在循环语句的前面，通过循环来实现各自的功能。

5.7　do-while 循环语句

　　"直到型"循环语句的一般形式为：

```
do   <语句>
while ( <表达式> );
```

　　该语句的功能是：先执行一次 do 后面内嵌的"语句"，然后判断"表达式"，当"表达式"的值为非 0("真")时，返回重新执行该"语句"，如此反复，直到"表达式"的值等于 0 时结束循环。流程如图 5-10 所示。

　　[例5-9]　用 do-while 语句计算 1 + 2 + 3 + 4 + ⋯ + 100。

　　程序如下：

```
main()
{
  int i,sum = 0;
  i = 1;
  do
  {
    sum = sum + i;
    i ++ ;
  }while(i <= 100);
  printf("% d",sum);
}
```

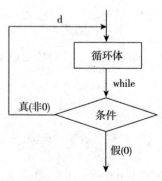

图 5-10　直到型循环流程图

[例 5-10]　求 Fibonacci 数列：1，1，2，3，5，8，…的前 40 个数。每个数总是它前两个数之和，即

$F_1 = 1$　　　　　$(n = 1)$
$F_2 = 1$　　　　　$(n = 2)$
$F_n = F_{n-1} + F_{n-2}$ $(n \geqslant 3)$

程序如下：

```
main()
{
  long int f1,f2;
  int i;
  f1=2;f2=1;i=1;
  do
  {
    printf("% 12ld % 12ld",f1,f2);
    if(i%2==0)printf("\n");
    f1=f'1+f2;
    f2=f2+f1;i++;
  }while(i<=20);
}
```

运行结果如下：

1	1	2	3
5	8	13	21
34	55	89	144
233	377	610	987
1597	2584	4844	6765
10946	17711	28657	46386
75025	121393	196418	317811
514229	832040	1346269	2178309
3524578	5702887	9227465	14930352
24157817	39088169	63245986	102334155

程序中在 printf 函数中输出格式符用"%12ld"，而不是用"%12d"，这是由于在第 22 个数之后，数值已超过 Turbo C 中 int 型的最大值 32767，因此必须用"%ld"格式输出。

if 语句的作用是使每输出 4 个数后换行。因为 i 是循环变量，当 i 为偶数时换行，而 i 每增值 1，就要计算和输出 2 个数(f1,f2)，因此 i 每隔 2 换一次行相当于每输出 4 个数后换行。请读者思考一下，若每行输出 6 个数，if 语句的条件应如何写？

在一般情况下，用 while 语句和 do-while 语句处理同一问题时，若两者的循环体部分一样，则它们结果也一样。但在 while 后面的表达式一开始就为假(0 值)时，两种循环的结果是不同的。

[例 5-11]　while 和 do-while 循环的比较。

1) 第一种情况：

```
main()
{
  int i,sum=0;
  scanf("%d",&i);
  while(i<=10)
  {
    sum=sum+i;
    i++;
  }
```

```
    printf(" %d",sum);
}
```

2）第二种情况：

```
main()
{
  int i,sum = 0;
  scanf(" %d",&i);
  do
  {
    sum = sum + i;
    i ++ ;
  }while(i <= 10);
  printf(" %d",sum);
}
```

第一种的运行情况如下：

```
1      （输入数据）
55     （结果）
11     （输入数据）
0      （结果）
```

第二种的运行情况如下：

```
1      （输入数据）
55     （结果）
11     （输入数据）
11     （结果）
```

　　可以看到：当输入 i 的值小于等于 10 时，由于循环控制条件相同，两者得到的结果也相同，如上例输入 1 时，结果均为 55。但当输入一个大于 10 的数时，两者循环条件虽然相同，但结果就不相同了。如输入 i = 11 对 while 循环来说，因 i <= 10 的条件为假，循环体一次也不执行，输出 sum 的结果仍为 0；而对 do-while 循环来说，则要先执行一次循环体"sum = sum + i;i ++ ;"，此时 sum 等于 11，i 等于 12，然后再对循环条件 i <= 10 进行判定，结束循环。故输出为 sum 值为 11。可以得到结论：当两者为相同的循环体时，若 while 后面的表达式的第一次值为"真"时，两种循环得到的结果相同。否则，两者的结果不相同。

5.8　for 循环语句

　　"步长型"循环结构的一般形式为：

```
for( < 表达式 1 > ); < 表达式 2 > ; < 表达式 3 > )
        < 语句 > ;
```

　　for 语句的循环控制部分的三个成分都是表达式，三个部分之间都用";"隔开。for 语句允许它们出现各种变化形式。其执行过程是这样的：

　　1）先求解表达式 1；

　　2）再求解表达式 2，若其值为真（非 0），则执行 for 语句指定的内嵌语句（循环体），然后执行下面第 3 步。若表达式 2 为假（0），则转到第 5 步；

　　3）若表达式 2 为真，在执行完循环体后，求解表达式 3；

　　4）转向上面第 2 步骤继续执行；

　　5）结束循环，执行 for 语句下面的一个语句；

　　其执行过程如图 5-11 所示。

　　从上述执行过程中可以看到：

　　1）表达式 1 完成初始化工作，它一般是赋值语句，用来建立循环控制变量和赋初值。

2）表达式 2 是一个关系表达式，它表示一种循环控制条件，决定什么时候退出循环。

3）表达式 3 定义了循环控制变量每次循环时是如何变化的。

for 语句最简单的应用形式如下：

```
for  (循环变量赋值;循环条件;循环变量增值)
     循环体
```

在这里，表达式 1 用来给循环变量赋初值。表达式 2 是循环的控制条件、满足条件。即表达式 2 的值为真（非 0）时，执行循环体；当表达式 2 的值为假（0）时，结束循环，执行 for 下面的一条语句。表达式 3 是在执行了循环体后，给循环变量增值，即增加一个步长，然后再去判断表达式 2 的值。有了循环变量的步长变化，才会改变循环变量的值，也就是循环变量在经过若干次循环，若干次改变步长后，最终不满足表达式 2，结束循环。表达式 3 的应用，使得循环变量会通过步长发生变化，而不需要像 while 语句和 do-while 语句那样，必须在循环体内有改变循环变量的语句，否则将产生死循环，使循环的控制更简洁，所以我们把 for 语句称为步长型循环语句。

［例 5-12］　计算 $1+2+3+\cdots+100$，用 for 语句来实现。

程序如下：

```
main()
{
  int i,sum = 0;
  for(i = 1;i <= 100;i ++ )
    sum = sum + i;
  printf(" %d",sum);
}
```

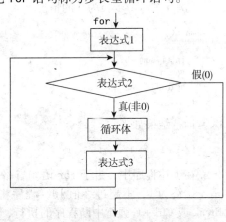

图 5-11　步长型 for 循环流程图

下面介绍 for 语句简单应用形式的几种方式。

（1）步长为正值

在步长为正值时，要求循环变量的初值小于控制表达式的终值，通过循环变量的递增，最终结束循环。

［例 5-13］　步长为正值，计算 $1 \sim 10$ 中所有奇数之和。

```
main()
{
  int i,sum = 0;
  for(i = 1;i < 10;i = i + 2)
  {
    sum = sum + i;
    printf(" %d ",sum);
  }
}
```

运行结果如下：

```
1  4  9  16  25
```

该程序循环 5 次，实现 $1+3+5+7+9$，当执行第 6 次时，i 的值等于 11，而 $11>10$，故结束循环。

（2）步长为负值

在步长为负值时，要求循环变量的初值大于控制表达式中的终值，通过循环变量的递减最终结束循环。

［例 5-14］　步长为负值，计算 $1 \sim 10$ 中所有奇数的和。

```
main()
```

```
{   int i,sum = 0;
    for(i = 9;i >= 1;i - = 2)
        sum + = i;
    printf("sum = %d",sum);
}
```

运行结果如下：

sum = 25

该题循环的初值 i 为 9，每经过一次循环，i 的值就减 2，循环 4 次后 i = 1，由于步长为负值，循环变量是从一个大的数值"走向"一个小的数值，它还没有"走过"终值 1，还要执行"sum + = 2;"执行完该语句后，做"i - = 2;"，此时 i = - 1，再判别循环控制时，i 超过了终值 1，结束循环。最后该程序实现为 9 + 7 + 5 + 3 + 1 = 25，输出 sum = 25。

（3）步长为 0

[例 5-15]　步长为 0 的情况。

```
main()
{
    int i,sum = 0;
    for( i = 1;i <= 10;)
    printf(" %d ",i);
}
```

运行结果如下：

1 1 1 1 1 1 1 1 1 1 …

在上述程序中，由于 for 语句省略了表达式 3，程序中缺少改变循环控制变量之值的语句，于是 i 始终为 1，不超过终值 10，程序将一直循环下去，重复输出 1，产生死循环。可以按 Ctrl + Break 或 Ctrl + C 强行中断程序的执行，修改程序后，继续执行。

循环程序可以按条件执行若干次，也可能出现"死循环"，也可以是循环体一次也不执行。

[例 5-16]　循环体一次也不执行的例子。

```
main()
{
    int i,sum = 0;
    for(i = 1;i > 2;i ++ )
        sum + = i;
    printf("sum = %d",sum);
}
```

执行该程序后，输出：

sum = 0

由于初值 i = 1，开始就超过了控制表达式中 x > 2 的条件，故循环体一次也不执行，输出 sum 原来的值 0。

事实上，for 语句中的三个表达式可以出现各种变化形式，还可以采用默认值，它的使用十分灵活，现说明如下：

1）表达式 1 可以是设置循环变量初值的赋值表达式，也可以是和循环变量无关的其他表达式。

```
i = 1;
for(sum = 0;i <= 10;i ++ )
    sum = sum + i;
```

这里表达式 1 是与循环变量 i 无关的表达式，而将赋 i 初值的语句"i = 1;"放到了循环的前面，也可以写为：

```
for(i=1,sum=0;i<=10;i++)
  sum=sum+i;
```

此时表达式 1 是个逗号表达式，由循环变量 i 赋初值的表达式和累加和变量(sum)赋初值的表达式组成"i=1,sum=0;"的逗号表达式。

表达式 1 也可以省略，但其后的分号不能省略。例如：

```
for(;i<=10;i++)
  sum=sum+i;
```

执行时，跳过"求表达式 1"这一步，其他不变。

2)表达式 2 一般是关系表达式或逻辑表达式，但也可以是其他类型的表达式，只要其值为非 0，就执行循环体。例如：

```
for(i=0;(c=getchar())! ='\n';i+=c)
  printf(" %d",i);
```

在表达式 2 中，先从终端接受一个字符 c，然后判断 c 的值是否等于'\n'，如果不等于'\n'，就执行循环体，输出 i 的值，该段程序的作用是不断地输入字符，直到输入一个"回车"符为止。

表达式 2 也可以省略，此时不作循环条件的判断，循环将无终止地进行下去(死循环)，也就是认为表达式 2 的值恒为真。例如：

```
for(i=1;;i++)
  sum=sum+i;
```

相当于：

```
i=1;
while(1)
{
  sum=sum+i;
  i++;
}
```

此时将产生死循环，可以在循环体内加 break 语句(见下一节)来终止循环，并控制程序流向。

3)表达式 3 也可以省略，但此时程序设计者应另外设法保证循环能正常结束。例如：

```
for(sum=0,i=0;i<=10;)
{ sum=sum+i;
  i++;
}
```

本例把"i++;"不放在 for 语句的表达式 3 的位置处，而作为循环体的一部分，效果是一样的，可以使循环正常结束。

4)可以省略表达式 1 和表达式 3，只有表达式 2。例如：

```
for(;i<=10;)
{
  sum=sum+i;
  i++;
}
```

相当于：

```
while(i<=10)
{
  sum=sum+i;
  i++;
}
```

5）使用逗号表达式，可以用两个或两个以上的变量共同实现对循环的控制。例如：

```
for(i = 1,j = 1;i <= 10 ‖ j <= 10;i ++ )
  {sum = sum + i + j;j ++ ;}
```

又如：

```
for(i = 1;i <= 100;i ++ ,i ++ ) sum = sum + i;
```

相当于：

```
for(i = 1;i <= 10;i = i + 2) sum = sum + i;
```

6）三个表达式均省略，例如：

```
for(;;)
```

相当于：

```
while(1)
```

此时也会产生死循环。

7）for 语句的循环体是空语句时，则成为空循环体 for 语句，利用它可以实现某些特殊功能，比如产生时间延迟等。例如：

```
for(t = 0;t < value;t ++ );
```

5.9　break 语句和 continue 语句

在循环结构中，无论采用 while 语句、do-while 语句，还是 for 语句，都有循环条件的控制，当循环条件为非 0 值时，继续循环，当循环条件为 0 时，结束循环。我们把这种正常结束循环的情况，称为循环的正常出口。但是，在循环时还有一种情况，就是循环条件仍为非 0 值，但当满足另一条件时，将结束循环，一般地，这种条件往往写在一个 if 语句中。我们把这种非正常结束循环的方法，称为循环的非正常出口。C 语言中用 break 语句来实现这一功能。

5.9.1　break 语句

break 语句的一般形式为：

```
break;
```

在 switch 结构中，可以用 break 语句使流程跳出 switch 结构，继续执行 switch 下面的一个语句。break 语句还可以从循环体内跳出循环体，即提前结束循环，接着执行循环下面的语句。

[例 5-17]　有程序如下：

```
main()
{
  int  r;
  float  pi = 3. 14159,area;
  for(r = 1;r <= 10;r ++ )
  {
    area = pi * r * r;
    if(area > 100) break;
  }
  printf(" %f",area);
}
```

该程序中，循环变量 r 的初值为 1，终值为 10，步长为 1，理论上应循环 10 次，当循环变量为 11 时，结束循环。但该题有另一条件，当 area 的值大于 100 时应结束计算，因此，将这一条件写在一个 if 语句中，即

```
if(area > 100) break;
```

在 area 大于 100 时，强行中止循环，执行循环语句后面的打印输出语句，这就是循环非正常出口的一个例子。

[**例5-18**]　将下列 for 循环：

```
for(i =2;i < n;i ++ )
  if(n %i ==0) break;
```

写成一个循环体为空的 for 语句。

据题意，该循环的结束条件有两个，一个是正常出口，即 i ==n 时结束循环；另一个条件是非正常出口，即"n%i ==0"，当 n 能被 i 整除时也可以结束循环。因此，可以将这两个条件合并在一起，即"i < n && n %i!=0"。故 for 语句写成：

```
for(i =2;i < n && n %i! =0;i ++ );
```

5.9.2　continue 语句

continue 语句的一般形式为：

```
continue;
```

该语句作用是提前结束本次循环，即跳出循环体中 continue 语句后面的语句，接着执行表达式3(在 for 语句中)，进行下一次是否循环的判定。

continue 语句和 break 语句的区别是：continue 语句只结束本次循环，而不是终止整个循环的执行。而 break 语句则是结束循环，不再进行条件判断。故 break 语句可看成循环的非正常出口，而 continue 语句只是实现本次循环的"短路"。

[**例5-19**]　将200 与300 之间不能被7 整除的数输出。

程序如下：

```
main()
{int i;
    for(i =200;i <=300;i ++ )
  {
    if(i %7 ==0) continue;

      printf(" %d",n);
  }
}
```

当 n 能被7 整除时，执行 continue 语句，结束本次循环，即跳过 printf 语句，不输出，然后进入下次循环。

[**例5-20**]　阅读下列程序段，问执行该段程序后，x 和 i 值各为多少？

```
int i,x;
for(i =1,x =1;i <=50;i ++ )
{
  if(x >=10) break;
  if(x %2 ==1)
  {
    x + =5;
    continue;
  }
  x - =3;
}
```

该程序段的执行过程为：

当 i =1 时 x =1，则 x %2 ==1，执行"x + =5;"语句后 x =6，再执行 continue 语句，中断本

次循环，不执行"x – = 3;"语句。

增加步长后，i = 2，此时 x %2! = 1，故执行"x – = 3;"后 x = 3。

增加步长后，i = 3，此时 x %2 == 1，执行"x + = 5;"语句后 x = 8，执行 continue，结束本次循环。

增加步长后，i = 4，此时 x %2! = 1，执行"x – = 3;"语句后 x = 5。

增加步长后，i = 5，此时 x %2 == 1，执行"x + = 5;"后 x = 10，执行 continue，结束本次循环。

增加步长后，i = 6，此时 x = 10，则 x >= 10 条件成立，执行 break 语句，强行结束循环，非正常退出。

故执行该程序段后，x = 10，i = 6。

5.10　多重循环的嵌套

一个循环体内又包含另一个循环结构，称为循环的嵌套。内嵌循环中又可以再嵌循环，这就是多层循环。每种循环都可以进行嵌套，三种循环（for 循环、while 循环、do – while 循环）也可以相互嵌套。

[例 5-21]

```
main()
{
  int i,j;
  for(i = 1;i <= 3;i ++ )
  {
    for(j = 1;j <= 5;j ++ )
      printf(" %d -- %d",i,j);
    printf("\n");
  }
}
```

执行该程序后，输出下列结果：

```
1——1  1——2  1——3  1——4  1——5
2——1  2——2  2——3  2——4  2——5
3——1  3——2  3——3  3——4  3——5
```

例 5-21 为双重循环结构的程序，其中 for(i = 1;i <= 3;i ++)开始的花括号内的语句构成外循环，循环控制变量为 i，循环体包括一个内循环（程序中用虚线框起来的部分）和"printf("\n");"语句。for(j = 1;j <= 5;j ++)开始的是内循环，循环控制变量为 j，循环体只有一条 printf 语句。

当 switch 语句与循环语句相互嵌套使用时，break 语句只对最接近它的那个循环语句或 switch 语句起作用，例如：

```
1) switch(ch)
   {
     case 1:sum = 0;
         for(;;)
         { sum ++ ;
           if(sum > 100) break;
         }
     …
   }
```

本程序段中的 break 语句只对 for 语句起作用，对外层的 switch 语句不起作用。

```
2) for(;sum < 100;)
   {switch(ch) {
     case 1:sum ++ ;break;
```

```
         case 2:sum + =3;
         }
       …
    }
```

本程序段中的 break 语句只对 switch 语句起作用，对外层的 for 语句不起作用。

多重循环的执行过程与单循环的执行过程是类似的，只要把内层循环看做是外层循环体的一部分即可。

下面是多重循环的一些规定：

1）多重循环控制变量不得重名。

例如：for(i = 1;i <= 5;i ++)

　　　 for(i = 1;i <= 10;i ++)

是错误的，因为内外循环的控制变量使用了同一个变量名 i。

2）在循环语句和条件语句或转向语句联合使用时，可以从循环体内转到循环体外，但不允许从循环体外转入循环体内，如果是多重循环，则允许从内循环转到外循环，不允许从外循环转入内循环。

3）当有多重循环嵌套时，break 只对最接近它的那个循环语句起作用。

5.11　程序举例

[例 5-22]　统计三个班的考试成绩，设每个班的学生数不同，但都不超过 50 人，要求输出每个班的平均成绩。

程序如下：

```
#include < math. h >
main( )
{
  int i,n,k;
  float s,a,g;
  for( i = 1;i <= 3;i ++ )
  {
    s = 0. 0;
    k = 0;
    for( n = 1;n <= 50;n ++ ){
      scanf(" %f",&g);
      if( fabs(g + 1. 0) < 0. 001)
        break;
      k ++ ;
      s = s + g;
    }
    a = s/k;
    printf(" %d -- %6. 2f\n",i,a);
  }
}
```

执行程序时，输入下列数据：

```
80  75  91  86  66  −1
77  89  65  79  −1
90  95  64  87  75  83  −1
```

其结果为：

```
1——79. 6
2——77. 5
3——82. 33
```

　　变量 s 存放累加和，放每个班的总分，变量 k 统计每个班的实际人数，每个学生的成绩给变量 g。外循环的循环变量控制班级数，内循环读取每个学生的成绩并进行累加，设每个班的人数分别为 5、4、6 人。在输入时用 break 语句来中断内循环，即当输入为 –1 时（–1 为任一远离有效数据的一个结束标志数。由于实型数据的表示有误差，程序中用" |g – (–1)| < 0.001"作为结束条件，而不用"g! = –1"），结束内循环工作，并进入内循环下面的语句，计算全班的平均成绩，并打印输出，然后外循环 i 增 1，处理第二个班级的成绩，这时又重新将 s 和 k 置为 0。要注意 s = 0 和 k = 0 这两个赋初值语句的位置。

　　本例的打印输出语句放在内循环的外面，即内循环结束之后，放在外循环的里面，故共执行 3 次，输出 3 个班的平均分。该读者思考一下：若将其放到外循环的外面，则该语句执行几次，是否与题意相符？

　　[例 5-23]　打印出以下图案：

```
      *
     * * *
    * * * * *
   * * * * * * *
    * * * * *
     * * *
      *
```

　　程序如下：

```c
main()
{
  int i,j,k;
  for(i =0;i <=3;i ++){
    for(j =0;j <=2 – i;j ++ )
      printf(" ");
    for(k =0;k <=2* i;k ++ )
      printf("* ");
    printf("\n");
  }
  for(i =0;i <=2;i ++ )
  {
    for(j =0;j <=i;j ++ )
      printf(" ");
    for(k =0;k <=4 –2* i;k ++ )
      printf("* ");
    printf("\n");
  }
}
```

　　对图案的打印，程序通过双重循环来实现，用外循环来控制它的行，即外循环每循环一次，打印一行，用内循环控制它的列，即内循环每循环一次，打印某行中的一列，内循环结束后，某行就被打印出来了。两个外循环结束后，分别打印出图案的上下两部分，上半部分为一个正三角形，共有 4 行，下半部分为一个倒三角形，共有 3 行。

　　在程序中，每个外循环用了两个内循环，第一个内循环输出一些空格，用来确定打印图案的起始位置，第二个内循环用来打印图案中的某一行符号。

　　[例 5-24]　猴子吃桃问题。猴子第一天摘下若干个桃子，当即吃了一半，还不过瘾，又多吃了一个。第二天早上又将剩下的桃子吃掉一半，又多吃一个。以后每天早上都吃了前一天剩下的一半零一个。到第 10 天早上想吃的时候，只剩一个桃子了。求第一天共摘了多少桃子。

　　程序如下：

```c
main()
{
  int day,x1,x2;
```

```
      day = 9;
      x2 = 1;
      while(day > 0)
      {
        x1 = (x2 + 1)* 2;   /* 某一天桃子数是后一天桃子数加 1 后的 2 倍。*/
        x2 = x1;
        day -- ;
      }
      printf("桃子总数 = %d \n",x1);
   }
```

运行结果:

桃子总数 = 1534

由题意可知，9 天后只剩下一个桃子，故将表示天数的变量 day 设为 9，剩下桃子数 x2 设为 1，为了计算总桃子数，从第 10 天的桃子数向前推算，前一天的桃子数 x1 = (x2 + 1)* 2，而该 x1 又改成了再前一天的剩下数，故 x2 = x1，通过 9 次循环，当天数为 0 时，x1 即为总桃子数。

习　　题

5.1　以下程序打印如下图案，程序运行后，输入 4 给变量 n。请填空。

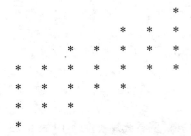

```
#define S  ''
#include < stdio. h >
main()
{  int n. i. j;
   printf("Enter n:",);
   scanf(____);
   for(i = 1;i <= n;i ++ ){
     for(j = 1;j〈 = 10;j ++ )putchar(S);
     for(j = 1;_____;j ++ )putchar(S);
     for(j = 1;_____;j ++ )putchar('* ');
     _____;
   }
   for(i = 1;i <= n - 1;j ++ ){
     for(j = 1;j <= 10;j ++ )putchar(S);
     for(j = 1;_____;j ++ )putchar(S);
     _____;
   }
}
```

5.2　编写一个程序，功能是：输入一个五位整数，将它反向输出。例如，输入 12345，输出应为 54321。

5.3　在三位的正整数中，例如 abc，有一些可以满足 $a_3 + b_3 + c_3 = abc$ 的条件，也就是说，各个位数的立方和正好是该数的本身，这些数称为 Armstrong 数。试编写一个程序来求出所有的三位 Armstrong 数。

5.4　通过编程在 6 ~ 5000 内找出所有的亲密数对。说明：若 a、b 为 1 对亲密数，则 a 的因子和等于 b，b 的因子和等于 a，且 a 不等于 b。例如，220、284 是 1 对亲密数。

5.5 利用泰勒级数

$$\sin(x) \approx x - \frac{x^3}{3!} + \frac{x^5}{5!} - \frac{x^7}{7!} + \frac{x^9}{9!} - \cdots$$

编程并计算 $\sin(x)$ 的值。要求最后一项的绝对值小于 10^{-5}，并统计出此时累加了多少项。

5.6 连续整数的固定和。编写一个程序，读入一个正整数，把所有那些连续的和为给定的正整数的正整数找出来。例如，如果输入 27，发现 2~7，8~10，13 与 14 的和是 27，这就是解答；如果输入的是 10000，应该有 18~142，297~328，388~412，1998~2002 这 4 组。注意，不一定会有答案，如 4，16 就无解；另外，排除只有一个数的情况，否则每一个输入就都至少有一个答案，即它自己。

5.7 从键盘任意输入一个 4 位数 x，编程计算 x 的每一位数字相加之和(忽略整数前的正负号)。例如，输入 x 为 1234，则由 1234 分离出其千位 1、百位 2、十位 3、个位 4，然后计算 $1+2+3+4=10$，并输出 10。

5.8 编程解决爱因斯坦数学题。爱因斯坦曾出过这样一道数学题：有一条长阶梯，若每步跨 2 阶，最后剩下 1 阶；若每步跨 3 阶，最后剩下 2 阶；若每步跨 5 阶，最后剩下 4 阶；若每步跨 6 阶，最后剩下 5 阶；只有每步跨 7 阶，最后才正好 1 阶不剩。请问，这条阶梯共有多少阶？

5.9 编程解决三色球问题。若一个口袋中放有 12 个球，其中有 3 个红色球，3 个白色球，6 个黑色球，从中任取 8 个球，问共有多少种不同的颜色搭配？

5.10 编制程序，将下列数列：

1，1，1，1，2，1，1，3，3，1，1，4，6，4，1，1，5，10，10，5，1，…，延长到第 55 个。

5.11 100 匹马驮 100 担货，大马一匹驮三担，中马一匹驮 2 担，小马一匹驮 1 担，编程计算大、中、小马的数目。

5.12 一根长度为 133 米的材料，需要截成长度为 19 米和 23 米的短料，编程求解两种短料各截多少根时，剩余的材料最少？

5.13 编写程序：某次大奖赛，有 7 个评委打分，对于一名参赛者，输入 7 个评委的打分分数，去掉一个最高分和一个最低分，求出平均分为该参赛者的得分。

5.14 编程求 $s_n = a + aa + aaa + \cdots + aaa\cdots a$ 的值。例如当 $a=2$，$n=4$ 时，$s_n = 2 + 22 + 222 + 2222$。$a$ 和 n 由键盘输入。

5.15 有一数字灯谜如下：

$ABCD$

$-\,)\,CDC$

ABC

$ABCD$ 均为一位非负整数，编程求出 $ABCD$ 各值。

5.16 一位百万富翁遇到一位陌生人，陌生人找他谈一个换钱计划，该计划如下：我每天给你 10 万元，而你第一天只需给我 1 分钱，第二天我仍给你 10 万元，你给我 2 分钱，第三天我仍给你 10 万元，你给我 4 分钱……，你每天给我的钱是前一天的两倍，直到满一个月(30 天)，百万富翁很高兴，欣然接受了这个契约。请编写一个程序计算这一个月后陌生人给了百万富翁多少钱，百万富翁给了陌生人多少钱。

5.17 编程：输入 n，输出 n 的所有质数因子(如 $n=13860$，则输出 2、2、3、3、5、7、11)。

## 第 6 章

数　　组

第 3 章介绍了几种基本数据类型，如整型、实型、字符型，利用这些属性可以定义变量的类型。然而，在实际应用中，数据的处理量往往相当大，若一个个地标识变量，那将很不方便。特别是很难处理那些数据类型相同而且彼此之间还有一定关系的数据。对于这类问题，C 语言提供了构造类型的数据，如数组、结构、联合，用以描述实际应用中更加复杂的数据结构。构造类型是以基本类型为基础，将一系列元素按照一定的规律组织构造而成的数据类型。构造类型数据结构中的每一个元素相当于一个简单变量，每一个元素都可像简单变量一样被赋值或在表达式中使用。

数组类型是一些具有相同类型的数据的集合，数组中的数据按照一定的顺序排列存放。同一数组中的每个元素都具有相同的数据类型，有统一的标识符（即数组名），用不同的序号（即下标）来区分数组中的各元素。根据组织数组的结构不同，又将其分为一维数组、二维数组、三维数组等。另外，还有用于处理字符类型数据的字符数组。C 语言允许使用任意维数的数组。当处理大量的同类型数据时，利用数组可以提供很大的方便。此外，数组同其他类型的变量一样，也必须先定义后使用。

6.1　一维数组

6.1.1　一维数组的定义

具有一个下标的数组称为一维数组。一维数组的定义格式为：

数据类型　数组标识符[常量表达式];

例如：int name[20];
　　　char ch[26];
定义数组，描述 100 个整数：int number[100];
一年中每月的天数：int month[12];
100 种商品的价格：float price[100];
相关描述说明如下：

1）数据类型用来说明该数组应具有的数据结构类型，其可以是简单类型、指针类型，或结构、联合等构造类型。

2）数组标识符用来说明数组的名称，如上例中的 name、ch 均为数组名，定义数组名的规则与定义变量名相同。

3）常量表达式用来说明数组元素的个数，即数组的长度，它可以是正的整型常量、字符常量或有确定值的表达式。C 语言编译系统在处理该数组语句时，会根据常量表达式的值在内存中分配一块连续的存储空间。

4）数组元素的下标由 0 开始。例如，由 3 个元素组成的 name 数组，则这 3 个元素依次是：name[0],name[1],name[2]。

5）数组名表示数组存储区的首地址，即数组第一个元素存放的地址。

6）相同类型的数组可在同一语句行中定义，数组之间用逗号分隔，即可同时定义多个同类型数组。

7）C 语言中不允许定义动态数组，即数组的长度不能依赖运行过程中变量值的变化而变化。

下面这样的数组定义是错误的：

```
int i;
scanf(" %d",&i);
int array[i];
```

从数组的定义不难看出，定义数组时必须给数组取一个名字，即数组的标识符名称；其次要说明数组的数据类型，即定义类型说明符，表明数组的数据性质；另外还要说明数组的结构，即规定数组的维数和数组元素的个数。

6.1.2 一维数组元素的引用

定义数组之后，数组元素就能够被引用。但对数组的使用不能将数组作为整体引用，而只能通过逐个引用数组元素来实现。因此，数组下标对数组的操作就特别重要，利用数组下标的变化，就可方便达到对数组元素引用的目的。

数组下标变量的形式为：数组名[下标表达式]

若数组定义为：

```
int array[10];
```

表明 array 整型数组中共有 10 个元素，数组 array[i]中，array[0]是数组中的第一个元素，array[9]是数组中的第 10 个元素。数组一经定义，对各数组元素的操作，就如同对基本类型的变量操作一样。例如：

```
array[2]=105;            /* 对数组第 3 个元素赋值 */
scanf(" %d",&array[4]);  /* 对数组第 5 个元素赋值 */
printf(" %d",array[5]);  /* 输出数组第 6 个元素的值 */
```

数组下标往往对应于循环控制变量，通过循环和下标的变化完成对数组所有元素的操作，即对整个数组的操作。要注意的是，如果下标出界，C 语言的编译程序不进行语法检查。

6.1.3 一维数组元素的初始化

数组元素的初始化，就是在定义数组时或在程序中的开始位置为数组元素赋初值。在程序中的开始位置对数组元素初始化的方法有如下几种：

1）直接用赋值语句赋初值。

2）用输入语句赋初值。

3）用输入函数赋初值。

一维数组元素在定义数组时初始化的格式如下：

数据类型 数组标识符[常量表达式]={常量表达式};

其中，{}中各常量表达式是对应的数组元素初值，相互之间用逗号分隔。例如：

```
int array[5]={1,2,3,4,5};
```

等价于

```
int array[5];
array[0]=1; array[1]=2; array[2]=3; array[3]=4; array[4]=5;
```

需要说明的有以下几点：

1）对数组元素赋初值时，可以不指定数组长度，其长度由常量表达式表中初值的个数自动确定。例如：

```
int array[ ]={1,2,3,4,5};
```

初值有 5 个，故系统自动确定 array 数组的长度为 5。

2）不允许对数组元素整体赋值。例如：

`int array[5]={2*5};` 这种描述在语法上是正确的，但逻辑错误。此语句只给 a[0]赋初值为 10，其他为 0。

3）不允许数组确定的元素个数少于赋值个数。例如：

```
int array[5]={1,2,3,4,5,6,7};
```

4）当数组元素个数多于初值个数时，说明只给部分数组元素赋初值，未赋值的元素为相应类型的默认值。

C 语言规定 int 类型的默认值为整型数 0，char 类型的默认值为空字符（'\0'）。

例如：int array[5]={1,2,3};

等价于：int array[5]={1,2,3,0,0};

[例6-1]　从键盘输入 10 个数，求其中的最大数和最小数，并按逆序打印出该数组。

```
#include <stdio.h>
void main()
{
  float a[10];
  int i;
  float max=-1e20,min=1e20;
  for(i=0;i<=9;i++)
    scanf("%f",&a[i]);
  for(i=0;i<=9;i++)
  {
    if(a[i]>max) max=a[i];
    if(a[i]<min) min=a[i];
  }
  printf("max=%6.2f,min=%6.2f\n",max,min);
  for(i=9;i>=0;i--)
    printf("%6.2f\t",a[i]);
}
```

程序运行结果为：

```
12 34 532 4. 45 45. 9
-45 45 65 45 4
max=532. 00,min=-45. 00
4. 00 45. 00 65. 00 45. 00  -45. 00 45. 90 4. 45 532. 00 34. 00 12. 00
```

[例6-2]　学生成绩统计。以下是一个统计学生成绩的程序。统计得 100 分的有几个学生，得 90~99 分的有几个学生，得 80~89 分的有几个学生，…。

利用数组 s[i]记录得分的人数。s[0]记 0~9 分之间的学生数，s[1]记录 10~19 分之间的学生数，s[2]记录 20~29 分之间的学生数，…，s[10]记录得 100 分的人数。

在程序中，把学生成绩逐个读入变量 q 中，如学生的成绩是 85，则 q=85，r 用来作 s 数组元素的下标，语句"r=(int)(q/10);"使 r=8，这里采用强制类型转换，将 q/10 的结果去尾后转为整数,作为 s 数组的下标。语句"s[r]=s[r]+1;"使得下标变量 s[8]的数值增加 1,如果成绩是 87,则 r=7,使得下标变量 s[7]的数值加 1,依此类推。对于"s[r]==s[r]+1;",由于读入 q 的数值不同,经除以 10 再取整后,变量 r 的数值也不同。因此,该语句随 r 的不同等价于下列 11 条语句:

```
s[0]=s[0]+1;        r=0
s[1]=s[1]+1;        r=1
s[2]=s[2]+1;        r=2
s[3]=s[3]+1;        r=3
s[4]=s[4]+1;        r=4
s[5]=s[5]+1;        r=5
s[6]=s[6]+1;        r=6
s[7]=s[7]+1;        r=7
s[8]=s[8]+1;        r=8
s[9]=s[9]+1;        r=9
s[10]=s[10]+1;      r=10
```

在数据输入循环中,用 -99 作为结束标志。由于实型数据的表示有误差,程序中用" |q-(-99)|<0.001"作为结束条件,而不用"q!=-99"。

程序如下:

```
#include<math.h>
main()
{
  int i,r,s[11];
  float q=0.0;
  clrscr();     /*   清屏函数 */
  for(i=0;i<=10;i++){
    s[i]=0;
    scanf("%f",&q);
    while(fabs(q+99)<0.001)
    {
      r=(int)(q/10);
      s[r]=s[r]+1;
      scanf("%f",&q);
    }
  }
  for(i=0;i<=10;i++)
  {
    if(i<=9)
    printf("%d-- %d %d\n",10* i,i* 10+9,s[i]);
    else
    printf("%d %d\n",i* 10,s[i]);
  }
}
```

clrscr()函数的作用是清屏,这在实用程序中是很有用的。

程序运行时输入:

```
65  57  71  75  80  90  91  88  78  82  77  86  45  38  44  46  83  82  79  85  70  68  83  59  98
92  100  97  85  73  80  77  -99
```

其结果为:

```
0——9      0
10——19    0
20——29    0
30——39    1
40——49    3
50——59    2
60——69    2
70——79    8
```

```
80——89    10
90——99     5
100  1
```

[例 6-3]　用选择法对 10 个整数排序。

对于冒泡排序算法而言，在每次比较中，如果发现较小的元素在后面，就交换两个相邻的元素。而选择排序算法的改进之处在于：先并不急于调换位置，先从 a[0] 开始逐个检查，看哪个数最小就记下该数所在的下标 k，等一趟扫描完毕，再把 a[k] 和 a[0] 对调，这时 a[0] 到 a[9] 中最小的数据就换到了最前面的位置。选择排序每扫描一遍数组，只需要一次真正的交换，而冒泡排序可能需要很多次。它们比较的次数是一样的。

然后，再从 a[1] 开始逐个检查，看哪个数最小就记下该数所在的下标 k，等一趟扫描完毕，再把 a[k] 和 a[1] 对调。

依次类推，直至最后一次取 a[8] 与 a[9] 比较，完成数组中数据的排序。

上述过程在程序中用双重循环实现，i 为外循环变量，j 为内循环变量，i 的初值为 0，终值为 8，j 的初值为 i + 1，终值为 9。程序如下：

```c
#define  N  10
main()  /* 选择法排序 */
{
  int i,j,min,temp,a[N];
  printf("\n请输入十个数据:\n"); /* 输入数据 */
  for(i=0;i<N;i++)
  {
    printf("a[%d]=",i);
    scanf("%d",&a[i]);
  }
  printf("\n");
  for(i=0;i<N;i++)
    printf("%5d",a[i]);
  printf("\n");
  for(i=0;i<N-1;i++) /* 排序 */
  {
    min=i;
    for(j=i;j<N;j++)
      if(a[min]>a[j]) min=j;
    temp=a[i];
    a[i]=a[min];
    a[min]=temp;
  }
  printf("\n排序结果如下:\n"); /* 输出 */
  for(i=0;i<N;i++)
    printf("%5d",a[i]);
}
```

运行结果：

```
请输入十个数据:
a[0]=26
a[1]=-18
a[2]=14
a[3]=7
a[4]=9
a[5]=12
a[6]=5
a[7]=-31
a[8]=35
a[9]=29
26  -18  14  7  9  12  5  -31  35  29
```

排序结果如下：

```
-31   -18   5   7   9   12   14   26   29   35
```

该程序由三部分组成。第一部分是输入部分，包括第 1 个 for 循环给 a 数组输入数据。第 2 个 for 循环输出 a 数组输入的数据。第二部分的双重循环对 a 数组的元素进行排序。执行一次外循环，取出 a[i]，通过内循环依次与它后面的各个元素进行比较，程序中为减少赋值运算，用变量 min 记录最小元素的下标，最初 min 的值为 i，a[min] 也就是内循环的比较对象。第三部分用一个 for 循环来输出排好序的 a 数组。

[例 6-4]　某单位开运动会，共 10 人参加女子 100 米跑比赛，运动员成绩如下：

207 号	14 秒 5	077 号	15 秒 1
156 号	14 秒 2	231 号	14 秒 7
453 号	15 秒 1	196 号	13 秒 9
096 号	15 秒 7	122 号	13 秒 7
339 号	14 秒 9	302 号	14 秒 5

编写一个程序，按成绩排名次。m 数组存放运动号，x 数组存放运动员成绩。

程序通过第一个 for 循环将 m 数组和 x 数组的各元素清零，然后通过一个 for 循环输入运动员号和百米成绩，在循环中变量 q 用来计数。后面用一个双重循环来实现选择排序，按运动员的成绩从小到大排序，但在 x 数组交换时，m 数组也要同时交换，保证运动员号和成绩的一致。在程序中 14 秒 5 以 14.5 的形式输出。程序如下：

```c
main()
{
    int i,j,t1,q=0,m[11];
    float t2,x[11];
    clrscr();
    for(i=0;i<=10;i++)
    {
        m[i]=0;
        x[i]=0.0;
    }
    for(i=1;(i<=10&&m[i-1]=-1);i++)
    {
        scanf(" %d %f",&m[i],&x[i]);
        q++;
    }
    printf(" l m n\n");
    for(i=1;i<q-1;i++)
    {
        for(j=i+1;j<=q;j++)
            if(x[i]<x[j]){
                t2=x[i];x[i]=x[j];x[j]=t2;
                t1=m[i];m[i]=m[j];m[j]=t1;
            }
        printf(" %5d %5d %5.1f\n",i,m[i],x[i]);
    }
    printf(" %5d %5d %5.1f\n",q,m[q],x[q]);
}
```

程序运行时输入：

```
207    14.5
77     15.1
156    14.2
231    14.7
453    15.1
196    13.9
96     15.7
122    13.7
339    14.9
```

```
 -1      -1
```

结果如下：

```
i      m       n
1      122     13.7
2      196     13.9
3      156     14.2
4      207     14.5
5      231     14.7
6      339     14.9
7      77      15.1
8      453     15.1
9      96      15.7
```

　　[例6-5]　某地区6家商店在一个月内电视机的销售数量如下表所示，试计算并打印电视机销售汇总表。

商店代号	熊猫牌	西湖牌	金星牌	梅花牌
1	52	34	40	20
2	32	10	35	15
3	10	12	70	15
4	35	20	40	25
5	47	32	50	27
6	22	20	28	28

　　数组 a 存放一家商店四种电视机的销售量。第一家商店的四种电视机销售量输入到 a[1]～ a[4]中，要及时进行统计并打印输出，因第二家商店的四种电视机销售量一旦输入 a[1]～a[4] 中，前一组数据将被破坏掉，数组 y 用于累计每种电视机的销售量之和(纵向统计)，如熊猫牌总销售量存放于 y[1]，西湖牌总销售量存放于 y[2]，……。变量 s 统计每家商店的电视机销售量(横向统计)，s0 为6家商店的电视机总销售量。

　　程序如下：

```
#include < stdio. h >
#include < stdlib. h >
main()
{
  int i,j,s,s0,a[5],y[5];
  for(i =1;i <=4;i ++ )
    y[i] =0;
  s0 =0;
  clrscr();
  printf("商店代号　熊猫牌　西湖牌　金星牌　梅花牌　合计 \n");
  printf("————————————————— \n ");
  for(i =1;i <=6;i ++ )
  {
    s =0;
    for(j =1;j <=4;j ++ )
    {
      scanf(" %d",&a[j]);
      s = s + a[j];
      y[j] =y[j] +a[j];
    }
    s0 = s0 + s;
    printf(" %d ",i);
    for(j =1;j <=4;j ++ )
      printf(" 6d",a[j]);
    printf("% 6d \n",s);
```

```
    }
    printf("—————————————————————\n ");
    printf(" 合计 ");
    for(j =1;j <=4;j ++ )
      printf("% 6d",y[j]);
    printf("% 6d \n",s0);
}
```

程序执行结果如下：

商品代号	熊猫牌	西湖牌	金星牌	梅花牌	合计
1	52	34	40	20	146
2	32	10	35	15	92
3	10	12	70	15	107
4	35	20	40	25	120
5	47	32	50	27	156
6	22	20	28	28	98
合计	198	128	263	130	719

1）将统计一家商店销售合计的变量 s 赋初值 0，即"s = 0；"，它放在外循环的里面，内循环的外面。

2）内循环用于控制每一行表格中的列，每循环一次，读入一种电视机的销售量到 a[j]，一方面由语句"s = s + a[j]；"进行横向统计求和（累计每家商店的电视机销售量），同时由语句"y[j] = y[j] + a[j]；"进行纵向统计，内循环过程中"y[j] = y[j] + a[j]；"随着控制变量 j 的变化，原式等价于：

```
y[1] = y[1] + a[1];
y[2] = y[2] + a[2];
y[3] = y[3] + a[3];
y[4] = y[4] + a[4];
```

这 4 条语句，使 y 数组把该商店存于 a[1]、a[2]、a[3]、a[4] 中。其中每个元素只加一次，知道外循环结束后，y[1]、y[2]、y[3]、y[4] 的值才真正是每种品牌电视机的销售量。

3）外循环中"s0 = s0 + s；"用于累计总销售量。

4）输出每家商店代号，各种品牌电视机的销售量及其总和。

5）当外循环执行 6 次后结束，跳出循环，输出各种电视机的累计和 y[1]、y[2]、y[3]、y[4]，同时也输出总销售量 s0。

6.2 二维数组

在用一维数组处理二维表格时，必须将数据输入、处理和打印输出放在一个循环中，程序模块化不够好，下标变量在使用时产生了覆盖。可以用两个下标变量（双下标变量）来表示二维表格的元素，这就形成了相应的二维数组。

6.2.1 双下标变量

双下标变量的形式如右图所示。其中，s 是数组名，后面跟两个方框号，方框号内分别放行下标和列下标。和单下标一样，下标可以用数值、变量或表达式。有关下标的规则与单下标变量相同。

例如：以下是一个二元一次联立方程组

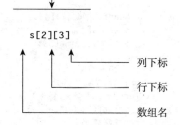

$$\begin{cases} 7x_1 - 4x_2 = 7 \\ -2x_1 + 3x_2 = -1 \end{cases}$$

它的一般表达式为：

$$a_{11}x_1 + a_{12}x_2 = b_1$$

$$a_{21}x_1 + a_{22}x_2 = b_2$$

其中，x_1 的解为：

$$x_1 = (b_1 a_{22} - a_{12} b_2) / (a_{11} a_{22} - a_{12} a_{21})$$

以上方程式的系数可以用双下标变量表示：

a_{11} 可写成 a[1][1]，表示方程组第一个方程中 x_1 的系数。

a_{12} 可写成 a[1][2]，表示方程组第一个方程中 x_2 的系数。

同理，a_{21} 可写成 a[2][1]，a_{22} 可写成 a[2][2]。

因此，求 x_1 的表达式可写成以下形式：

x_1 = (b[1]* a[2][2] − b[2]* a[1][2])/(a[1][1]* a[2][2] − a[1][2]* a[2][1])

又例如：a[2][3]，a[1+1][j]，a[b[3]][b[4]]均为合法的双下标变量。

[例6-6] 某商店三个商品在四个季度的销售量如表6-1所示。

表6-1 商品销售量

商品/季度	1	2	3	4
1	167	200	156	120
2	210	250	180	190
3	112	150	130	125

这12个数可以用12个双下标变量表组成，分为3行4列，数组名为k，各数据可表示为：

```
k[1][1]    k[1][2]    k[1][3]    k[1][4]
k[2][1]    k[2][2]    k[2][3]    k[2][4]
k[3][1]    k[3][2]    k[3][3]    k[3][4]
```

用双下标变量来表示一张二维表，使下标变量的行列下标正好与数据在表格中的位置相对应，形象而直观地反映了二维表格。

6.2.2 二维数组及其定义

由双下标变量组成的数组称为二维数组，双下标变量是数组的元素。如上一小节的 a 数组、k 数组由双下标变量组成，均为二维数组。

二维数组定义的一般形式为：

<类型标识符> <数组名标识符>[<常量表达式>][<常量表达式>]

例如：

```
float a[3][4],b[5][6];
```

定义 a 为 3×4(3 行 4 列)的数组，b 为 5×6(5 行 6 列)的数组。注意不能写成：

```
float a[3,4],b[5,6];
```

对于一个 a[m][n]的二维数组(m、n 均为正整数)，则定义了 a 为 m×n(m 行×n 列)的数组，其行下标从 0 到 m-1，共 m 个，注意行下标不能等于 m；列下标从 0 到 n-1，共 n 个，注意列下标不能等于 n。其数组元素均是 float 型的。

C 语言对二维数组采用这样的定义方式，使我们可以把二维数组看成一种特殊的一维数组：它的元素又是一个一维数组。例如，对于 a[3][4]，可以把 a 看做是一个一维数组，它有三个元素：a[0]、a[1]、a[2]，每个元素又是一个包含 4 个元素的一维数组，如下所示：

```
a[0]     a[0][0]  a[0][1]  a[0][2]
a[1]     a[1][0]  a[1][1]  a[1][2]
a[2]     a[2][0]  a[2][1]  a[2][2]
```

把 a[0]、a[1]、a[2]看做是三个一维数组的名字。上面定义的二维数组可以理解为定义了三个一维数组，即相当于：

```
float a[0][4],a[1][4],a[2][4];
```

此处把 a[0]、a[1]、a[2]看做一维数组名。C 语言的这种处理方法在数组初始化和用指针表示时显得很方便，这在以后的学习中会体会到的。

C 语言中，二维数组中元素排列的顺序是按行存放，即在内存中先顺序存放第一行的元素，再存放第二行的元素。图 6-1 表示对数组 a[3][4]存放的顺序。

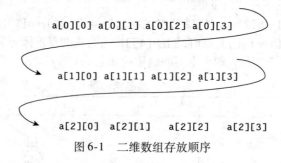

图 6-1　二维数组存放顺序

二维数组的元素是双下标变量，数组元素可以出现在表达式中，也可以被赋值，例如：

```
b[1][2]=a[1][2]/2;
```

但是用数组元素时，应注意下标值应在已定义的数组大小的范围内。常出现的错误如下所示：

```
int a[5][6];
...
a[5][6]=8;
```

这里数组元素 a[5][6]是不存在的。

请读者严格区分在定义数组时用的 a[5][6]和引用元素时的 a[5][6]的区别。前者 a[5][6]用来定义数组的维数和各维的大小，后者 a[5][6]代表某一数组元素。

6.2.3　二维数组的初始化

对二维数组的初始化有以下几种方法。

1）分行给二维数组赋值。例如：

```
int a[2][3]={{1,2,3},{4,5,6}};
```

此语句将第一个花括号内的数据赋给第一行的元素，第二个花括号内的数据赋给第二行的元素，即按行赋初值。

2）可将所有数据放在一个花括号内，按数组元素按行排列的顺序对各个元素赋初值。例如：

```
int a[2][3]={ 1,2,3,4,5,6 };
```

3）对部分元素赋初值。例如：

```
int a[2][3]={{1},{4}};
```

该语句只对各行第一列的元素赋初值，其余的元素值自动为 0。赋值后数组各元素为：

```
4 0 0
```

也可以只对某 n 行元素赋初值：

```
int a[2][3] = {{1}};
```

数组元素为：

```
1 0 0
0 0 0
```

第二行不赋初值，均为0。

也可以对第一行不赋初值：

```
int a[2][3] = {{},{4}};
```

4) 如按第2种方法对全部元素都赋初值，则定义数组时对第一维的长度可以不指出，但第二维的长度不能省，例如：

```
int a[2][3] = {1,2,3,4,5,6};
```

可以写为：

```
int a[ ][3] = {1,2,3,4,5,6};
```

系统会根据数据总数分配存储空间，一共6个数据，每行3列，当然可以确定为2行。

在定义时也可以只对部分元素赋初值而省略第一维的长度，但应分行赋初值。例如：

```
int a[ ][3] = {{},{0,0,3}};
```

这种写法表示数组共有2行，每行3列元素，数组元素为：

```
0 0 0
0 0 3
```

6.2.4 二维数组应用举例

[例6-7] 用二维数组改编例6-5的汇总表程序。

由于采用二维数组，表格上的原始数据存放在二维数组 a 中，在程序处理时，可以把数据按输入、计算和输出分别放在几个程序段中。使程序的结构更加清晰，易于阅读、理解。但由于采用二维数组，多占用了内存空间。

程序如下：

```
main()
{
  int i,j,s;
  int y[5] = {0,0,0,0,0};
  int b[6][6] = {{1,52,34,40,20,0},
                 {2,32,10,35,15,0},
                 {3,10,12,20,15,0},
                 {4,35,20,40,25,0},
                 {5,47,32,50,27,0},
                 {6,22,20,28,20,0}};
  s = 0;
  for(i = 0;i < 6;i ++ ){
    for(j = 1;j < 5;j ++ )
      b[i][5] = b[i][5] + b[i][j];
    s = s + b[i][j];
  }
  for(j = 1;j < 5;j ++ )
    for(i = 0;i < 6;i ++ )
      y[j] = y[j] + b[i][j];
```

```
clrscr();
printf("商店代号 熊猫牌 西湖牌 金星牌 梅花牌 合计 \n");
printf("————————————————————\n");
for(i=0;i<6;i++ )
{
  for(j=0;j<6;j++ )
    printf("% 8d",b[i][j]);
  printf("\n");
}
printf("————————————————————\n ");
printf(" 合计 ");
for(i=1;i<5;i++ )
  printf("% 8d",y[i]);
printf("% 8d",s);
}
```

程序用两个数组存放数据，二维数组 a 存放表格原始数据和横向累加后一个商店的合计销售量（a[i][5]元素），一维数组 y 存放表格的纵向累加值。程序中置初值的方法将纵向累计数组各元素清 0；第一个双重循环累计每家商店的销售量，将销售累计也存放在二维数组 a 中。语句"a[i][5]=a[i][5]+a[i][j];"，当 i=0 时，内循环 4 次后 a[0][5]=a[0][1]+a[0][2]+a[0][3]+a[0][4]，即一家商店 4 种商品的累计销售量。s 为总销售统计。进行纵向累加的双重循环中外循环变量 j 为列坐标，内循环变量 i 为行坐标，因而执行一次外循环，内循环 6 次统计完一个商品（一列）的数据，并存于 y[i]，第三个双循环将原始表格和横向统计数据按表格形式打印输出，最后输出合计 s 的值。

6.3　综合应用举例

通过对 C 语言数组功能的介绍，我们知道 C 语言的语句种类并不复杂，但使用 C 语言编写的程序能充分满足结构化程序的要求。本节再讨论几个综合应用例子，以帮助读者进一步熟悉 C 语言的各种语句，进而编写结构良好的程序。

[例6-8]　打印输出以下的杨辉三角形（要求打印出 10 行）。

```
1
1 1
1 2 1
1 3 3 1
1 4 6 4 1
1 5 10 10 5 1
⋮
```

杨辉三角形每一行的元素是 $(x+y)$ 的 $n-1$ 次幂的展开式各项的系数，例如：

第 1 行　　　$n=1$　　　　$(x+y)^0$　　　　　　　　　　系数为 1

第 2 行　　　$n=2$　　　　$(x+y)^1=x+y$　　　　　　　x 和 y 前面的系数各为 1

第 3 行　　　$n=3$　　　　$(x+y)^2=x^2+2xy+y^2$　　　三项的系数分别为 1，2，1

第 4 行　　　$n=4$　　　　$(x+y)^3=x^3+3x^2y+3xy^2+y^3$　　四项的系数分别为 1，3，3，1

⋮

在上面的杨辉三角形中，每行第一列和最后一列（对角线）各元素均为 1，其他各列都是上一行中同一列和前一列元素之和。如果用二维数组 a[i][j]表示，则有：

| a[i][j] | = | a[i-1][j-1] | + | a[i-1][j] |
| 当前行当前列元素 | | 上一行上一列元素 | | 上一行当前列元素 |

按上述原则编写程序如下：

```
/* 打印杨辉三角形 */
#define N 11
```

```
main()
{
  int i,j,a[N][N];
  for(i=1;i<N;i++)
  {
    a[i][i]=1;
    a[i][1]=1;
  }
  for(i=3;i<N;i++)
    for(j=2;j<=i-1;j++)
      a[i][j]=a[i-1][j-1][j];
  for(i=1;i<N;i++)
  {
    for(j=1;j<=i;j++)
      printf("%6d",a[i][j]);
    printf("\n");
  }
}
```

运行结果:

```
1
1  1
1  2  1
1  3  3  1
1  4  6  4  1
1  5  10  10  5  1
1  6  15  20  15  6  1
1  7  21  35  35  21  7  1
1  8  28  56  70  56  28  8  1
1  9  36  84  126  126  84  36  9  1
```

定义 N 为 11。首先用一个单循环将每行的对角线元素和第 1 个元素赋 1；然后用一个双重循环产生杨辉三角形其他元素的值，这里外循环控制行，内循环控制列；用最后一个双重循环输出杨辉三角形。

[例 6-9] 有 15 个数存放在一个数组中，输入一个数，要求用折半法查找它是数组中第几个元素的值。如果该数不在数组中，打印"不在表中"。

变量说明：top、bott——查找区间两端点的下标；

loca——查找成功的下标或 -1；

flag——决定是否继续查找的开关变量。

```
#include <stdio.h>
#define N 15
main()
{
  int i,j,number,top,bott,mid,loca,a[N],flag;
  char c;
  printf("输入 15 个数(a[i]>a[i-1]):\n");    /* 建立有序数组 */
  scanf("%d",&a[0]);
  i=1;
  while(i<N){
    scanf("%d",%a[i]);
    if(a[i]>=a[i-1])
      i++;
    else
    {
      printf("请重新输入 a[i]");
      printf("必须大于%d \n",a[i-1]);
    }
  }
  printf("\n");
```

```
  for(i = 0;i < N;i ++ )
    printf("% 4d",a[i]);
  printf("\n");
  flag = 1;
  while(flag)
  {
    printf("\请输入查找数据:");
    scanf("% d",number);
    loca = 0;
    bott = 0;
    top = N - 1;
    if(number < a[0] ‖ (number > a[N - 1]))
      loca = - 1;
    while((loca == 0)&&(bott <= top))
    {
      mid = (bott + top)/2;
      if(number == a[mid])
      {
        loca = mid;
        printf("% d 位于表中第% d 个数 \n",number,loca + 1);
      }else if(number < a[mid])
        top = mid - 1;
      else
        top = mid + 1;
    }
    if(loca == 0 | |loca == 1)
      printf("% d 不在表中。\n",number);
    printf("是否继续查找? Y/N! \n");
    c = getchar();
    if(c == 'N' | |c == 'n')
      flag = 0;
  }
}
```

运行结果:

```
输入 15 个数(a[i] > a[i - 1]):
1  3  4  5  6  8  12  23  34  44  45  56  57  58  68
3  4  5  6  8  12  23  34  44  45  56  57  58  68
请输入查找数据:7
  7 不在表中。
  是否继续查找? Y/N! y
  请输入查找数据:12
  12 位于表中第 7 个数
  是否继续查找? Y/N! n
```

　　具体过程如下。首先建立一个有 15 个元素的有序数组 a，在输入过程中，若元素无序，则要求重新输入，然后将该有序数组输出。下面进入折半查找过程:设置了特征变量 flag，用一个 while 语句循环进行控制，若 flag = 1，继续查找，flag = 0，结束查找。用特征变量 loca 表示查找成功与否，loca = 0 或 loca = - 1 表示该数不存在，查找不成功;查找成功，loca 置于表中的元素的坐标。查找时，输入查找的数赋给变量 number，并将查找区域的下界 bott 设置为 0，上界 top 为 N - 1，即第一个元素和最后一个元素。若查找的数小于下界单元的数据或大于上界单元的数据，将 loca 设置为 - 1，表示查不到。以后进入内循环进行折半查找，取中间单元 mid = (bott + top)/2，若 number = a[mid]，查找成功，显示该数并且显示在数组中的位置。若 number < a[mid]，则到数组前半部继续查找，这时下界不变，上界改为 mid - 1;若 number 大于中间单元 a[mid]，则到数组的后半部查找，这时上界不变，下界改为 mid + 1;继续上述过程进行查找，直到找到该数或下界大于上界时，查找结束，最后显示查找结果。

　　采用折半法查找数据，事先必须经过排序。折半查找的方法是:把数据区先进行二等分，如果中点的数据正好是被查找的数据，则查找就结束。若被查找的数据大于中点数据，即被查找的数据位于查找区的后半部分，对后半部分查找区再进行折半查找。若被查找的数据小于中点的数据，即被查找的数据位于数据区的前半部分，对前半部分数据区再进行折半查找。重复以上的过程，直至找到为止。由于每次查找范围缩小一半，因此查找速度大大提高。数据越多折半查找速度越快。

6.4 字符数组

字符数组是每个元素存放一个字符型数据的数组，该数组元素的数据类型为字符型。

字符数组的定义形式和元素引用方法与一般数组相同，例如：

```
char line[80];
```

定义了一个长度为 80 的一维字符数组。

```
char m[2][3];
```

定义了一个 2 行 3 列的二维字符数组。

对于一个如下所示的字符数组：

T	h	i	s		i	s		a		b	o	o	k	.

表示一个长度为 15 的一维数组，其元素下标从 0 开始到 14，共有 15 个元素，每个数组元素存放：

a[0] = 'T'、a[1] = 'h'、a[2] = 'i'、a[3] = 's'、a[4] = ' '、a[5] = 'i'、a[6] = 's'、a[7] = ' '、a[8] = 'a'、a[9] = ' '、a[10] = 'b'、a[11] = 'o'、a[12] = 'o'、a[13] = 'k'、a[14] = '.';

字符数组的初始化有两种方法：

1）将字符逐个赋给数组中的每个元素，例如：

```
char c[5] = {'C','h','i','n','a'};
```

把 5 个字符分别赋给 c[0]到 c[4]这五个元素。

2）直接用字符串常量给数组赋初值，例如：

```
char c[6] = "China";
```

无论用哪种方法对字符数组进行初始化，若提供的字符个数大于数组长度，则系统作语法错误处理；若提供的字符个数小于数组长度，则只将这些字符赋给数组中前面的那些元素，其余的元素自动定义 ASCII 码值为 0（即'\0'）。例如：

```
char a[10] = {'C','h','i','n','a'};
```

数组状态如下所示：

C	h	i	n	a	\0	\0	\0	\0	\0

可以通过赋初值隐含确定数组长度。例如：

```
char str[] = {'C','h','i','n','a'};
```

隐含 str 数组的长度为 6，即 str[6]，系统自动在末尾加一个'\0'。

也可以定义和初始化一个二维数组，例如：

```
char a[3][3] = {{'0','1','2'},{'1','2','1'},{'2','3','2'}};
```

对字符数组的处理可以通过引用字符数组的一个元素来实现，不过这时处理的对象是一个字符。

[例6-10] 输出一个字符串。

```
main()
{
  char str[6]={'C','h','i','n','a'};
  int i;
  for(i=0;i<6;i++)
    printf("% c",str[i]);
  printf("\n");
}
```

运行结果：

```
China
```

6.4.1 字符串和字符串结束标志

前面我们已经知道，字符常量是用单引号括起来的一个字符。在 C 语言中，把用双引号括起来的一串字符称为字符串常量，简称字符串。C 语言约定用'\0'作为字符串的结束标志，它占内存空间，但不记入串的长度。例如，字符串"China"的有效长度为 5，但实际上还有第 6 个字符'\0'，它不记入有效长度，也就是说，在遇到'\0'时，表示字符串结束，由它前面的字符组成字符串。

在程序中常用'\0'来判断字符串是否结束，当然，在定义字符数组长度时，应大于字符串的实际长度，这样才能存放相应的字符串。应当说明的是：'\0'表示 ASCII 码值为 0 的字符，这是一个不可显示的字符，表示一个"空字符"，即它什么也没有，只是一个供识别的标志。

于是，我们在前面提到的给字符数组初始化的第二种方法，实际上是直接对字符数组元素赋值。对省略长度的字符数组初始化，也可写成：

```
char str[]="China";
```

这时数组的长度不是 5，而是 6，因为在字符串常量的最后由系统加一个'\0'。数组的元素为：

```
str[0]='C' str[1]='h' str[2]='i'
str[3]='n' str[4]='a' str[5]='\0'
```

它等价于：

```
char str[]={'C','h','i','n','a','\0'};
```

和

```
char str[6]={'C','h','i','n','a'};
```

需要说明的是，字符数组并不要求它的最后一个字符必须为'\0'，甚至可以不包括'\0'，但只要是字符串常量，它就会自动在末尾加一个'\0'。因此，当用字符数组表示字符串时，为了便于测定字符串的长度，以及在程序中作相应的处理，在字符数组中也人为地加一个'\0'。

6.4.2 字符数组的输入输出

与整型数组等一样，字符数组不能用赋值语句整体赋值。例如：

```
char str[12];
str[12]="the string";
```

是错误的。一般字符数组的输入，只能对数组元素逐个进行；字符数组的输出可以逐个进行，也可以一次成串输出。

（1）逐个字符输入输出

在逐个字符输入输出中，用标准输入输出函数 scanf 和 printf 时，使用格式符% c，或使用 getchar()和 putchar()函数。例如：

```
for(i = 0;i < 10;i + + )
  scanf("% c",&str[i]);/* 或 getchar(str[i]); */
for(i = 0;i < 10;i + + )
  printf("% c",str[i]);/* 或 putchar(str[i]); */
```

(2)字符串整体输入输出

字符数组的输入输出一般只能逐个元素进行，但若使用数组名(即数组的首地址)，也可以整体输入输出。在用标准输入输出函数 scanf 和 printf 时，使用格式符% s，这时函数中的输入输出参数必须是数组名。例如：

输入形式：

```
char str[6];
scanf("% s",str);
```

其中，str 是一个已经定义的字符数组名，它代表 str 字符数组的首地址。输入时系统自动在每个字符串后加入结束符'\0'，若同时输入多个字符串，则以空格或回车符分隔。例如：

```
char s1[6],s2[6],s3[6],s4[6];
scanf("% s% s% s% s",s1,s2,s3,s4);
```

输入数据：

```
This is a book.
```

输入后 s1,s2,s3,s4 如下所示：

```
s1 this \0
s2 is\0
s3 a\0
s4 book\0
```

注意：在字符串整体输入时，字符数组名不加地址符号 &，例如：

```
scanf("% s",&str);
```

是错误的。

采用以下形式：

```
char str[] = "china";
printf("% s",str);
```

在内存中数组 str 的状态如下所示。

C	h	i	n	a	\0

输出时，遇到结束符'\0'就停止输出，输出结果为：china。

应当指出的是：

1)输出字符不包括结束符'\0'。

2)用"% s"格式符时，输出项应是数组名，不是数组元素，以下写法是错误的：

```
printf("% s",str[0]);
```

3)如数组长度大于字符串实际长度，也只输出到'\0'结束。例如：

```
char str[10] = {"china"};
printf("% s",str);
```

输出结果也是"china"五个字符。

4）如字符数组中包含一个以上的'\0'，则遇到第一个'\0'时即结束输出。

5）还可以用字符串处理函数 gets 和 puts 实现字符串的整数输入输出（见下一节）。

6.4.3　字符串函数

C语言有一批字符串处理函数，它们包含在头文件"string.h"中。使用时，应用#include <string.h>进行文件包含（gets 和 puts 除外）。下面我们介绍常用的8个字符串函数。

1. 整行输入函数——gets()

函数格式：gets(字符数组)

该函数从终端输入一个字符串到字符数组，并得到一个函数值，其函数值是字符数组的起始地址。这里的"字符数组"一般用字符数组名表示，例如：

```
gets(str);
```

执行该语句时，gets 函数从键盘读一串字符，直到遇到换行符'\n'为止，换行符不属于字符串的内容。输入字符串后，系统自动用'\0'置于串的尾部代替换行符。若输入字符串的长度超过字符数组定义的长度，系统显示出错信息。

2. 整行输出函数——puts()

函数格式：puts(字符数组)

该函数将字符串的内容显示在终端的屏幕上。这里"字符数组"是一个已存放有字符串的字符数组名。在输出时，遇到第一个字符串结束标志符'\0'则停止输出并自动换行。例如：

```
char str[]= "string";
puts(str);
```

则输出：string。

用 puts 函数输出的字符串中可以包含转义字符，用以实现某些格式控制。例如：

```
char str[]= "Zhe jiang \n hang zhou";
puts(str);
```

输出：

```
Zhe jiang
hang zhou
```

在输出结束时，将字符串结束标志符'\0'转换成'\n'，即输出完字符串后自动换行。

3. 字符串长度函数——strlen()

函数格式：strlen(字符数组)

该函数用来测试字符串的长度，即计算从字符串开始到结束标志'\0'之间的 ASCII 码字符的个数，此长度不包括最后的结束标志符'\0'。这里的"字符数组"可以是字符数组名，也可以是一个字符串。例如：

```
strlen("string");/* 直接测试字符串常量的长度 */
```

该串长度是6而不是7。

又如：

```
char str[10]= "string";
printf("% d",strlen(str));
```

输出结果不是10，也不是7，而是6。

4. 字符串连接函数——strcat()

函数格式：stract(字符数组1,字符数组2)

该函数用来连接两个字符数组中的字符串。也就是说，将字符数组2的字符串连接到字符数组 1 的后面，自动删去字符数组 1 中字符串后面的结束标志符 '\0'，结果放在字符数组 1 中。该函数的函数值是字符数组 1 的地址。例如：

```
char str1[15]={"I am"};
char str2[]={"student"};
printf("% s",stract(str1,str2));
```

输出：

```
I am student.
```

连接前后的状况如下：

```
str1   I am \0 \0 \0 \0 \0 \0 \0 \0 \0 \0 \0
str2   student \0
str1   I am student \0 \0 \0
```

注意：字符数组 1 的长度应足够大，以便用来容纳字符数组 2 中的字符串。若字符数组 1 的长度不够大，连接会产生错误。

5. 字符串复制函数——strcpy( )

函数格式：**strcpy**(字符数组 1,字符数组 2)

该函数将字符数组 2 中的字符串复制到字符数组 1 中，函数值是字符数组 1 的首地址。例如：

```
strcapy(str1,"China");
```

将一个字符串"China"复制到 str1 中去。注意，不能直接用赋值语句对一个数组整体赋值，下面的语句是非法的：

```
str1 = "China";
```

如果想把"China"这五个字符放到字符数组 str1 中，可以逐个字符赋值。例如：

```
str[0]='C';str[1]='h';str[2]='i'; str[3]='n'; str[4]='a'; str[5]='\0';
```

当字符数组元素很多时，这显然不方便，可以用 strcpy 函数给一个字符数组赋值。

说明：

1）在向 str1 数组复制（或认为是"赋值"）时，字符串结束标志 '\0' 也一起被复制到 str1 中。假设 str1 中原有字符"computer&c"，见图 6-2a，在执行"strcapy(str1,"China");"语句后，str1 数组中的情况如图 6-2b 所示，可以看到，str1 中前 6 个字符被取代了，后面 7 个字符保持原状。此时 str1 中有两个 '\0'，如果用"printf("% s,str1");"输出 str1，只能输出"China"，后面的内容不输出。

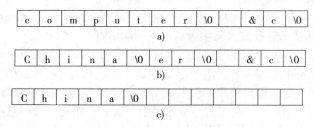

图 6-2　str1 数组赋值前后

2）可以将一个字符数组中的一个字符串复制到另一个字符数组中去，如定义两个字符数组 str1 和 str2，则可执行：

```
strcpy(str1,str2);
```

设 str2 的内容如图 6-2b 所示，str1 原来全是空格，在执行了上面的 strcpy 函数后，str1 的内容如图 6-2c 所示。注意，不能企图用以下语句来实现赋值（将 str2 的值传给 str1）：

```
str1 = str2;
```

6. 字符串比较函数——strcmp()

函数格式：strcmp(字符串 1,字符串 2)

该函数的作用是比较两个字符串。

如果字符串 1 = 字符串 2，则函数值为 0。

如果字符串 1 > 字符串 2，则函数值为一正数。

如果字符串 1 < 字符串 2，则函数值为一负数。

字符串的比较规则是：对两个字符串自左向右逐个字符进行比较（按 ASCII 码值大小比较），直到出现不同字符或遇到'\0'为止。如全部字符相同，则认为相等；若出现不同的字符，则以第一个不同的字符的比较结果为准。汉字按它的内码进行比较。比较的结果由函数值返回。

[例6-11]　输入 5 个字符串，将其中最小的字符串打印出来。

```
main()
{
  char str[10],temp[10];
  int i;
  gets (temp);
  for(i = 0;i < 4;)
  {
    get(str);
    if(strcmp (temp,str) > 0)
      strcpy(temp,str);
  }
  printf("the least string is :% s",temp);
}
```

运行结果：

```
China
U. S. A
Canada
Korea
Japan
the least string is:Canada
```

程序中的 temp 是一个临时工作数组，用来存放每次比较后较小的那个字符串。第一次先将第一个字符串输入 temp 数组，以后再先后输入 4 个字符串给 str 数组，每次让 temp 与 str 比较，temp 当中始终是当时最小的字符串。

7. 字符串中的大写字母转换成小写字母函数——strlwr()

该函数的作用是将字符串中的大写字母转换成小写字母。lwr 是 lowercase(小写)的缩写。

8. 字符串中的小写字母转换成大写字母函数——strupr()

该函数的作用是将字符串中的小写字母转换成大写字母。upr 是 uppercase(大写)的缩写。

以上介绍了常用字符串处理函数。应当再次强调：库函数并非 C 语言本身的组成部分，而是人们为使用方便编写的，提供用户使用的公共函数。每个系统提供的函数数量和函数名、函数功能都不尽相同，使用时要小心，必要时查一下库函数手册。当然对于一些基本函数(包括函数名和函数功能)，不同的系统所提供的都是相同的，这就为程序的通用性提供了方便。

6.4.4　二维字符数组

一个字符串可以放在一个一维数组中，若有多个字符串，可以用一个二维数组来存放它们。可以认为二维数组由若干个一维数组组成，因此一个 $m*n$ 的二维字符数组可以存放 m 个字符串，每个字符串的最大长度为 $n-1$(因为还要保留一个位置存放'\0')。

例如：

```
char str[3][6]={"China","Japan","Korea"};
```

定义了一个二维字符型数组 str，内容如下所示：

C	h	i	n	a	\0
J	a	p	a	n	\0
K	o	r	e	a	\0

可以引用其中某一行某一列的元素，例如，str[1][2]是字符 p，可以将它单独输出，也可以输出某一行的元素，即某一个字符串。例如，想输出"Japan"，可用下面的 printf 函数语句：

```
printf("% s",str[1]);
```

[例 6-12]　一个班级中有若干名学生。输入一个学生名，要求查询该学生是否属于该班，输出相应的信息。

```
#define MAX 5
#define LEN 10
main()
{
  int i,flag=0;
  char name[len];
  char list [max][len]={"zhang","wang","li","tan","ling"};
  printf("Enter your name :");
  gets(name);
  for(i=0;i<max;i++)
    if(strcmp(list[i],name)==0)flag=1;
if (flag==1)
    printf("% s is in our class \n",name);
  else
    printf("% s is not in our class \n",name);
}
```

三次运行情况如下：

1）Enter your name：wang

　　wang is in our class

2）Enter your name：li

　　li is in our class

3）Enter your name：TAN

　　TAN is not in our class

由于大小写字母与 list 数组中的元素不同，故认为不是本班成员。

该程序将全班学生姓名(假设为 5 名)存放在二维字符数组 list 中。读入一个字符串放到一维字符数组 name 中，将 name 与 list 中各行的字符串相比较，如果 name 与班级中已有学生的名字之一相同，就令 flag 等于 1，flag 是"标志变量"，如它的值始终保持为 0，则表示 name 不与已有的名单中任一名字相同，flag 等于 1 表示 name 在已有名单之内。

6.4.5　字符数组应用举例

[例 6-13]　编写一个程序，将两个字符串连接起来，不要用 strcat 函数。

程序如下：

```
/*  连接两个字符串(不用 strcat) */
main()
{
  char s1[80],s2[40];
  int i=0,j=0;
```

```
    printf ("\n 请输入字符串 1:");
    scanf ("% s",s1);
    printf ("请输入字符串 2:");
    scanf ("% s",s2);
    while (s1[i]! = '\0')
      i ++ ;
    while (s2[i]! = '\0')
      s1[i ++ ] = s2[j ++ ];
    s1[i] = '\0';
    printf ("\n 连接后的字符串为:% s",s1);
}
```

运行结果:

```
请输入字符串 1:country
请输入字符串 2:side
连接后的字符串为:countryside
```

该程序先输入两个字符串 s1 和 s2,然后通过循环,移动字符数组 s1 的元素下标到字符串的末尾,再通过第二个循环将字符数组 s2 各单元的字符赋到 s1 数组的后面,直到 s2 数组赋完为止,实现两个字符串的连接。

[例 6-14] 编一个程序,比较两个字符串 s1 和 s2,如果 s1 > s2,输出一个正数;如果 s1 = s2,输出 0;如果 s1 < s2,输出一个负数。不要用 strcmp 函数。两个字符串用 gets 函数读入。

程序如下:

```
main()
{
  int i,resu;
  char s1[100],s2[100];
  printf ("\n 请输入字符串 1:");
  gets (s1);
  printf ("请输入字符串 2:");
  gets (s2);
  i = 0;
  while ((s1[i] == s2[i])&&(s1[i]! = '\0'))
    i ++ ;
  if (s1[i] == '\0'&&s2[i] == '\0')
    resu = 0;
  else
    resu = s1[i] - s2[i];
  printf ("% s 与% s 的比较结果是% d. ",s1,s2,resu);
}
```

运行结果:

```
请输入字符串 1:
aid
请输入字符串 2:
and
aid 与 and 的比较结果是 - 5;
```

该程序首先用 gets 函数输入两个串 s1、s2。通过 while 循环,对 s1、s2 字符数组元素逐个进行比较,用变量 resu 存放比较结果。如两串相等,resu = 0;如不等,则 resu = s1[i] - s2[i],即输出两个不等字符的 ASCII 码的差值,如 s1[i] > s2[i],该值为正,否则该值为负。

[例 6-15] 输出一个钻石图案(用二维数组实现)。

程序如下:

```
main()
{
  char diamond[][5] = { { ' ',' ','* '},
                        { ' ','* ',' ','* '},
```

```
                    {'* ','','','','* '},
                    {'','* ','','* '},
                    {'','','* '}};
    int i,j;
    printf ("\n");
    for (i =0;i <5;i ++){
      for (j =0;j <5;j ++)
        printf ("% c",diamond[i][j]);
      printf ("\n");
    }
}
```

运行结果：

```
          *
        *   *
      *       *
        *   *
          *
```

用二维数组打印一个图案，实际上是通过对一个二维字符数组初始化来实现的，由于二维字符数组与图案位置一一对应，在初始化后用一个双重循环即可输出。这是一个几乎没用什么算法的"笨"办法，也体现了二维数组处理图案的强大功能。在处理图形问题时，不论是用一般的简单变量还是用一维数组、二维数组来实现，都用双重循环来解决，外循环控制行，输出若干行；内循环控制列，输出一行中的各列。

[例6-16] 译电文。有一行电文，已按下列规律译成密码：

```
A→Z    a→z
B→Y    b→y
C→X    c→x
…      …
```

即第一个字母变成第26个字母，第i个字母变成第$(26 - i + 1)$个字母，非字母不变。要求编程将密码译回原文，并打印密码和原文。

分析：字符 ch[i]如果是大写字母，则它是第$(ch[i] - 64)$个字母，例如字母'B'的 ASCII 码为66，它是第$(66 - 64) = 2$个大写字母，应转换为第$(26 - i + 1)$个大写字母，而 $26 - i + 1 = 26 - (ch[i] - 64) + 1 = 26 + 64 - ch[i] + 1$，它的 ASCII 码为 $26 + 64 - ch[i] + 1 + 64$。小写字母的情况与此类似。

```
#include < stdio. h >
main()
{
  int i,n;
  char ch[80],tran[80];
  printf("请输入字符:");
  gets(ch);
  printf("\n 密码是:% s",ch);
  i =0;
  while(ch[i]!  = '\0'){
    if((ch[i] >= 'A')&&(ch[i] <= 'Z'))
      tran[i] =26 +64 - ch[i] +1 +64;
    else if((ch[i] >= 'a'&&(ch[i] <= 'z'))
      tran[i] =26 +96 - ch[i] +1 +96;
    else
      tran[i] =ch[i];
    i ++ ;
  }
  n =i;
  printf("\n 原文是:");
  for(i =0;i <n;i ++ )
```

```
        putchar(tran[i]);
    }
```

运行结果：

```
请输入字符:asdfZXCV
密码是:asdfZXCV
原文是:zhwuACXE
```

[例6-17] 输入一行字符，统计其中有多少个单词，单词间用空格分开。
程序如下：

```
#include < stdio. h >
main( )
{
    char string[81];
    int i,num = 0,word = 0;
    char c;
    gets(string);
    for(i = 0;(c = string[i]! = '\0';i ++ ))
      if(c == '') word = 0;
      else if(word == 0)
      {
          word = 1;num ++ ;
      }
    printf("There are % d words in the line\n",num);
}
```

运行情况如下：

```
I am a boy.
There are 4 words in the line
```

程序中变量 i 作为循环变量，num 用来统计单词个数，word 作为判别是否是单词的标志，若 word = 0 表示未出现单词，如出现单词 word 就置为 1。

解题的思路如下：单词的数目可以由空格出现的次数决定（连续的若干个空格作为出现一次计算，一行开头的空格不在内）。如果测出某一个字符为非空格，而它前面的字符是空格，则表示新的单词开始了，此时使 num（单词数）加 1。如果当前字符为非空格而其前面的字符也是非空格，则意味着仍然是前面那个单词的继续，num 不应该加 1。前面一个字符是否是空格可以从 word 的值看出来，若 word = 0，则表示前一个字符是空格，如果 word = 1，意味着前一个字符为非空格。

如输入"I am a boy"，每个字符的有关参数见表6-2所示。

表6-2 统计单词个数参数变化

当前字符		I		a	m		a		b	o	y	·
是否空格	是	否	是	否	否	是	否	是	否	否	否	否
word 原值	0	0	1	0	1	1	0	1	0	1	1	1
开始新单词	未	是	未	是	未	未	是	未	是	未	未	未
word 新值	0	1	0	1	1	0	1	0	1	1	1	1
num 值	0	1	1	2	2	2	3	3	4	4	4	4

程序中 for 语句的循环条件为：

(c = string[i])! = '\0')

它的作用是先将字符数组的某一元素（一个字符）赋给字符变量 c，此时赋值表达式的值就是该字符，然后再判定它是否是结束符。这个循环条件包含了一个赋值操作和一个关系运算。可以看到，用 for 循环可以使程序简练。

[例 6-18]　shell 排序。

下面给出 shell 排序函数，对整数数组排序。其基本思想是：在早期阶段把相隔较远的元素进行比较，这样做可以很快消除大量不按顺序排列的情况，从而使后面阶段要做的工作减少。被比较元素之间的区间依次减少直到为 1，进入最后一阶段，相邻元素互换排序。程序给出了相比较元素之间的间距从数组长度的二分之一开始，然后逐次减半，当减少到 0 时，排序操作全部结束。

```c
/* shell 排序函数 */
main()
{
  int v[],n;
  int gap,i,j,temp;
  for(gap = n/2;gap > 0;gap/ = 2)
    for(i = gap;i < n;i ++ )
      for(j = i - gap;j >=0&&v[j] > v[j + gap];j - = gap)
      {/* 交换排序 */
        temp = v[j];
        v[j] = v[j + gap];
        v[j + gap] = temp;
      }
}
```

程序中有三个嵌套的循环。最外层循环控制比较元素之间的距离 gap，每次除以 2 后，从 n/2 开始一直缩小到 0，中间一层循环比较相互距离为 gap 的每对元素，最内层循环把未排好序的排好序。因为 gap 最终要减为 0，因此所有元素最终都能正确排好顺序。

[例 6-19]　编写一个程序，将一个子字符串 s2 插入到主字符串 s1 中，其起始插入位置为 n。用一个中间字符数组 s3 存放插入后的结果。先将 s1[0]～s1[n - 1]复制到 s3 中，再将 s2 复制到 s3 中，最后将 s1[n]到末尾的字符复制到 s3 中。程序如下：

```c
#include < stdio. h >
#define N 100
void main()
{
  int n,i,j,k;
  char s1[N],s2[N],s3[2* N];
  puts("主串:");
  gets(s1);
  puts("子串:");
  gets(s2);
  puts("起始位置:");
  scanf("% d",&n);
  for (i =0;i < n;i ++ )
    s3[i] = s1[i];
  for (j =0;s2[j]! = '\0';j ++ )
    s3[i + j] = s2[j];
  for (k = n;s1[k]! = '\0';k ++ )
    s3[j + k] = s1[k];
  s3[j + k] = '\0';
  puts("插入后的字符串:");
  puts(s3);
}
```

习　题

6.1　输入 1 个字符串，输出其中所出现过的大写英文字母。如运行时输入字符串"FONTnAME and fILename"，应输出"F O N T A M E I L"。

6.2　有一个数组，内放 10 个整数。编程找出其中最小的数和它的下标，然后把它和数组中最前面的元素对换。

6.3　编写一个程序，将用户输入的十进制整数转换成任意进制的数。

6.4　有一个 4 行 4 列的整型二维数组组成的矩阵（其元素可以自己先定义或从键盘输入），现要求：

　　1）找出其中的最大数和最小数，并打印其所在的行号和列号；

　　2）求对角线元素之和；

　　3）求所有的一行之和与一列之和；

　　4）求此矩阵的转置矩阵；

　　5）求此矩阵最外围所有数的和。

6.5　有三行文字，找出其中共有多少个空格、多少个单词。规定单词间以一个或多个空格相隔。如果一个单词正好在行末结束，则下一行开头应有空格（句号或逗号后面亦应有空格）。

6.6　编制打印下列杨辉三角形的程序（打印十行）。

$$
\begin{array}{ccccccccccc}
 & & & & & 1 & & & & & \\
 & & & & 1 & & 1 & & & & \\
 & & & 1 & & 2 & & 1 & & & \\
 & & 1 & & 3 & & 3 & & 1 & & \\
 & 1 & & 4 & & 6 & & 4 & & 1 & \\
1 & & 5 & & 10 & & 10 & & 5 & & 1
\end{array}
$$

$$\cdots$$

6.7　找出一个整数矩阵中的鞍点。数组中鞍点位置上的定义为：其值在其行中最大，而在其列上最小。注意，矩阵中可能没有鞍点。

6.8　设数组 a[] 的定义为 int a[n];

　　其中，a[] 的元素只存储 $0 \sim 9$ 的数。把 a[] 看做一个 n 位长整数的一种表示，a[i] 表示长整数从高位到低位的第 i 位。对 a[] 的元素重新排列就会得到另一个长整数。今要求编制一个程序，使它产生这样一个长整数——比原来表示要大的表示之中的最小者（如果存在），和另一个长整数——使它比原来表示要小的表示中的最大者（如果存在）。

　　例如，设 a[] = (3 2 6 5 3 1)；则大中最小数为 331256；

　　又设 a[] = (3 4 1 3 5 6)；则小中最大数为 3365421。

6.9　试用 C 代码描述将数组 a[] 的前 n 个元素与后 m 个元素交换位置的操作。如

　　交换前 a[] = {1, 2, 3, 4, 5, 6, 7, 8, 9, 0}，并设 $n = 8, m = 2$，

　　则交换后 a[] = {9, 0, 1, 2, 3, 4, 5, 6, 7, 8}。要求不使用其他工作数组。

6.10　设原来将 n 个数 1, 2, …, n 按某个顺序存于数组 a[] 中，经以下 C 代码执行后，使 a[i] 的值变为在 a[0] 到 a[i-1] 中小于原 a[i] 值的个数。

```
for( i = n - 1 ; i >= 0 ; i -- )
{
  for ( c = 0,j = 0; j < i ; j ++ )
    if ( a[j] < a[i] )c ++ ;
  a[i] = c ;
}
```

　　现要求编写一段 C 代码，使经上述代码执行后的 a[] 恢复成原来的 a[]。

示例：设 $n=5$，a[] = (5, 3, 2, 4, 1)，经上述代码执行后，a[]变为(0, 0, 0, 2, 0)；再经过你的 C 代码执行后，使 a[]恢复为(5, 3, 2, 4, 1)。

6.11 试为下面的编码方案写一个程序。编码方案视正文行由多组字符列组成，每组各为若干字符。组内字符个数由输入指定。例如，每组 5 个字符，并给出组内字符重新排列方案。例如，设 4，1，5，3，2，即每组字符中的第 4 个字符变为第 1 个，第 1 个字符变成第 2 个，以此类推。如输入正文行：

ATHREEDOLLONY

分成以下三组：

ATHRE EDOLL ONY

然后被程序编码后输出以下正文行：

RAEHTLELODOYN

注意，最后一组不满 5 个字符作特殊处理。

6.12 输入两个字符行，从中找出在两个字符行中都出现的最长的英文单词。约定英文单词全由英文字母组成，其他字符被视作单词之间的分隔符。

第 7 章

函   数

在学习 C 语言函数之前，我们需要了解什么是模块化程序设计的方法。

人们在求解一个复杂问题时，通常采用的是逐步分解、分而治之的方法，也就是把一个大问题分解成若干个比较容易求解的小问题，然后分别求解。程序员在设计一个复杂的应用程序时，往往也是把整个程序划分为若干功能较为单一的程序模块，然后分别予以实现，最后再把所有的程序模块像搭积木一样装配起来，这种在程序设计中分而治之的策略，被称为模块化程序设计方法。在 C 语言中，函数是程序的基本组成单位，因此可以很方便地用函数作为程序模块来实现 C 语言程序。利用函数，不仅可以实现程序的模块化，使程序设计变得简单和直观，提高了程序的易读性和可维护性，而且还可以把程序中经常用到的一些计算或操作编成通用的函数，以供随时调用，这样可以大大地减少程序员的代码工作量。

一个 C 程序可由一个主函数和其他若干函数组成，每个函数在程序中形成既相对独立又互相联系的模块。主函数可调用其他函数，其他函数也可以互相调用，同一函数可以被一个或多个函数调用任意多次。

先来看一个简单的函数调用的例子。

[例 7-1]　无参数调用。

```
main()
{
  printf("I'm in main. \n");
  two();
}
two()
{
  printf("Now I'm in main_two. \n");
  three();
}
three()
{
  printf("Now I'm in two_three. \n");
}
```

运行结果：

```
I'm in main.
Now I'm in main_two.
Now I'm in two_three.
```

这种调用很简单，只需把被调用函数的函数名直接写出来，用函数语句调用。两次调用的过程是这样的：

第一次：main 函数调用函数 two。

第二次：two 函数调用函数 three。

函数 two()是嵌套调用，嵌套形式的函数调用与函数的编写顺序无关。

说明：

1）一个源程序文件由一个或多个函数组成。一个源程序文件是一个编译单位，而不是以函数为单位进行编译的。

2）不管 main 函数放在程序的任何位置，C 程序的执行总是从 main 函数开始，调用其他函数后返回到 main 函数，在 main 函数结束整个程序的运行。main 函数是系统规定的。

3）所有函数都是平行的，在定义时互相独立，一个函数不属于另一个函数。函数不可以嵌套定义，但可以相互调用，还可以嵌套调用和递归调用。但其他函数不能调用 main 函数。

C 语言的函数从用户使用的角度来说，可以分为两类：

1）库函数。这是由系统提供的，用户不必自己定义而可以直接使用的函数。如前面学过的 printf、scanf 就是这种类型。每个系统提供的库函数的数量和功能是不同的。但一些基本的函数是共同的。系统提供了很多库函数，分为数学函数、输入输出函数、字符函数、字符串函数、动态存储管理函数、时间函数和其他函数，还包括一些专用库函数。

2）用户自己定义的函数。这些函数是程序中实现某些功能的模块，由用户定义函数名和函数体，以满足用户的专门需要。

从函数在调用时有无参数传递来看，可以分为：

1）无参函数。如例 7-1 中的 two 和 three 就是无参函数。在调用无参函数时，主调函数不将数据传给被调函数，一般用来执行指定的一组操作。无参函数可以返回或不返回函数值。

2）有参函数。在调用函数时，主调函数将数据以参数的形式传递给被调函数，这种传递是以值的方式单向进行的。被调函数的数据可以返回来供主调函数使用。

7.1 函数的定义

7.1.1 函数定义的格式

1. 无参函数的定义格式

```
< 类型标识符 > < 函数标识符 >()
{
    数据描述
    数据处理
}
```

无参函数的"类型标识符"指定函数值的类型，即函数返回值的类型。由于一般不需要返回函数值，类型标识符常可以省略，但函数标识符后的一对圆括号不能省略。

2. 有参函数的定义格式

```
< 类型标识符 > < 函数标识符 >( < 形式参数表 > )
形式参数声明
{
    数据描述
    数据处理
}
```

这里"类型标识符"指定函数返回值的类型，可以是任何有效类型，省略"类型标识符"，系统默认函数的返回值为整型，当函数只完成特定操作而不需返回函数值时，可用类型名 void。有参函数在函数名后的括号内必须有形式参数表，列出函数接受的形式参数；紧跟在函数名定义语句下面的语句是形式参数声明语句，声明形式参数表中各形参的数据类型，它必须放在花括号"{"的前面，以示与函数体内的声明部分的区别；两个花括号"{"和"}"间是函数体，它由数据描述和数据处理两部分组成，其含义与 main 函数中的两部分功能相同，其中数据描述包括多种标识符的定义和声明。

例如：

```
int main(a,b)
int a,b;                    /* 形式参数声明 */
{
  int c;                    /* 函数体内的声明部分 */
  c = a < b? a:b;
  return(c);
}
```

这是一个求 a 和 b 两者中小者的函数，函数的类型标识符为 int，表示函数的返回值应为整型。a 和 b 是形式参数，它接受主调函数的实际参数，下一行的"int a,b"是对形式参数作类型声明，指定 a 和 b 是整型。花括号内是函数体，其中，"int c;"是数据定义语句，定义函数体内变量的数据类型，即变量 c 为整型；后面两个语句用于求 a 和 b 中的较小者及返回值。请注意：

1)"int a,b;"是形参声明语句，它必须紧跟在函数类型定义的后面、花括号"{"的前面，不能写到花括号"}"后的函数体里面；"int c;"是函数体的数据定义语句，必须写在花括号内，而不能写在花括号外，也不能将上述两行合并写成"int a,b,c;"放在花括号外或花括号内。

2)return 语句的作用是将 c 的值作为函数值带回到主调函数中。在这里，返回值 c 是整型。

ANSI C 新标准推荐有参函数的格式为：

```
类型标识符 函数标识符(带数据类型的形式参数表)
{
  数据描述
  数据处理
}
```

此时在列出"形式参数"时，同时声明形式参数类型。其格式为：

```
类型形式参数1,类型形式参数2,……,类型形式参数 n
```

对上面的例题，可改写为：

```
int min(int a,int b)
{
  int c;
  c = a < b? a:b;
  return(c);
}
```

以上将形式参数的类型声明写到了形式参数表中，各个参数的类型声明间用逗号分隔。

3. 空函数

C 语言中可以有"空函数"，它的形式为：

```
类型标识符 函数标识符()
{}
```

例如：

```
input() {}
```

调用此函数时，什么工作也不做。在主调函数中写"input();"，表明"这里要调用一个函数"，而现在这个函数不起作用，等以后扩充函数功能时再补充上。这在程序调试时是很有用处的。

7.1.2　形式参数和实际参数

调用函数时，主调函数和被调函数之间往往有数据传递关系。在定义函数名后面圆括号内的变量名称为"形式参数"（简称"形参"），把它作被调函数使用时，用于接收主调函数传来的数据。在调用函数时，主调函数的函数调用语句的函数名后面圆括号中的表达式称为"实际参数"（简称"实参"）。

[例7-2] 形参与实参示例。

```
main()
{
  int x,y,z;
  scanf("% d,% d",&x,&y);
  z=min(x,y);
  printf("Min is&d. ",z);

}
min(int a, int b)
{
  int c;
  c=a<b? a:b;
  return(c);
}
```

运行情况如下：

```
5,6
Min is 5.
```

程序中第8～13行是一个被调函数（注意第8行的末尾没有分号）。第8行定义一个函数名 min 并指定两个形参 a、b。主调函数 main 的第5行是一个函数调用语句，表示调用 min 函数，此处函数名 min 后面圆括号内的 x、y 是实参。x 和 y 是主调函数 main 函数中定义的变量，a 和 b 是被调函数 min 中的形参变量，通过函数调用，使两个函数的数据发生联系。

主调函数在执行调用语句"z=min(x,y);"时，将实参变量 x、y 的值按顺序对应传递给被调函数 min(a,b) 的形参 a、b，x 传给 a，y 传给 b。在执行被调函数 min 后，其返回值 c 作为函数的返回值返回给主调函数，作为 min(x,y) 的值，赋给变量 z。

[例7-3] 在屏幕上显示一些整数的最大公因子。

```
main()
{
  int x,y,z;
  x=145;
  y=25;
  z=gcd(x,y);          /* 第一次调用函数 gcd() */
  printf("The GCD of % d and % d is % d\n",x,y,z);
  x=16;
  y=24;
  printf("The GCD of % d and % d is % d\n",x,y,gcd(x,y));
  z=gcd(x,x+y);         /* 第三次调用函数 gcd() */
  printf("The GCD of % d and % d is % d\n",x,x+y,z);
}
gcd(int u,int v)
{
  int tmp;
  while(v! =0)
  {  tmp=u% v;
     u=v;
     v=tmp;
  }
  return(u);
}
```

在上例中，求两个整数的最大公因子函数 gcd() 有两个形式参数 u 和 v，这两个参数用来接收调用函数时传递来的变量或表达式的值。该程序主函数调用了三次 gcd 函数，第一次调用 gcd()时，用形式参数 u、v 接收变量 x、y 的值；第二次调用出现在 printf 语句中；第三次调用 gcd()时，用表达式 x + y 作为实参之一。

关于形参和实参的说明如下：

1）函数中指定的形参变量，在未出现函数调用时，并不占用内存中的存储单元。只有在发生函数调用时，被调函数的形参才被分配内存单元。调用结束后，形参所占的内存单元被自动释放。

2）函数一旦被定义，就可多次调用，但必须保证形参和实参数据类型的一致，即保证按对应传递关系类型相同。上面两例中，形参和实参都是整型，这是合法的。如果实参为整型而形参为实型也可以，如果相反，则发生"类型不匹配"的错误。对于后一种情况，编译器可能不会报告错误，但在执行时会导致错误。字符型与整型可以互相通用。

不像其他的程序设计语言，C 语言允许调用函数时形式参数和实际参数类型不一致，甚至数量不相等，谨慎使用这类规定可以提高编程的技巧性，但如果由于不小心造成调用类型不一致，可能会出现意想不到的结果。函数原型的使用有助于捕捉这类错误信息。

3）实参可以是常量、变量或表达式，如"gcd(x,x + y);"，但要求它们有确定的值。在调用时将实参的值赋给形参变量。

整个调用过程分三步实现：

第一步计算实参表达式的值。

第二步按对应关系顺序传给形参变量。

第三步是形参变量参与被调函数执行，将函数的返回值传给主调函数。

4）在被定义的函数中，必须指定形参的类型。

5）特别要强调的是：C 语言规定，实参对形参变量的数据传递是"值传递"，即单向传递，只由实参传给形参，而不能由形参传回给实参。其实质是：在内存中，实参单元与形参单元是不同的单元。

在调用函数时，给形参分配存储单元，并将实参对应的值传递给形参，调用结束后，形参单元被释放，实参单元仍保留并维持原值。

因此，在执行被调函数时，形参的值如发生变化，并不改变主调函数实参的值，即不能从形参向实参作反向传递。例如，在执行过程中 a 和 b 的值变成 -5 和 -6，x 和 y 的值仍为 5 和 6。

6）在 C 语言中，可以声明一个形式参数的数量和类型可变的函数，如常用到的库函数 printf()就是一个例子。为了告诉编译器传送到函数的参数个数和类型不定，必须用三个点号来结束形式参数定义。

[例7-4] 定义形式参数个数可变函数，计算一个通用多项式的值。当 $x = 2$ 时，计算下列两个多项式的值：

$$y = x^3 + 2x^2 + 3x + 4$$
$$y = 2.5x^2 + 3.5x + 4.5$$

程序如下：

```
#include < stdio. h >
/* 函数 f()——计算并返回一个通用多项式的值 */
double f(double x,int n,double a1,…)
{
    double s,*p;
    for(p = &a1,s = *p ++ ;n > 0; --n)
    {   s = s*x + *p;
            ++ p;
    }
    return(s);
}
main()
{
```

```
    double y;
    y = f(2.0,3,1.0,2.0,3.0,4.0);        /* 用六个参数调用函数 */
    printf("%.2f\n",y);
    y = f(2.0,2,2.5,3.5,4.5);            /* 用五个参数调用函数 */
    printf("%.2f\n",y);
    exit(0);
}
```

在上例中，函数 f() 的形参有三个是确定的，其余参数调用时待定。用三个点号(…)来结束形参定义，表示后面参数待定。在声明一个形参可变数量和类型的函数时，必须至少有一个形式参数是定义好的。该程序中用到了停止函数 exit()，现说明如下：

1)exit 是标准库中的一个函数。它的作用是立即停止当前程序，并退回到操作系统状态。它也常常作为一个特殊的表达式语句，控制程序停止执行。

2)使用 exit() 函数，应在程序前部使用以下的预编译命令：

```
#include < stdio. h >
```

3)exit() 是带参数调用的，参数是 1nl 型。当参数为 0 时，说明这个停止属于正常停止；当参数为其他值时，用参数指出造成停止的错误类型。

例 7-4 中出现的 *p 为指针变量(关于指针的内容详见第 9 章)。

7.1.3 函数的返回值

通常，希望通过函数调用使主调函数能从被调函数得到一个确定的值，这就是函数的返回值。下面对函数的返回值作一些说明：

1)函数的返回值是由 return 语句传递的。return 语句可以将被调函数中的一个确定值返回到主调函数中去。

return 语句的一般形式有三种：

```
return( < 表达式 > );
return < 表达式 > ;
return;
```

2)return 语句的作用有两点：

- 它使函数从被调函数中退出，返回到调用它的代码处。
- 它可以返回一个值(亦可以不返回值)。

如果需从被调函数带回一个函数值(供主调函数使用)，被调函数中必须包含 return 语句且 return 中带表达式；如果不需要从被调函数带回函数值，应该用不带表达式的 return 语句；也可以不要 return 语句，这时被调函数一直执行到函数体的末尾，然后返回主调函数，在这种情况下，也有一个不确定的函数值被返回，一般不提倡用这种方法返回。

3)一个函数中可以有多个 return 语句，执行到哪一个 return 语句，哪一个语句就起作用。

4)return 后面的圆括号可有可无，如：c 是表达式，(c) 也是表达式，用 return(c) 是为了使表达清晰。"return c;"与"return(c);"等价。

return 后面的值可以是一个表达式，例如例 7-2 中的函数 min 可以改写为：

```
min(int a,int b)
{ return(a < b? a:b);}
```

这样的函数更加简短，只要一个 return 语句就把求值和返回都解决了。

5)C 语言中，函数值的类型由定义该函数时指定的函数类型决定。例如：

```
int min(x,y)              函数值为整型
float solute(a,b,c,d)     函数值为单精度浮点型
double add(u,v)           函数值为双精度浮点型
```

如果定义函数时未声明类型，自动按整型处理，即 min(x,y)就是 int min(x,y)，函数 min()
的返回值为整型。

在定义函数时声明的函数值类型一般应与 return 后表达式的类型一致，若函数值的类型和
return 后表达式的类型不一致，则以定义时的函数值的类型为准，即 return 后表达式值的类型
自动转为定义函数时定义的函数值的类型。

[例 7-5] return 语句示例。

```
main()
{
  float x,y;
  int z;
  scanf(" %f,%f",&x,&y);
  z=min(x,y);
  printf("Min is&d\n",z);
}
min(float a,float b)
{
  float c;
  c=a<b? a:b;
  return(c);
}
```

运行情况如下：

```
4.5,6.5
Min is 4.
```

函数 min 定义函数值为整型，而 return 语句中的 c 为实型，按上述原则，应将 c 转换为整
型，然后 min(a,b)带回一个整数 4，返回主调函数 main，如将 main 函数中的 z 定义为实型，用
%f 格式输出，也是输出 4.000000。

6）根据函数返回值的类型，可将函数分为三类：

- 计算型函数。它根据输入的参数进行某种计算，并返回一个结果，返回值类型就是需计算
  出来值的类型。有时称之为纯函数，如库函数 sin()、cos()等。
- 过程型函数。它没有明显的返回值，这类函数主要完成的是一个过程，不产生任何值，习
  惯上把这类函数的返回值定义为 void 类型。void 类型的函数不能用于表达式中，从而避
  免了在表达式中的误用。

例如：将 printstar()和 print_message()函数定义为 void 类型，则下面的用法是错误的：

```
a=printstar();
b=print_message();
```

如库函数 exit()就是过程型函数，其作用是中断程序执行。

- 操作型函数。与过程型函数相似，也是完成一个过程，但函数有返回值，函数返回值一般
  都是整型，以表示操作的成功或失败。

7.2 函数的一般调用

在介绍了函数调用的一些基本概念后，本节详细叙述函数的一般调用过程。

7.2.1 函数调用的形式

函数调用的一般形式为：

函数标识符(实参表);

该语句实现一个函数对另一个函数的调用，调用者称为主调函数，被调用者称为被调函数，

在主调函数中使用"函数标识符(实参表);"语句,即可调用"函数标识符"标识的被调函数,在调用过程中还可以实现从主调函数的实参到被调函数的形参之间的参数传递。

函数的返回语句是 return,它写在被调函数中,表示一个被调函数执行的结束,并返回主调函数。C 语言允许在被调函数中有多个 return 语句,但总是在执行到某个 return 语句返回主调函数。若被调函数中没有 return 语句,则在整个被调函数执行结束后返回主调函数。

7.2.2 函数调用的方式

按调用函数在主调函数中出现的位置和完成的功能来分,函数调用有下列四种方式:

1)作函数语句,完成特定的操作。一般为过程型函数或操作型函数。

[例 7-6] 求 3~200 间的素数。

```
#include < math. h >
main()
{
  int i,m,n;
  m = 3;
  clrscr();
  while(m < 200)
  {
    i = 2;
    n = sqrt(m + 0. 5);
    prime(i,n,m);
    m + = 2;
  }
}
void prime(int j,int l,int k)
{
  while(j <= l)
  {  if(k %j == 0)
    return;
    j + = 1;
  }
  printf(" %d",k);
  return;
}
```

对于这种不返回值的函数的调用语句,被调函数执行完后,返回到主调函数调用语句的下一条语句。在上例中执行完 printf()语句、判别素数和显示素数的语句后,返回到 prime()语句的下一条语句"m + = 2;"。

2)在赋值表达式中调用函数。如前面例子中的"i = cube(i);"。

3)在一般的运算表达式中调用函数。例如:

y = 5.0*fpow(3.5,2) + 4.5*fpow(5.5,2);

4)将函数调用作为另一函数调用的实参。

printf(" %f\n",fpow(2.5,4));

第 2~4 种情况将调用函数作为一个表达式,一般允许出现在任何允许表达式出现的地方。在这种情况下,被调函数运行结束后,返回到调用函数处,并带回函数的返回值,参与运算。

7.2.3 主调函数和被调函数的相对位置关系

与变量的定义和使用一样,函数的调用也要遵循"先定义或声明,后调用"的原则。在一个函数调用另一个函数时,需具备下列条件:

1) 首先,被调函数必须已经存在。

　　2）如使用库函数，一般还应该在本文件开头用#include命令将调用有关库函数时所需用到的信息包含到本文件中去，例如：

```
#include < math. h >
```

其中 < math. h > 是一个头文件，在 math. h 中存放数学库函数所用到的一些宏定义信息和声明，如果不包含 < math. h > 文件中的信息，就无法使用数学库中的函数。同样，使用输入输出库中的函数，应该用：

```
#include < stdio. h >
```

. h 是头文件所用的后缀，标志头文件。

　　3）如使用用户自己定义的函数，并且该函数与主调函数在同一个文件中，这时，一般被调用函数应放在主调函数之前定义。若被调函数的定义在主调函数之后出现，就必须在调用函数中对被调函数加以声明，函数声明的一般形式为：

```
< 类型标识符 > < 被调函数的函数标识符 > ( );
```

　　若被调函数的函数值是整型或字符型，则可省略上述函数声明。若被调函数和主调函数不在同一编译单位(如不在同一程序文件)中，亦应按上面进行函数声明。实际上，C 语言编译器碰到函数调用时总是假定函数为整型，除非遇到下面两种情况：

- 在遇到函数调用前，在程序中已对该函数定义。
- 在遇到函数调用前，在程序中已对该函数返回值类型加以声明。

　　因此，在 C 语言中，主调函数和被调函数之间可作下列位置安排。

　　1）被调函数写在主调函数的前面。

　　[例7-7]　　在屏幕上显示一些不同半径的圆的面积。

```
/* 函数 area()——计算并返回某个半径的圆的面积 */
double area(double radius)
{
  return (3. 1415926*radius*radius);
}
#include < stdio. h >
void main()
{
  double r;
  printf("input circle's radius:");
  scanf(" %f",&r);
  printf("the circle's area is %f\n",area(r));/* 调用函数 */
}
```

　　被调函数放在主调函数之前，在主调函数中可以不另加类型声明。

　　2）被调函数写在主调函数的后面。

　　[例7-8]　　例 7-7 的另一种形式。

```
#include < stdio. h >
void main()
{
  doublearea(); /* 在主调函数中包含类型声明 */
  double r;
  printf("input circle's radius:");
  scanf(" %f",&r);
  printf("the circle's area is %f\n",area(r));/* 调用函数 */
}
/* 函数 area()——计算并返回某个半径的圆的面积 */
double area(double radius)
{
  return (3. 1415926*radius*radius);
}
```

在函数调用中，若被调函数放在主调函数后面，主调函数中必须声明被调函数类型，如例7-8所示，被调用函数的函数值是整型，则可省略上述函数声明。

3）如果已在所有函数定义之前，在文件的开头、函数的外部声明了函数类型，则在各个主调函数中不必对所调用的函数再作类型声明。

[例7-9] 在屏幕上显示一些不同半径的圆的面积。

```c
#include < stdio. h >
double area();            /* 在函数调用之前声明函数类型和函数名 */
void main()
{
    double r;
    printf("input circle's radius:");
    scanf(" %f",&r);
    printf("the circle's area is %f\n",area(r));/* 调用函数 */
}
/* 函数 arca()——计算并返回某个半径的圆的面积 */
double area(double radius)
{
    return (3.1415926*radius*radius);
}
```

上式中使用了传统习惯来声明函数 area()的返回值类型为双精度浮点型，这个声明保证了 C 编译器能正确调用函数 area()的程序代码。如没有这个声明，C 编译器就会产生一个类型不匹配的错误。

7.2.4 函数调用时值的单向传递性

在函数调用时，参数是按值单向传递的，即先计算各实参表达式的值，再按对应关系顺序传给形参，而形参的值不能传给实参。这种值传递具有单向性。

[例7-10] 在函数内不能改变实参的值。

```c
#include < stdio. h >
main()
{
    int x,y;
    x = 10;
    y = 20;
    swap(x,y);
    printf("x = %d y = %d\n",x,y);
}
swap(int a,int y)
{
    int tmp;
    tmp = a;
    a = b;
    b = tmp;
    printf("a = %d b = %d\n",a,b);
}
```

运行结果如下：

```
a = 20 b = 10
x = 10 y = 20
```

上例的运行结果说明：虽然在函数 swap()内部交换 a 和 b 的值，但函数返回后，实参 x 和 y 的值并没有改变，原因是 C 语言的参数是通过值传递的，而不是通过地址传递的，所以 a、b 只是接收 x、y 的值，而 a、b 的值不能再传回给 x、y。因此，不能用这种方法在被调函数中改变实参的内容，如果要在被调函数内改变实参的值，只要把实参变量的地址作为参数值传递给函数即可（具体在第9章介绍）。

7.2.5 函数调用示例

[例 7-11] 写出能完成以下数学函数 $A(x,y)$ 计算的程序，要求用函数实现。

$$A(x,y) = \frac{x^2}{\sqrt{e^{2(x-y)} + \sqrt{1 + 2e^{x-y} + 3e^{2(x-y)}}}}$$

程序如下：

```c
#include <stdio.h>
#include <math.h>
main()
{
  float x,y,f1,fun();
  scanf("%f %f",&x,&y);
  f1 = x*x/fun(exp(x-y));
  printf("A= %f\n",f1);
}
float fun(float f)
{
  float f2;
  f2 = f*f + sqrt(1+2*f+3*f*f);
  return(f2);
}
```

执行该程序时输入：

4 2

结果为：

A=16.001625

在这里，主调函数完成整个 $A(x, y)$ 的计算，被调函数完成 $A(x, y)$ 分母的计算。

[例 7-12] 验证哥德巴赫猜想。

德国数学家哥德巴赫 1742 年提出了下列著名的数学猜想：任一个充分大的偶数（≥6）总可以分解成两个素数之和。

我们现在编写一个 C 语言程序对这一猜想加以验证（注意：不是证明）。对于给定的偶数，先确定一个其值小于它的素数，然后用该偶数减去这个素数，再判定其差值是不是一个素数，若是，即作了要求的验证，否则，再确定另一个素数，重复以上步骤，直到找到为止。程序中使用键盘输入一个偶数 n，然后令偶数从 6 开始验证，逐一进行到偶数 n。对于处理过程中的每一次验证都进行打印输出。

```c
/* virification program */
main()
{
  int n,a,k,b,d;
  printf("n = ?");
  scanf(" %d",&n);
  printf(" %d\n",n);
  k=1;
  for(a=6;a<=n;a+=2)
  {
    for(b=3;b<=(a/2);b+=2){
      if(! s(b))
      {
        d=a-b;
        if(! s(d))
        {   ++k;
          printf(" %d= %d+ %d\t",a,b,d);
```

```
        if(k %5 ==0)
          printf("\n");
      break;
      }
    }
  }
}
```

程序中调用的函数是 s(d)，它是判别当前 d 是否是素数的函数。当参数 d 为素数时返回 0 值，否则返回 -1 值。根据素数的定义：凡不能被自身及 1 以外整数整除的自然数为素数，我们把函数 s(d)定义如下：

```
s(int d)
{
  int j;
  for(j =2;j < d; ++j)
    if(d %j ==0)return( -1);
  return (0);
}
```

在主函数中，如果已经把一个偶数分解为素数之和，则认为对该偶数的验证已经实现，不必求出该偶数所有的分解形式，所以使用了 break 语句来结束内层 for 循环语句的流程控制，从而开始下一个偶数的验证处理。

7.3 函数的嵌套调用

与其他程序控制语句可以嵌套一样，函数调用亦可以嵌套，即主函数调用一个函数，该函数又调用第二个函数，第二个函数又可以调用第三个函数，这样一个接一个地调用下去，就称为函数的嵌套调用。

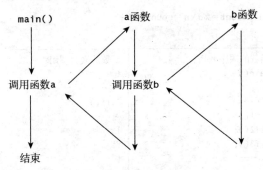

图 7-1 函数的嵌套调用

图 7-1 表示的是两层嵌套(包括 main 函数共三层函数)，其执行过程是：

1) 执行 main 函数的开头部分；

2) 遇函数调用 a 的语句，流程转向 a 函数；

3) 执行 a 函数的开头部分；

4) 遇函数调用 b 的语句，流程转向 b 函数；

5) 执行 b 函数，如果再无其他嵌套函数，则完成 b 函数的全部操作；返回调用 b 函数处，即返回 a 函数；

6) 继续执行 a 函数中尚未执行的部分，直到 a 函数结束；

7) 返回 main 函数中调用 a 函数处；

8) 继续执行 main 函数中尚未执行的部分，直到函数结束。

C 语言可以嵌套调用函数，但不能嵌套定义函数。也就是说，C 语言的函数定义相互平行、独立，一个函数内不能包含另一个函数，即不能嵌套定义。

[**例7-13**]　演示函数的嵌套调用。

假定有一个程序由四个函数 main( )、f1( )、f2( )、f3( )构成，如果函数 main( )中依次调用函数 f1( )、f2( )和 f3( )，这种调用的方法称之为函数的顺序调用(见图 7-2a)。如果在函数 main( )中调用函数 f1( )，在函数 f1( )调用函数 f2( )，在函数 f2( )中调用函数 f3( )，以此类推，这种线性调用称为函数的嵌套调用(见图 7-2b)。C 语言中对函数的嵌套调用的层数没有限制。程序描述如下:

```c
#include <stdio.h>
main()
{
  count = 0;
  printf("the main:count = %d\n",count);
  f1(count);
}
f1(int count)
{
  printf("the first call:count = %d\n",count ++ );
  f2(count);
}
f2(int count)
{
  printf("the second call:count = %d\n",count ++ );
  f3(count);
}
f3(int count)
{
  printf("the third call:count = %d\n",count ++ );
  f4(count);
}
f4(count)
{
  printf("the fourth call:count = %d\n",count ++ );
}
```

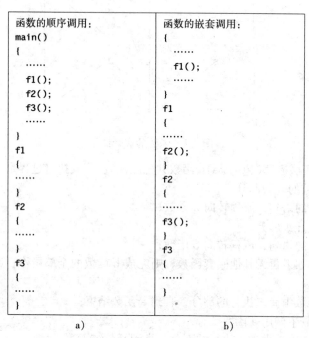

函数的顺序调用:	函数的嵌套调用:

main()
{
　……
　f1();
　f2();
　f3();
　……
}
f1
{
……
}
f2
{
……
}
f3
{
……
}
	{
	　……
	　f1();
	　……
	}
	f1
	{
	……
	f2();
	}
	f2
	{
	……
	f3();
	}
	f3
	{
	……
	}

a)	b)

图 7-2　函数的顺序调用与嵌套调用

运行结果:

```
the main:count = 0
the first call:count = 1
the second call:count = 2
the third call:count = 3
the fourth call:count = 4
```

[**例 7-14**]   用弦截法求下面方程的根。

$$x^3 - 5x^2 + 16x - 80 = 0$$

方法如下:

1) 取两个不同点 x_1, x_2, 如果 $f(x_1)$ 和 $f(x_2)$ 符号相反, 则 $(x_1$, $x_2)$ 区间内必有一个根。如果 $f(x_1)$ 和 $f(x_2)$ 同符号, 则应改变 x_1、x_2, 直到 $f(x_1)$、$f(x_2)$ 异号为止。注意 x_1、x_2 的值不应差太大, 以保证 $(x_1$, $x_2)$ 区间只有一个根。

2) 连接 $f(x_1)$ 和 $f(x_2)$ 两点, 此线(即弦)交 x 轴于 x, 见图 7-3 所示。

3) 若 $f(x)$ 与 $f(x_1)$ 同符号, 则根必在 $(x$, $x_2)$ 区间内, 此时将 x 作为新的 x_1, 如果 $f(x)$ 与 $f(x_2)$ 同符号, 则表示根在 $(x_1$, $x)$ 区间内, 将 x 作为新的 x_2。

4) 重复步骤(2)和(3), 直到 $|f(x)| < \varepsilon$ 为止, ε 为一个很小的数, 例如 10^{-6}。此时认为 $f(x) \approx 0$。

分别用几个函数来实现各部分功能:

- 用函数 $f(x)$ 来求 x 的函数: $x^3 - 5x^2 + 16x - 80$。
- 用函数 xpoint$(x_1$, $x_2)$ 来求 $f(x_1)$ 和 $f(x_2)$ 的连线与 x 轴的交点 x 的坐标。
- 用函数 root$(x_1$, $x_2)$ 来求 $(x_1$, $x_2)$ 区间的那个实根。显然, 执行 root 函数过程中要用到函数 xpoint, 而执行 xpiont 函数过程中要用到 f 函数。

请读者先分析下面的程序。

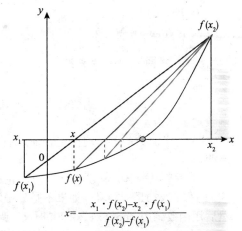

$$x = \frac{x_1 \cdot f(x_2) - x_2 \cdot f(x_1)}{f(x_2) - f(x_1)}$$

图 7-3   弦截法求方程的根

```c
#include <math.h>
float f(int x)                        /* 定义 f 函数 */
{
  float y;
  y = ((x - 5.0)*x + 16.0)*x - 80.0;
  return(y);
}
float xpoint(float x1,float x2)       /* 定义 xpiont 函数,求出弦与 x 轴交点 */
{
  float y;
  y = (x1*f(x2)*f(x1))/(f(x2) - f(x1));
  return(y);
}
float root(x1,x2)                     /* 定义 root 函数,求近似根 */
{
  int i;
  float x,y,y1;
  y1 = f(x1);
  do {
    x = xpiont(x1,x2);
    y = f(x);
    if(y* y1 > 0)                     /* f(x)与发 f(x1)同符号 */
    {
      y1 = y;
      x1 = x;
```

```
    }else
        x2 = x;
    }while(fabs(y) >= 0.0001);
    return(x);
}
main()                          /* 主函数 */
{
    float x1,x2,f1,f2,x;
    do{
        printf("input x1,x2:\n");
        scanf("%f,%f",&x1,&x2);
        f1 = f(x1);
        f2 = f(x2);
    }while(f1* f2 >= 0);
    x = root(x1,x2);
    printf("A root of equation is %8.4f",x);
}
```

运行情况如下：

```
input x1,x2:
2,6
A root of equation is 5.0000
```

从程序可以看到：

1）在定义函数时，函数名为 f、xpoint、root 的三个函数是互相独立的，并不互相从属。这个函数均定义为实型。

2）三个函数的定义均出现在 main 函数之前，因此在 main 函数中不必对这三个函数作类型声明。

3）程序从 main 函数开始执行。先执行一个 do-while 循环，作用是：输入 x1 和 x2，判别 f(x1) 和 f(x2) 是否异号，如果不是异号则重新输入 x1 和 x2，直到满足 f(x1) 与 f(x2) 异号为止。然后用函数调用 root(x1,x2) 求根 x。调用 root 函数过程中，要调用 xpoint 函数来求 f(x1) 于 f(x2) 的交点 x。在调用 xpoint 函数过程中要用到函数 f 来求 x1 和 x2 的相应的函数值 f(x1) 和 f(x2)。这就是函数的嵌套调用。

7.4　函数的递归调用

7.4.1　概述

递归就是某一事物直接或间接地由自己组成。一个函数直接或间接地调用本身，称为函数的递归调用，前者称为直接递归调用，后者称为间接递归调用。

例如：

```
int f(int x)
{
    int y,z;
    …
    if(条件)
    
    z = f(y);
    …
    return(z* z);
}
```

在调用函数 f 的过程中，又要调用 f 函数，这是直接调用本函数，见图 7-4。间接调用本函数过程见图 7-5。例子见例 7-22。

迭代和递归是解决一类递增和递减问题的常用方法。以计算 n! 为例，以往我们用循环的方法来计算时, 是先赋初值为 1, 然后做 2!, 即 1×2, 再做 3!, 即 $1 \times 2 \times 3$, 直到 $1 \times 2 \times 3 \cdots \times 10$, 整个过程用循环来实现, 程序为:

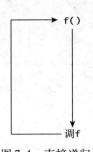

图 7-4　直接递归

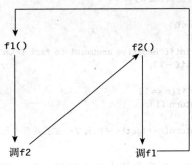

图 7-5　间接递归

```
main()
{
  int i,s=1;
  for(i=1;i <=10;i ++ )
    s = s* i;
}
```

这里, 乘积 s 随着 i 的增加, 不断被迭代, 从小到大, 最后计算出结果。其过程如下所示。

乘积 s	变量 i	赋值表达式
s = 1	i = 1	s = 1 * 1 = 1!
s = 1!	i = 2	s = 1! * 2 = 2!
s = 2!	i = 3	s = 2! * 3 = 3!
	...	
s = n !	i = n	s = n -1! * 1 = 1!

而用递归的方法计算 10!, 基本思想是将原式写成递归的表达式:

$$n! = \begin{cases} 1 & (n=0) \\ n \times (n-1)! & (n>0) \end{cases}$$

由公式可知, 求 $n!$ 可以化为 $n \times (n-1)!$ 的解决方法仍与求 $n!$ 的解法相同, 只是处理对象比原来的递减了 1, 变成了 $n-1$, 对于 $(n-1)!$, 又可转化为 $(n-1) \times (n-2)!$, ..., 当 $n=0$ 时, $n! =1$, 这是结束递归的条件, 从而使问题得到解决。

一个问题要采用递归方法来解决时, 必须符合以下三个条件:

1) 可以把一个问题转化为一个新的问题, 而这个新问题的解决方法与原问题的解法相同, 只是处理的对象有所不同, 但它们也只是有规律地递增或递减。

2) 可以通过转化过程使问题得到解决。

3) 必定有一个明确的结束条件, 否则递归将会无休止地进行下去。也就是说, 必须要有某个终止递归的条件。

对上面求 $n!$ 的递归公式, 很容易写成以下的递归函数 rfact():

```
rfact()
{
  if(n ==0)
    return(1);
  return(rfact(n -1)*n);
}
```

7.4.2　函数的递归调用应用举例

现在, 我们通过一些实例, 详细讨论递归调用的过程及它的应用。

[例7-15]　递归计算 $n!$ 的函数 rfact( )。

```c
long rfact(int n)
{
  if(n < 0)
  {
    printf("Negative argument to fact ! \n");
    exit(-1);
  }
  else if(n <= 1)
    return (1);
  else
    return(n*rfact(n-1)); /* 自己调用自己 */
}
```

请注意，当形参值大于1时的情况。函数的返回值为 n*rfact(n-1)又是一次函数调用，而调用的正是 rfact 函数，这就是一个函数调用自身函数的情况，即函数的递归调用。这种函数称递归函数。

返回值是 n*rfact(n-1)，而 rfact(n-1)的值当前还不知道，要调用完才能知道，例如当 n=5时，返回值是 5*rfact(4)，而 rfact(4)的调用的返回值是 4*rfact(3)，仍然是个未知数，还要先求出 rfact(3)，而 rfact(3)也不知道，它的返回值是 3* rfact(2)，而 rfact(2)的值为 2* rfact(1)，现在 rfact(1)的返回值为 1，是一个已知数。然后回过头来根据 rfact(1)求出 rfact(2)，将 rfact(2)的值乘以 3求出 rfact(3)，将 rfact(3)的值乘上 4得到 rfact(4)，再将 rfact(4)乘上 5得到 rfact(5)。

可以看出，递归函数在执行时，将引起一系列的调用和回代的过程。当 n=4 时，其调用和回代过程如图 7-6 所示。从图中可以看出，递推过程不应无限制地进行下去，当调用若干次后，就应当到达递推调用的终点得到一个确定值(例如本例中的 rfact(1)=1)，然后进行回代，回代的过程是从一个已知值推出下一个值。实际上这是一个推归过程。

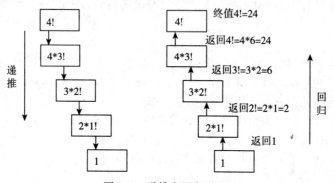

图 7-6　递推和回归过程

在设计递归函数时应当考虑到递归的终止条件，在本例中，下面就是使递归终止的条件：

```c
if(n <= 1)
return(1);
```

所以，任何有意义的递归总是由两部分组成的：递归方式与递归终止条件。

递归是一种有效的数学方法。本例的算法就是基于如下的递归数学模型的：

$$fact(n) = \begin{cases} 1 & (n \leqslant 1) \\ n \times fact(n-1) & (n > 1) \end{cases}$$

再如求 a，b 两数的最大公约数的过程也可以递归地描述为：

$$gcd(a, b) = \begin{cases} b & (a \% b == 0) \\ gcd(b, a \% b) & (a \% b != 0) \end{cases}$$

由这一模型，也很容易写出一个 C 函数来。递归是一种非常有用的程序设计技术。当一个问题蕴含递归关系且结构比较复杂时，采用递归算法往往要自然、简洁、容易理解。

[例 7-16]　汉诺塔(Tower of Hanoi)问题。

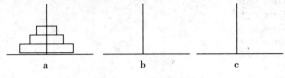

图 7-7　汉诺塔问题

约在 19 世纪末，在欧洲的珍奇商店里出现了一种称为汉诺塔的游戏。这种游戏附有一份说明书，介绍古代印度布拉玛庙里僧侣也玩这种游戏，据说游戏结束标志世界末日的到来。游戏的装盘是一块银板，上面有三根杆，最左杆自下面上。由大到小顺序串有 64 个金盘，呈一个塔形(见图 7-7)，游戏的目的是把左边杆上的金盘全部移到最右边的杆上，条件是一次只能移动一个盘，并且不允许大盘压在小盘上面。容易推出，n 个盘从一根杆移到另一根杆需要 $2^n - 1$ 次，所 64 个盘的移动次数为 $2^{64} - 1 = 18, 446, 774, 073, 709, 511, 615$，这是一个大文数字，即使一台功能很强的现代计算机来解决汉诺塔问题，每一微秒可能计算(不打印出)一次移动，那么也需要几乎 100 万年。而如果每秒移动一次，则需要近 5800 亿年，目前从能源的角度推算，太阳系的寿命也只有 150 亿年。下面我们设计一个模拟僧侣移动盘子的算法。假定僧侣们要把 n 个盘子按题中的规定有由 a 杆借助 c 杆移动到 b 杆。模拟这一过程的算法称为 hanoi(n,a,b,c)。那么，很自然的想法是：

第一步：先把 $n-1$ 个盘子设法借助 b 杆放到 c 杆，记做 Hanoi(n-1,a,c,b)。

第二步：把第 n 个盘子从 a 杆移到 b 杆。

第三步：把 c 杆上的 $n-1$ 盘子借助 a 杆移到 b 杆，记做 hanoi(n-1,c,b,a)。

由上述三步便可以直接写出如下程序：

```
main( )
{
  int n;
  void hanoi(int n,char a,char b,char c);

  printf("\n* * * * * * * * * * * * * * * * * * * * * * ");
  printf("\n*  Program for simulation the solution * ");
  printf("\n*  of the game of the tower of Hanoi * ");
  printf("\n* * * * * * * * * * * * * * * * * * * * * * ");
  printf("\n ============================== ");
  printf("\n Please enter the number of disks to be moved:");
  scanf("% d",&n);
  hanoi(n,'a','b','c');
}
void Hanoi(int n,char a,char b,char c)
{
  if(n > 0)
  {

    Hanoi(n-1,a,c,b);
    printf("\nMove disc % d from pile % c to % c",n,a,b);
    Hanoi(n-1,c,b,a);
  }
}
```

程序执行结果如下：

```
* * * * * * * * * * * * * * * * * * * *
* Program for simulation the soluiaon      *
* of the game of tower of Hanoi            *
```

```
* * * * * * * * * * * * * * * * * * * * * * * *
= = = = = = = = = = = = = = = = = = = = = = = = = = = = = = =
Please enter the number of disks to be moved:4
Move the disc 1 from pile a to c
Move the disc 2 from pile a to b
Move the disc 1 from pile c to b
Move the disc 3 from pile a to c
Move the disc 1 from pile b to a
Move the disc 2 from pile b to c
Move the disc 1 from pile a to c
Move the disc 4 from pile a to b
Move the disc 1 from pile c to b
Move the disc 2 from pile c to a
Move the disc 1 from pile b to a
Move the disc 3 from pile c to b
Move the disc 1 from pile a to c
Move the disc 2 from pile a to b
Move the disc 1 from pile c to b
```

请读者仔细阅读以上程序，理解递归算法的思路，学会用递归解决问题。有的问题既可以用递归方法解决，也可以用迭代方法解决（如求 $n!$），而有的问题不用递归方法是难以得到结果的（如汉诺塔问题）。

[例 7-17]　间接递归调用实例。

这是一个间接递归调用的例子，其中函数 fn1 执行中调用函数 fn2，而在函数 fn2 执行中又调用 fn1。程序中设置外部变量 n，用来计算递归调用 fn1 的次数。并且设置其初值为 0，外部变量 b 是函数 main 和 fn1 公用的，用来存放计算的值。

程序如下：

```
int b;
int n = 0;
main()
{
  int a;
  scanf(" %d",&a);
  fn2(a);
  printf"n = %d4d b = %d4d",n,b);
}
fn1( int y)
{
  y = 2* y + 10;
  b = y/30;
  fn2(y);
}
fn2(int x)
{
  if(x < 400)
  {
    n ++ ;
    fn1(x);
  }
}
```

程序执行结果如下：

```
输入        输出
21          n = 4 b = 16
152         n = 2 b = 21
```

对于这种间接递归调用的形式，读者也可以分析其递归调用的过程，从而了解递归执行的机理。

7.5　数组作为函数的参数

前面已经讲过了可以用变量作为函数参数，数组元素也可以作为函数参数，其用法与变量相同。数组名也可以做实参和形参，传递的是整个数组。

7.5.1　数组元素作为函数的实参

由于实参可以是表达式形式，数组元素可以是表达式的组成部分，因此数组元素当然可以作为函数的实参，与用变量做实参一样，是单向传递，即"值传递"方式。

[例 7-18]　有两个数组 a、b，各有 10 个元素，将它们对应地逐个相比（即 a[0]与 b[0]比，a[1]与 b[1]比，……）。如果 a 数组中的元素大于 b 数组中的相应元素的数目多于 b 数组中大于 a 数组中相应元素的数目（例如，a[i]>b[i] 6 次，b[i]>a[i] 3 次，其中 i 为每次为不同的值），则认为 a 数组大于 b 数组，并分别统计出两个数组相应元素大于、等于和小于的次数。

程序如下：

```
main()
{
  int a[10],b[10],i,n=0,m=0,k=0;
  printf("enter array a:\n");
  for(i=0;i<10;i++)e
    scanf(" %d",&a[i]);
  printf("\n");
  printf("enter array b:\n");
  for(i=0;i<10;i++)
    scanf(" %d",&b[i]);
  printf("\n");
  for(i=0;i<10;i++)
  {
    if(large(a[i],b[i])==1) n=n+1;
    else if(large(a[i],b[i])==0) m=m+1;
    else k=k+1;
  }
  printf("a[i]>b[i] %d times\na[i]=b[i] %d times\na[i]<b[i] %d times\n",n,m,k);
  if(n>k) printf("array a is larger than array b\n");
    else if(n<k) printf("array a is smaller than array b\n");
    else printf("array a is equal array b\n");
}
large(int x,int y)
{
  int flag;
  if(x>y) flag=1;
  else if(x<y) flag=-1;
  else flag=0;
  return(flag);
}
```

运行结果如下：

```
enter array a:
1 3 5 7 9 8 6 4 2 0
enter array b:
5 3 8 9 -1 -3 5 6 0 4
a[i]>b[i] 4 times
a[i]=b[i] 1 times
a[i]<b[i] 5 times
array a is smaller than array b
```

7.5.2　数组名作为函数的参数

可以用数组名作为函数参数，此时实参与形参都要用数组名（或数组指针，见第 8 章）。

[例7-19] 有一个数组 score，内放 10 个学生成绩，求平均成绩。
程序如下：

```c
float average(float array[])
{
  int i;
  float aver,sum = array[0];
  for(i = 1;i < 10;i ++ )
    sum = sum + array[i];
  aver = sum/10;
  return(aver);
}
main()
{
  float score[10],aver;
  int i;
  printf("input 10 scores:\n");
  for(i = 0;i < 10;i ++ )
    scanf(" %f",&score[i]);
  printf("\n");
  aver = average(score);
  printf("average score is %5.2f",aver);
}
```

运行情况如下：

```
input 10 score::
100 56 78 98.5 76 87 99 67.5 75 97
average score is 83.40
```

说明：

1）用数组名作函数参数，应该在主函数和被调用函数分别定义数组，例中 array 是形参数组名，score 是实参数组名，分别在其所在函数中定义，不能只在一方定义。

2）实参数组与形参数组类型应一致，如不一致，结果将出错。

3）实参数组与形参数组大小可以一致也可以不一致，C 编译对形参数组大小不做检查，只是将实参数组的首地址传给形参数组。如果要求形参数组得到实参数组的全部元素值，则应当指定形参数组与实参数组大小一致。形参数组也可以不指定大小，在定义数组时在数组名后跟一个空的方括号，为了在被调用函数中处理数组元素的需要，可以另设一个参数，传递元素的个数。

4）最后应当强调一点，数组名作函数参数时，不是"值传递"，不是单向传递，而是把实参数组的起始地址传递给形参数组，这样两个数组就共占一段内存单元。见图 7-9，假如 a 的起始地址为 1000，则 b 数组的数组起始地址也是 1000，显然 a 和 b 同占一段内存单元，a[0] 和 b[0] 同占一个单元……这种传递方式叫"地址传递"。由此可以看到，形参数组中各元素的值如发生变化会使实参数组元素的值同时发生变化，从图 7-8 看是很容易理解的。注意这点与变量做函数参数的情况是不同的。在程序设计中有意识地利用这一特点改变实参数组元素的值（如排序）。

a[0]	a[1]	a[2]	a[3]	a[4]	a[5]	a[6]	a[7]	a[8]	a[9]
2	4	6	8	10	12	14	16	18	20
b[0]	b[1]	b[2]	b[3]	b[4]	b[5]	b[6]	b[7]	b[8]	b[9]

图 7-8 数组参数传递

7.5.3 多维数组作为函数的参数

多维数组可以作为实参，这点与前述相同。

可以用多维数组名作为实参和形参，在被调用函数中对形参数组定义可以指定每一维的大小，也可以省略第一维的大小。例如：

```
int array[3][10];
```

或 `int array[][10];`

二者都合法且等价。但不能把第二维以及其他维的大小省略。如下面是不合法的：

```
int array[][];
```

因为从实参传来的是数组起始地址，在内存中按数组排序规则存放（按行存放），而并不区分行和列，如果在形参中不声明列数，在系统无法决定应为多少行多少列。不能只指定第一维而省略第二维，下面写法是错误的：

```
int array[3][];
```

实参数组可以大于形参数组。例如，实参数组定义为：

```
int score[5][10];
```

而形参数组定义为：

```
int array[3][10];
```

这时形参数组就只取实参数组的一部分，其余部分不起作用。请读者从"传递地址"这一特点出发来思考这个问题。

[例 7-20] 有一个 3×4 的矩阵，求其中的最大元素值。

程序如下：

```
max_value(int array[][4])
{
  int i,j,k,max;
  max = array[0][0];
  for(i = 0;i < 3;i ++ )
    for(j = 0;j < 4;j ++ )
      if(array[i][j] > max)max = array[i][j];
  return(max);
}
main()
{
  static int a[3][4] = {{1,3,5,7},{2,4,6,8},{15,17,34,12}};
  printf("max value is %d\n",max_value(a));
}
```

运行结果如下：

```
max value is 34
```

7.6 变量的作用域——局部变量和全局变量

C 语言的变量定义可以在三个地方进行：在函数内部、在所有函数的外部、在函数形式参数表中。这些变量分别是：局部变量、全局变量、形式参数。

7.6.1 局部变量

局部变量就是在函数内部定义的变量，局部变量也有非 auto 的静态型、寄存器型等。用标志符 auto 来声明它，其格式为：

`[auto]<变量名>;`

由于变量名前不声明它的存储属性，即为局部变量，因此，auto 一般都可省略。

局部变量的定义一般都在函数体的前部，即函数的花括号"{"之后，语句之前。这可以使阅读程序的人清楚地知道使用了哪些局部变量。局部变量也可以定义为函数体内的任何一个复合语句的花括号"{"之后，语句之前局部变量只在它的本函数范围有效，也就是说只有在本函数内才能使用它们。因此在复合函数中建立的局部变量，只在该复合语句内有效。

函数的形式参数也可以看成局部变量，退出该函数时无效。总之，局部变量只在进入它所属的块时才能使用，在退出该块时，无法使用。

应用局部变量，在需要时建立，不需要时清除，经常的建立和清除看似麻烦。但它只在建立它的函数或复合语句中有效，可以提高程序模块的清晰度，函数作用的独立性和专一性，为结构化程序设计提供了一种良好的手段。

下面看一个例子：

[例 7-21]

```
double f1(int x)                    /* 函数 f1 */
{
  int y,z;                          /* x,y,z 有效 */
}
float f2(int m,int n)               /* 函数 f2 */
{
  char i,j;                         /* m,n,i,j 有效 */
}
main()
{
  int a,b,c;
  {
    int d;
    d = a + b - c;                  /* d 在复合语句内有效,a,b,c 在本函数内有效 */
  }
}
```

说明：

1）主函数 main 中定义的变量在主函数中有效，而不会在其他函数中有效；各函数不能使用其他函数中定义的变量。

2）不同的函数中，可以使用相同名字的局部变量，它们代表不同的对象，互不干扰。形式参数、局部变量和函数内复合语句中的局部变量同名时，在复合语句中，其内部中的变量起作用，而本函数的同名局部变量、形参变量被覆盖。

[例 7-22]　请看下面的例子：在函数 func()中，定义了两个局部变量 ch 和 r。这里局部变量 ch 在进入函数 func()时才建立，在退出时则被释放；局部变量 r 在进入函数 if 语句时才建立，在退出 if 语句时则被释放，并且只在 if 语句为真时才被引用，在其他部分甚至在 else 部分都无法引用它。

```
func()
{
  char ch;                          /* 该局部变量 ch 在本函数内有效 */
  ch = getchar();
  if(ch == 'f')
  {
    float r;                        /* 该局部变量 r 只在本复合语句内有效 */
    scanf(" %f",&r);
    printf(" %f\n",3.14159* r* r);
  }else
    prinrf("ch = %c\n",ch);
  printf("end\n");
}
```

7.6.2　全局变量

全局变量（又称外部变量）是在函数外部的变量。它为文本文件中其他函数共用。其有效范围是从变量定义的位置开始至本源文件结束。如：

```
int p=1,q=5;                  /* 全局变量 */
float f1(int a)               /* 定义函数 f1 */
{
  int b,c;
    :
}
char c1,c2;                   /* 全局变量 */
char f2(int x,int y)          /* 定义函数 */
{
  i,j;
    :
}
main()
{
  int m,n;
    :
}
```

　　p、q、c1、c2 都是全局变量，但它们的作用范围不同，在 main 函数和函数 f2 中可以使用全局变量 p、q、c1、c2，但在函数 f1 中只能使用全局变量 p、q，而不能使用 c1 和 c2。在一个函数中既可以使用本函数中的局部变量，又可以使用有效的全局变量，打个通俗的比喻：国家有统一的法律和法令，各地方还可以根据需要制定地方的法律和法令，一个地方的居民既要遵守国家统一的法律和法令，又要遵守本地方的法律和法令。而另一个地方的居民应遵守国家统一的和该地方的法律和法令。

　　[例 7-23]

```
int x1=30,x2=40;
main()
{
  int x3=10,x4=20;
  sub(x3,x4);
  sub(x2,x1);
  printf(" %d, %d, %d, %d",x3,x4,x1,x2);
}

    sub(int x,int y)
{
  x1=x;
  x=y;
  y=x1;
}
```

　　运行结果为：

```
10,20,40,40
```

　　从上例中可以看到，由于 x3、x4 是局部变量，在执行 sub(x3,x4)；调用函数 sub(x,y)后，值的传递是单向的，x3、x4 的值不变，仍为 10、20。而 x1、x2 是全局变量，当执行 sub(x2,x1)语句调用子函数 sub(x,y)之后，x1、x2 的值会发生相应变化，为 40、40。

　　利用全局变量可以减少函数实参的个数，从而减少内存空间以及传送数据时的时间消耗。但是我们还是建议不在必要时不要使用全局变量，因为：

　　1）全局变量在程序的全部执行过程中都占用内存单元，而不是仅在需要时才开辟内存单元。

　　2）它使函数的通用性降低了，因为函数在执行时依赖于其所在的外部变量。如果将一个函数移到另一个文件中，还要把有关的外部变量及其值一起移过去。而且若与其他文件的变量相同时，就会出现问题，降低了程序的可靠性和通用性。在程序设计中，在划分模块时要求模块的"内聚性"强，与其他模块的"耦合性"弱。即模块的功能要单一（不要把许多不相干的功能放到一个模块中），与其他模块的相互影响尽量少。而用全局变量是不符合这个原则的。一般要求 C 程序中的函数做成一个封闭体,除了可以通过"实参—形参"的方式与外界发生联系外,没有其他的方式。这样的程序移植性好,可读性强。

3)使用全局变量过多,会降低程序的清晰性,人们往往难以清楚地判断瞬间各个外部变量的值。在各个函数执行时都可能改变外部变量的值,程序容易出错。因此,要限制使用全局变量。

如果全局变量在文件的开头定义,则在整个文件范围内都可以使用该全局变量,如在文件中的某一位置定义全局变量(必须在函数外部),在作用范围只限于定义点到文件结束。如果定义点之前的函数要使用后面定义的全局变量,应在使用的函数中用"extern"做"全局变量声明",表示该变量在函数的外部定义,在函数的内部可以使用它们。

全局变量定义和全局变量声明并不是一回事。全局变量的定义只能有一次,它的位置在所有函数之外,而同一个文件中的全局变量声明可以有多次,它的位置在某个函数中(哪个函数要用就在哪个函数中声明)。系统根据全局变量的定义(而不是根据全局变量的声明)分配存储单元。对全局变量的初始化只能在"定义"时进行,而不能在"声明"中进行。所谓"声明",其作用是:申请该变量是一个已在外部定义过的变量,仅仅是为了引用该变量而作的"申请"。原则上,所有函数都应该对所用的全局变量作声明(用 extern),只是为了简化起见,允许在全局变量的定义之后的函数可以不写这个"声明"。

如在同一文件中,全局变量和局部变量同名,则在局部变量的作用范围之内,局部变量起作用,全局变量被屏蔽。再考虑在复合语句中的局部变量,则可以得到以下结论:当全局变量、函数内的局部变量和复合语句内的局部变量同名时,在当前的小范围内,其作用的优先级为:复合语句中的局部变量 > 函数内的变量 > 全局变量。

[例7-24]

```
int a = 3,b = 5;
max(int a,int b)
{
    int c;
    c = a > b? a:b;
    return(c);
}
main()
{   int a = 8;
    printf(" %d",max(a,b));
}
```

运行结果如下:

8

我们故意重复 a、b 作变量名,请读者区别不同的 a、b 的含义和作用范围。第一行定义了全局变量 a、b,并使之初始化。第二行开始定义函数 max,a、b 是形参,全局变量 a 不在 max 函数范围内不起作用。最后四行是 main 函数,它定义了一个局部变量 a,因此全局变量 a 在 main 函数范围内不起作用,而全局变量 b 在此范围内有效。因此 printf 函数中的 main(a,b)相当 max(8,5),程序运行后得到的结果为8。

由于全局变量在所有的函数中有效,因此,当程序在很多函数中要用到某些相同的数据时,全局变量就变得很有用,避免了大量通过形式参数传递数据。但是,过量地使用全局变量也会带来消极的后果。

7.7 变量的存储类别和生存期

7.7.1 变量的存储类别

从空间的角度看,变量的作用域分为局部变量和全局变量。

从变量的生存期(即变量的存在时间)看,可以分为静态变量和动态变量。静态变量和动态变量是按其存储方式来区分的。静态存储方式是指在程序运行期间分派固定的存储空间,程序执行完毕才释放。动态存储方式是在程序运行期间根据需要动态地分派存储空间,一旦动态过程结束,不论程序是否结束,即释放存储空间。

内存提供用户使用的空间分为三个部分:程序区、静态存储区和动态存储区。程序区存放用户程序;静态存储区存放全局变量、静态局部变量和外部变量;动态存储区存放局部变量、函数形参变量。另外,CPU 中的寄存器存放寄存器变量。

C 语言有四种变量存储类别声明符,用来通知编译程序采用哪种方式存储变量,这四种变量存储类别声明符是:

- 局部(自动型)变量声明符号 auto(一般可以省略)
- 静态变量声明符　static
- 全局变量声明符　extern
- 寄存器变量声明符　register

在 C 语言中每一个变量和函数都有两个属性:数据类型和存储类别。在定义变量时,存储类别声明符要放在数据类型的前面。一般格式如下:

```
存储类别    数据类型    变量标志符
存储类别    数据类型    函数标志符
```

7.7.2　动态变量

动态变量是在程序中执行的某一时刻被动态地建立并在某一时刻又可被动态地释放的一种变量,它们存在于程序的局部,也只在局部可用。动态变量有三种:局部(自动)变量、寄存器变量和函数形参变量。本节主要讲述前两种动态变量,第三种已经在前面讲述过。

1. 局部(自动)变量

自动变量是 C 语言中使用最多的一种变量。因为建立和释放这种类型的变量,都是由系统自动进行的,所以称自动变量。在一个函数中定义自动变量,在调用此函数时才能给变量分配内存单元,当函数执行完毕,这些单元被释放。声明局部变量的一般形式为:

[atuo] 类型标识符 变量标识符[=初始表达式],…;

其中,auto 是自动变量的存储类别标识符,一般可以省略。省略 auto,系统隐含认为此变量为 auto。因此没写 auto 的变量,实际上都是自动变量。例如:

auto int a,b=5;　与　int a,b=5;两者等价

下面对局部变量(自动)变量说明如下:

1)自动变量是局部变量。

2)自动变量只在定义它的那个局部范围才能使用。例如,在一个函数中定义了一个 x,那么它的值只有在本函数内有效,其他函数不能通过引用 x 而得到它的值。

[例 7-25]

```
main()
{  /* * * (10)* * */
   int x=1;
   {/* * * (20)* * */
      void nrt(viod);
      int x=3;
      prt();
      printf("2nd x= %d\n",x);
   }/* * * (21)* * */
   printf("1st x= %d \n",x);
}
```

```
/* * * (11)* * */
void ptr(void)
{
    /* * * (30)* * */
    int x = 5;
    printf("3th x = %d \n",x);
} /* * * (31)* * */
```

程序先后定义了三个变量 x，它们都是自动变量，都只在本函数或复合语句中有效。它们的作用域见图 7-9 所示。

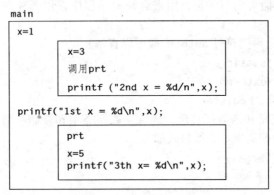

图 7-9　变量的作用域范围

在 main 函数中定义的变量 x 在 10 到 11 范围有效，可以被引用。但当程序执行到 20 时，又定义了一个 x 值，它的作用域为该符合语句范围，即 20 到 21。在这个范围内有两个 x 均为自动变量，第一个 x = 1，第二个 x = 3。而 main 函数最后一个语句输出 x 的值为 1。因外层的 x 和内层的 x 不是同一个变量，内层的 x 是 3，而外层的 x 仍为 1。ptr 函数中定义的变量 x 只有在函数中有效，它与前面两个 x 互不相干。程序运行结果如下：

```
3th x = 5
2 nd x = 3
1 st x = 1
```

应用局部(自动)变量有如下好处：
- "用之则来，用完即撤"，可以节省大量存储空间。
- "同名不同义"，程序员无须关心程序的其他局部使用了什么变量，可以独立地给本区域命名变量。使用了其他区域同名的变量，系统也把它们看做不同的变量。
- 在同一个局部中定义所需的变量，便于阅读、理解程序。

3）未进行初始化时，自动变量的值是不定的。

[例 7-26]　使用未赋值的自动变量。

```
main()
{
    int i;
    printf("i = %d\n",i);
}
```

运行结果如下：

```
i = 62
```

这里的 62 是一个不可预知的数，由 i 所在的存储单元中当时的状态决定。

因此，引用自动变量，必须对其初始化或对其赋值，才能引用它。自动变量的初始化是在程序执行过程中运行。若在定义变量时含有初始化表达，系统在为该自动变量开辟存储空间的同时，会按初始化表达式的计算结果给一个初始值。对自动变量初始化要注意：

- 一个变量只能对其初始化一次。
- 自动变量允许用表达式初始化，但该初始化表达式中的变量必须已具有确定值。

```
binary(float x,int v,int n)
{
  int low = 0,high = n - 1;
  …
}
```

是合法的，因为在给 low、high 分配单元时，形参 n 已获得一个确定值。

- 允许用相当的赋值表达式替代初始化。例如，上述程序段可以改为：

```
binary(float x,int v,int n)
{
  int low,high;
  low = 0;
  high = n - 1;
  …
}
```

其作用与上面初始化时完全相同。

4)对同一函数两次调用之间，自动变量的值不保留，因为其所在的存储单元已被释放。

2. 寄存器变量

寄存器变量具有与自动变量完全相同的性质。当把一个变量指定为寄存器存储类型时，系统将它放在 CPU 中的一个寄存器中。通常把使用频率较高的变量(如循环次数较多的循环变量)定义为 register 类型。

[例 7-27]　有如下函数：

```
#include < stdio. h >
void m_table(void)
{
  register int i,j;/* 定义寄存器变量 */
  for(i = 1;i <= 9;i ++ )
    for(j = 1;j <= i;j ++ ){
      printf(" %d* %d = %d",j,i,j* i);
      putchar((i == j)? '\n':'\t');
    }
}
```

请分析它的作用与输出结果。由于频繁使用变量 j、i，故将它们放在寄存器中。可以用以下的 main( )函数调用。

```
main()
{
  void m_table(void);
  m_table();
}
```

程序结果如下：

```
1*1 = 1
1*2 = 2   2*2 = 4
1*3 = 3   2*3 = 6   3*3 = 9
1*4 = 4   2*4 = 8   3*4 = 12   4*4 = 16
1*5 = 5   2*5 = 10  3*5 = 15   4*5 = 20   5*5 = 25
1*6 = 6   2*6 = 12  3*6 = 18   4*6 = 24   5*6 = 30   6*6 = 36
1*7 = 7   2*7 = 14  3*7 = 21   4*7 = 28   5*7 = 35   6*7 = 42   7*7 = 49
1*8 = 8   2*8 = 16  3*8 = 24   4*8 = 32   5*8 = 40   6*8 = 48   7*8 = 56   8*8 = 64
1*9 = 9   2*9 = 18  3*9 = 27   4*9 = 36   5*9 = 46   6*9 = 54   7*9 = 63   8*9 = 72   9*9 = 81
```

函数的形参可以使用寄存器变量，如：

```
fun(register int nar1,register int nar2)
{
…
}
```

应当注意：由于各种计算机系统中的寄存器数目不等，寄存器的长度也不同。C 标准对寄存存储类别只作为建议提出，不作硬性统一规定，在实现时，各系统有所不同。例如有的计算机有 7 个寄存器，有的只有 3 个。在程序中如遇到指定为 register 类别的变量，系统会努力去实现它。但如果因条件限制（例如，只有 3 个寄存器，而程序中定义了 8 个寄存器变量）不能实现时，系统会自动将它们（即未实现的那部分）处理成自动变量。

7.7.3　静态变量

静态变量有以下特点：

1）静态变量的初始化是在编译时进行的，在定义时只能用常量或常量表达式进行显式初始化。在未显式初始化时，编译系统把它们初始化为：

0　　　　　（对整型）

0.0　　　　（对实型）

空串　　　（对字符型）

静态变量的定义采用下面格式：

static *类型标识符 变量标识符*【 =*初始化常数表达式*】,…;

我们前面提到过只有全局变量和静态变量才能初始化，例如：

```
main()
{
  static int a[5]={1,3,5,7,9};
  …
}
```

只有对存储在静态存储区域中的数组才能初始化。对动态存储区中的数组不能初始化。

2）静态变量的存储空间在程序的整个运行期间是固定的（static），而不像动态变量是在程序运行当中被动态建立、动态释放的。一个变量被指为静态（固定），在编译时即分配存储空间，程序一开始便被建立，程序整个运行阶段都不释放。

3）静态局部变量的值具有可继承性。

当变量在函数内被指定为静态时，该函数运行结束后，静态局部变量仍保留该次运行的结果，下次运行时，该变量在上次运行的结果基础上继续工作。这是它与一般局部（自动）变量生存期上最大的区别。

[例 7-28]　比较下面两个循环。

```
main()                            main()
{                                 {
  void increment(void);             void increment(void);
  increment();                      increment();
  increment();                      increment();
  increment();                      increment();
}                                 }
void increment(void)              void increment(void)
{                                 {
  int x=0;/* auto */               static int x=0;/* static */
  x++;                             x++;
  printf(" %d\n",x);               printf(" %d\n",x);
}                                 }
```

运行结果：　　　　　　　　　运行结果：

```
1                          1
(9)2
2                          3
```

（变量 x 的值未被继承）　　　　　（increment 函数中的 x 的值被继承）

4）静态局部变量的值只能在本函数（或复合语句）中使用。

在一个函数（或复合语句）中定义的变量是局部变量，它们只能在本局部范围内被引用，这是不言而喻的。前面介绍过，static 类别变量在函数调用结束后其存储单元不释放，其值具有继承性，即在下一次调用该函数时，此静态变量的初值就是上一次调用结束时变量的值。但是不释放不等于说其他函数可以引用它的值。生存期（存在期）是一个时间概念，而作用域是空间的概念，两者不可混淆。定义静态局部变量只是为了在多次调用同一函数时使变量能保持上次调用的结束时的结果。例如在上例中的第二个程序，在 increment 函数中的变量 x 是静态的，也是局部的，这个 x 不能为 main 函数引用。

除了静态局部变量之外，还有静态外部变量，这将在下面介绍。

7.7.4　外部变量

1. 外部变量是全局变量

在一个文件中，定义在函数之外的变量称为外部变量，外部变量是全局变量。外部变量编译时分配在静态存储区，它可以为程序中各个函数所引用。

一个 C 程序可以由一个或多个源程序文件组成，外部变量就是全局变量，它的使用方法前面已经作了介绍。如果由多个源程序组成，那么某一个文件中的函数能否引用另一个文件中的外部变量呢？有两种情况：

1）限定本文件的外部变量只在本文件使用（静态外部变量）。

如果有的外部变量只允许在本文件使用而不允许其他文件使用，则可以在外部变量前加一个 static，即为外部变量。例如：

```
static int x=3,y=5;
main()
{…}
f1()
{…}
f()
{…}
```

在本文件中，x、y 为外部变量，但由于加了 static，作为静态外部变量，其作用域也仅限于本文件。注意，外部变量是在编译时分配存储单元的，它不随函数的调用与退出而建立和释放，也就是它的生存期是整个程序的运行周期。并不是因为外部变量加了 static 才是不释放的。使用静态外部变量的好处是：当多人分别编写一个程序的不同文件时可以按照需要命名变量而不必考虑是否会与其他文件变量同名，以保证文件的独立性。

［例 7-29］　产生一个随机数序列。

我们采取以下公式来产生一个随机数序列：

r =（r* 123 +59）%d65536

只要给出一个 r 初值，就能计算出下一个 r（值在 0～65535 范围内）。编写以下一个源文件：

```
static unsigned int r;
random(void)
{
  r =（r* 123 +59）%d65535;
  return (r);
```

```
}
/* 产生 r 的初值 */
unsigned radom_start(unsigned int seed)
{
  r = seed;
}
```

r 是一个静态外部变量，r 初值为 0。在需要产生随机数的函数中先调用一次 random_start 函数以产生 r 的第一个值，然后再调用 random 函数，每调用一次 random 函数，就得到一个随机数。例如，可以用以下函数调用：

```
main()
{
  int i,n;
  printf("please enter the seed:");
  scanf(" %d",&n);
  random_start(n);
  for(i =1;i < 10;i ++ )
    printf(" %du",random ());
}
```

程序结果如下：

```
please enter the seed:5
674 17425 46182 44349 15498 5769 54286 54286 58101 3058
please enter the seed:3
428 52703 60000 40027 8180 23159 30568 24371 48572
```

我们把产生随机数的两个函数和一个静态外部变量单独组成一个文件，单独编译。这个静态变量 r，是不能被其他文件直接引用的，即使别的文件中有同名的变量 r 也互不影响。r 的值是通过 random 函数返回值带到主函数中的。因此，在编写程序时，往往将用到某一个或几个静态外部变量的函数单独编成一个小文件。可以将这个文件放在函数库中，用户可以调用函数，但不能使用其中的静态外部变量（这个外部变量只供本文件中的函数使用）。静态外部变量可以使程序的一部分相对于另一部分隐蔽起来。static 存储类别可以使我们能建立一批可供放在函数库中的通用函数，而不致引起数据上的混乱。善于利用外部静态变量对于设计大型的程序是有用的。

2）还可将外部变量的作用域扩充到其他文件，允许其他文件中的函数引用。这时需要用到这些外部变量的文件中对变量用 extern 作声明。

[例 7-30]　程序的作用是：给定 b 的值，输入 a 和 m，求 a* b 和 a^m 的值。

程序包括两个文件 file1. c 和 file2. c。

文件 file1. c 中的内容为：

```
int a;
main()
{
  int power();
  int b =3,c,d,m;
  printf("enter the number a and its power:\n");
  scanf(" %d, %d",&a,&m);
  c = a*b;
  printf(" %d*%d = %d\n",a,b,c);
  d = power(m);
  printf(" %d * * %d = %d",a,m,d);
}
```

文件 file2. c 中的内容为：

```
extern int a;
power(n)
{
```

```
    int i,y=1;
    for (i=1;i<=n;i++)
      y*=a;
    return y;
}
```

可以看到，file2.c 文件中的开头有一个 extern 声明（注意这个声明不是在函数的内部。函数内用 extern 声明使用本文件中的全局变量的方法，前面已作了介绍），它声明了本文件中出现的变量 a 是一个已经在其他文件中定义过的外部变量，本文件不必再次为它分配内存。本来外部变量的作用域是从它的定义点到文件结束，但可以用 extern 声明将其作用域扩大到有 extern 声明的其他源文件。假如一个 C 程序有 5 个源文件，只在一个文件中定义了外部整型变量 a，那么其他4 个文件都可以引用 a，但必须在每一个文件中都加一个"extern int a;"声明。在各文件经过编译后，将各目标文件链接成一个可执行的目标文件。

但是用这样的全局变量应十分慎重，因为在执行一个文件中的函数时，可能会改变了该全局变量的值，它会影响到另一个文件中的函数执行结果。

从上可知，对于一个数据的定义，需要指定两种属性：数据类型和存储类型，分别用两个关键字进行定义。例如：

```
static int a;(静态内部变量或静态外部变量)
auto char c;(自动变量,在函数内定义)
register int d;(寄存器变量,在函数内定义)
```

此外，在对变量作声明时，可以用 extern 声明某变量为已定义的外部变量，例如：

```
extern int b;(声明 b 是一个已定义的外部变量)
```

下面从不同角度作一些归纳：

1）从作用域角度分，有局部变量和全局变量。它们采取的存储类别如下：

局部变量：
- 自动变量，即动态局部变量（离开函数，值就消失）
- 静态局部变量（离开函数，值仍保留）
- 寄存器变量（离开函数，值就消失）
- 形式参数可以定义为自动变量或寄存器变量
- 静态外部变量（只限于本文件使用）

全局变量：外部变量（即非静态的外部变量，允许其他文件引用）

2）从变量存在的时间来区分，有动态存储和静态存储两种类型。静态存储是在程序整个运行时间都存在，而动态存储则是在调用函数时临时分配内存单元。

动态存储：
- 自动变量（本函数内有效）
- 寄存器变量（本函数内有效）
- 形式参数
- 静态局部变量（函数内有效）

静态存储：
- 静态外部变量（本文件内有效）
- 外部变量（其他文件可以引用）

3）从变量值存在的位置来区分，可分为：

内存中静态存储区：
- 静态局部变量
- 静态外部变量（函数外部静态变量）
- 外部变量（可被其他文件引用）

内存中动态存储区：自动变量和形式参数

CPU 中的寄存器：寄存器变量

4）关于作用域和生存期的概念。从前面叙述可以知道，对于变量的性质可以从两个方面分析。一是从变量的作用域；二是从变量值存在时间的长短，即生存期。

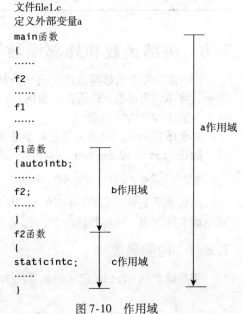

图 7-10 作用域

前者是从空间的角度，后者是从时间的角度。两者有联系但不是一回事。图 7-10 是作用域的示意图。图 7-11 是生存期的示意图。如果一个变量在某个文件或函数范围内是有效的，则称该文件或函数为该变量的作用域，在此作用域内可以引用该变量，所以又称变量在此作用域可见，这种性质又称变量的可见性。例如，变量 a、b 在函数 f1 中"可见"。如果一个变量值在作用域某一时刻是存在的。则认为这一时刻属于该变量的"生存期"时，或称该变量在此时刻"存在"。

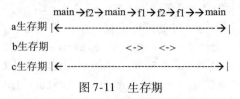

图 7-11　生存期

各种变量存储类别的作用域和生存期见表 7-1。

表 7-1　各种变量存储类别的作用域和生存期

存储类别	变量声明的位置	变量作用域	变量生存期
static	函数外部	文件内的定义点到结束	程序的整个执行过程
	函数内/复合语句内	函数内/复合语句内	进入函数内时/进入复合语句时
extern	函数外部	文件内的定义点到结束	程序的整个执行过程
	函数内/复合语句内	函数内/复合语句内	程序的整个执行过程
auto	函数内/复合语句内	函数内/复合语句内	进入函数内时/进入复合语句时
register	函数内/复合语句内	函数内/复合语句内	进入函数内时/进入复合语句时
定义变量时无存储类型声明	函数外部	文件内的定义点到结束，或有外部声明的文件的外部声明点到文件结束	程序的整个执行过程
	函数内/复合语句内	函数内/复合语句内	进入函数内时/进入复合语句时

7.8　内部函数和外部函数

　　C 语言的每个函数都是独立的代码块，函数中的语句是函数本身独有的，不受函数外语句的影响，除非调用函数。C 语言函数的地位平等，不能在函数内部再定义函数，这正是 C 语言不是技术上的结构化语言的原因。

　　对于函数来说，除了定义它的数据类型（函数返回值类型）之外，还可以指定它的存储类别，但只能是 static 和 extern。函数定义格式如下：

　　存储类别 类型表识符 函数标识符(形参表)

　　函数本质上是全局的（外部的），因为一个函数要被另一个函数调用。但是，根据函数能否被其他源文件调用，将函数区分为内部函数和外部函数。

7.8.1　内部函数

　　用存储类别 static 定义的函数称为内部函数，其一般形式为：

static　*类型标识符*　*函数标识符(形参表)*

如 static int func(x,y)。

内部函数又称静态函数。内部函数只能被本文件中其他函数所调用，而不能被其他外部文件调用。使用内部函数，可以使函数局限于所在文件，如果在不同的文件中有同名的内部函数，则互不干扰。这样不同的程序员可以分别编写不同的函数，而不必担心所用函数是否会与其他文件中的函数同名，通常把只有同一文件使用的函数和外部变量放在同一文件中，冠以 static 使之局部化，其他文件不能引用。

7.8.2　外部函数

按存储类别 extern(或没有指定存储类别)定义的函数，作用域是整个程序的各个文件，可以被其他文件的任何函数调用，称为外部函数。本书前面所用的函数因没有指定存储类别，隐含为外部函数。

在需要调用外部函数的文件中，一般要用 extern 声明所用函数是外部函数。

[例 7-31]　有一个字符串，内有若干字符，今输入一个字符，程序将字符串中该字符删去，用外部函数实现。

file1. c(文件 1)

```
main()
{
  extern enter_sting(),delete_sting();print_sting();/* 声明本文件要用到其他文件中的函数 */
  char c;
  static char str[80];
  enter_sting(str);
  scanf(" %c",&c);
  delete_sting(str,c);
  print_sting(str);
}
```

file2. c(文件 2)

```
#include < stdio. h >
extern enter_sting(char str[]) /* 定义外部函数 enter_sting */
{
  gets(str);
}    /* 读入字符串 str */
```

file3. c(文件 3)

```
extern delete_sting(char str[],char ch)       /* 定义外部函数 delete_sting */
{
  int i,j;
  for(i =j =0;str[i]! ='\0';i ++ )
    if(str[i]! =ch)
      str[j ++ ]=str[i];
  str[i]='\0';
}
```

file4. c (文件 4)

```
extern print_sting(char str[])       /* 定义函数 print_sting */
{
  printf(" %s",str);
}
```

运行情况如下：

```
abcdefgc        (输入 str)
c               (输入删去的字符)
```

abdefg   (输出已删去指定字符的字符串)

整个程序由四个文件组成。每个文件包含一个函数。主函数是主控函数，由 4 个函数调用语句组成。其中 scanf 是库函数。另外 3 个是用户自己定义的函数，它们都定义为外部函数。当然，定义时 extern 不写也可以，系统隐含它们为外部函数。在 main 函数中用 extern 声明在 main 函数中用到的 enter_sting、delete_sting、print_sting 是外部函数。在有的系统中，也可以不在调用函数中对被调用的函数作"外部声明"。

函数 delete_sting 的作用根据给定的字符串 str 和要删除的字符，对 str 作删除处理。算法是这样的：对 str 的字符逐个检查，如果不是被删除的字符就将它存放在数组中。从 str[0] 开始逐个检查数组元素值是否等于要删除的字符，若不是就留在数组中，若是就不留。

在用一般方法进行编译链接时，先分别对 4 个文件进行编译，得到 4 个 .OBJ 文件。然后用 link 把 4 个目标文件(.OBJ 文件)链接起来。

习 题

7.1 实现函数 Squeeze(char s[],char c)，其功能为删除字符串 s 中所出现的与变量 c 相同的字符。

7.2 编写一个函数，输入一个四位数字，输出其对应的四个数字字符，且输出时，每两个字符间应有一个空格。如对于 1990，应输出 19 90，要求从主函数中输入该四位数字。

7.3 编写一个函数，用"选择排序法"对输入的 10 个字符从小到大排序。要求从主函数输入字符并输出排序结果。

7.4 用递归法将一个整数 n 转换成字符串。

7.5 有一字符串，包含 n 个字符。编写一个函数，将此字符串从第 m 个字符开始的全部字符复制成为另一个字符串。要求在主函数中输入字符串及 m 值并输出复制结果。

7.6 编写一个函数，利用参数传入一个十进制数，返回相应的二进制数。

7.7 一个数如果恰好等于它的因子之和，这个数就称为"完数"。例如：6 的因子为 1、2、3，而 6 = 1 + 2 + 3，因此 6 是一个完数。试编程找出 1000 以内的所有完数(要求用数组和函数调用来实现)。

7.8 写出程序运行结果：

1)

```c
# include < stdio. h >
main()
{
    int j =4,m=1,k;
    k = fun(j,m);
    printf(" %d,",k);
    k = fun(j,m);
    printf(" %d\n",k);
}
fun(int x,int y)
{
    static int m=0,i=2;
    i + =m+1;
    m=i+x+y;
    return(m);
}
```

2)

```c
# include < stdio. h >
int k =1;
main(){
```

```
  int i = 4;
  fun(i);
  printf("%d, %d\n",I,k);
}
fun(int m)
{
  m + = k;k + = m;
  {
      char k = 'B';
      printf("%d\n",k - 'A');
  }
  printf("%d, %d\n",m,k);
}
```

3)

```
int x1 = 30,x2 = 40;
main()
{
  int x3 - 10,x4 = 20;
  sub(x3,x4);
  sub(x2,x1);
  printf("%d, %d, %d. %d\n",x3,x4,x1,x2);
}
sub(int x, int y)
{
  x1 = x;x = y;y = x1;
}
```

4)

```
# include < stdio. h >
int x,y;
num()
{
  int a = 15,b = 10;
  int x,y;
  x = a - b;
  y = a + b;
  return;
}
main ()
{
  int a = 7,b = 5;
  x = a + b;
  y = a - b;
  num();
  printf("%d, %d\n",x,y);
}
```

5)

```
# include < stdio. h >
num(){
  extern int x,y;
  int a = 15,b = 10;
  x = a - b;
  y = a + b;
  return;
}
int x,y;
main()
{
  int a = 7,b = 5;
```

```
   x = a + b;
   y = a - b;
   num();
   printf(" %d, %d\n",x,y);
}
```

6)

```
int i = 1;
main()
{
   auto int i,j;
   i = reset();
   for(j = 1;j <= 3;j ++ ){
      printf("i = %d j = %d\n",i,j);
      printf("(i) = %d\n",next(i));
      printf("last(i) = %d\n",last(i));
      printf("new(i + j) = %d\n",new(i + j));
   }
}
int reset()
{
   return(i);
}
int next(int j)
{
   return(j = i ++ );
}
int last(int j)
{
   static int i = 10;
   return(j = i -- );
}
int new(int j)
{
   auto int j = 10;
   return(i = j + = 1);
}
```

7)

```
#include < stdio. h >
   #define C 5
   int x;
   x = y ++ ;
   printf(" %d %d\n",x,y);
   if(x > 4){
      int x;
      x = ++ y;
      printf(" %d %d\n",x,y);
   }
x + = y -- ;
printf(" %d %d\n",x,y);
```

8)

```
int f(int a[],int n)
{if (n >=1) return f(a,n - 1) + a[n - 1];
    else    return 0;
}
main()
{ int aa[5] = {1,2,3,4,5},s;
   s = f(aa,5); printf(" %d\n",s);
}
```

第 8 章

编译预处理

C 语言与其他高级语言的一个重要区别就是提供了编译预处理的功能。"编译预处理"是 C 编译系统的一个组成部分，主要有三种功能：宏定义、文件包含和条件编译。这些命令都以#开头作标志。在 C 编译系统对程序进行通常的编译(包括词法和语法分析，代码生成优化等)之前，先对程序中的这些特殊的命令进行"预处理"，然后将预处理的结果和原程序一起进行通常的编译处理，得到目标代码。

8.1 宏定义

8.1.1 不带参数的宏定义

宏定义#include 是 C 语言中最常用的预处理指令。不带参数的宏定义定义了一个标识符(称为宏名)和一个字符串，并且在每次出现标识符时用字符串去代替它，这个替换过程叫宏展开。它的一般形式为：

```
#define  标识符  字符串
```

宏名(标识符)与字符串之间用一个或多个空格分开。例如

```
# define  PI  3. 141592654
```

它的作用是在编译预处理时，将程序中出现 PI 的地方用"3. 141592654"这个字符串来代替。

[例 8-1]

```
#define PRICE 30
main()
{
  int num,total;
  num = 10 ;
  total = num* PRICE;
  printf("total = %d",total);
}
```

程序中用宏定义#define。例 8-1 中，命令行定义 PRICE 代表常量 30，在程序中出现 PRICE 的地方用 30 来代替，可以和常量一样参加运算，程序的运行结果为：

```
total = 300
```

说明：

1)为了与一般的变量相区别，作为宏名的标识符一般用大写字母表示。但这并非规定，也可

以用小写字母表示。

2）使用宏名代替一个字符串，可以用一个简单的名字来代替一个长的字符串，减少了程序中重复书写某些字符串的工作量，既不易出错，又提高了程序的可移植性。例如，用 PI 来代替3.141592654，该数位数较多，极易写错，用宏名代替，简单而不易出错。

3）宏定义用宏名代替一个字符串，只做简单的替换，不做语法检查，由于所有的预处理命令都在编译时处理完毕，它不具有任何计算、操作等执行功能，例如：

```
# define PI 3.14159
```

把数字 1 写成了小写字母 l，预处理也照样代入，不管含义是否正确。只有在编译已被宏展开后的源程序时才报错。

又例如 # define X 3+2

在程序中有"y = X* X;"语句，当宏展开时，原式变为"y = 3 + 2 * 3 + 2;"，不能理解成"y = 5 * 5;"

4）宏定义不是 C 语句，不能在行末加分号。如果加了分号则会连分号一起置换。在宏展开后产生语法错误。

5）如果宏名出现在字符串中，不会进行宏展开。例如：

```
# define STR     "Hello"
printf("STR");
```

上述语句不会打印 Hello，而是打印 STR。

6）如果字符串一行内装不下，可以放到下一行，只要在上一行的结尾处放一个反斜杠（\ ）即可。例如：

```
# define LONG_STING    "this is a very long sting that is used as an \
example."
```

7）在进行宏定义时，可以用已定义的宏名，即可以层层置换。

[例8-2]

```
# include <stdio.h>
# define M  3
# define N  M+1
# define NN  N*N/2
main()
{
  printf("%d\n",NN);
  printf("%d\n",5*NN);
}
```

程序中定义了三个不带参数的宏名：M、N 和 NN。在进行宏展开时，只需将宏名定义中的字符串代替即可。所以，NN 代替成 N* N/2，再将 N 代替成 M+1* M+1/2，进一步将 M 代换成：3 + 1 * 3 +1/2，其值为6.5。第一个 printf 的输出为6。

同理，5* NN 可代换成 5 * 3 + 1 * 3 + 1/2，其值为18.5。故第二个 printf 输出值为18。

注意：在层层置换时，从最下面的宏定义语句向上逐层代换。不要人为地增加括号，也不要增加计算功能，宏展开只是字符串的置换。

8）#define 命令出现在程序中函数的外面，宏名的有效范围为定义命令之后到本源文件结束。通常，# define 命令写在文件开头、函数之前，作为文件的一部分，在此文件范围内有效。可以用# undef 命令终止宏定义的作用域。例如：

```
# define X 30
main()
{
}
```

```
# undef
f1()
  ⋮
```

由于 # undef 的作用，使 X 的作用范围在 # undef 处终止。在 f1()函数中，X 不再代替 30。这样可以灵活控制宏定义的作用范围。

8.1.2　带参数的宏定义

define 语句还有一个重要特性，即宏定义里可以带参数，不仅进行简单的字符串替换，还要进行参数替换。带参数的宏定义一般形式为：

define 宏名(参数表)字符串

宏名后的括号内有参数表，参数之间用逗号分隔，字符串中包含有括号中所指定的参数。一般把宏定义语句中宏名后的参数称为虚参，而在程序中宏名后的参数称为实参。例如：

```
# define S(a,h) 0.5*a*h
area = S(5,2);
```

定义三角形面积为 S，a 为底边长，h 为底边上的高。在宏定义语句"S(a,h)　0.5*a*h"中的 a、h 称为虚参，程序中 S(5,2)中的 5、2 称为实参。在程序中用了表达式 S(5,2)，用 5、2 分别代替宏定义中的虚参 a、h，即用 0.5 * 5 * 2 代替 S(5,2)。因此赋值语句展开为：

```
area = 0.5*5*2;
```

对于带参数的宏定义，可以看成按以下步骤完成替换：

1)程序中宏名后的实参与命令行中宏名后的虚参按位置一一对应。

2)用实参代替字符串中的虚参，注意只是字符串的代换，不含计算过程。

3)把用实参替换的字符串，替换程序中的宏名。

对于上例，即

1)将程序中 S(5,2)中的实参 5、2 与宏定义命令中 S(a,h)的虚参 a、h 一一对应，即 5 对应 a、2 对应 h。

2)用实参 5、2 替换字符串中的虚参 a 和 h，0.5*a*h 变成 0.5 * 5 * 2。

3)把用实参替换的字符串 0.5 * 5 * 2，替换程序中的宏名，即进行宏展开。原式变为：area = 0.5*5*2。

[例 8-3]　写出下列程序运行的结果：

```
# define PT    3.5
# define S(x)    PT*x*x
main()
{
  int a = 1,b = 2;
  printf(" %4.1f\n",S(a+b));
}
```

程序中定义了一个不带参数的宏名 PT 和一个带参数的宏名 S。预编译后，遇到宏名 S 则展开。即将虚参 x 以实参 a + b 代替，将宏名 PT 以 3.5 代替。从而形成了展开后的内容：

```
3.5*a + b*a + b
```

运行时将 a、b 的值代入得到 3.5 * 1 + 2 * 1 + 2 = 7.5，故上述程序的结果是 7.5。

说明：

1)对带参数的宏的展开只是将语句中的宏名内的实参字符串代替 # define 命令行中的虚参，不能人为地增加括号和计算功能。如上例中展开为 3.5 * a + b * a + b 而不是 3.5 * (a + b) * (a + b)，如希望得到 3.5 * (a + b) * (a + b)这样的式子，应当在宏定义时字符串中虚参的外面加一个括

号。即

```
#define S(x)    PT*(x)*(x)
```

在对 S(a + b)进行宏展开时，将 a + b 代替 x，就成了：

```
PT*(a+b)*(a+b)
```

这就达到了目的。

2)由于宏定义时，宏名与其所代替的字符串之间有一个或一个以上的空格。故在宏定义时，在宏名与带参数的括号之间不应加空格，否则将有空格以后的字符作为替换字符串的一部分，例如：

```
# define S (x) PT*x*x (S 与(x)之间多了一个空格)
```

被认为：S 是不带参的宏名，它代表字符串"(x) PT*x*x"。如果在语句中有：

```
area = (x) PT*x*x(a)
```

这显然不对了。

带参数的宏的使用和函数调用有很多相似之处，极易将它们的概念混淆。它们有以下几点不同：

- 函数调用是在程序运行时处理的，分配临时的内存单元。而宏展开则是在编译时进行，在展开时并不分配内存单元，不进行值的传递处理，也没有"返回值"的概念。
- 函数调用时，先求出实参表达式的值，然后代入形参，而带参数的宏只进行简单的字符串替换，并不求它的值再替换。
- 在函数调用时，对函数中的实参和形参都要定义类型，而且要求两者的类型一致，如不一致，应进行类型转换，而宏定义不存在类型问题，宏名无类型，只是一个符号表示，展开时代入指定的字符串即可。在宏定义时，字符串可以是任何类型的数据。例如：

```
# define  b    2.0 (数值)
# define  a    HANGZHOU (字符)
```

这里，b 和 a 不需要定义类型，它们不是变量。同样对带参数的宏：

```
# define S(x)    PT*x*x
```

x 也不是变量，如在语句中有 S(2.5)，则展开后为 PT*2.5*2.5，语句中并不出现 x，当然不必定义 x 的类型。

3)函数调用不会使源程序变长，而多次使用宏定义时，宏展开后会使源程序变长。

4)函数调用占用运行时间(分配单元、保留现场、值传递、返回)，而宏替换不会占用运行时间，只占用编译时间。

应用带参数的宏定义，往往可以将一些简单的操作用宏定义来实现。这样使程序变得更加简洁、灵活。

例如：

```
# define   MAX(x,y)   (x)>(y) ? (x):(y)
```

可用来求两个数的最大数。

```
# define   ABS(a)   ((a)<0)? (-a):(a)
```

可用来求数值的绝对值。

```
# define   SQUAER(x)   (x)*(x)
```

可用来求数值的平方值。

```
# define    ISLOWERCASE(c)    (((c) >= 'a')&&((c) <= 'z'))
```

可用来判别字符 c 是否为小写字母。

```
# define ISDIGIT(c)(((c) >= 'a'&&((c) <= '9')
```

用来判别字符 c 是否为数字。

一般说来，C 语言程序员习惯将宏定义语句放在程序开头或单独存在一个文件中，并且宏名用大写字母。这种习惯使阅读程序的人一看就知道哪些地方要进行宏展开，宏定义语句在哪里找。

[例 8-4]　用宏定义编制打印不同半径圆的周长、面积及球的体积的程序。

```
# include < stdio. h >
# define    PI    3. 141592654 /* 宏定义圆周率 */
# define    SQUARE(x)(x)* (x) /* 宏定义求平方 */
# define    CUB(x)(x)* (x)* (x) /* 宏定义求立方 */
double area(double r);
double cirfer(double r);
double vol(double r);
main( )
{
  double r;
  r = 2. 0;
  printf("radius = %df: %df %df %df\n",r,area(r),cirfer(r),vol(r));
  r = 4. 5;
  printf("radius = %df: %df %df %df\n",r,area(r),cirfer(r),vol(r));
}
double area(double r)
{
  return(PI* SQUARE(r));
}
double cirfer(double r)
{
  return(2. 0* PI* r);
}
double vol(double r)
{
  return(4. 0/3. 0* PI* CUBE(r));
}
```

程序运行结果如下：

```
radius = 2. 000000:12. 566371 12. 566371 33. 510322
radius = 4. 500000:63. 617251 28. 274334 381. 703507
```

[例 8-5]　定义一个带参数的宏，使两个参数的值互换，并编写一个程序，输入两个整数作为使用宏时的参数，输出已经交换的两个值。

```
# define SWAP(a,b)   t = b;b = a;a = t;
main( )
{
  int a,b,t;
  printf("请输入两个整数:");
  scanf("%d, %d",&a,&b);
  printf("\n 原来得数据为:a = %d,b = %d\n",a,b);
  SWAP(a,b);
  printf("交换结果为:a = %d,b = &d\n";a,b);
}
```

运行结果为：

```
请输入两个整数:87,96
原来的数据为:a = 87,b = 96
交换结果为:a = 96,b = 87
```

[例 8-6] 分析下面程序的作用。

```
/* format.h */
#define    DIGIT(d)    printf("整数输出:%d\n",d)
#define    FLOAT(f)    printf("实数输出:%d10.2f\n",f)
#define    STRING(s)    printf("字符串输出:%ds\n",s)
/* 用户程序 */
#include "format.h"
main()
{
   int d,num;
   float f;
   char s[80];
   printf("请选择输入形式:1-整数,2-实数,3-字符串:");
   scanf("%d",&num);
   switch(num){
      case 1:printf("请输入一个整数:");
             scanf("%d",&d);
             DIGIT(d);
             break;
      case 2:printf("请输入一个实数:");
             scanf("%df",&f);
             FLOAT(f);
             break;
      case 3:printf("请输入一个字符串:");
             scanf("%ds",&s);
             STRING(s);
             break;
      default:printf("输入出错!");
   }
}
```

该程序首先定义了一个头部文件 **format.h**，在这个头文件里用宏定义设计了三种输出格式。用户文件用#include 语句把这个指定文件的内容包含起来。

一般 C 系统带有大量的 .h 文件，可根据不同的需要将相应的 .h 文件包含起来。

预处理器提供的文件包含能力不仅减少了重复性工作，而且因宏定义出错或者因某种原因需要修改某些宏定义语句时，就只能对相应宏定义进行修改，不必对使用这些宏定义的各个程序文件分别进行修改。例如，如果我们把程序中的实数输出格式改变为 8.2f，只要修改头文件即可。

对某个宏定义文件进行修改以后，用文件包含语句包含了这个文件的所有源程序都应重新进行编译处理。这种工作方式同样减轻了程序开发的工作量，减轻了人工处理时可能造成的各种错误。

运行举例如下：

1）

```
请选择输入形式:1-整数,2-实数,3-字符串:3<CR>
请输入一个字符串:goodbye
字符串输出:goodbye
```

2）

```
请选择输入形式:1-整数,2-实数,3-字符串:1<CR>
请输入一个整数:5698
整数输出:5698
```

3）

```
请选择输入形式:1-整数,2-实数,3-字符串:2<CR>
请输入一个实数:4598.75
实数输出:4598.75
```

可以参照例 8-6，写出各种输入输出的格式（如实型、长整型、十六进制整数、八进制整数、字符型等），把它们单独编成一个文件，它相当于一个"格式库"，用#include 命令把它"包括"到自己所编写的程序中，用户就可以根据情况各取所需了，显然这是很方便的。

8.2 文件包含

为了适应程序模块化的要求，组成一个可执行 C 程序的各个函数，可以被分散地组织在多个文件中；有的符号常数、宏以及组合类型的变量也通常被定义在一个独立的文件中，而为其他文件中的程序所共同使用。因此，有必要在一个文件中指出它的程序使用其他文件中函数以及有关定义的各种情况，以便预处理程序将它们"合并"为一个整体。这就需要 C 语言提供"文件包含"的功能。

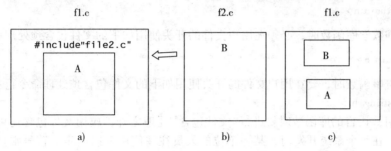

图 8-1 "文件包含"的含义示意图

所谓"文件包含"处理是指一个源文件可以将另一个源文件的全部内容包含到本文件中。C 语言用#include 命令来实现"文件包含"的操作。其一般形式为：

#include"文件名" 或

#include < 文件名 >

图 8-1 表示了"文件包含"的含义，其中图 8-1a 为 f1.c，它有一个#include"f2.c"命令来实现"文件包含"，然后还有其他内容（以 A 表示），图 8-1b 为另一个文件 f2.c，内容用 B 表示。在编译预处理时，对#include 命令进行"文件包含"处理：将 f2.c 的全部内容复制插入到#include"f2.c"命令处，将 f2.c 包含到 f1.c 中，得到图 8-1c 所示的结果。在后面进行的编译中，将包含了 f2.c 的 f1.c 文件作为一个源文件单位进行编译。

"#include"预处理命令行可以引用一个文件，被引用的文件也可以有"#include"命令行，从而出现嵌套的情况，如图 8-2 所示。其中 F1 的"#include"要求包含文件 F2，而 F2 得"#include"又要求包含 F3，因此编译后的程序实际上相当于一个包含 F1、F2、F3 文件的完整程序。

图 8-2 嵌套的文件包含

一个 include 命令只能指定一个包含文件，如果要包含 n 个文件，要用 n 个 include 命令。一种常在文件头部的被包含的文件称为"标题文件"或"头部文件"，常以".h"为后缀（h 为 head 的缩写）。当然这并非是规定，不用".h"作后缀，而用".c"作为后缀也可以。用".h"作后缀更能表现此文件的性质。

在#include 命令中，文件名可以用双引号或尖括号括起来，两种形式都是合法的。如在 f1.c 中用

```
#include"f2. c"或
```

```
#include < f2. c >
```

都是合法的。两者的区别是：用双引号的形式，系统先在被包含文件的源文件（即 f1. c）所在的文件目录中寻找要包含的文件，若找不到，再将系统指定的标准方式检索其他目录。而用尖括号形式时，不检索源文件 f1. c 所在的目录而直接按系统标准方式检索文件目录。一般来说，用双引号较保险，不会找不到（除非不存在文件）。当然如果已经知道要包含的文件不在当前子目录内，可以用"＜文件名＞"形式。头文件一般可包括宏定义、结构体类型定义、全局变量定义等。

C 语言将一些函数分类在各个头文件中。通常在程序需要调用 I/O 库函数时，必须在用户文件的开头，使用如下的文件包含预处理命令行：

```
#include < studio. h >
```

在使用标准数学库函数时，必须在用户文件的开头使用如下的文件包含预处理命令行：

```
#include < math. h >
```

在使用字符串函数时，要在用户文件的开头使用如下的文件包含预处理命令行：

```
#include < string. h >
```

除了在使用 C 语言的库函数时要进行"文件包含"处理之外，应用文件包含还可以节省程序人员的重复劳动。在一个系统开发时，某一单位的人员往往使用一组固定的符号常量，可以把这些宏定义命令组成一个文件，然后每人都可以用#include 命令将这些符号常量包含到自己的用户文件中。如果需要修改一些常量，不必修改每个程序，只要修改头文件即可。但应注意，被包含的文件修改后，凡包含此文件的所有文件都要全部重新编译。因此，应用头文件，既节省了劳力，又提高了程序的灵活性和可移植性。

[例 8-7]　头文件应用实例。

1）文件 print_ format. h

```
#define PR printf
#define NL "\n"
#define D " %d"
#define D1 D NL
#define D2 D D NL
#define D2 D D D NL
#define D2 D D D D NL
#define S " %ds"
```

2）文件 file1. c

```
#include"print_format. h"
main( )
{ int a,b,c,d;
  char string[ ] = "CHINA";
  a = 1;b = 2;c = 3,d = 4;
  PR(D1,a);
  PR(D2,a,b);
  PR(D3,a,b,c);
  PR(D4,a,b,c,d);
  PR(S,sting);
}
```

运行时输出以下结果：

```
1
1  2
1  2  3
1  2  3  4
CHINA
```

程序中用 PR 代表 printf。以 NL 代表执行一次"回车换行"操作。以 D 代表整型输出的格式符。以 D1 代表输出完一个整数后回车换行，D2 代表输出两个整数后换行，D3 代表输出三个整数后换行，D4 代表输出四个整数后换行。以 S 代表输出一个字符串。可以看到，程序中编写输出语句就比较简单了，只要根据需要选择已定义的输出格式即可，连 printf 都可以简写为 PR。

最后，应注意在包含文件预处理行中，使用双引号""和尖括号 < > 的区别。为了提高预处理程序有关文件的检索效率，由用户自己命名的非标准文件被包含时，需要使用双引号将文件包括起来；而由系统提供的标准文件(如 math. h 和 stdio. h)被包含时，使用尖括号。

8.3 条件编译

C 语言在对源程序进行编译时，一般所有的行都参加编译。但是，C 语言也允许有选择地对源程序的某一部分进行编译，这就是"条件编译"。条件编译有以下三种形式：

8.3.1 条件编译语句 1

```
#ifdef <标识符>
  程序段 1
#else
  程序段 2
#endif
```

它的功能是：当指定标识符已经被定义过(一般用#define 命令定义)，则对程序段 1 进行编译，否则对程序段 2 进行编译。其中#else 部分可以没有，即写成：

```
#ifdef <标识符>
  程序段 1
#endif
```

这里的"程序段"可以是语句组，也可以是命令行。

例如：

```
#ifdef PDF
  n ++ ;
#else
  n -- ;
#endif
```

其预处理的功能为：如果标识符 PDF 已在前面的程序中用"#define"作为符号常量定义过，则对语句"n ++"进行编译并作为目标程序的一部分。否则，对语句"n --"进行编译，作为目标程序的一部分。又例如：

```
#ifdef    IBM_PC
#define    INTERGER_SIZE 16
#else
#define    INTERGER_SIZE 32
#endif
```

其预处理的功能为：如果标识符 IBM_PC 在前面已被定义过，则编译下面的命令行：

```
#define INTERGER_SIZE 16
```

否则，编译下面的命令行：

```
#define    INTERGER_SIZE 32
```

在这里如果条件编译之前曾出现以下命令行：

```
#define    IBM_PC 16
```

或将 IBM_PC 定义为任何字符串, 甚至是:

```
#define    IBM_PC
```

则预编译后程序中的 INTERGER_SIZE 都将用 16 代替, 否则用 32 代替。应用上述方法, 可以将一个 C 源程序在不同机器运行, 通过条件编译, 实现不同的目的。增加了程序的通用性。

8.3.2 条件编译语句2

```
#ifndef <标识符>
  程序段1
#else
  程序段2
#endif
```

它的功能是: 若指定的标识符未被定义则编译程序段 1, 否则编译程序段 2。这种形式的功能和第一种形式的功能相反。例如:

```
# ifndef LIST
  printf("x = %d,y = %d,z = %d\n",x,y,z);
# endif
```

其预处理的功能为: 如在此之前未对 LIST 定义, 则输出 x、y、z 的值。

在程序调试时, 不对 LIST 定义, 此时输出 x、y、z 的值, 调试结束后, 在运行上述程序段之前, 加以下面的命令行:

```
# define    LIST
```

则不输出 x、y、z 的值。

8.3.3 条件编译语句3

```
# if 表达式
  程序段1
# else
  程序段2
# endif
```

它的功能是: 当指定的表达式为真(非零)时编译程序段 1, 否则编译程序段 2。应用这种条件编译的方法, 可以事先给定某一条件: 使程序在不同的条件下执行不同的功能。

[例8-8] 用条件编译方法实现以下功能:

输入一行电报文字, 可以任选两种输出, 一为原文输出; 一为将字母变成其下一字母(如 'a' 变成 'b', …, 'z'变成'a', 其他字符不变)。用# define 命令来控制是否要译成密码。例如:

```
# define CHANGE 1
```

则输出密码。若

```
# define CHANGE 0
```

则不译成密码, 按原码输出。程序如下:

```
/* 翻译电码 */
# include < stdio. h >
# define MAX 80
# define CHANGE 1
main( )
{
  char str[MAX];
  int i;
```

```
  printf("请输入文本行:\n");
  scanf(" %ds",str);
# if(CHANGE)
{
   for(i = 0;i < MAX;i ++ )
   {
     if(str[i]! = '\0')
       if(str[i] >= 'a'&&str[i] < 'z' || str[i] < 'z')
         str[i] + = 1;
       else if(str[i] == 'z' || str[i] == 'z')
         str[i] - = 25;
   }
}
# endif
  printf("输出电码为:\n %ds",str);
}
```

运行结果为:

请输入文本行:
A_Lazy_Brown_Fox_Jumps_Over_A_Dog
输出电码为:
B_Mbaz_Cspxo_Kvnqt_Pwfs_B_Eph

[例8-9] 输入一行字母字符，根据需要设置条件变异，使之能将字母全改为大写输出，或全改为小写字母输出。

```
# define   LETTER   1
main( )
{
  char str[20] = "C Language",c;
  int i;
  i = 0;
  while((c = str[i])! = '\n')
  {
    i ++ ;
    # if LETTER
      if(c >= 'a'&&c <= 'z')
        c = c - 32;
    # else
      if(c >= 'A'&&c <= 'Z')
        c = c + 32;
    # endif
    printf(" %dc",c);
  }
}
```

运行结果为:

C LANGUAGE

现在先定义 LETTER 为 1，这样在预处理条件编译命令时，由于 LETTER 为真(非零)，则对第一个 if 语句进行编译，运行时使小写字母变大写字母。如果将程序的第一行改为:

define LEETER   0

则在预处理时，对第 2 个 if 语句进行编译处理，使大写字母变小写字母(大写字母与相应的小写字母的 ASCII 代码值差 32)，此时运行情况为:

c language

习　　题

8.1　选择题。

1）有以下程序：

```
# define f(x)    (x* x)
main()
{
  int i1,i2;
  i1 = f(8)/f(4) ;
  i2 = f(4 +4)/f(2 +2) ;
  printf(" %d, %d\n",i1,i2);
}
```

程序运行后的输出结果是：

A）64,28　　B）4,4　　C）4,3　　D）64,64

2）以下叙述中正确的是：

A）预处理命令行必须位于源文件的开头。

B）在源文件的一行上可以有多条预处理命令。

C）宏名必须用大写字母表示。

D）宏替换不占用程序的运行时间。

3）

```
#define F(X,Y)    (X)* (Y)
main ()
{
    int a =3,b =4;
    printf("% d\n",F(a ++ ,b ++ ));
}
```

程序运行后的输出结果是

A) 12　　B)15　　C)16　　D)20

4）程序中头文件 type1. h 的内容是：

```
#define N    5
#define M1    N* 3
```

程序如下：

```
#define "type1. h"
#define M2    N* 2
main()
{
  int i;
  i = M1 + M2 ;
  printf("% d\n",i);
}
```

程序编译后运行的输出结果是：

A)10　　B)20　　C)25　　D)30

5）以下程序的输出结果是：

```
#define    M(x,y,z)    x* y +z
main()
{
  int a =1,b =2,c =3;
  printf("% d\n",M(a +b,b +c,c +a));
}
```

A)19　　B)17　　C)15　　D)12

6) 以下程序的输出结果是：

```
#define SQR(X)    X* X
main()
{
  int a=16,k=2,m=1;
  a/=SQR(k+m)/SQR(k+m);
  printf("d\n",a);
}
```

A)16　　B)2　　C)9　　D)1

7) 有如下程序：

```
#define N    2
#define M    N+1
#define NUM    2* M+1
main()
{
  int i;
  for(i=1;i<=NUM;i++)printf("% d\n",i);
}
```

该程序中的 for 循环执行的次数是：

A)5　　B)6　　C)7　　D)8

8) 下列程序执行后的输出结果是

```
#define MA(x)    x* (x-1)
main()
{
  int a=1,b=2;printf("% d \n",MA(1+a+b));
}
```

A)6　　B)8　　C)10　　D)12

9) 以下程序的输出结果是：

```
#define f(x)    x* x
main()
{
  int a=6,b=2,c;
  c=f(a)/f(b);
  printf("% d \n",c);
}
```

A)9　　B)6　　C)36　　D)18

10) 以下程序运行后，输出结果是：

```
#define PT    5.5
#define S(x)    PT* x* x
main()
{
  int a=1,b=2;
  printf("% 4.1f\n",S(a+b));
}
```

A)49.5　　B)9.5　　C)22.0　　D)45.0

11) 设有以下宏定义：

```
#define N        3
#define Y(n)    ((N+1)* n)
```

则执行语句 z=2* (N+Y(5+1))； 后，z 的值为

A)出错　　 B)42　　 C)48　　 D)54

12)请读程序：

```c
#define SUB(X,Y)    (X)* Y
main()
{
    int a=3,b=4;
    printf("% d",SUB(a ++,b ++));
}
```

上面程序的输出结果是

A)12　　 B)15　　 C)16　　 D)20

13) 在宏定义#define PI　 3.14159 中，用宏名 PI 代替一个：

A)单精度数　　 B)双精度数　　 C)常量　　 D)字符串

14)请选出以下程序段的输出结果：

```c
#define MIN(x,y)    (x)<(y)? (x):(y)
main()
{
    int i,j,k;
    i=10;j=15;
    k=10* MIN(i,j);
    printf("% d\n",k);
}
```

A)15　　 B)100　　 C)10　　 D)150

15)以下程序段的 for 语句构成的循环执行了几次？

```c
# define N        2
# define M        N+1
# define NUM      (M+1)* M/2
main()
{
    int i,n=0;
    for (i=1;i <= NUM;i ++ )
    {
        n ++ ;
        printf("% d",n);
    }
    printf("\n");
}
```

A)5　　 B)6　　 C)8　　 D)9

8.2　填空题。

1)以下程序运行后的输出结果是_____。

```c
#define S(x)    4* x* x+1
main()
{
    int i=6,j=8;
    printf("% d\n",S(i+j));
}
```

2)以下程序的输出结果是_____。

```c
#define    MCRA(m)      2* m
#define    MCRB(n,m)    2* MCRA(n)+m
main()
{
    int i=2,j=3;
    printf("% d\n",MCRB(j,MCRA(i)));
```

```
}
```

3) 下面程序的运行结果是_____。

```
#define N 10
#define s(x)    x* x
#define f(x)    (x* x)
main()
{
  int i1,i2;
  i1 = 1000/s(N);
  i2 = 1000/f(N);
  printf("% d % d\n",i1,i2);
}
```

4) 设有如下宏定义：

```
#define MYSWAP(z,x,y) {z = x;x = y;y = z;}
```

以下程序段通过宏调用实现变量 a、b 内容交换，请填空。

```
float a = 5,b = 16,c;
MYSWAP(_____,a,b);
```

5) 以下程序的输出结果是_____。

```
#define MAX(x,y)    (x) > (y)? (x):(y)
main()
{
  int a = 5,b = 2,c = 3,d = 3,t;
  t = MAX(a + b,c + d)* 10;
  printf("% d\n",t);
}
```

6) 写出下面程序执行的结果：

```
#include < stdio. h >
#define FUDGE(k)    k + 3. 14159
#define PR(a)    printf("a = % d\t",(int)(a))
#define PRINT(a)    PR(a);putchar('\n')
#define PRINT2(a)    PR(a);PR(b)
#define PRINT3(a,b,c)    PR(a);PRINT2(b,c)
#define MAX(a,b)    (a < b? b:a)
main()
{
  {
    int x = 2;
    PRINT(x* FUDGE(2));
  }
  {
    int cel;
    for(cel = 0;cel <= 100;cel + = 50)
      PRINT2(cel,9/5* cel + 32);
  }
  {
    int x = 1,y = 2;
    PRINT3(MAX(x ++ ,y),x,y);
    PRINT3(MAX(x ++ ,y),x,y);
  }
}
```

第 9 章

指　针

指针是 C 语言的精华部分。通过指针，我们能很好地利用内存资源，使其发挥最大的效率。有了指针技术，我们可以描述复杂的数据结构，对字符串的处理可以更灵活，对数组的处理更方便，使程序的书写简洁、高效。但对初学者来说，由于指针难于理解和掌握，这就需要多做多练，多上机动手，才能在实践中尽快掌握指针。

9.1　地址和指针的概念

数据在程序运行时都是存储在计算机内存中的，而内存是由大量存储单元组成的。为了标识和区别不同的存储单元，给每个存储单元一个编号，这个编号就是该存储单元的地址，就好像给每个房间一个号码，这号码就是房间的地址。

程序中数据的使用往往是以变量的形式出现的，而每个变量都对应若干存储单元，变量的值存储在存储单元中，通过对变量的引用和赋值就可以使用或修改存储在存储单元中的数据。变量有很多属性，如变量名、变量类型、变量值、变量所对应的存储单元地址以及前面介绍的变量的作用域和生存期，理解这些对于正确理解指针及下一章介绍的结构是有益的。像前几章那样，通过变量名存取变量值的方式称为"按名访问"或"直接访问"，而本章要介绍的通过变量所对应的存储单元的地址存取变量值的方式称为"按地址访问"或"间接访问"。就如我们寄信时，收信人可以按单位名写"浙江工商大学×××收"，或按地址写"杭州市教工路 35 号×××收"，两者的效果是相同的。这里变量所对应的存储单元的地址也叫变量地址，或变量指针。

如果一个变量的地址存放在另一个变量中，则存放地址的变量叫指针变量。显然，指针变量的值是某一变量对应存储单元的地址，如图 9-1 所示，变量 px 的值是 10002，它是变量 x 的地址。间接访问变量 x 就是根据 px 其名，存取其值得 10002，然后存取地址为 10002 的内存单元的值。而直接访问变量 x 是根据名 x 直接存取其值。

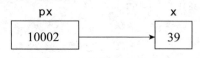

图 9-1　指针值与存储单元

考虑在实际应用中，一般只关心 px 是 x 的地址这一事实，而不关心 x 的具体地址，为了能简明直观地反映这种地址关系，用一个从 px 指向 x 的箭头表示指针变量 px 的值是 x 的指针。

9.2　指针变量和地址运算符

9.2.1　指针变量的定义

与所有其他标识符一样，指针变量也必须先定义或声明，后使用。在 C 语言中，专门有一种数据类型叫做指针类型，用于定义指针变量。例如：

```
int      *px;
float    *q;
```

定义变量 px 是一个指针，且是指向整型变量的指针变量；q 是指向单精度型变量的指针变量。定义指针变量的一般形式是：

```
<类型>     *<变量标识符>,*<变量标识符>,…;
```

由此可见，指针变量的定义语句包含两部分信息：一是该变量是一个指针变量，其值是一个指针；二是该变量的值所指向的变量的类型，如上面的 px 只能指向整型变量，不能指向浮点型或其他类型的变量。

9.2.2　指针变量的使用

一旦定义一个指针变量后，与其他变量一样，编译系统会给它分配相应的存储单元，但此时指针变量还没有确定的值，就好像有房间而房间中还没有物品，因此要引用指针变量，首先要给指针变量赋值，也就是把其他变量的地址赋给指针变量。

与指针有关的运算符有两个：

1) &：取地址运算符

2) *：指针运算符

地址运算符"&"和指针运算符" * "都是单目运算符，前者取操作数的地址，后者以操作数位地址取存储单元中的数据。这两个运算符与第 3 章介绍的双目运算符"位与"运算符和算数"乘"运算符是相同的，编译系统能根据程序上下文区别它们，如"*x"中的" * "是指针运算，而"x*y"中的" * "是算数乘运算。

[例 9-1]

```
main()
{
  int x,y;
  int *px,*py,*p;
  printf(" %o, %o, %d, %d, %d, %d\n",px,py,*px,*py,x,y);
  px = &x;
  printf(" %o, %o, %d, %d, %d\n",px,py,*px,*py,x,y);
  x = 21;
  printf(" %o, %o, %d, %d, %d\n",px,py,*px,*py,x,y);
  y = *px;
  printf(" %o, %o, %d, %d, %d\n",px,py,*px,*py,x,y);
  py = &y;
  printf(" %o, %o, %d, %d, %d\n",px,py,*px,*py,x,y);
  p = &y;
  printf("x = %d,y = %d \n",x,y);
  printf("x = %d,y = %d,y = %d \n",*px,*py,*p);

}
```

运行结果为：

```
313,2660,0,0,24,1254
177736,2660,24,0,24,1254
```

```
177736,2660,21,0,21,1254
177736,2660,21,0,21,21
177736,177740,21,21,21,21
x=21,y=21
x=21,y=21. y=21
```

程序中的第 3 行定义了两个整型变量 x、y，第 3 行定义了单个指针变量，可以指向整型数据，但此时，无论整型变量还是指针变量的值都是随机的。其中第 5 行的"px = &x;"取变量 x 的地址，然后赋给变量 px，使 px 指向 x；而第 9 行的"y = * px;"取 px 所指存储单元的值赋给变量 y，px 所指存储单元是变量 x 的存储单元，因此把 x 的值赋给 y；第 11 行的"py = &y;"把 y 的地址赋给 py。

程序中插入了一些 printf 语句，以便读者理解指针运算的效果。由于指针是一种无符号的数据，它们以八进制数据的形式输出。注意：变量在赋值前，它的值是随机的。因此，这个程序多次运行时，其中的某些结果可能会不同。

如果把第 13 行改成"p = py;"，则与"p = &y;"的效果是一样的。注意，取地址运算"&"的操作数不能是常量或一般表达式，因为它们没有相应的存储单元。

[例 9-2]　从 5 个整型数据中求最大者。

程序如下：

```
main()
{
  int a[5],i,*p;
  for(i=0;i<5;i++)
    scanf("%d",&a[i]);
for(i=1,p=&a[0];i<5;i++)
    if(a[i]>*p)
  p=&a[i];
  printf("the max is %d\n",*p)
}
```

程序运行结果为：

```
21  13  8  35  19
The max is 35
```

和基本类型变量一样，每个数组元素也占用相应的内存单元，它们也有对应的地址，for 循环中首先把 p 初始化为元素 a[0]的地址，循环体中如果 p 所指单元的值小于 a[i]，则取 a[i]的地址赋给 p。由于指针运算符"＊"的优先级比关系运算符"＞"要高，*p 两边可以不带括号。

9.3　指针和数组

数组是由若干个同类型元素组成的，每个元素也占用相应的存储单元，指向某类型数据的指针变量也可以指向同类型的数组元素，假设程序中有如下语句：

```
int a[20],*ap;
ap=&a[2];
```

这里 ap 是指向整型变量的指针变量，a[2]是整型数组元素，由于运算符"[ ]"比"&"优先级高，语句"ap = &a[2];"，把 a[2]的地址赋给 ap，使 ap 指向 a[2]。

在 C 语言中，指针和数组有密切的联系，因为 C 语言规定数组名表示该数组首地址，即数组第一个元素的地址，因此下面两个语句是等价的：

```
ap=a;        和        ap=&a[0];
```

注意：在程序运行过程中，一个数组所占用的存储区是不变的，"数组名是数组首地址"意味着数组名是一个地址常量。所以只能引用数组名，而不能对其进行赋值，即"a = &x;"是非法的。

9.3.1　通过指针存取数组元素

变量的存取有按名存取和按地址存取，数组元素的存取也有按名存取和按地址存取，用下标存取数组元素就是按名存取，如 a[0]、a[2]等是按名存取。这里主要介绍用指针存取数组元素。

我们已经知道数组名就是数组中第一个元素的地址，自然通过数组名可以存取首元素。例如：

$$^*a = 65;\qquad 和\qquad a[0] = 65;$$

是等价的，那么如何通过指针（如数组名等）存取数组中其他元素呢？

C 语言约定如果一个指针 ap 指向 a[i]，则 ap+1 指向 a[i+1]，因此，

$$^*(a+1) = 80;等价于 a[1] = 80;$$

由于指针运算符"*"比算术运算符"$+$"优先级高，"$^*(a+1)$"中的括号是不可或缺的，计算机先计算 a+1，以此为地址把 80 放置到该存储单元中。而"$^*a+1$"表示 a[0]加 1。例 9-2 从 5 个整型数据中求最大值的程序可改写成：

```
main()
{
  int a[5],*p,*q;
  int i,j;
  for(i=0,p=a;i<5;i++,p++)
    scanf(" %d",p);
  for(q=a,p=a+1,i=1;i<5;i++,p++)
    if(*p>*q) q=p;
  printf("the max is %d\n",*q);
}
```

for 循环中，p 初值为 a+1，指向元素 a[1]，不断地进行 p++，使 p 依次指向 a[2]、a[3]、……注意，a 是常量，所以 a++是非法的；但 p、q 是变量，所以 p++和 q++是合法的。i 在循环中仅仅控制循环次数。请读者仔细对比该程序与例 9-2 程序的异同。

指针可以进行的算术运算包括：

1）指针加上一个正整数；

2）指针减去一个正整数；

3）两个指针相减。

如果

```
int *ap1,*ap2;
int k,1,i,a[20];
ap1=&a[k];ap2=&a[1];
```

则

```
ap1+i   表示 &a[k+i]，即 a[k+i]的地址(k+i 在下标的有效范围内)。
ap1-i   表示 &a[k-i]，即 a[k-i]的地址(k-i≥0)。
ap1-ap2  表示 k-1，即 a[k]和 a[1]之间相隔的元素个数。
```

利用指针的这些算术运算可以方便地存取不同的数组元素和计算它们之间的元素个数。上述情况，对于 ap1、ap2 和 a 是 float 等其他类型指针和数组时也同样成立。

这样，例 9-2 的程序可进一步改写成：

```
main()
{
  int a[5],i;
  int *p,*q;
  for(i=0;i<5;i++)
    scanf(" %d",a+i);
  for(q=a,p=a+1;p<a+5;p++)
    if(*p>*q)  q=p;
  printf("the max is a[ %2d],value is %d\n",q—a,*q);
}
```

这里，表达式"p<a+5"表示 p 是否指向 a[4]或前面的元素。

[例9-3]　输出 a 数组的 10 个元素。

```
#include < stdio. h >
main()
{
  int a[10],i,*p;
  for( i = 0,p = a;i < 10;i ++ )
    scanf(" %d",p ++ );
  for( i = 0,p = a;i < 10;i ++ ,p ++ )
    printf(" %d",*p);
}
```

[例9-4]　编写一个函数，用指针把一个整型数组中的元素逆序排列。

```
void inverse(int a[], int n)
{
  intj,t;
  for(j = 0;j < n/2;j ++ )
  {
    t = *(a + j);
    *(a + j) = *(a + n - j - 1);
    *(a + n - j - 1) = t;
  }
  return ;
}
```

由于 a 是数组名，因此程序中的"*(a + j)"就是"a[j]"，"*(a + n - j - 1)"就是"a[n - j - 1]"。

9.3.2　字符串和指针

前面我们叙述了字符串可以用字符数组表示，这里我们要介绍字符串同样也可以用字符指针表示。例如：

```
char * sp;
sp = "abcde";
```

我们知道，C 语言对字符串常量是以字符数组的形式存放的，上述语句定义了一个字符指针变量 sp，然后把字符数组地址赋给 sp，使 sp 指向字符串中第一个字符，即字符'a'。也可以通过变量初始化的方法给字符指针一个初始值：char *sp = "abcde";

[例9-5]

```
main()
{
  char* s1 = "abcde";
  char s2[] = {"abcde"};
  printf(" %s, %c, %s, %c\n",s1,*s1,s1 +1,s1[1]);
  printf(" %s, %c, %s, %c\n",s2,*s2,s2 +1,s2[1]);
}
```

运行结果如下：

```
abcde,a,bcde,b
abcde,a,bcde,b
```

请注意输出一个字符和输出字符串的区别。当用指针时，如 s1、s1 + 1、s2 等表示一个字符串，从指针所指字符直至字符串尾标记'\0'；而当用 * s1、s1[1]、*(s1 + 1)、s2[0]等时，表示一个字符，即指针所指的字符或位于该下标的字符元素。由此可见，字符数组和字符指针在使用上是相似的。

但是，字符数组和字符指针是有区别的，例如：

```
char s1[20];
char *s2;
```

前者定义了一个可以存放 20 个字符的字符数组，它所对应的存储单元在程序中是固定的，指针常量 s1 指向第一个字符的存储单元；而后者定义了一个字符指针 s2，它可以指向任何字符，但并没有分配可以存放任何字符的空间。因此，

```
s1[0] = 'a';
*s1 = 'a';
```

是正确的。而在给 s2 赋值前，执行 *s2 = 'a'; 是错误的。s1 = "1234567"; 也是错误的，因为 s1 是一个常量，不能把另一个字符数组地址赋给 s1。而 s2 = "1234567"; 是正确的，它使指针 s2 指向字符串"1234567"中的第一个字符。

[例 9-6] 下面的程序实现函数 strcat 的功能，完成字符串的串接。

```
main( )
{
  char *a = "I am";
  char *b = "a student. ";
  char c[80];char *p1,*p2;
  for(p1 = c,p2 = a;*p2 ! = '\0';p1 ++ ,p2 ++ )    /* 复制字符串 a 到字符数组 c 中 */
    *p1 = *p2;
  for(p2 = b, *p2 ! = '\0';p1 ++ ,p2 ++ )         /* 接着复制字符串 b 到字符数组 c 中 */
    *p1 = *p2;
  p1 = '\0';
  printf("a: %s \n",a);
  printf("b: %s \n"b);
  printf("a + b: %s \n",c);
}
```

运行结果如下：

```
a : I am
b: a student
a + b: I am a student.
```

程序中，a、b、p1、p2 是指针变量，c 是字符数组。"p1 = c;"表示把 c 的地址值赋给变量 p1，但不能出现

```
c = p1;
```

因为 c 是一个指针常量。

请读者考虑，能否把程序中的 c 写成 char *c;？ 为什么？

9.4 指针和函数

指针和函数结合使用，可以显著增强函数的功能。

9.4.1 指针作为函数的参数

我们首先看一个例子。程序设计中经常要交换两个变量的值。例如交换变量 a、b 的值：

```
t = a;a = b;b = t;
```

频繁的变量交换操作需要我们编写一个函数实现此功能，以简化程序设计工作，如下面的 swap 函数所示。

```
void swap(int a,int b)
{
  int t;
```

```
        t = a;a = b;b = t;
        return;
    }
```

由于 C 语言中，函数参数的传递方式是"值传递"，因此上面的 swap 函数交换的仅仅是形式参数 a、b，无法改变主调函数中的任何变量。函数一旦调用返回，a、b 在主调函数中对应的实参仍保持调用前的值。但有了指针以后，可以使参数成为指针类型，虽然函数无法改变作为实参的指针变量的值，但可以改变指针变量所指的存储单元中的值，这种改变在函数返回后仍将保持有效。

基于这样的考虑，swap 函数中的参数应该是要交换变量的地址，而不是变量本身。

```
void swap(int *ap,int *bp)
{
    int t;
    t = *ap; *ap = *bp; *bp = t;
    return;
}
```

函数 swap 中的参数 ap、bp 被声明成指向整型数据的指针。

在主函数中以变量地址作为参数调用 swap 函数：px = &x;py = &y;swap(px,py);。注意，函数 swap 中变量 ap、bp 的值没有改变，且也无法改变主调函数中对应的变量 px、py 的值，但由于 ap 是 x 的地址，swap 是 y 的地址，swap 函数把主调函数中的变量 x、y 的值改变了，函数调用返回后，x、y 的值被交换了。也可以直接调用：swap(&x,&y);。

如果把 swap 函数定义成：

```
void swap (int *ap,int *bp)
{
    int *t;
    t = ap; ap = bp; bp = t;
    return;
}
```

调用 swap (&x,&y)时，在 swap 函数内，刚进入函数体时 ap 指向 x，bp 指向 y。执行 return 语句前，ap 指向 y，bp 指向 x，但 x、y 本身的值未被交换，交换的只是 ap 和 bp 这两个指针，一旦函数返回，主调函数中 x、y 的值仍没变。

[例9-7] 编写一个函数用选择法重排整型数组，使其元素从大到小排列。

```
void sort(int   *ap, int n)
{   int i,j,k,t;
    void swap();
    for(i = 0;i < n;i ++ ){
       for(k = i,j = i + 1;j < n;j ++ )
         if( *(ap + k) < *(ap + j))k = j;
       if(i! = k)swap(ap + i,ap + k);
    }
    return;
}
main()
{
    int a[10],i;
    for(i = 0;i < 10;i ++ )
       scanf(" %d",a + i);
    sort(a,10);
    for(i = 0;i < 10;i ++ )
       prntf(" %d",a[i]);
}
```

sort 函数的内循环中用 k 作为局部内最大元素的下标，即 *(ap + i)到 *(ap + j)中最大元素的下标，当 j = n 时，k 是 *(ap + i)到 *(ap + n − 1)中最大元素的下标，然后交换 *(ap + i)和

*(ap + k)。由于需要交换两个元素，因此需要记住这两个元素的下标，仅知道它们的值是不够的。"void sort();"声明函数 sort 没有返回值。

9.4.2 指针作为函数的返回值

函数的返回值可以是各种类型的数据，包括指针类型。返回值是一个指针的函数又叫指针函数。我们通过下面的例子说明指针函数的使用。

我们还是以例 9-7 中的 sort 函数为例。sort 函数是排序中不断地从剩余的元素中找最大值，然后交换，因此必须知道最大元素的地址。我们把 sort 函数中找最大元素的工作用 max 函数来完成。

```
sort(int *ap,int n)
{  int i,t,*p;
   for(i =0;i <n;i ++ )
   {
     p = maxn(ap + i,n - i);
     if(p! = (ap + i))
       swap(p,ap + i);
   }
   return;
}
```

指针函数与非指针函数定义上的区别主要在于对函数名的声明上，其定义的一般形式与指针变量相似：

〈类型〉 * 〈函数标识符〉(〈参数表〉)

同时，指针函数中的 return 语句必须返回一个与其声明一致的指针值。

[例 9-8] 考虑一个存储分配问题，它由两个函数 alloc(n) 和 free(p) 组成。alloc(n) 负责存储分配，free(p) 负责存储释放任务。为简化问题，假设分配与释放的次序恰好相反，也即 alloc 和 free 管理的存储是先进后出的栈。

分析：最简单的实现方法是 alloc 的每次调用都从一个大字符数组中划出足够大小的一片单元，这个字符数组称为 allocbuf，它是专为 alloc 和 free 用的，可以把它声明为外部静态变量。局部包含 alloc 和 free 的源文件中，在此文件的外部是看不到它的存在的。

此外，需要一个指针指向此部分中尚未分配出去的那段空间的起始地址，这个指针名为 allocp。程序如下：

```
#define          NULL           0
#define          ALLOCSIZE      1000
static char      allocbuf[ALLOCSIZE];
static char      *allocp = allobuf;
char *alloc(int n)
{
  if(allocp + n <= allocbuf + ALLOCSIZE)/* 是否有足够的空间可分配 */
  {
    allocp += n;
    return(allocp - n);
  }
  else
    return(NULL);
}
void free(char *p)
{
  if(p > allccbuf&&p < allocbuf + ALLOCSIZE)/* 释放的空间是否在字符数组内 */
    allocp = p;
  return;
}
```

数组 allocbuf 和指针 allocp 都声明成外部静态变量，其作用域仅限于该源程序文件。语句 static char * allocp = allobuf;，定义 allocp 初值为指向数组 allocbuf 的第一个单元，也可以写成：

static char *allocp = &allocbuf[0];

if(allocp + n <= allocbuf + ALLOCSIZE)测试是否有足够的单元满足分配请求，allocp + n 是分配 n 个字符单元后 allocp 的值，而 allocbuf + ALLOCSIZE 是 allocbuf 末端之外的第一个单元。如果分配请求能满足，函数最后返回分配出去的那一块存储单元的起始地址，同时 allocp 指向下一个可用单元。如果不能满足请求，就应返回一个信号，告诉用户已没有足够空间了，由于正常的指针值是不为 0 的，所以此时就返回 0。一般来说，不能把一个整数赋给指针，但 0 是例外。

free 函数中 if(p > allccbuf&&p < allocbuf + ALLOCSIZE)测试释放的那一块存储区域是否在函数 alloc 和 free 管理的那段存储范围中。

C 库中有标准的 malloc 和 free 函数，它们的使用不受分配、释放之间顺序的限制。

9.4.3 指向函数的指针

函数和变量同样都要占用一段内存单元，函数也有一个地址，该地址是编译器分配给这个函数的，因此指针变量可以指向整型、实型等变量，也可以指向函数，即指向函数对应的程序段的起始地址。

例如，现有一笔 5000 元存款，年利率是 9.8%，根据要求按计复利和不计复利两种方式计算，存满 3、4、5 年后应得的利息。

$$本息 = \begin{cases} 本金 \times (1 + 年息 \times 年利率) & 不计复利 \\ 本金 \times (1 + 年利率) & 计复利 \end{cases}$$

```
main()
{
  int i;
  char ch;
  float b = 5000. 0,r = 0. 098,bx;
  float f1(),f2();
  printf(" 计复利否? (y/n)");
  scanf(" %c",&ch);
  if(upper(ch) == 'N')
    for(i = 3;i < 6;i ++ )
    {
      bx = f1(b,r,i);    /* 不计复利 */
      printf(" %f, %d, %f, %f\n",b,i,r,bx);
    }
  else
    for(i = 3;i < 6;i ++ )
    {
      bx = f29b,r,i);    /* 计复利 */
      printf(" %f, %d, %f, %f\n",b,i,r,bx);
    }
}
float f1(float b,float r,int i)/* 不计复利 */
{
  return(b*(1 + i*r);
}
float f2(float b,float r, int i) /* 计复利 */
{
  return(b*(1 + i)*i);
}
```

上面的 main 函数中，两个 for 循环基本上是相同的，区别在于调用的函数不同。如果能把这两段程序合二为一，便能减少编程和程序调试的工作量。借助函数指针能做到这一点。先请看下面的 main 函数：

```
main()
{
  int i,ch;
  float b=5000.0,r=0.098,bx;
  float f1(),f2();
  float(*fp)();
  printf("计复利否? (y/n)");
  scanf(" %c",&ch);
  if(upper(ch)=='N')
    fp=f1;
  else     /* 根据选择,使 fp 指向相应的函数 */
    fp=f2;
  for(i=3;i<6;i++)
  {
    bx=(*fp)(b,r,i); /* 以 b、r、i 为实参,调用 fp 所指的函数 */
    printf(" %f, %d, %f, %f\n",b,i,r,bx);
  }
}
```

函数 f1 和 f2 不变。

语句"float(*fp)();"声明变量 fp 是一个指向函数的指针，该函数的返回值是 float 型数据，fp 称作函数指针变量。*fp 两边的括号不能省略，否则就变成"float *fp();"，变成声明 fp 是一个返回 float 型指针的函数。语句 fp=f1; 把 f1 函数的地址赋给 fp，与数组名一样，函数名就是该函数的入口地址。"(*fp)(b,r,i)"表示以 b、r、i 为参数调用指针 fp 所指的函数，相当于用"(*fp)"替换函数名"f1"或"f2"。

定义函数指针变量的一般格式是：

(函数类型)(*(函数指针标识符 >)()

实际上是把函数的声明语句中"< 函数标识符 >"用"(*< 函数指针标识符 >)"代替。

使用函数指针时，应注意：

1)函数指针变量可以指向与其定义相容的任意函数的入口，但不能指向返回值类型与定义不相容的函数，也不能指向函数中某一条指令。

2)函数指针不能进行诸如 fp ± i、fp1 - fp2、fp ++ 等运算。

3)函数指针可以放置在数组中，也可以作为参数传给函数。

下面的程序用函数指针作为函数参数：

```
int *maxn(int *ap,int n)
{
  int i,j;
  for(i=0. j=1;j<n;j++)
    if( *(ap+i)<*(ap+j))i=j;
  return(ap+i);
}
int *minn(int *ap,int n)
{
  int i,j;
  for(i=0,j=1;j<n;j++)
    if(*(ap+i)>*(ap+j))i=j;
  return(ap+i);
}
void sort(int*(*func()),int *ap,int n)
{
  inti,t,*p;
```

```
    for(i=0;i<n;i++)
    {
      p=(*func)(ap+i,n-i);/* 调用 func 所指函数,从 ap[i]到 ap[n-1]选一个元素,并返回其地址 */
      if(p!=(ap+i))
        swap(p,ap+i); /* 交换 ap[i]和* p */
      return;
    }
}
```

函数 maxn 仍然不变,为了说明问题,增加了函数 minn 用于返回最小元素的地址。sort 函数中增加了一个参数 func,它是一个函数指针,指向所选择的函数,用于从数组的部分元素中选一个元素。如果有:

```
#include<stdio.h>
main()
{
  int a[20],i;
  for(i=0;i<20;i++)
    scanf(" %d",&a[i]);
  sort(minn,a,20);
  for(i=0;i<20;i++)
    printf("%d",a[i]);
  printf("\n");
  sort(maxn,a,20);
  for(i=0;i<20;i++)
    printf("%d",a[i]);
  printf("\n");
}
```

其中,"sort(maxn,a,20);"使数组 a 按从小到大重新排列元素。因为,语句"p=(* func)(ap+i,n-i);"相当于"p=minn(ap+i,n-i);",从数组的部分元素 ap[i]~ap[n-1]中选一个最小元素的地址赋给 p。

而"sort(maxn,a,20);"使数组 a 按从大到小重新排列元素。因为,语句"p=(* func)(ap+i,n-i);"从数组的部分元素中选一个最大元素的地址赋给 p。

可见利用函数指针使编制的程序更灵活、简练,功能更强。

9.5 多级指针

9.5.1 多级指针的概念和使用

指针变量的值是某变量的地址,由于指针变量本身也是一个变量,完全有可能出现一个指针变量的值是另一个指针变量的地址的情况,这就是多级指针,即指针的指针。例如一个整型变量 x,px 是一个指针变量,指向 x,而 ppx 也是一个指针变量,它指向另一个指向整型数据的指针变量。如果

```
px=&x;
ppx=&px;
```

显然有:

ppx   表示 px 的地址。

* ppx   表示 px 中的内容,即 x 的地址。

* * ppx   表示 px 所指单元的内容,即 x 的内容。

定义二级指针的一般形式是:

<数据类型> * * <变量标识符>;

例如: int   * * ppx;

下面通过一个例子说明二级指针的使用。

[**例9-9**] 从若干个字符串中找指定字符的首次出现。

可以假设这若干个字符串存放于一个数组中，即数组元素是字符串的首地址，那么数组元素的地址显然是一个字符串首地址存储单元的地址，即二级指针。

```
main()
{
  static char strings[5]={"CHONGQING","NINGBO',"SUZHOU",
                          "SHANGHAI","HANGZHOU"};
  char      **p,*q,ch;
  scanf(" %c",&ch);
  for(p=strings;p<strings+5;p++)
  {
    q=*p;
    while(*q! =ch&&*q! ='\0')
      q++;
    if(*q! ='\0'){
      printf(" %dth string position is %d",p-strings+1,q-*p+1);
      break;
    }
  }
}
```

运行结果如下：

u   (输入要找的字符)
3'th string,position is 2

strings 被声明成一个数组，其元素是字符串，变量 p 初值为 strings，即数组 strings 中第一个元素的地址，以后依次指向第二个元素、第三个元素……语句"q=*p;"把 p 所指的内容赋给 q，使 q 指向相应的字符串中第一个字符。然后移动 q 使其拖向下一字符，直至字符串尾部或找到输入的字符。

注意，p++ 使 p 指向数组中下一个元素而不是下一个字符，如果 p 指向元素 strings[0]，则 p+1 指向 strings[1]，而不是指向字符'H'，strings[0]+1 才指向字符'H'。

C 语言中，不仅可以使用二级指针，也可以使用多级指针，但多级指针在实际应用中不常用。

9.5.2 多级指针和多维数组

我们知道数组名是指向其首元素的指针，如果这是一个二维数组也同样如此。二维数组事实上是一个元素本身是一维数组的数组。例如：

static int a[3][4]={{1,3,5,7},{2,4,6,8},{9,11,13,15}};

这里数组 a 共包含 3 个元素 a[0]、a[1]和 a[2]，而 a[0]、a[1]、a[2]本身是一个含有 4 个元素的一维数组。a[0]={1,3,5,7},a[1]={2,4,6,8},a[2]={9,11,13,15}，按照前面所述，a[0]也是一个指针，指向一维数组{1,3,5,7}的首元素，即指向元素 a[0][0]（整型数 1）。a[1]和 a[2]相似。而数组名 a 也是一个指针，指向其首元素 a[0]。这样 a[0]、a[1]、a[2]是指向整型数据的指针；a 是指向整型指针的指针，是一个二级指针。

下面的程序按行输出数组元素：

```
main()
{  static int a[3][4]={{1,3,5,7},{2,4,6,8},{9,11,13,15}};
   int *q,**p;
   for (p=a;p<a+3;p++){
     for(q=*p;q<*p+4;q++)
       printf(" %5d",*q);
     printf(" %5d",*q);
```

```
    }
  }
```

p 初始值指向 a[0]，q 初值为 p 所指单元的值，即 a[0]的值（（a[0][0]的地址），而 q ++ 使 q 指向下一个元素，即 a[0][1]、a[0][2]等。注意，分析一个指针变量加 1 的效果时，首先要搞清楚该指针变量是指向什么类型的元素，加 1 使该指针变量指向下一个元素。例如 p 指向 a[0]，则 p + 1 指向 a[0]的下一个元素，即 a[1]；而"q = *p;"使 q 赋值为数组{1,3,5,7}中第一个元素 1（a[0][0]）的地址，q + 1 指向 1 的下一个元素，即指向 3（a[0][1]）。

综上所述，C 语言中多维数组与多级指针是有密切联系的，二维数组名就是一个二级指针值，可以推出三维数组名是一个三级指针值，以此类推。

[例9-10]　有若干学生的成绩，如表 9-1 所示，要求输入学号以后输出该学生的各课程成绩。

表9-1　学生成绩表

学号	英语	数学	计算机
2015	89	95	98
2022	94	82	88
...			

假设用一个二维数组表示这张成绩单。

```
#define NULL 0
#define N 5
main( )
{
  int score[N][4] = {{2015,89,95,98},{2022,94,82,88}};
  int *search();
  int *p,i,m;
  printf("please enter the No,of student:");
  scanf(" %d",&m);
  p = search(score,m);
  if(p! = NULL)
  {
    printf("the scores are:\n");
    for(i = 1;i < 4;i ++ )
      printf("% 3d",*(p + i));
  }else
    primf("No this student. \n");
}
int *search(int (*p)[4],int n)
{
  int i;
  for(i = 0;i < N;i ++ )
    if( n == *(*(p + i)) )
  return(*(p + i));
}
```

函数 search 中，声明"int(*p)[4];"表示 p 是一个指针，它所指向的内容是一个含有 4 个整型元素的一维数组。main 函数中相应的实参是 score，显然 p + i 就是 score 数组中第 i 行元素的地址，即 &score[i]，*(p + i)就是 score[i]的值，即第 i 行（从 0 行开始计）学生数据的起始地址，*(*(p + i))是这一行学生数据的第一个元素，即学号。

main 函数中的 p 是 search 的返回值，即指定学号的学生这一行的数据的起始地址，因此 p + 1、p + 2、p + 3 分别是三门课成绩数据的地址。

现在，我们再来看二维数组在计算机内是如何存放的。

二维数组中，要用两个下标才能唯一标识一个元素，而计算机内存是一维线性的，只需要一个地址编号就能确定一个存储单元。如何把一个二维数组放到一维空间去呢？一般的方法有两种：

一种是行优先的方法，首先顺序存放第0行元素，然后存放第一行元素、第二行元素，依次类推；另一种是采用列优先的方法，首先顺序存放数组中第0列元素，然后存放第一列元素，依次类推。以数组 int a[3][4]; 为例，其行优先和列优先的存储结果分别如图9-2a和9-2b所示。

C语言采用行优先的方法。显然，对任意合法的 i、j，数组 a[n][m]中元素 a[i][j]的地址是：a[0]+m*i+j。

我们再来看一个字符型二维数组。我们可以定义字符串数组以表示多个字符串，例如：

```
static char  *strings[5]={"CHONGQING","NINGBO","SUZHOU",
                          "SHANGHI","HANGZHOU"};
```

也可以用二维数组表示多个字符串：

```
static char strings[5][10]={"CHONGQING","NINGBO",SUZHOU"
                          ,"SHANGHAI","HANGZHOU" };
```

这两者的区别可从图9-3中反映出来。

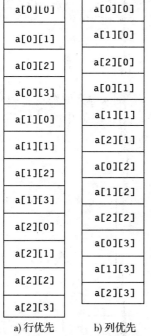

a) 行优先 b) 列优先

图9-2　数组存储结构示意图

a）二维数组

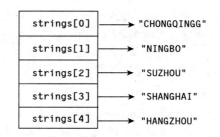

b）指针数组

图9-3　字符串存储结构示意图

定义二维数组时，空间是固定的，即使字符串只有两个字符，加上一个'\0'，但后面7个没有使用的单元仍被程序所占用。而指针数组定义时，仅定义了可存储5个指针的单元，指针所指的字符串长短没有在此定义，也不受指针数组任何限制，因此更节约空间且可以使用较长的字符串；从字符存取角度看，二维数组所定义的字符串可以通过下标形式存取其中任何一个字符，如 strings[1][3]表示第2个字符串中的第4个字符；而以指针数组形式定义时，只能通过指针存取其中的字符。

二维字符数组同样是按行优先存放元素的。因此，指针 strings[0]+10 指的是字符串 NINGBO 中的'N'即 strings[1][0]；而用一维数组表示时，strings[0]+10 指的是 CHONGQING 中的尾标记'\0'后面的单元，不一定是下一个字符串"NINGBO"中的首字符。

[例9-11]

```
main()
{
```

```
static char strings[5][10] = {
"CHONGQING","NINGBO","SUZHOU","SHANGHAI",
"HANG7HOL" };
*(strings[0]+10) = ' ';
printf("%s",strings[0]);
}
```

运行结果如下:

```
CHONGQING NINGBO
```

与一维数组一样,二维数组可以作为函数参数。

9.5.3　命令行参数

目前为止,除 main 函数外,大部分定义的函数都带有形参。运行一个 main 函数不带参数的 C 程序时,所需的各种数据需在程序运行过程中从键盘输入或在程序中设置好,如果在启动运行 C 程序的同时跟若干个参数,就要定义 main 函数时带形式参数,例如:

```
main(int argc,char *argv[])
int argc;
{
    ;
}
```

main 函数可以带两个参数。第一个参数习惯上是 agrc,是键入命令时命令名和命令行参数的个数;第二个参数 argv 是指针数组,其中的每个元素指向命令行参数中的字符串。例如下面的 echo.c,源程序经编译链接后生成的可执行文件名是 echo.exe。

```
main(int argc,char *argv[])
{
    int i;
    for (i = 1;1 < argc;i ++ )
        printf(" %d",argv[i]);
}
```

该程序依次显示命令行各参数。

键入命令行:

```
echo programming with C language
```

此时,main 函数中的参数:argc 为 5,命令名连同参数共有 5 个。argv 如图 9-4 所示。i 的初值为 1,将跳过 argv [0],argv[0]始终是命令名组成的字符串指针。随着 i 从 1 到 argc − 1,argv [i]依次为字符串"programming"、"with"、"C"、"language"。

命令行参数都是以字符串的形式存在的,即使参数是数字也如此。参数之间应以空格或 tab 等分隔。

[例 9-12]　计算存款利息。本金、年利率和年限作为命令行参数输入。

分析:首先考虑如何把数字串换成数值。例如"2780.50"的数值为:

$$((((2*10+7)*10+8)*10+0)*10+5)*10/10^2$$

argv[0]	→	"echo"
argv[1]	→	"programming"
argv[2]	→	"with"
argv[3]	→	"C"
argv[4]	→	"language"

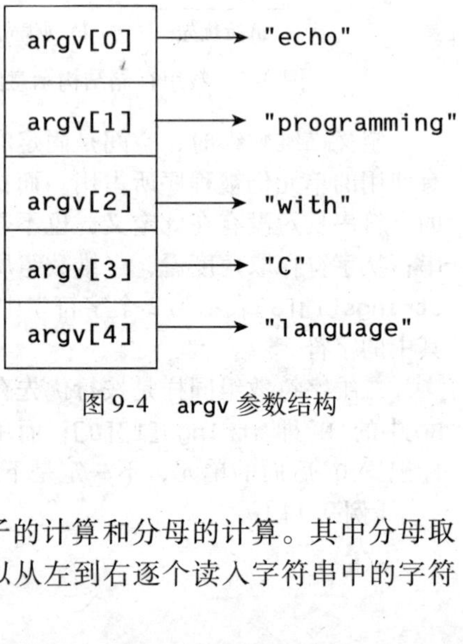

图 9-4　argv 参数结构

从这个计算式子可看出转换工作主要包括两部分,即分子的计算和分母的计算。其中分母取决于小数点位数;分子相当于把"278050"转换成数值。这可以从左到右逐个读入字符串中的字符

c，同时迭代累加来完成：

```
s = s*10 + c - '0';
```

其中，s 初值为 0。

这个转换函数名是 atof，参数 sp 指向要转换的字符串。

```
floatatof(char *sp)
{
  char *p;
  float value;
  for(p = sp;*p == ' ';p ++ );
  for(value = 0;*p >= '0'&&*p <= '9';p ++ )
  value = value*10 + (*p) - '0';
  if(*p == '.')
    p ++ ;
  for(power = 1;*p >= '0'&&*p <= '9';p ++ )
  {
    value = value*10 + (*p) - '0';
    power = power*10;
  }
  value = value/power;
  return(value);
}
```

语句"for(p = sp;*p == ' ';p ++);"跳过命令行参数多余的前导空格，使指针 p 指向参数中第一个非空格字符。

函数中第二个和第三个 for 循环计算分子部分，其中第二个循环计算小数点前的数字串，第三个循环计算小数点后的数字串。第三个循环同时计算分母部分。最后通过 value/power 使小数点向左移动若干位。

main 函数如下：

```
main(int argc,char *argv[])
{
  floatb,r,power;
  float stof();
  int i,j;
  char *p;
  if  (argc!  =4)
  {
    printf("parameters not enough\n");
    exit(0);
  }
  b = atof(argv[1]);        /* 取本金 */
  r = atof(argv[2]);        /* 取年利率 */
  i = atof(argv[3]);        /* 取年限 */
  printf(" %f\n",b*(1 + i*r));
}
```

假如编译后的可执行文件是 jslx. exe。

键入命令：jslx 5000 0. 1098 5

执行显示：7745. 0000

9.6　指针和动态存储管理

9.6.1　概述

动态存储管理就是在程序的运行过程中向计算机申请分配一段存储单元或把早先申请的内存

单元释放给计算机。与之相对应的静态存储管理是在编译阶段就能确定存储单元分配数量的一种存储管理。C 语言提供了进行存储单元动态申请和释放的两个标准函数 malloc 和 free。有些语言不提供类似功能的函数和语句，这样程序员在编程时就必须估计到可能出现的最大数据量，如输入一批数据存储在数组中，事先需估计这批数据的最大个数，按最大个数定义数组，如果实际的数据量少于这个最大估计，就会有很多数组元素闲着不用，造成空间的浪费。有了动态存储管理，就可以根据需要申请空间，既满足了程序要求又不浪费计算机资源。

9.6.2 malloc 函数和 free 函数

1. malloc 函数

malloc 函数申请分配内存空间。

定义：void*malloc(unsigned size)

返回：NULL 或一个指针。

说明：申请分配一个大小为 size 个字节的连续内存空间，如成功则返回分配空间段的起始地址，否则返回 NULL。

符号常量 NULL 在文件 stdio.h 中定义为 0。

这里函数类型声明为 void* 表示返回值是一个指针，可指向任何类型。

2. free 函数

该函数是 malloc 函数的逆过程，释放一段空间。

定义：void free(ptr)

　　　void * ptr

返回：无。

说明：把指针 ptr 所指向的一段内存单元释放掉。ptr 是该内存段的地址，内存段的长度由 ptr 对应的实参类型确定。使用以上这两个函数时，应在像文件中用"#indude < malloc.h >"那样，把头文件 malloc.h 包含进去。

9.6.3 动态存储管理的应用

在例 9-6 中，曾请读者思考把变量 c 的定义改成 char *c; 会有何影响。如果这样声明 c，将使得没有存储空间来放置字符串 a 和 b 的拼接，但现在可以进行动态存储申请，这个问题就不难解决了。

```
#include < stdio.h >
#include < nnalloc.h >
main()
  { char *a = "I am";
    char *b = "a student.";
    char *c,*p1,*p2;
    c = (char *)malloc(strlen(a) + strlen(b) +1);
    for(p1 = c,p2 = a;*p2! = '\0';p1 ++ ,p2 ++ )
      *p1 = *p2;
    for(p2 = b;*p2! = '\0';p1 ++ ,p2 ++ )
      *p1 = *p2;
    *p1 = '\0';
    printf("a: %s\n",a);
    printf("b: %s\n",b);
    printf("a + b: %s\n",c);
    free(c);
}
```

语句：

```
c = (char *)malloc(strlen(a) + strlen(b) +1);
```

申请分配一段内存空间，把起始地址赋值给指针变量 c。由于这段空间是用于存放字符串 a 和字符串 b，再考虑到字符串尾标记 '\0'，因此空间共需 **strlen(a)+strlen(b)+1** 个字节。

下面再看两个动态存储分配的例子。

[例 9-13]

```
#include < stdio. h >
#include < malloc. h >
main()
{
  int *p;
  if((p = (int *)malloc(sizeof(int))) == NULL)
  {
    printf("error on malloc! \n");
    exit(1);
  }
  *p = 580;
  printf(" %5d, %o\n",*p,p);
  free(p);
  if((p = (int *)malloc(sizeof(int))) == NULL)
  {
    printf("error on malloc! \n");
    exit(1);
  }
  *p = 1200;
  printf(" %d, %o",*p,p);
  free(p);
}
```

程序运行结果如下：

```
580,2606
1200,2606
```

其中，$(2606)_8$ 是分配的存储单元的地址，不同的运行，这个值可能会不同，事实上我们并不关心这个具体值。由于内存地址是无符号的，用八进制形式输出。

程序中定义了指针变量 p，但没有确定 p 指向哪个存储单元。表达式 "p = (int*)malloc(sizeof(int))" 申请一段刚好能放置整型数据的单元，然后把单元地址赋给变量 p。

运算符 sizeof 用于计算指定类型数据的单元数，其操作数是数据类型关键字。sizeof(int) 得到放置整型数据所需的单元数。

malloc 函数的返回值是可以指向任何类型数据的指针，程序中以显式的方式把它转换成指向整型数据的指针。申请的空间不需要时，应及时用 free 函数释放，否则会导致内存耗尽。

[例 9-14]　求若干个输入数据中的最大值和最小值。

```
#include < stdio. h >
#include < malloc. h >
main()
{
  int n;
  float *p,*q;
  printf("Please input the number of data:");
  scanf(" %d",&n);
  p = (float*)malloc(n*sizeof(float));
  for(q = p;q < p + n;q ++ )
    scanf(" %f",q);
  for(min = *p,max = *p,q = p + 1;q < p + n;q ++ )
  {
    min = (*q < min?*q:min);
    max = (*q > max?*q::max);
```

```
        }
    printf("the max is %f \n",max);
    printf("the min is %f \n",min);
    for(q = p;q < p + n;q ++ )
        free(q);
}
```

　　程序根据用户的要求，申请一段内存，由于有 n 个 float 型的数据，因此这段内存的大小是
n * sizeof(float)个字节，其首地址是 p。

　　我们了解到如果 p 指向 a[i]，则 p + 1 指向 a[i + 1]。现在执行 q = p；后，q ++ 将指向哪
里呢？

　　因为 q 是指向 float 型数据的指针，q + 1 将指向相邻的下一个 float 型的存储单元，由此可
见一个指针变量 p 加 1 后的值，与 p 指向什么类型的数据是有关的，如果 p 是整型数据的指针，
p + 1就指向下一个整型数据，即 p 实际加了一个整型数据所占的单元数，这里我们假设为 2；如果
p 是实型数据的指针，则 p + 1 使 p 加了一个实型数据所占的单元数，在这里我们假设 float 型是
4，double 型是 8。

　　运行结果：

```
please input the number of date:8
30   29  128  305
12.5  40  189  600
the max is 600.00
the min is 12.5
```

　　从这个例题可以看出，数组和连续的内存空间是相同的。在下一章中还会看到更多的动态存
储管理的应用。

9.7　指针和指针运算小结

　　下面对本章介绍的指针内容作一小结。表 9-2 是对各种指针数据类型定义的小结，表中的 int
可换成任意有效的数据类型。表 9-3 是对典型的指针变量赋值运算的说明。

表 9-2　指针类型数据

定　义	含　义
int *p;	p 为指向整型数据的指针变量
int *p[n];	定义指针数组 p，由 n 个指向整型数据的指针元素组成
int(*p)[n];	p 为指向含 n 个整型元素的一维数组的指针变量
int *p(形参表)	p 是返回指针的函数，该指针指向整型数据
int(*p)(形参表)	p 为指向函数的指针，该函数返回一个整型值
void *p;	p 是可以指向任何类型数据的指针变量
int **p;	p 是一个指针变量，它指向一个指向整型数据的指针变量

表 9-3　指针变量赋值的含义

赋值格式	含　义
p = &a;	将变量 a 的地址赋给指针变量 p
p = array;或 p = &array[0]	将数组 array 的首地址赋给指针变量 p
p = &array[i];	将数组元素 array[i]的地址赋给指针变量 p
p = function;	将函数 function()的入口地址赋给指针变量 p
p1 = p2;	将指针变量 p2 的值赋给指针变量 p1
p = p + 1;	将指针变量 p 的值加上整型数 i 与 p 所指数据占用的字节数之积，然后赋给 p

习 题

9.1 写出下面程序的输出结果。

1)

```c
#include < stdio. h >
main()
{
    char*str1[]={"first","second","third"};
    char*p1,**p2,**p3[3],***p4;
    p2 = str1;
    p1 = *( ++p2)+2;
    *p1 = ++(*( ++p1));
    printf(" %s\n",p1);
    p3[0] = p2;
    p3[1] = ++p2;
    p3[2] - p2 1;
    p4 = p3;
    printf(" %s\n", ++*--( ++p4)[1]);
    return;
}
```

2)

```c
#include < stdio. h >
main()
{
    int x = 1,y = 2;
    int func();
    y = func(&x,&y);
    x = func(&x,&y);
    printf(" %d, %d\n",x,y);
}
func(int  int*a,int  *b)
{
    if(*a > *b)
      (*a) - = *b;
    else
      (*a)-- ;
    return((*a)+(*b));
}
```

3)

```c
#include < stdio. h >
main()
{
    int s[6][6],i,j;
    for(i = 0;i < 6;i ++ )
      for(j = 0;j < 6;j ++ )*(*(s + i) + j) = i - j;
    for(j = 0;j < 6;j ++ )
    {
      for(i = 0;i < 6;i ++ ) printf(" %4d",*(*(s + j) + i));
      printf("\n";)
    }
}
```

4)有以下程序:

```c
main(int arge,char*argv[])
{
    int n,i = 0;
```

```
    while(arv[1][i]! = '\0')
    {
      n = fun();i ++ ;
    }
    printf( %d\n",n*argc);
}
int fun()
{
  static int s =0;
  s + =1;
  return s;
}
```

假设程序经编译、链接后生成可执行文件 exam. exe，若键入以下命令行：

exam 123 < 回车 >，则运行结果是什么？

9.2 编写一个函数，输入任意的整型 x、y、z，函数执行后，输出的 x、y、z 是输入数据从小到大的排列。

9.3 编写一个函数，从 n 个实型数据中求最大值和次大值。

9.4 编写一个函数 strcat(s1,s2,n)，用指针形式把 a2 中的前几个字符添加到 s1 的尾部。

9.5 用指针形式写一函数 strcmp(s1,s2)，当字符串 s1 大于 s2 时。返回值大于 0；s1 等于 s2 时，返回 0；s1 小于 s2 时，返回值小于 0。

9.6 有 n 个人围成一圈，顺序排序。从第 1 个人开始报数(从 1 到 4 一次用指针实现报数)，凡报到 4 的人退出圈子，问最后留下的是原来第几号的那一位(用指针实现)。

9.7 写一个函数 itoa(i,s)把一个整型数 i 转换成字符串放到 s[10]中。

9.8 用指针形式写一函数 insert(a,i,k)，把整型数 k 插入到整型数组 a 中的第 i 位。

第 10 章

结构与联合

    C 语言提供基本的数据类型和构造的数据类型。前面几章介绍了一些简单数据类型(整型、实型、字符型)的定义和应用,还介绍了数组(一维、二维)的定义和应用。这些数据类型的特点是:当定义某一特定数据类型,就限定该类型变量的存储特性和取值范围。对简单数据类型来说,既可以定义单个的变量,也可以定义数组。而数组的全部元素都具有相同的数据类型,或者说是相同数据类型的一个集合。

    在日常生活中,我们常会遇到一些需要填写的登记表,如住宿表、成绩表、通讯地址等。在这些表中,填写的数据是不能用同一种数据类型描述的,在住宿表中我们通常会登记上姓名、性别、身份证号码等内容;在通讯地址表中我们会写下姓名、邮编、邮箱地址、电话号码、E-mail 等内容。这些表集合了各种数据,无法用前面学过的任一种数据类型完全描述,因此 C 引入一种能集中不同数据类型于一体的数据类型——结构体类型。结构体类型的变量可以拥有不同数据类型的成员,是不同数据类型成员的集合。

10.1　结构体类型变量的定义和引用

    在上面描述的各种登记表中,让我们仔细观察一下住宿表、成绩表、通讯地址等。住宿表由下面的条目构成:

- 姓名　　　　　　　(字符串)
- 性别　　　　　　　(字符)
- 职业　　　　　　　(字符串)
- 年龄　　　　　　　(整型)
- 身份证号码　　　　(长整型或字符串)

成绩表由下面的条目构成:

- 班级　　　　　　　(字符串)
- 学号　　　　　　　(长整型)
- 姓名　　　　　　　(字符串)
- 操作系统　　　　　(实型)
- 数据结构　　　　　(实型)
- 计算机网络　　　　(实型)

通讯地址表由下面的条目构成:

- 姓名　　　　　　　(字符串)
- 工作单位　　　　　(字符串)

- 家庭住址　　　　（字符串）
- 邮编　　　　　　（长整型）
- 电话号码　　　　（字符串或长整型）
- E-mail　　　　　（字符串）

这些登记表用 C 提供的结构体类型可以描述如下：

住宿表：

```
struct accommod
{
  char name[20];                  /* 姓名 */
  char sex;                       /* 性别 */
  char job[40];                   /* 职业 */
  int age;                        /* 年龄 */
  long number;                    /* 身份证号码* */
};
```

成绩表：

```
struct score
{
  char grade[20];                 /* 班级 */
  long number;                    /* 学号 */
  char name[20];                  /* 姓名 */
  float os;                       /* 操作系统 */
  float datastru;                 /* 数据结构 */
  float compnet;                  /* 计算机网络 */
};
```

通讯地址表：

```
struct addr
{
  char name[20];
  char department[30];            /* 部门 */
  char address[30];               /* 住址 */
  long box;                       /* 邮编 */
  long phone;                     /* 电话号码 */
  char email[30];                 /* Email */
};
```

这一系列对不同登记表的数据结构的描述类型称为结构体类型。由于不同的问题有不同的数据成员，也就是说有不同描述的结构体类型。我们也可以理解为：结构体类型根据所针对的问题其成员是不同的，可以有任意多的结构体类型描述。

下面给出 C 对结构体类型的定义形式：

```
struct 结构体名
{
   成员项表列……
};
```

有了结构体类型，我们就可以定义结构体类型变量，以对不同变量的各成员进行引用。

10.1.1　结构体类型变量的定义

结构体类型变量的定义与其他类型的变量的定义是一样的，但由于结构体类型需要针对问题事先自行定义，所以结构体类型变量的定义形式就增加了灵活性，共有三种形式，分别介绍如下。

1)先定义结构体类型，再定义结构体类型变量：

```
struct stu                    /* 定义学生结构体类型 */
{
```

```
  char name[20];        /* 学生姓名 */
  char sex;             /* 性别 */
  long num;             /* 学号 */
  float score[3];       /* 三科考试成绩 */
};
struct stu student1,student2;
/* 定义结构体类型变量*/
```

2）定义结构体类型，同时定义结构体类型变量：

```
struct data
{
  int day;
  int month;
  int year;
} time1,time2;
```

也可以再定义如下变量：

```
struct data time3,time4;
```

用此结构体类型，同样可以定义更多的该结构体类型变量。

3）直接定义结构体类型变量：

```
struct
{
  char name[20];        /* 学生姓名 */
  char sex;             /* 性别 */
  long num;             /* 学号 */
  float score[3];       /* 三科考试成绩 */
} person1,person2;      /* 定义该结构体类型变量* /
```

该定义方法由于无法记录该结构体类型，所以除直接定义外，不能再定义该结构体类型变量。

10.1.2 结构体类型变量的引用

在定义了结构体类型和结构体类型变量之后，怎样正确地引用该结构体类型变量的成员呢？C 规定引用的形式为：

```
<结构体类型变量名>.<成员名>
```

若定义的结构体类型及变量如下：

```
struct data
{
  int day;
  int month;
  int year;
}time1,time2;
```

则变量 time1 和 time2 各成员的引用形式为：time1. day,time2. month,time2. year 等。

10.1.3 结构体类型变量的初始化

由于结构体类型变量汇集了各类不同数据类型的成员，所以结构体类型变量的初始化就略显复杂。

结构体类型变量的定义和初始化为：

```
struct stu             /* 定义学生结构体类型 */
{
  char name[20];        /* 学生姓名 */
  char sex;             /* 性别 */
  long num;             /* 学号 */
```

```
    float score[3];      /* 三科考试成绩 */
};
struct stu student = {"liping",'f',970541,98.5,97.4,95};
```

上述对结构体类型变量的三种定义形式均可在定义时初始化。结构体类型变量完成初始化后，即各成员的值分别为：

student. name = " liping ",student. sex = 'f',student. num = 970541,student. score[0] = 98.5,student. score[1] = 97.4,student. score[2] = 95。

我们也可以通过 C 提供的输入输出函数完成对结构体类型变量成员的输入输出。由于结构体类型变量成员的数据类型通常是不一样的，所以要将结构体类型变量成员以字符串的形式输入，利用 C 的类型转换函数将其转换为所需类型。类型转换的函数是：

int atoi(char * str)；转换 str 所指向的字符串为整型，其函数的返回值为整型。

double atof(char * str)；转换 str 所指向的字符串为实型，其函数的返回值为双精度实型。

long atol(char * str)；转换 str 所指向的字符串为长整型，其函数的返回值为长整型。

使用上述函数，要包含头文件 "stdlib. h "。

对上述的结构体类型变量成员采用的一般输入形式如下：

```
char temp[20];
gets(student. name);              /* 输入姓名 */
student. sex = getchar ();        /* 输入性别 */
gets (temp);                      /* 输入学号 */
student. num = atol(temp);        /* 转换为长整型 */
for(i = 0 ;i < 3 ;i ++ )          /* 输入三科成绩 */
{
   gets (temp);
   student. score[ i ] = atoi(temp);
}
```

对该结构体类型变量成员的输出也必须采用各成员独立输出，而不能将结构体类型变量以整体的形式输入输出。

C 允许针对具体问题定义各种各样的结构体类型，甚至是嵌套的结构体类型。

```
struct data
{
   int day;
   int mouth;
   int year;
};
struct stu
{
   char name[20];
   struct data birthday;/* 出生年月,嵌套的结构体类型 */
   long num;
} person;
```

该结构体类型变量成员的引用形式如下：

person. name,person. birthday. day,person. birthday. month,person. birthday. year,person. num。

10.2   结构体数组的定义和引用

单个的结构体类型变量在解决实际问题时作用不大，一般是以结构体类型数组的形式出现。结构体类型数组的定义形式为：

```
struct stu/* 定义学生结构体类型 */
{
  char name[20];          /* 学生姓名 */
  char sex;               /* 性别 */
  long num;               /* 学号 */
  float score[3];         /* 三科考试成绩 */
};
struct stu stud[20];     /* 定义结构体类型数组 stud,该数组有 20 个结构体类型元素* /
```

其数组元素各成员的引用形式为：

```
stud[0]. name、stud[0]. sex、stud [0]. score[ i ];
stud[1]. name、stud[1]. sex、stud [1]. score[ i ];
……
stud[9]. name、stud[9]. sex、stud [9]. score[ i ];
```

结构体类型数组初始化和普通数组元素初始化一样，可全部初始化、部分初始化或分行初始化。

以下为分行初始化的例子。

```
struct student
{
  int num;
  char name[20];
  char sex;
  int age;
};
struct student stu[ ] = {{100,"Wang Lin",'M',20},
                        {101,"Li Gang",'M',19},
                        {110,"Liu Yan",'F',19}};
```

[例 10-1]　统计候选人选票。

```
struct person
{ char name[20];
    int count;
}leader[3] = {"Li",0,"Zhang",0,"Wang",0};
void main()
{
  int i,j;
  char   leader_name[20];
  for(i = 1;i <= 10;i ++ )
  {  scanf(" %s",leader_name);
      for(j = 0;j < 3;j ++ )
        if(strcmp(leader_name,leader[j]. name) == 0)
        leader[j]. count ++ ;
  }
  for(i = 0;i < 3;i ++ )
    printf(" %5s: %d\n",leader[i]. name,leader[i]. count);
}
```

10.3　结构体指针的定义和引用

指针变量非常灵活方便，可以指向任一类型的变量，若定义指针变量指向结构体类型变量，则可以通过指针来引用结构体类型变量。

10.3.1　指向结构体类型变量的指针的使用

首先定义结构体：

```
struct stu
{
```

```
  char name[20];
  long number;
  float score[4];
};
```

再定义指向结构体类型变量的指针变量:

```
struct stu *p1,*p2;
```

定义指针变量 p1、p2,分别指向结构体类型变量。引用形式为:指针变量 -> 成员。

[例 10-2]　对指向结构体类型变量的指针的正确使用。输入一个结构体类型变量的成员,并输出。

```
#include < stdlib. h >/* 需要使用 m a l l o c ( )*/
struct data/* 定义结构体 */
{
  int day,month,year;
};
struct stu /* 定义结构体 */
{
  char name[20];
  long num;
  struct data birthday;/* 嵌套的结构体类型成员 */
};
main()/* 定义 main ()函数 */
{
  struct stu *student;/* 定义结构体类型指针 */
  student = malloc(sizeof(struct stu));/* 为指针变量分配安全的地址 */
  printf("Input name,number,year,month,day:\n");
  scanf(" %s",student -> name);/* 输入学生姓名、学号、出生年月日 */
  scanf (" %l d",&student -> num);
  scanf (" %d %d %d",&student -> birthday. year,&student -> birthday. month,
    &student -> birthday. day);
  printf("\nOutput name,number,year,month,day\n");
  /* 打印输出各成员项的值 */
  printf (" %20s %10ld %10d// %d// %d \n",student -> name,student -> num,
    student -> birthday. year,student -> birthday. month,student -> birthday. da y);
}
```

程序中使用结构体类型指针引用结构体变量的成员,需要通过 C 提供的函数 malloc()来为指针分配安全的地址。函数 sizeof()返回值是计算给定数据类型所占内存的字节数。指针所指各成员形式为:

```
student -> name
student -> num
student -> birthday. year
student -> birthday. month
student -> birthday. day
```

程序运行如下:

```
Input name,number,year,month,day:
Wangjian 34 1987 5 .
23
Wangjian 34 1987//5//23
```

10. 3. 2　指向结构体类型数组的指针的使用

定义一个结构体类型数组,其数组名是数组的首地址。定义结构体类型的指针,既可以指向数组的元素,也可以指向数组,在使用时要加以区分。

[例 10-3]　在例 10-2 中定义了结构体类型,根据此类型再定义结构体数组及指向结构体类型

的指针。

```
struct data
{
    int day,month,year;
};
struct stu /* 定义结构体 */
{
    char name[20];
    long num;
    struct data birthday;              /* 嵌套的结构体类型成员 */
};
struct stu student[4],* p;          /* 定义结构体数组及指向结构体类型的指针 */
```

p = student，此时指针 p 就指向了结构体数组 student。p 是指向一维结构体数组的指针，对数组元素的引用可采用三种方法。

1）地址法。

student + i 和 p + i 均表示数组第 i 个元素的地址。

数组元素各成员的引用形式为：

（student + i）-> name、(student + i) -> num 和(p + i) -> name、(p + i) -> num 等。student + i 和 p + i 与 &student[i]意义相同。

2）指针法。

若 p 指向数组的某一个元素，则 p ++ 就指向其后续元素。

3）指针的数组表示法。

若 p = student，则指针 p 指向数组 student，p[i]表示数组的第 i 个元素，其效果与 student[i]等同。对数组成员的引用描述为：p[i]. name、p[i]. num 等。

[例 10-4]　指向结构体数组的指针变量的使用。

```
struct data /* 定义结构体类型 */
{
    int day,month,year;
};
struct stu /* 定义结构体类型 */
{
    char name[20];
    long num;
    struct data birthday;
};
main ()
{
    int i;
    struct stu *p,student[4]={{"liying",1,1978,5,23},{"wangping",2,1979,3,14},
      { "libo",3,1980,5,6 },{ "xuyan",4,1980,4,21 } };
    /* 定义结构体数组并初始化 */
    p = student;/* 将数组的首地址赋值给指针 p,p 指向了一维数组 student */
    printf("\n1 ---- Output name,number,year,month,day\n");
    for(i = 0;i < 4;i ++ )/* 采用指针法输出数组元素的各成员 */
       printf (" %20s %10ld %10d// %d // %d \n",(p + i) -> name,(p + i) -> num,
       (p + i) -> birthday. year,(p + i) -> birthday. month,(p + i) -> birthday. day);
    printf("\n2 ---- Output name,number,year,month,day\n");
    for (i = 0 ;i < 4 ;i ++ ,p ++ )/* 采用指针法输出数组元素的各成员 */
       printf (" %20 s %1 0 1 d %10 d// %d// %d \n",p -> name,p -> num,
         p -> birthday. year,p -> birthday. month,p -> birthday. day);
    printf("\n3 ---- Output name,number,year,month,day\n");
    for (i = 0 ;i < 4 ;i ++ )/* 采用地址法输出数组元素的各成员 */
       printf (" %20s %10ld %10d// %d// %d \n",(student + i) -> name,
         (student + i) -> num,(student + i) -> birthday. year,
         (student + i) -> birthday. month, (student + i) -> birthday. day);
```

```
    p = student;
    printf("\n4 ---- Output name,number,year,month,day\n");
    for (i = 0 ;i < 4 ;i ++ )/* 采用指针的数组描述法输出数组元素的各成员 */
      printf (" %20s %10ld %10d// %d// %d \n",p [ i ]. name,p [ i ]. num,
        p [ i ]. birthday. year,p [ i ]. birthday. month,p [ i ]. birthday. day);
}
```

程序运行如下：

```
1 ---- Output name,number,year,month,day
liying 1 1978// 5// 23
wangping 2 1979// 3// 14
libo 3 1980// 5// 6
Xuyan4 1980// 4// 21
2 ---- Output name,number,year,month,day
liying 1 1978// 5// 23
wangping 2 1979// 3// 14
libo 3 1980// 5// 6
xuyan 4 1980// 4// 21
3 ---- Output name,number,year,month,day
liying 1 1978// 5// 23
wangping 2 1979// 3// 14
libo 3 1980// 5// 6
xuyan 4 1980// 4// 21
4 ---- Output name,number,year,month,day
liying 1 1978// 5// 23
angping 2 1979// 3// 14
libo 3 1980// 5// 6
xuyan 4 1980// 4// 21
```

10.4   链表的定义和操作

　　数组作为存放同类数据的集合，给我们在程序设计时带来很多的方便，增加了灵活性。但数组也同样存在一些弊端。如数组的大小在定义时要事先规定，不能在程序中进行调整，这样，在程序设计中针对不同问题，有时可能需要 30 个大小的数组，有时可能需要 50 个数组的大小，难于确定。我们只能够根据可能的最大需求来定义数组，常常会造成一定存储空间的浪费。

　　我们希望构造动态的数组，随时可以调整数组的大小，以满足不同问题的需要。链表就是我们需要的动态数组。它是在程序的执行过程中根据需要有数据存储就向系统要求申请存储空间，绝不构成对存储区的浪费。

10.4.1   概述

　　链表是最基本的一种动态数据结构。链表中的每一个元素除了需存放数据本身外，还有一个数据项专门用于存放相邻元素的地址，如图 10-1 所示。

图 10-1   链表结构

从图上可知：

1）为了能得到链表中第一个元素，有一个名为 head 的指针变量指向表中首元素。

2）链表中每个元素既要存放数据，又要存放下一个元素的地址，以便通过这个地址能得到下一个元素。

3）表中最后一个元素没有下一个元素，因此它的地址部分放一个特殊值（NULL）作为标记。NULL 是一个符号常量，在 stdio. h 中定义为 0。

　　显然这个链表中的元素个数可多可少，且它们在内存中的位置可以是任意的，只要知道了 head 就可以逐个地得到表中全部元素。表中元素可以是某种结构类型。仍以职工数据为例说明相应的结构类型：

```
struct employee_1{
  int          num;           /* 工号 */
  char         name[10];      /* 年龄 */
  struct data  birthday;      /* 出生年月 */
  int          age;           /* 年龄 */
  char         married;       /* 婚否 */
  char         depart[20];    /* 部门 */
  char         job[20];       /* 职务 */
  char         sex;           /* 性别 */
  float        salary;        /* 工资 */
  struct employee_1*next;     /* 指向下一个结构元素 */
} ;
```

　　这里定义的结构类型中，有一个成员 next，它是指针类型，指向 struct employee_1 类型数据。

　　定义好了结构类型后，现在可以考虑为元素分配相应的空间，以前通过在程序中定义若干结构变量而得到若干结构元素的空间，但为了充分利用内存资源，链表中的元素就不应在程序中事先定义好，因此应该有某种方法在程序运行时请求计算机分配一块大小适当的内存，给用户作为一个链表元素的存储单元。当把链中某个元素删除不用时，把相应的内存单元释放还给计算机系统，即使用上一章介绍的动态存储管理函数 malloc 和 free。可以说，动态存储管理是实现动态数据结构的基本手段。

　　下面介绍如何实现对链表进行各种操作，即利用结构、指针等工具建立链表，检索和删除链表中的元素等。

10.4.2　链表的建立

　　我们通过例子说明链表是怎样建立的。

　　[例 10-5]　建立一个含有若干个单位电话号码的链表。假设每个单位只有一个电话号码。

　　分析：首先设计链表中结点结构所含的数据和类型，我们考虑含有单位、电话号码和指针字段三个数据项，如下所示：

```
struct unit-tele
{
  char unitname[50];
  char telephone[15];
  struct unit－tele *next;
};
```

　　同时用变量 head 作为链表的头指针。现在用逐步求精的方法考虑建立链表的算法：

　　1）输入单位名，如果不是结束标志，则执行第 2 步；否则，转到第 5 步。

　　2）申请空间，通过调用 malloc 函数创建一个 struct unit－tele 类型结点。给新结点成员进行赋值。

　　3）将新结点加入到链表的末尾。

　　4）转到第 1 步。

　　5）结束。

　　现在考虑如何对"把新结点加到链表尾部"进行求精。在此以前，根据前面的分析，把一个元素加到链表尾部可以分两种情况：

　　情况 a：加入前，链表是空的，即 head = NULL，这种情况下，加进去的结点 p 既是链表最后一个结点，也是链表第一个结点，因此要修改 head 的值。

　　情况 b：加入前，链表中已有结点，这时要把结点 p 加到链表尾部，需要知道当时尾部结点的指针，假设这个指针变量是 q。

　　对于前一种情况，"把 p 加到链表尾部"应表示为：

head = p；q = p；

　　这里，"q = p"是必需的，确保第二种情况能正确操作。

　　对于后一种情况的操作是：

q -> next = p；q = p；

　　这两种情况下，插入 y 前后链表的变化如图 10-2。

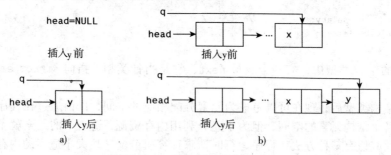

图 10-2　链表插入操作演示

　　现在可以得到一个完整且足够细化的算法描述：

　　1）初始化头指针和尾指针，将它们赋值为 NULL。

　　2）输入单位名，如果不是结束标志，则执行第 3 步；否则，转第 6 步。

　　3）申请空间，通过调用 malloc 函数创建一个 struct unit - tele 类型结点 p。给新结点赋值。

　　4）判断新结点是否为首结点，如果是，则让头指针 head 和尾指针 q 都指向 p 结点。否则，将 p 连接到到链表的末尾。让尾指针指向 p 结点。

　　5）转第 1 步。

　　6）结束。

　　下面是相应的程序。为了使程序具有模块化结构，把建立链表这一功能作为一个独立的模块（即函数），其函数名为 create - 1，函数返回值是链表的指针。

```
struct unit_tele *creat_1()
{
  struct unit_tele *q,*p,*head;
  char uname[50];
  head = q = NULL;
  while(1){
    printf("please input unit name:");
    scanf(" %s",uname);
    if(strcmp(uname,"#")==0)
      break;
    p=(struct unit_tele *)malloc(sizeof(struct unit_tele)); */建立结点 */
    print("please input telephone:");
    scanf(" %s",p -> telephone);
    strcpy(p -> unitname,uname);
    if(q == NULL)
      head = q = p;
    else
    {
      q -> next = p;
      q = p;
    }
```

```
    }
    q -> next = NULL;
    return head;
}
```

注意，在 malloc 函数之前加了"(struct unit_tele *)"，是为了使 malloc 函数返回的指针转换成指向 struct unit_tele 类型指针。q -> next = NULL 为了使链表中最后一个元素的 next 字段值成为 NULL，表示该元素没有后继结点。

10.4.3　输出链表元素

对于一个已建立的链表，可以通过头指针 head 从链表的第一个元素开始逐个输出其中的数据值，直到链表的最后一个元素。

[例 10-6]　输出例 10-5 建立的链表的元素。

程序如下：

```
void print_l(struct unit_tele *head)
{
    struct unit_tele *p;
    for(p = head;p! = NULL;p = p -> next)
        printf(" %s, %s\n",p -> unitname,p -> telephone);
}
```

函数首先使 p 指向链表的第一个元素，输出其中的数据，然后移动 p 使其指向下一个元素，直至最后一个元素。

10.4.4　删除链表元素

所谓删除链表元素就是把链表中的某些元素从链表中分离出来，使链表不再含有该元素。一般地，删除的条件是结点中的某些字段值满足一定的条件。我们以单位名是一个指定值作为被删除结点应满足的条件为例说明程序。

[例 10-7]　删除例 10-5 所建链表中某指定的单位结点。

分析：要把指定单位的结点从链表中删除，首先需要在链表中找到该结点，假设找到的结点指针是 p，如图 10-3 所示。

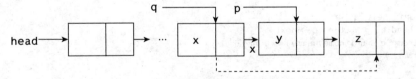

图 10-3　链表删除操作演示

图中虚线表示删除结点 p 以后指针链的变化情况。从图 10-3 可以看出，要把 p 所指结点从链表中删除，而又不破坏链表的结构，就需要修改 q 所指结点的 next 域，使其不再指向 p，而指向 p 的下一个结点，如虚线所示，这说明在查找被删除结点时还应记下它的前一个结点的指针，即上图中用变量 q 表示的值。

上述分析是假设 p 的前一个结点存在的情况下的，即 p 不是第一个结点。一旦 p 是第一个结点，则 p 的前一个结点不存在，这时应如何删除呢？这种情况下，删除前 head 指向第一个结点即 p 结点，删除后，head 不再指向 p 结点，转而指向第二个结点。

除此之外，还需考虑链表中不存在被删除结点和链表为空的情况。进一步分析可以发现，链表为空可以作为链表中不存在被删除结点的情况处理。

根据以上分析，可以得到完成删除功能的程序。

程序中，结点 p 从链表中删除以后就释放其空间。注意：使用动态存储时，一定要及时释放不用的空间，这些空间以后才能再分配给用户，否则会造成内存资源逐渐被耗尽，使应用程序无法运行。本例中，调用函数 free 释放被删除的结点。

程序如下：

```
struct unit_tele *delete_l(struct unit_tele *head,char uname[])
{
  struct unit_tele *q, *p;
  for (p = head,q = NULL ;p! == NULL;q = p,p = p -> next) /* 检索结点 */
    if(strcmp(p -> unitname,uname) == 0)break;
  if(p! = NULL)
  {
    if(q == NULL)
      head = p -> next;
    else
      q -> next = p -> next;
    free(p);
  }
  return head;
}
```

10.4.5　插入链表元素

下面考虑如何把一个新输入的数据插入到链表中。

[例 10-8]　把新输入的单位及电话号码插入到例 10-5 建立的链表中。

分析：为避免链表中出现两个相同的元素，在插入之前应先检索一下欲插入的元素是否已在链表中存在，如果不存在就可以把新元素插入到链表中。由于没有对链表中元素的排列顺序附加限制条件，新元素可以插入到链表中的任何位置，为简单起见，我们把新元素插入到链表的最前面。图 10-4 反映了插入前后链表的状况。设新元素的指针为 p，虚线是插入新元素后链表指针的变化。

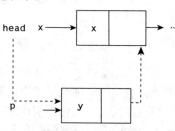

图 10-4　链表插入操作演示

程序如下：

```
struct unit_tele *insert_l(struct unit_tele *head,char uname[],char tele[] )
{
  struct unit_tele *q, *p;
  for(q = head;q! = NULL;q = q -> next)
    if(strcmp(q -> unitname,uname) == 0)break;
  if(q == NULL)
  {
    p = (struct unit_tele *)malloc(sizeof (struct unit_tele));
    strcpy(p -> unitname,uname);
    strcpy(p -> telephone,tele);
    p -> next = head;
    head = p;
  }
  return head;
}
```

10.4.6　查询链表元素

查询链表元素就是把链表中满足一定条件的元素显示出来。我们以单位名是一指定值作为被查询结点应满足的条件为例说明程序。

[例 10-9]　查询例 10-5 所建链表中某指定单位结点。程序如下：

```
void query_l(struct unit_tele *head,char uname[])
{
```

```
    struct unit_tele *p;
    for(p=head;p! =NULL;p=p->next)
      if(strcmp(p->unitname,uname)==0)break;
    if(p! =NULL)
      printf("unit_name: %s,telephone: %s\n",uname,p->telephone");
    else
      printf("no this unit\n");
    printf("press any key return");
    getchar();
    return;
}
```

可以编写一个 main 函数，通过调用以上函数将它们组织成一个程序：

```
#include <stdio.h>
struct unit_tele
{
  char unitname[50];
  char telephone[15];
  struct unit_tele *next;
};
main()
{
  struct unit_tele *head;
  char uname[50],tele[15];
  head=creat_l();
  print_l(head);
  printf("input unit_name for delete:\n");
  scanf(" %s",uname);
  head=delete_l(head,uname);
  printf("input unit_name for query:\n");
  scanf(" %s",uname);
  query_l(head,uname);
  printf("input unit_name and it's telephone for insert:\n");
  scanf(" %s, %s",uname,tele);
  head=insert_l(head,uname,tele);
  printf("input unit_name for delete:\n");
  scanf(" %s",uname);
  head=delete_l(head,uname);
  print_l(head);
}
```

10.5 联合

10.5.1 联合的定义

联合是 C 语言中的另一种构造类型。下面首先通过一个例子说明为什么需要联合。

考虑在学生学籍管理中，假设英语、数学两门课程是每个学生必选的，而对于计算机和音乐，每个学生只能选修其中一门课程，音乐课以 A、B、C、D 计分、其他课程以百分制计分，定义如下的结构：

```
struct student
{
  char class[15];        /* 班级 */
  char name[10]          /* 姓名 */
  int english;           /* 英语 */
  int math;              /* 数学 */
  int computer;          /* 计算机 */
  char music;            /* 音乐 */
};
```

根据题意可以看出，对一个确定的学生来说，他或者选计算机或者选音乐，不可能同时选修这两门课程，即结构成员 computer 和 music 中有一个是不用的。上面这样定义的结构浪费了内存，在学生数很多的情况下这是很可观的。如果有一种方法使 computer 和 music 占用相同的存储单元，当一个学生选修计算机时，存贮单元中存放的是 computer 成员值，而当学生选修音乐时，存储单元中存放的是 music 成员值，那就可以节省内存了。构造类型联合 (union) 正是实现这一功能的方法。结构 student 利用联合可定义成：

```
struct student
{
  char class[15];
  char name[10];
  int English,math;
  union
  {
    int computer;
    char music;
  };
};
```

这个结构中，其中有一个成员是一个联合。定义一个联合类型的一般格式是：

```
union <联合标识符>
{
  <类型标识符> <成员标识符>
  …
};
```

从定义格式看，定义一个联合与定义一个结构的区别是前者定义关键字是 union，后者是 struct。但联合和结构的含义是不同的。编译系统处理联合时，把同一个联合中所有成员用同一段内存存放成员值，这一段内存的长度等于最长的成员的长度。如果 int 型数据占两个字节，那么结构 student 中的联合占两个字节，其中第一个字节是 computer 和 music 共同占用。由于在一个时刻只有一个成员有值，这个值放在这段内存中。而结构中的成员所占的内存是互不覆盖的，因此一个结构所占的内存是各成员所占内存之和。

与结构的定义相似，定义联合时，union 后的联合名可以省略，如上面 struct student 中联合的定义没有联合名。也可以含联合名，例如：

```
union course
{
  int computer;
  char music;
};
struct student
{
  char class[15];
  char name[10];
  int english,math;
  union course selective;
};
```

或

```
struct student
{
  char class[15];
  char name[10];
  int english,rnath;
  union course{
    int computer;
    char music;
```

```
    }selective;
};
```

10.5.2　联合成员的使用

对联合成员的引用与结构成员的引用相同。例如，如果有：

```
struct student st;              /* 定义结构 student 类型变量 st */
union course cs;                /* 定义联合 course 类型变量 cs */
union course *pcs;              /* 定义指向联合 course 类型的指针变量 pcs */
pcs = &cs;
```

那么可以这样引用：

```
st.selective.music = 'A';       /* 结构变量 st 的选秀课程(selective)中 music 置为 'A' */
cs.computer = 92;               /* 联合变量 cs 的成员 computer 置为 92 */
(*pcs).computer = 92;           /* 指针 pcs 所指向的联合变量成员 computer 置为 92 */
pcs -> music = 'B';             /* 指针 pcs 所指向的联合变量成员 music 置为 'B' */
```

不能写成：

```
st.selective = 'A';
cs = 92;
```

因为分配给联合的存储区可以放几种不同类型的数据，仅写出联合变量名不指出成员，就无法确定数据类型及实际使用的存储区大小。

联合成员可以参加与其类型相适应的表达式运算，例如：

```
ave = (English + math + st.selective.computer)/3;
printf("%c",st.selective.music);
```

使用联合时，应注意：

1)联合成员所占内存的起始地址都一样，但实际所占的内存长度依成员类型的不同而不同。对联合中不同成员取地址(&)得到的值应该是一样的，都等于联合变量的地址。例如，&cs、&cs.music、&cs.computer 都是同一地址值。

2)尽管联合中的成员占用相同的内存段，但某一时刻只有一个成员占用该内存段，其他成员没有使用该内存段。例如，赋值语句：

```
cs.music = 'A';
```

使成员 music 占用变量 cs 的存储单元。此时，如引用其 computer 成员：

```
printf("%d",cs.computer);
```

将产生错误。因此，为了正确引用联合成员，还应记住此刻占用联合中存储单元的成员是哪一个？这可以在定义联合时，增加一个标志项，每次对联合成员赋值的同时设置标志项值，以便能确定当前有效的成员是哪一个。例如：

```
struct student
{
  char class[15];
  char name[10];
  int english,math;
  char select;
  union course
  {
    int computer;
    char music;
  };
};
```

　　这里增设了结构成员 select，用于识别联合 course 中存放的是哪一个成员。例如：

```
st. cs. music = 'A';
st. select = 'M';
```

或

```
st. cs. comput = 86;
st. select = 'C';
```

等。其中"select = 'M'"表示存放 music；"select = 'C'"表示存放 computer。

　　3）联合类型可以出现在结构和数组中，结构和数组也可以出现在联合中。

10.5.3　应用举例

　　[例 10-10]　按以上定义的 struct student，输入 5 个学生的成绩，然后输出它们。程序如下：

```
#include < stdio. h >
main()
{ struct student
  {  char class[15];
     char name[10];
     int english,math;
     char select;
     union course
     {  int computer;
         char music;
     };
 }stud[5];
int i;
for(i = 0;i < 5;i ++ )
  { scanf(" %s, %s, %d, %d, %c",stud[i]. class,stud[i]. name,
       &stud[i]. english,&stud[i]. math,&stud[i]select);
    stud[i]. select = upper(stud[i]. select);
    if(stud[i]. select == 'M')
      scanf(" %c",&stud[i]. selective. music); /* 选秀音乐 */
    else
      scanf(" %d",&stud[i]. selective. computer);/* 选修计算机 */
  }
printf("class name english mathematic music computer \n");
for(i = 0;i < 5;i ++ )
  { printf(" %s %s %d %d",stud[i]. class,stud[i]. name,
       stud[i]. english,stud[i]. math);
    if(stud[i]. select == 'M')
      printf(" %c \n",stud[i]. selective. music);
    else
      print(" %d\n",stud[i]. selective. computer);
  }
}
```

10.5.4　数组、结构和联合三种数据类型的比较

　　数组、结构和联合是 C 语言中三种不同的构造数据类型，表 10-1 从各种不同角度对它们进行了比较。

表 10-1 数组、结构和联合的比较

比较类型	数组	结构	联合
概念	相同类型元素的有序集合	不同类型元素的有序集合	不同类型元素共同用一存储单元。在某一时刻，只有其中的一个元素使用存储单元
长度	元素类型长度×元素个数	元素类型长度之和	最大的元素类型长度
元素的引用	通过下标或指针引用元素	通过成员运算符 . 和 -> 引用元素	
参数传递	数组名作参数表示地址	允许	不允许
初始化	允许	允许	不允许
赋值	允许对数组元素进行赋值和访问	允许对结构整体和成员进行赋值	不允许
函数返回值	不允许作为"整体数值"返回		

10.6 枚举类型

我们在程序设计中经常会碰到一些变量只能取几种可能的值，如变量 x 表示电视机尺寸，其取值为 9、12、14、16、18、20、21 等，虽然可以把 x 声明为 int 型数据，但事实上 x 只能是几个有限的值，而 int 型变量的取值范围比这大得多。如果把 x 定义为 int 型，一旦把 3000 之类的值赋给变量 x，系统无法自动检测到这种逻辑上的错误，且程序也不易于阅读和理解。如果能够在声明变量 x 时就限定它的取值，程序的容错性和可读性会更好。枚举类型就能做到这一点。

所谓枚举类型就是把变量的取值一一列举出来，例如：

```
enum tvsize{c9,c12,c14,c16,c18,c20,c21};
```

定义了 tvsize 类型变量只能取值 c9,c12,c14,c16,c18,c20,c21。这里 c9、c12、…、c21 是枚举元素或枚举常量。规定枚举元素必须符合标识符的起名规则，所以这里前面加了字母 c。现在可以定义变量 x 了。

```
enum tvsize x;
```

定义枚举类型和枚举类型变量的一般格式依次是：

```
enum <类型标识符> <枚举表>;
enum <类型标识符> <变量表>;
```

枚举表就是用花括号括起来的若干个可能的值，如 c9、c12、c14 等。

也可以直接定义枚举类型变量：

```
enum[<类型标识符>]<枚举表> <变量表>;
```

例如：

```
enum tvsize { c9,c12,c14,c16,c18,c20,c21} x;
```

或

```
enum { c9,c12,c14,c16,c18,c20,c21} x;
```

前者在定义枚举类型变量 x 的同时，定义了该枚举类型 tvsize；后者仅定义了枚举类型变量 x，没有给该枚举类型起名。

又例如：

```
enum monthtype {January,febuary,march,april,may,june,july,august,September,October,November,December} month;
```

定义变量 month 是枚举型的，值为一年中的十二个月份。因此：

```
month = april;
```

和

```
if(month == may)…
```

是正确有效的。这里 januany、februery、…、december 等是枚举元素或枚举常量。C 语言中，枚举类型中的枚举元素是与整型相对应的。如在 enum monthtype 中，编译系统自动把常量 0 与枚举表中第一个枚举元素对应，后面相继出现的枚举元素依次加 1 对应，即 january 对应 0、febuary 对应 1，march 对应 2、…、december 对应 11。因此：

```
Month = march
```

与

```
Month = (enum monthtype)2;
```

是等价的。但不能把整型值直接赋给枚举变量，例如：

```
Month = 2;
```

是非法的。

也可以在定义枚举类型时，强制地改变枚举元素对应的整型值。例如：

```
enum monthtype{January = 1,febuary,march,april,may,june,july,august,
               September,October,November,december} month;
```

使 january 对应 1、febuary 对应 2、…、december 对应 12。

```
enum weekday {sun = 7,mon = 1,tue,wed,thu,fri,sat};
```

使 sun 对应 7、mon 对应 1、…、sat 对应 6。

枚举变量和枚举元素可以进行比较，比较规则是建立在定义时枚举元素对应的整型值的比较基础上的。例如，因为 march 对应 3，may 对应 5，所以 march < may 为真。

尽管枚举类型和整型属于不同的类型，但枚举类型在输出时按整型数输出。例如：

```
Month = july;
printf(" %d\n",month);
```

将输出整数 7。

10.7　用 typedef 定义类型名

C 语言中可以对语言提供的标准类型和用户构造的类型用一个新的类型名来标识。例如语句：

```
typedef     float REAL;
typedef     int COUNTER;
```

定义 REAL 类型与 float 类型相同，COUNTER 类型与 int 类型相同。因此，下列语句：

```
COUNTER i,j;
```

等价于：

```
int i,j;
```

用 typedef < 类型标识符 > < 新类型标识符 >;定义类型名。

例如：

```
typedef char STRING[30];/* 定义 STRING 为含有 30 个字符的字符数组 */
STRING unitname,telephone;
```

等价于

```
char unitname[30],telephone[30];
```

因此，

```
typedef struct
{
  STRING unitname;
  STRING telephone;
}UNIT;
UNIT u1;
```

等价于：

```
struct
{
  char unitname[30];
  char telephone[30];
}u1;
```

而

```
typedef int NUM[10];/* 定义 NUM 为含有 10 个元素的整型数组 */
NUM a;
```

等价于：

```
int a[10];
```

从 **typedef** 语句的一般格式和上面例子可以看出，用 **typedef** 定义新类型标识的方法是：

1）用定义变量的方法写定义语句。

2）把定义语句中的变量名换成新的类型标识。

3）在定义语句前加 **typedef**。

使用 **typedef** 时，应注意：

1）**typedef** 并没有定义新的数据类型，仅仅是给已存在的数据类型定义了一个新的名称，以后再定义变量时新名称与原来的类型标识是同义的。

2）使用 **typedef** 的主要原因是为了便于程序移植。例如，考虑到整型数据可能出现的最大值，需要定义某变量 X 是占 4 个字节的整型，在某计算机系统中，4 个字节的整型是标准整型 **int**，而在另一个计算机系统中，4 个字节的整型是长整型 **long int**。为了使程序便于移植，在前一个计算机系统中的程序用 **typedef** 定义：

```
typedef int INT;
```

而在后一个计算机系统中的程序，有定义：

```
Typedef long int INT;
```

对变量 x 统一定义成：

```
INT x;
```

这样，程序在不同计算机系统之间移植时，只需要用 **typedef** 修改 INT 的定义，不需要修改各处 x 的定义。

3）**typedef** 与#define 有某些相似之处。例如：

```
#define INT int;
```

和

```
typedef int INT;
```

两者都用 INT 替代 int，但它们是有区别的。第一，反映在实际处理时，#define 是预编译时处理的，而 typedef 是编译时处理；第二，# define 所能做的仅仅是简单的文字替换，它无法定义前面的 NUM 之类的新类型标识。

习　题

10.1　请在以下嵌套结构中填空，给出李明的姓名、年龄(20 岁)、性别(男)、生日(1976 年 5 月 6 日)、语种(c)及系别(计算机系)的信息，并输出这些信息。

```
#include < stdio. h >
struct date
{
   int month;
   int day;
   int year;
};
struct student
{
   _____ name[20];
   _____ age;
   _____ sex;
   _____ date_birthday;
   _____ Language;
   _____ department[30];
};
main()
{
   struct sudent s1 = _____
   printf _____
}
```

10.2　给定日期(年、月、日)，计算该日在本年中是第几天，用结构编程实现。

10.3　下列程序读入时间数值，将其加 1 秒后输出。时间格式为 hh:mm:ss，即时：分：秒，当小时数等于 24 时，置为 0，请在以下空白处填空。

```
#include < stdio. h >
struct{
   int hour,minute,second;
}time;
void main(void)
{
   scanf(" %d: %d: %d",_____);
   time. second ++ ;
   if(_____ == 60 )
   {
      _____;
      time. second = 0;
      if(time. minute == 60)
      {
         time. hour ++ ;
         time. minute = 0;
         if(____) time. hour = 0;
      }
   }
   printf(" %d: %d: %d",time. hour,time. minute,time. second);
}
```

10.4　定义一个结构体变量(包括年、月、日)，计算该日在本年中为第几天？(注意考虑闰年问题)要求写一个函数 days，实现上面的计算。由主函数将年月日传递给 days 函数，计算后将日子传递回主函数输出。

10.5 编程将链表逆转, 即链首变成链尾, 链尾变成链首。

10.6 有一链表, 每个元素包括一个整型值, 编写一函数插入一结点至链表中。

10.7 如果习题 10-6 中链表的元素已按整型值从小到大排列, 并且要求插入元素后, 链表元表仍升序排列。编程实现。

10.8 已有 a、b 两个链表, 每个链表中的结点包括学号、成绩, 并已分别按成绩升序排列, 编写一函数合并这两个链表, 并使合并后的链表也按成绩升序排列。

10.9 口袋中有红、黄、蓝、白、黑五种颜色的球若干个, 每次从口袋中取出三个。问得到三种不同颜色的球的可能取法, 打印出每种组合的三种颜色(提示: 用枚举类型)。

10.10 编写一个函数 getbits, 从一个 16 位的单元中取出某几个(即该几位保留原值, 其余位为0)。函数调用形式为: getbits(value,n1,n1)。value 为该 16 位中的数据值, n1 为欲取出的起始位, n2 为欲取出的终止位。

10.11 在计算机中有一个重要的概念——栈。栈是指这样一段内存, 它可以理解为一个筒结构, 先放进筒中的数据被后放进筒中的数据"压住", 只有后放进筒中的数据都取出后, 先放进去的数据才能被取出, 这称为"后进先出"。栈的长度可以随意增加。栈结构可以用链表实现。设计一个链表结构需包含两个成员: 一个存放数据, 一个为指向下一个结点的指针。当每次有一个新数据要放入栈时, 称为"压栈", 这时动态建立一个链表的结点, 并连接到链表的结尾; 当每次从栈中取出一个数据时, 称为"弹出栈", 这意味着从链表的最后一个结点中取出该结点的数据成员, 同时删除该结点, 释放该结点所占的内存。栈不允许在链表中间添加、删除结点, 只能在链表的结尾添加和删除结点。试用链表方法实现栈结构。

10.12 请读者自己编写一个程序, 该程序可以完成个人财务管理。每个人的财务项目应当包括姓名、年度、收入、支出等。为了叙述简单, 以一个财政年度为统计单位, 程序中可以计算每个人的每个财政年度的收入总额、支出总额、存款余额等, 并能够打印出来。需要注意的是, 收入总额不可能只输入一次, 而可能是多次收入的总和; 同样地, 支出总额也不可能是一次支出, 应是多次支出的总和。

第 11 章

文 件 操 作

目前为止，程序运行时所需的数据是已经存储在内存中的，或者是从键盘输入到内存的，程序运行结果是输出到显示器上的。显示器和键盘为输入输出设备，但输入输出设备中不仅仅有显示器和键盘，还有软磁盘、硬磁盘和磁带等，程序运行所需的数据可以来自这些设备，程序运行结果也可以输出到这些设备以便暂存。与显示器和键盘相比，磁盘、磁带上的数据可以重复使用，更方便、更安全。比如说，一个程序运行所需的数据来自另一个程序的运行结果，这时应把第一个程序运行的结果以文件的形式保存到磁盘上，运行第二个程序时，其运行数据不是来自于键盘，而是从文件读取数据，这种方式可以避免繁琐的数据输入工作。本章介绍文件的概念及相关操作。

11.1 文件的基本概念

C 语言中，所有与输入输出有关的资源都看做文件，如打印机文件、显示器文件和磁盘文件等。

11.1.1 概述

所谓文件，一般是指存储在外部介质上的数据集合。例如，程序文件是程序代码的有序集合；数据文件是一组数据的有序集合。一般来说，存储介质往往是磁盘和磁带，所以，即使在关机停电的情况下，也不会丢失文件上的信息。操作系统和程序设计语言都提供了对文件进行操作的方法，但操作系统提供的一般是对整个文件的操作，如文件的复制、重命名等。而程序设计中介绍的文件操作是利用 C 函数对存储在介质上的文件中的数据进行各种输入和输出操作。

11.1.2 文件分类

从不同的角度，可以对文件进行不同的分类：
- 按存储介质不同，可以分为磁盘文件、磁带文件、打印机文件等。
- 按文件组织方式的不同，可以分为索引文件、散列文件、序列文件等。
- 按数据组织的方式不同，可以分为流式文件和记录式文件。C 语言中的文件是流式文件。
- 按数据存储形式的不同，可以分为顺序读写文件和随机读写文件。
- 按数据输入输出的传递方式，又可以分为缓冲文件系统和非缓冲文件系统。

一个文件按不同的分类可属于不同的类别，如对磁盘上的一个 C 文件进行随机存取时，该文件既是一个磁盘文件，又是一个流式文件和随机读文件，如果对这个文件只能读不能写，那么这个文件还可以称作只读文件。

11.1.3 缓冲文件系统和非缓冲文件系统

计算机系统中，把一个程序变量值写到输出设备，或从输入设备读入一个数据给程序变量时，一般不是在程序变量和输入输出设备之间直接进行的，而是通过内存中的一段区域进行的，这个区域称做文件缓冲区。从内存向磁盘等输出数据时，先送到缓冲区，待装满缓冲区或关闭文件时才把缓冲区内容一起送到磁盘；而从磁盘输入数据时，一次将文件中一批数据送到内存缓冲区，然后再从缓冲区逐个地将数据送到程序变量。

缓冲文件系统是指系统自动地在内存中为每一个正在使用的文件开辟一个缓冲区。而非缓冲文件系统是指系统不会自动为文件开辟缓冲区，而由程序为每个文件设定缓冲区。

11.1.4 流式文件

文件按数据组织方式的不同可分为流式文件和记录式文件。记录式文件中的数据是以记录为单位组织的，如人事记录、学籍记录等，数据以记录为单位进行输入输出等文件操作。C 语言中的文件是流式文件，即文件中的数据没有记录概念，文件是由字符为单位组织的，或者说以字符为记录。根据数据流的形式看，又可分为 ASCII 文件和二进制文件。ASCII 文件又称文本文件，它的每一个字节是一个 ASCII 码，代表一个 ASCII 字符。如整型 2000 在 ASCII 文件中存储要占 4 字节，分别是字符 2，0，0，0 的 ASCII 码，如图 11-1a 所示。二进制文件属于非文本文件，它是把数据以其在内存的形式存放到文件中，因此如果整型数据 2000 在内存占 2 个字节，其在文件中也占 2 个字节，如图 11-1b。ASCII 文件直观，且可以直接显示，统一采用 ASCII 编码，易于移植，便于对字符逐个进行处理。但在读写文件时，要把内存中以二进制形式存在的数据转换成 ASCII 编码形式，或把 ASCII 字符形式的数据转换成二进制形式。二进制文件一般来说占存储空间较小，节省了数据在 ASCII 码和二进制之间的转换时间，一般中间结果或数据量很大的数值文件常用二进制文件保存。

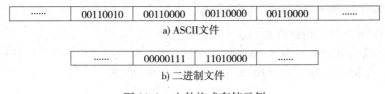

a) ASCII文件

b) 二进制文件

图 11-1　文件格式存储示例

C 语言中没有输入输出语句，所有输入输出工作由标准函数库中的一批标准输入输出函数来完成。下面首先介绍缓冲文件系统的文件操作。

11.2 标准文件

一般情况下，一个程序运行后，免不了要通过键盘、显示屏进行数据输入和结果输出。为此，C 语言定义了三个标准文件：
- 标准输入文件（stdin）
- 标准输出文件（stdout）
- 标准出错信息输出文件（stderr）

程序运行过程中，如无特别指明，输入数据将来自标准输入文件，输出结果和出错信息将发往标准输出文件和标准出错信息输出文件。通常，标准输入文件对应键盘，标准输出文件和标准出错信息输出文件对应显示屏，但也可以通过重定向等手段根据用户需要改变为其他指定文件。这些标准文件都是缓冲文件，定义在头文件 **stdio.h** 中。

C 程序一运行，系统就自动打开这三个标准文件，程序员不必在程序中为了使用它们而打开这些文件，可以利用前面介绍的标准输入输出函数直接进行操作，只要源程序文件中包含了头文件 stdio.h，程序运行结束后，系统自动关闭这三个标准文件。

11.3　文件类型指针

在缓冲文件系统中，通过文件指针与相应的文件建立联系，所有对文件的操作都是对文件指针所标识的文件进行的，因此缓冲文件系统的文件操作是建立在文件指针的基础上的。系统为每一个正在使用的文件开辟一个区用于存放该文件的有关信息，如文件名、文件状态、文件当前位置、缓冲区位置等，这些信息存放在一个称做 FILE 的结构中，而文件指针是指向这个 FILE 结构的指针。FILE 结构在头文件 stdio.h 中定义。显然通过文件指针可以唯一地标识一个文件，进而实现对文件的各种操作。不同版本的 C 对结构 FILE 的定义各不相同，但编程人员可以不考虑它们之间的差别，完全通过文件指针完成文件操作。

下面是对 FILE 的定义：

```
FILE  *fp;
```

指针变量 fp 是指向 FILE 类型结构的指针。通过文件打开操作可以使 fp 指向某个文件的 FILE 结构变量，从而通过 fp 访问指定文件。

11.4　文件的打开与关闭

11.4.1　文件的打开

在对文件进行任何操作之前，必须首先打开这个文件。所谓打开文件，就是为该文件申请一个文件缓冲区和一个 FILE 结构，并返回指向该 FILE 结构的指针。函数 fopen 是文件打开函数。

定义：

```
FILE*fpopen(char  *filename,char  *mode)
```

返回：指向打开文件的指针或 NULL。

说明：用 mode 方式打开名为 filename 的文件，若打开成功，则返回指向新打开文件的指针；否则返回 NULL。空指针值 NULL 在 stdio.h 中被定义为 0。例如：

```
FILE*fp;
fp = fopen("abc.dat","r");
```

表示以只读("r")方式打开文件 abc.dat，并把返回的文件指针赋给变量 fp。如果文件打开成功，以后对该文件的操作可以通过引用文件指针变量 fp 完成。

为了确保文件打开的正确性。应对 fopen() 的返回值进行测试：

```
if((fp = fopen("abc.dat","r")) == NULL)
{
  printf("Can't open file: abc.dat\n");
  exit(0);
}
```

当文件打开失败时，显示提示信息，然后执行 exit 终止程序的运行；如果打开成功，则执行 if 下面的语句。

文件打开失败的原因可能是以"r"方式打开一个并不存在的文件，或者没有缓冲区可分配等原因引起的。

文件打开方式(mode)决定了该文件打开以后所能进行的操作，"r"方式表示只能从打开文件输入数据，即只能进行读操作。用 fopen() 函数打开文件的方式很多，表 11-1 是对这些方式的总结。

表 11-1　文件打开方式

文件使用方式	含义
"r/rb"（只读）	为输入打开一个文本/二进制文件
"w/wb"（只写）	为输出打开或建立一个文本/二进制文件
"a/ab"（追加）	向文本/二进制文件尾追加数据
"r+/rb+"（读写）	为读/写打开一个文本/二进制文件
"w+/wb+"（读写）	为读/写建立一个文本/二进制文件
"a+/ab+"（读写）	为读/写打开或建立一个文本/二进制文件

用 fopen()函数打开文件时应注意：

1）用"r"方式只能打开已存在的文件，且只能从该文件中读数据，不能向该文件写数据。

2）用"w"方式打开文件时，如文件存在，则自动清除该文件中已有的内容，如文件不存在则自动建立该文件。用这种方式打开文件时，不能从该文件读数据，只能把数据写到该文件中去。

3）用"a"方式打开文件时，如文件已存在，则文件打开的同时，位置指针移到文件末尾，只能向该文件尾部添加新的数据，不能从文件读数据，文件中原来存在的数据不会丢失。如文件不存在，则先自动建立该文件，然后可以向它写数据。

4）用"r+"、"w+"、"a+"方式打开的文件，既可以进行读操作，也可以进行写操作。用"r+"方式只能打开已存在的文件；用"w+"方式先自动建立该文件，然后向它写数据或从它读数据；用"a+"方式只能打开已存在的文件，同时位置指针移到文件末尾，文件中原来的数据不会丢失。

5）上述原则对文本文件和二进制文件都适用。

6）若要指明打开的文件是文本文件，则在读写方式后加上 t，如"t"、"wt"等。如果以二进制方式打开或创建文件，则在读写方式后加上 b，如"rb"等。如果既不指明 t，又不指明 b，则以系统此时的设置为准。如系统设 t 为文本方式，那么以文本方式打开或创建文件；如系统设 t 为二进制方式，那么以二进制方式打开或创建文件。一般地，系统设 t 为文本方式。

7）从文本文件中读取数据时，系统会自动将回车符转换为一个换行符，在输出时会把换行符转换为回车符和换行符两个字符。在二进制文件中不会出现这种转换，输出到文件中的数据形式与内存中的数据形式完全一致。

8）标准输入文件、标准输出文件和标准出错信息输出文件在程序运行时系统自动打开，它们的文件指针分别是 stdin、stdout 和 stderr，这三个标识符在头文件 stdio.h 中定义。

这里提到了文件位置指针，每个打开着的文件都有一个位置指针，位置指针指向文件中的某位置，当把数据写到文件中去时，就写到位置指针此时所指的这个位置，从文件读数据时也是读位于位置指针所指的这个位置上的数据。文件位置指针的概念在文件随机读写这一节进一步介绍。

11.4.2　文件的关闭

当一个打开的文件经过一定操作后不再使用时，或者要以另一种方式使用时，应当关闭这个文件，一旦文件被关闭，其文件指针就不再指向该文件，文件缓冲区也被系统收回。这个文件指针以后可用于指向别的文件。关闭文件用 fclose 函数。

定义：int fclose(FILE　*fp)

返回：0 或 EOF

说明：把 fp 指向的文件关闭，如成功则返回 0；否则返回 EOF。

　　　　文件结束符 EOF 是一个符号常量，在 stdio.h 中定义为 -1。

例如，下面是典型的文件操作程序段：

```
FILE   *fp;
if((fp=fopen("abc.dat","r"))==NULL){
  printf("Can not open file:abc.dat\n");
```

```
        exit(1);
    }
```

文件关闭语句如下:

```
fclose(fp);
```

用 fclose 函数把 fp 所指的文件关闭后,就不能再通过 fp 对该文件进行操作,除非再一次打开该文件。考虑到每一个操作系统对同时打开的文件数有限制,一个文件不再操作时,应及时关闭它以释放缓冲区和文件指针变量,同时可以确保文件数据不致丢失。因为在向文件写数据时,先把数据写到缓冲区,待缓冲区满后才写到文件中去,一旦缓冲区未满而程序非正常终止,就有可能丢失数据。fclose 函数不管缓冲区是否满,先把缓冲区内容写到文件中,然后关闭文件并释放缓冲区和文件指针变量。

三个标准文件 stdin、stdout 和 stderr,在程序终止时系统会自动关闭。

11.5　文件的顺序读写

文件打开以后,就可以对它进行读写操作了。文件读写方式可分为顺序读写和随机读写。

顺序读写是指:从文件中第一个数据开始,按照数据在文件中的排列顺序逐个地读写。

随机读写是指:不按照数据在文件中的排列顺序,而是随机地对文件中数据进行读写。

与第 4 章介绍的输入/输出函数相似,对文件进行读写操作的函数也有读写字符和读写各种类型数据两类。

11.6　常用文件顺序读写函数

putchar 函数和 getchar 函数,是向标准输出设备输出一个字符和从标准输入设备输入一个字符,fputc 函数和 fgetc 函数是向文件输出一个字符和从一个文件中读入一个字符。

1. fgetc 函数

定义: int fgetc (FILE　*fp)

返回:一个字符或 EOF

说明:从 fp 所指文件的当前位置读一字符,如成功则返回该字符,同时文件当前位置向后移动一个字符,否则返回 EOF(End Of File)。

[例 11-1]　把文件 mail.c 中的内容在屏幕上显示。

程序如下:

```
#include < stdio.h >
main()
{
    char c;
    FILE  *fp;
    if((fp = fopen("main.c","r")) == NULL)
    {
        printf('Can't open file: main.c \n");
        exit(1);
    }
    while((c = fget(fp))! = EOF)
        putchar (c);
    flcose(fp);
}
```

第一次执行 fgetc()时得到文件中的第一个字符,第二次执行 fgetc()时得到文件中的第二个字符。也就是说 fgetc()的每一次执行都读入一个字符,同时为读入下一个字符作好准备。当读入最后一个字符后,又一次执行 fgetc()函数将得到 EOF。

while 循环把文件中从第一个字符开始直至最后一个字符都在屏幕上显示，包括文件 main.c 中的制表符 Tab、换行符等。也可以通过命令行参数，把文件名作为命令行参数。

[例 11-2] 把若干个文件内容顺序显示在屏幕上。

程序如下：

```c
#include <stdio.h>
main(int argc,char *argv[])
{
  int i;
  FILE *fp;
  char ch;
  if(argc ==1)
  {
  printf("Missing parameters.\n");
    exit(1);
  }
  while ((c = fgetc(fp))! = EOF)
    putchar(c);
  fclose(fp);
}
```

命令行参数中的各文件名在 argv[1] ~ argv[argc − 1]中，程序先打开文件 argv[1]，显示该文件的内容，然后关闭文件；再打开文件 argv[2]，…；直到所有文件都显示完。当第二次、第三次打开文件时，上一次打开的文件已关闭；其文件指针已释放。因此，fp 可用于第二次、第三次打开的文件。

如果这个程序经编译、链接后的可执行文件名为 TYPE_1.EXE，则命令：

TYPE_1 文件名 1　　文件名 2

将在屏幕上依次显示这两个文件的内容。

2. fputc 函数

定义：int fputc(FILE* fp)

返回：ch 或 EOF

说明：把字符 ch 输出到 fp 所指文件的当前位置上，如成功则返回 ch，同时文件当前位置向后移动一个字符；否则返回 EOF。

[例 11-3] 文件复制，把一个文件中的内容复制到另一文件中去。

程序如下：

```c
#include <stdio.h>
main()
{
  char ch;
  FILE *fp1, *fp2;
  char srcfile[20],tarfile[20];
  printf("Please input source filename:");
  scanf("%s",srcfile);
  printf("Please input target fulename:");
  scanf("%s",tarfile);
  if ((fp1 = fopen(srcfile,"r")) == NULL)
  {
    printf("Can't open source file: %s\n",tarfile);
    exit(1);
  }
  if ((fp2 = fopen(tarfile,"w")) == NULL)
  {
    printf("Can't open target file: %s\n",tarfile);
    exit(1);
  }
```

```
    while ((ch = fgetc(fp1))! = EOF)
      fputc(ch,fp2);
    fclose(fp1);
    fclose(fp2);
  }
```

用 fgetc 函数从文本文件读字符时，如遇到文件结束或出错，则返回 EOF(- 1)。由于 ASCII 码值在 0 ~ 255 之间，因此，如例 11-3 那样，可用 fgetc 的返回值检测是否文件结束。但当用 fgetc 函数从二进制文件读字符时，字节的值完全有可能是 - 1，因此用 fgetc 的返回值来检测文件是否结束或出错就不适宜了。为了解决这个问题，ANSI C 提供了 feof 和 ferror 函数，其中 feof(fp)用来检测 fp 所指文件是否结束，而 ferror(fp)检测 fp 所指文件上的操作是否出错。

当 feof 函数检测到文件结束时，返回 1，否则返回 0。因此，对二进制文件进行顺序读入时，读写字符的 while 循环应改成：

```
while(! feof(fp1))
{
  ch = fgetc(cp1);
  putc(ch,fp2);
}
```

上述方法也可用于对文本文件的顺序读操作。

我们在后面会进一步介绍 feof 函数和 ferror 函数。

从 fputc 和 fgetc 的定义和功能看，putchar 和 getchar 与它们很相似，事实上 putchar 和 getchar 在 stdio. h 中以宏的形式定义成：

```
#define putchar(c) fputc(c,stdout)
#define getchar() fgetc(stdin)
```

可见，putchar 和 getchar 函数的功能是用 fputc 和 fgetc 函数完成的。

fputs 函数和 fgets 函数。利用 fgetc 和 fputc 函数可以逐个字符地进行输入输出，而用 fgetc 和 fputc 可以以字符串为基本单位进行输入输出。

3. fputs 函数

定义：int fputs(char * str,FILE * fp)

返回：0 或 EOF

说明：向 fp 所指向的文件输出字符串 str，如成功则返回 0，同时文件当前位置向后移动 str 长度个位置；否则返回 EOF。

[例 11-4] 把从键盘输入的若干行内容保存到一个文件中，直至输入一行"#"。

程序如下：

```
main()
{
  FILE *fp;
  char str[200],filename[20];
  printf("Please input filename:");
  scanf(" %s",filename);
  if ((fp = fopen(filename,"w")) == NULL)
  {
    printf("Can't open file: %s\n",filename);
    exit(1);
  }
  scanf(" %s",str);
  while(strcmp(str,"#")! = 0)
  {
    fputs(str,fp);
    scanf(" %s",str);
  }
}
```

4. fgets 函数

fgets 函数从指定文件读入一个字符串。

定义：int fgets(char　*str,int n,FILE　*fp)

返回：地址 str 或 NULL

说明：从 fp 所指文件的当前位置开始读入 n-1 个字符，自动加上尾标记'\n'，作为字符串送到 str 中。如果读入过程中碰到换行符或文件结束，则输入提前结束，实际读入的字符数不到 n-1 个。如输入成功则返回地址 str；否则返回 NULL。

例如，例 11-3 文件复制中的源文件如果每行不超过 299 个字符，那么例 11-3 的程序可改成：

```c
#include < stdio. h >
main()
{
  FILE　*fp1, *fp2;
  char srcfile[20],tarfile[20],buf[300];
  printf("Please input source filename:");
  scanf(" %s",srcfile);
  printf("Please input target filename");
  scanf(" %s",tarfile);
  if((fp1 = fopen(srcfile,"r")) == NULL)
  {
    printf("Can't open source file: %s \n",srcfile);
    exit(0);
  }
  if((fp2 = fopen(tarfile,"w")) == NULL)
  {
    printf("Can't open target file: %s \n",tarfile);
    exit(1);
  }
  while(fget(buf,300,fp1)! = NULL)
    fputs(buf,fp2);
  fclose(fp1);
  fclose(fp2);
}
```

例 11-3 是逐个字符复制，而这里是逐行复制。

fgets、fputs 函数与 gets、puts 函数很相似，在 stdio. h 中 gets 和 puts 被定义成：

```c
#define gets(buf,n) fgets(buf,n,stdin)
#define puts(buf) fputs(buf,stdout)
```

fprintf 函数和 fscanf 函数。与 printf 函数和 scanf 函数相似，fprintf 函数和 fscanf 函数是格式化输入输出函数，前者是从标准输入输出文件进行读写操作，而后者可以从任一指定文件进行读写操作。

5. fprintf 函数

定义：int fprintf(FILE　*fp,char format[],输出列表)

返回：EOF 或已输出的数据个数

说明：函数中的格式控制串 format 和输出列表 args 的形式和用法与 printf 中的格式控制串和输出列表完全相同，只是该函数向 fp 所指的文件按 format 指定的格式输出数据，而 printf 函数是向标准输出文件（显示屏）输出数据。如输出成功则函数返回实际输出数据的个数，否则返回 EOF。

[**例 11-5**]　建立一个学生成绩文件"grade. txt"，其数据包括：班级、姓名，以及数学、英语、计算机三门课程的成绩。

程序如下：

```c
#include < stdio. h >
```

```
main()
{
  FILE *fp;
  char class[20],name[10],ans;
  float math,English,computer;
  if((fp=fopen("grade.txt","w"))==NULL)
  {
    printf("Can't open source file:grade.txt\n");
    exit(1);
  }
  while(1){
    printf("Please input class,name,math,English,computer\n");
    scanf("%s,%s,%f,%f,%f",class,name,&math,&English,&computer);
    fprintf(fp,"%s,%s,%f,%f,%f\n",class,name,math,English,computer);
    printf("input anymore(y/n):?");
    ans=getchar();
    if(ans!='y'&&ans!='Y')
      break;
  }
  fclose(fp);
}
```

6. fscanf 函数

定义：int fscanf(FILE　＊fp,char　＊format,输入列表)

返回：0 或已读入的数据个数

说明：函数中的格式控制串 format 和输入列表 args 的形式和用法与 scanf 中的完全一样，只是 fscanf 是从 fp 所指的文件按指定格式输入数据，而 scanf 函数是从标准输入文件(键盘)输入数据。如输入成功则函数返回实际输入数据的个数，否则返回 0。

[例 11-6]　从键盘按格式输入数据存到磁盘文件中去。程序如下：

```
#include <stdio.h>
main()
{char s[80],c[80];
  int a,b;
  FILE  *fp;
  if((fp=fopen("test","w"))==NULL)
  { puts("can't open file"); exit() ; }
  fscanf(stdin,"%s %d",s,&a);/* read from keyboard */
  fprintf(fp,"%s %d",s,a);/* write to file */
  fclose(fp);
  if((fp=fopen("test","r"))==NULL)
  { puts("can't open file");exit(); }
  fscanf(fp,"%s %d",c,&b);/* read from file */
  fprintf(stdout,"%s %d",c,b);/* print to screen */
  fclose(fp);
}
```

上面程序中，fscanf(stdin,"%s %d",s,&a)与 scanf("%s %d",s,&a)功能一样。

fread 函数和 fwrite 函数。非格式化读写函数 fgetc 和 fputc 是读写一个字符，但有时需要从文件读写一段数据，fgets 和 fputs 可以读写若干个字符(字符串)，而函数 fread 和 fwrite 可以实现读写一段任意类型数据。

7. fread 函数

定义：int fread(char buf[],unsigned size,unsigned n,FILE * fp)

返回：0 或实际读入的数据段个数

说明：从 fp 所指文件中读入 n 段数据，每段长度为 size 个字符(或字节)，读入的数据依次放在 buf 为起始地址的内存中。如读入成功则返回实际读入的数据段个数，否则返回 0。

8. fwrite 函数

fwrite 向文件写 n 段数据。

定义：int fwrite(char buf[],unsigned size,unsigned n,FILE *fp)

返回：0 或实际输出的数据段个数

说明：从 buf 为起始地址的内存中，共 n 段数据，写到 fp 所指文件中，每段数据长度为 size 个字符(或字节)。如写成功则返回实际输出的数据段个数，否则返回 0。

fread 函数和 fwrite 函数一般用于读写二进制文件，对文本文件由于在读写时要进行转换，有时文本文件中看到的字符个数与实际读写的字符个数可能不同，如文本文件中有"a\142c"，共 6 个字符，但 C 中它实际表示的是 3 个字符，其中'\142'表示字符'b'，而二进制文件就不会有这种情况，因为文件中的数据形式与内存中的完全相同，不需要经过转换。

[例 11-7] 用 fwrite、fread 函数建立一个二进制学生文件"grade. dat"，然后显示文件中数据。程序如下：

```c
struct student
{
  char class[10],name[10];
  float math,English,computer;
};
#include < stdio. h >
main()
{
  struct student stud;
  FILE *fp;
  char ans;
  if((fp = fopen("grade. dat","wb")) == NULL)
  {
    printf("Can't open file:grade. dat\n");
    exit(1);
  }
  while(1){
    printf("Please input class,name,math,English,computer\n");
    scanf(" %s, %s, %f, %f, %f",stud. class,stud. name,&stud. math,&stud. english,&stud. computer);
    fwrite((char *)(&stud),sizeof(struct student),1,fp);
    printf("input anyone()y/n:?");
    ans = getchar();
    if(ans! = 'y'&&ans! = 'Y')
      break;
  }
  fclose(fp);
  if((fp = fopen("grade. dat","rb")) == NULL)
  {
    printf("Can't open file:grade. dat\n");
    exit(1);
  }
  while(! feof(fp))
  {
    fread((char *)(&stud),sizeof(struct student),1,fp);
    printf(" %10s, %10s, %6. 2f, %6. 2f, %6. 2f\n",stud. class,stud. name,stud. math,
    stud. english,stud. computer);
  }
}
```

11.7　文件顺序读写的应用举例

[例 11-8] 在一个文本文件 text. dat 中，统计大小字母 a ~ z、A ~ Z，数字 0 ~ 9 和其他字符的出现频数。

分析：要统计各个字符出现的频数，应该用字符输入函数 fgetc，而不宜用其他输入函数，否则空格、换行符等无法统计。用整组 lower[26]、upper[26]、digit[10]和变量 others 记录各种符号的出现频数。

程序如下：

```c
#include < stdio. h >
#include < ctype. h >
main( )
{
  FILE *fp;
  char c;
  int lower[26],upper[26],digit[10],others,i;
  for(i = 0;i < 26;i ++ )
    lower[i] = upper[i] = 0;
  for(i = 0;i < 10;i ++ )
    digit[i] = 0;
  others = 0;
  if((fp = fopen("text. dat","r")) == NULL)
  {
    printf("Can't open file:text. dat \n");
    exit(1);
  }
  while((c = fgetc(fp))! = EOF)
  {
    if(isdigit(c))
      digit[c - '0'] ++ ;
    else
    if( isalpha(c))
      if ( islower(c) )
        lower[c - 'a'] ++ ;
      else
        upper[c - 'A'] ++ ;
      else
        others ++ ;
  }
  for (i = 0;i < 26;i ++ )
    printf(" %c: %d\n",'a' + i,lower[i]);
  for (i = 0;i < 26;i ++ )
    printf(" %c: %d\n",'A' + i,upper[i]);
  for (i = 0;i < 10;i ++ )
    printf(" %c: %d\n",'0' + i,digit[i]);
    printf("others: %d\n",others);
  fclose(fp);
}
```

这里用到了三个函数：isdigit()、isalpha()和 islower()。它们是 C 语言标准库函数，在头文件 ctype. h 中声明，分别用于检查一个字符是否是数字、字母和小写字母，如果是则返回 1；否则返回 0。

11.8　文件的随机读写

前几节的输入输出是顺序操作，即按照数据在文件中的顺序依次读入或把数据按照写操作的顺序在文件中顺序排列。但文件中数据的读写顺序也可能与其排列顺序不完全一致。这就是文件的随机读写。利用 C 语言的标准输入输出函数也可以完成随机读写操作。

文件的随机读写涉及数据在文件中的位置。因为 C 文件是流式文件，字符或字节是文件的基本单位，因此一个数据在文件中的位置用该数据与文件头相隔多少个字符（或字节）来表示。同时，文件在进行读写时也有一个位置指针，正如前几节提到的那样，对文件进行读入操作时，读入的是该文件的位置指针此时所指位置上的数据，而对文件进行写操作时，数据是写到该文件位置指针此时所指的位置上。显然，通过移动文件的位置指针，就可以实现文件的随机读写。

11.8.1　文件的定位

一个打开着的文件中有一个用于定位的位置指针。文件刚打开时，位置指针处于文件数据的第一个字符（或字节），随着读写操作的进行，每读入或写出一个字符（或字节），位置指针就自动向后移动一个字符（或字节），使位置指针处于下一个要写或要读的位置。如果要进行随机读写，就要人为地改变位置指针的这种变化规律，使位置指针强制地指向另一位置。在任一时刻，文件位置指针所处的位置叫当前位置。C 语言有一组标准函数用于改变文件当前位置。

1. rewind 函数

rewind 函数使文件的位置指针重新置于文件头。

定义：void rewind(FlLE * fp)

返回：无

说明：使 fp 所指文件的位置指针重新置于文件的开头，与文件刚打开时的状态一样。

2. feof 函数

feof 函数用于检测文件当前读写位置是否处于文件尾部。只有当当前位置不在文件尾部时，才能从文件读数据。

定义：int feof(FILE * FP)

返回：0 或非 0

说明：如 fp 所指文件的位置处于文件尾部，返回非 0；否则返回 0。在对文件进行读操作前，应用这个函数测试当前位置是否在文件尾部。

[例 11-9]　把文件 tx1. dat 复制到 tx1. bak，并同时在屏幕上显示。

程序如下：

```
#include < stdio. h >
main()
{
  FILE *fp1, *fp2 ;
  char name[10],tele[10],addr[30];
  int num;
  if((fp1 = fopen("tx1. dat","r" )) == NULL){
    printf("Can't open file:tx1. dat\n");
    exit(1);
  }
  if((fp2 = fopen("tx1. dat","w" )) == NULL)
  {
    printf("Can't creat file:tx1. dat\n");
    exit(1);
  }
  while(! feof(fp1))
    fputc(fgetc(fp1),fp2);
  rewind(fp1);
  while(! feof(fp1))
    putchar(fgetc(fp1));
  fclose(fp1); fclose(fp2);
}
```

程序中，如果不用 rewind 函数，为了把 tx1. dat 中内容在屏幕上显示，需关闭 tx1. dat，然后再打开它，但这样的执行速度比 rewind 慢。

3. fseek 函数

fseek 函数用于移动文件读写指针至另一位置。

定义：int fseek(FILE * fp,long offset,int base)

返回：0 或非 0

说明：按方式 base 和偏移量 offset 重新设置文件 fp 的当前位置。base 的取值是 0、1 和 2 中的一个，分别表示偏移量 offset 是相对文件头、文件当前位置和文件末尾，base 的实参也可以用符号 SEEK_SET\SEEK_CUR 和 SEEK_END 代替。它们在 stdio.h 中分别被定义成 0、1 和 2，如移动成功则返回 0；否则返回非 0。

例如：

fseek(fp,20L,1)	使位置指针从当前位置向前移动 20 个字节。
fseek(fp, −20L,SEEK_CUR)	使位置指针从当前位置向后移动 20 个字节。
fseek(fp,20L,SEEK_SET)	使位置指针移到距文件头 20 个字节处。
fseek(fp,0L,2)	使位置指针移到文件尾。

[例 11-10] 如有一个二进制文件"zggz"按职工号顺序存放如下结构的数据，职工号依次是 1、2、3、…。编一程序，输入任一职工号，显示该职工的数据。

程序如下：

```
#include < stdio.h >
struct emp_sal
{
  int num;
  char name[10];
  float salary;
};
main()
{
  struct emp_salemp;
  int n;
  FILE  *fp;
  if((fp = fopen("zggz",rb)) == NULL)
  {
    printf("Can't open file:zggz\n");
    exit(1);
  }
  while(1)
  {
    printf("please input employee number:");
    scanf(" %d",&n);
    if(n == 0) break;
    fseek(fp,(long)(n − 1)*sizeof(struct emp_sal),SEEK_SET);
    read((char *)(&emp),sizeof(struct emp_sal),1,fp);
    printf("name = %10s,salary = %7.2f\n",emp.name,emp.salary);
  }
  fclose(fp);
}
```

文本文件也可以随机读写，但是注意文本文件中的数据长度与该数据在机器内的长度可能不一致。这点在前面介绍 fwrite 函数时已提到过。

函数参数 base 是起点，而 offset 是相对的位移量（以字节计）。offset 为正数时，从起点向后移；为负数时，从起点向前移。要求 offset 是长整型，以确保文件很长时，也能在文件内正确移动位置指针。

4. ftell 函数

对文件进行一系列读写操作后，程序员很难记住此时文件位置指针的值，可以用 ftell 函数了解文件的当前位置。

定义：long ftell(FILE*fp)

返回：−1L 或当前位置

说明：取 fp 所指文件的当前位置，如成功则返回该值；否则返回 −1L；

[例 11-11] 可用 ftell 函数和相对于当前位置进行定位。

程序如下：

```
#include < stdio. h >
struct emp_sal
{int num;
  char name[10];
  float salary;
};
main(){
  struct emp_sal emp;
  int n;
  FILE *fp;
  if((fp = fopen("zggz","rb")) == NULL)
  {
    printf("Can't open file:zggz\n");
    exit(1);
  }
  while(1)
  {
    printf("please input employee number:");
    scanf(" %d",&n);
    if(n == 0) break;
    fseek(fp,(long)(n-1)*sizeof(struct emp_sal) - ftell(fp),SEEK_CUR);
    fread((char *)(&emp),sizeof(struct emp_sal),1,fp);
    printf("name = %10s,salary = %7.2f\n",emp. name,emp. salary);
  }
  fclose(fp);
}
```

11.8.2　文件操作的出错检测

文件操作的每一个函数在执行中都有可能出错，C 语言提供了相应的标准函数用于检测文件操作有否出现错误。

1. ferror 函数

定义：int ferror(FILE ＊fp)

返回：0 或非 0

说明：检查上次对文件 fp 所进行的操作是否成功，如成功则返回 0；否则返回非 0。

对文件的每一次操作都将产生一个新的 ferror 函数值，而 ferror 只能检侧最近的一次错误。因此，应该及时调用 ferror 函数检测操作执行的情况，以免丢失信息。

2. clearen 函数

定义：void clearen(FILE ＊fp)

返回：无

说明：置文件的错误标志和文件结束标志为 0，即清除错误标志和结束标志。当文件操作产生错误时，其错误标志将一直保持，直至下一个输入输出操作或 clearen 函数调用，同样，文件结束标志也将保持到位置指针新的移动或 clearen 函数的调用。

11.9　非缓冲文件系统

尽管利用缓冲文件系统的文件操作函数可对文件进行各种操作，但仍有许多版本的 C 语言保留了不属于 ANSI C 的非缓冲文件系统。建议读者在实际中尽量少用非缓冲文件系统，因为它是一种低级输入输出系统，相对来说程序的移植性较差。

在非缓冲文件系统中，系统不会自动分配缓冲区。要由程序分配缓冲区给文件，且在非缓冲文件系统中没有文件指针，而是通过一个称做"文件描述符"的整数来标识操作的文件。打开或建立文件时，系统会自动分配一个整数给这个文件，这个整数就是该文件的描述符。得到了文件描述符，可以利用非缓冲文件系统中一组函数实现对指定描述符的文件进行读写操作等。

1. creat 函数

定义：int creat(char *filename,int mode)

返回：-1 或正整数

说明：建立一个名为 filename 的文件，并以 mode 方式打开它。如成功，则返回一个正整数作为打开文件的文件描述符；否则返回-1。打开方式 mode 值是 0、1 或 2 中的一个，它限定了可以在打开的文件上执行哪些操作。用 creat 函数建立文件时，如文件已存在，则文件中原有的内容都将丢失，如要使原有文件内容不丢失，应使用 open 函数打开文件，而不是建立文件。

mode	操作
0	只读
1	只写
2	读/写

例如：

```
int fd;
if((fd=creat("abc.dat",1))==-1)
{
  printf("Can't creat file.abc:dat\n");
  exit(1);
}
```

通过文件打开或文件建立，可以得到文件描述符，一旦一个文件描述符与某文件建立了联系。就可以通过这个文件描述符访问文件，直至文件被关闭。

2. open 函数

定义：int open(char *filename,int mode)

返回：-1 或正整数

说明：以 mode 方式打开指定文件，如成功，则返回一个正整数作为该文件的描述符；否则返回-1。

mode 的含义和取值与 creat 函数中的 mode 相同。open 函数以指定的方式 mode 打开文件，一般该文件已存在。对于不存在的文件，将产生一个错误信号，应先用 creat 函数建立文件。有的 C 版本在执行 open 函数时，如文件存在则打开，如不存在则先建立，再打开。

3. close 函数

与 fclose 相似，close 函数关闭打开着的文件。

定义：int close(int fd)

返回：-1 或 0

说明：关闭文件描述符 fd 指向的文件，如成功，则返回 0；否则返回-1。

执行 close 函数文件被关闭后，这个文件描述符就与文件不再有联系，在打开别的文件时，系统可能会把这个函数分配给别的文件使用。由于一个 C 语言内允许同时打开的文件数目总有限制，例如 fd 的值为 1~10，因此应对不再使用的文件及时关闭，以使系统有足够的空闲描述符可供文件打开时用。

4. write 函数

write 函数把缓冲区中的内容写到文件中。

定义：int write(int fd,void *buf,unsigned int size)

返回：-1 或一个正整数

说明：把缓冲区 buf 中长度为 size 个字节的数据写到 fd 指向的文件中。如写入成功则返回实际写入的字符个数；否则返回-1。

参数 buf 声明"void *buf;"表示 buf 是一个指针，而且指针所指内容的类型可以是任意的。考虑到缓冲区可能很大，因此 size 是 unsigned 类型的。

[例 11-12] 把键盘输入的"#"为结束符号的字符序列，写到文件"temp"中。

程序如下：

```c
#include <stdio.h>
#define MAXL 256
main()
{
  char buf[MAXL];
  int n,getline(),fd;
  if((fd=creat("temp",1))==-1){
    printf("Can't creat file.\n");
    exit(1);
  }
  while(1){
    n=getline(buf);
    if(strcmp(buf,"#")==0) break;
    if(write(fd,buf,n)! =n){
      printf("Error on write!\n");
      exit(1);
    }
  }
  close(fd);
}
int getline(char buf[])
{
  char *p;
  int i;
  p=buf;
  for(i=0;i<MAXL-1&&(*(p+i)=getline())! ='\n';i++);
  *(p+i)='\0';
  return(i);
}
```

5. read 函数

read 函数把文件中的内容读入缓冲区。

定义：int read(int fd,void *buf,unsigned int size)

返回：-1 或一个正整数

说明：从 fd 所指文件读入 size 个字节的数据，存入缓冲区 buf 中。如读入成功，则返回实际读入的字节数；否则返回 -1。

[例 11-13] 把文件"temp"中的内容在屏幕上显示。

程序如下：

```c
#include <stdio.h>
#define MAXL 256
main()
{
  int fd,n;
  char buf[MAXL];
  if((fd=open("temp",0))==-1)
  {
    printf("Cant't open file.\n");
    exit(1);
  }
  while((n=read(fd,buf,MAXL-1))! =-1)
  {
    buf[n]='\0';
    printf("%s",buf);
  }
  close(fd);
}
```

当最后文件内容读完时，read 返回 -1。

6. lseek 函数

非缓冲文件系统中，每个打开着的文件中也有一个用于定位的位置指针，对文件进行读入操作时，读入的是该文件的位置指针此时所指位置的数据，而对文件进行写操作时，数据是写到该文件位置此时所指的位置上。同时每读入或写出一个字符时，位置指针就自动向后移动一个字符，使位置指针处于下一个要读或要写的位置。通过移动文件位置指针，可对文件进行随机读写。lseek 函数完成移动位置指针的功能。

定义：int lseek(int fd,long offset,int base)

返回：0 或非 0

说明：对 fd 所指文件的位置指针，相对参数 base 指定的基准点，移动 offset 个字节，如成功则返回 0；否则返回非 0。与 fseek 一样，base 的取值含义也有三种方式：

- 文件首
- 文件位置
- 文件尾

如缓冲文件系统那样，通过 lseek 函数移动文件位置指针，就能实现文件的随机读写了。

7. tell 函数

定义：long tell(int fd)

返回：-1L 或当前位置

说明：取 fd 所指文件的当前位置，如成功则返回当前位置；否则返回 -1L。

习　题

11.1　编写一个函数 getline(fp. s)，从文件 fp 当前位置开始读入不超过 240 个字符的一行，放到字符串 s 中。

11.2　从键盘输入以 '#' 结尾的字符序列，把其中的大写字母转换成小写字母，小写字母转换成大写字母，然后写到一文件中。

11.3　统计一个文件中的数字个数、字母个数、其他可打印字符个数和不可打印字符个数。

11.4　逐行比较两个文本文件，如不相等，则输出在哪行的第几个字符处发生不等。

11.5　按下表中的数据建立文件 gz. dat(字段长度自己定)，其中划×的值需先计算出来。

职工号	姓名	基本工资	附加工资	房租费	水电费	实发工资
1011	王强	235.00	120.00	21.10	17.6	×
1023	赵建明	180.00	120.00	16.00	9.50	×
⋮					⋮	×

11.6　文件 gz. dat 是习题 11.5 建立的，现从键盘输入一职工号，如文件中有该职工的数据，则显示这些数据，否则显示提示信息。

11.7　文件 gz. dat 是习题 11.5 建立的，现从键盘输入一职工号，用 gz. dat 中除该职工外的其他职工数据建立一个新的文件 gz1. dat。

11.8　文件 gz. dat 是习题 11.5 建立的，现从键盘输入一个数值，用 gz. dat 中实发工资大于该数值的职工数据建立一个新的文件 gz2. dat。

11.9　把习题 11.5 建立的文件 gz. dat 中的数据，按实发工资的值从小到大排序后输出到文件 gz3. dat，然后显示输出 gz3. dat 中的数据。设文件中的职工人数不会超过 50。

11.10　文件 gz3. dat 是习题 11.9 建立的，已按实发工资从小到大排好序，现从键盘输入任一职工的数据，如文件 gz3. dat 中没有该职工的数据，则把它加到文件 gz3. dat 中，并使新文件仍按实发工资从小到大排序。

11.11　习题 11.10 是一个很实用的小程序。如果能够把用户输入的数据存盘，下次运行时读出，就更有用了，编程尝试增加此项功能。

第 12 章

综合实训

在前面的章节，我们特意安排了许多小例子和实例实训，这些小的基本型实训，功能比较单一，主题非常明确，针对性也非常强，对理解 C 语言相关概念，熟悉 C 语言语法非常有帮助。但是要想进一步提高，必须将课本上的理论知识和实践有机地结合起来，通过较大规模的实训，锻炼自己分析解决实际问题的能力和实践编程的能力。为此，本章设计了 4 个综合实训，以阐述采用 C 语言解决实际问题的方法和步骤。

12.1　综合实训一：24 点程序

12.1.1　问题描述

编写一个解 24 点游戏的程序。规则是：随机给出 4 个 1～10 之间的正整数，通过简单的四则运算和括号组合，使得表达式的最终运算结果等于 24，要求计算机列出所有满足要求的表达式。

12.1.2　问题分析

给出 3、3、8、8 这 4 个数字，可以通过构造表示式 8/(3 - (8/3)) 来获得结果 24。但本次综合实训的要求并非求解一个表达式，而是要求列出所有满足要求的表达式。下面逐步分析解决问题的基本思路：

1. 朴素解法

既然要求罗列所有解，直观的解决方法就是枚举出所有的表达式，再逐个筛选是否满足要求。这里，用 a、b、c、d 来代替 4 个正整数，用'#'、'$'、'&'代表 3 个运算符，则 a#b $ c&d 就是一个合法表达式。首先，我们从理论上推导这样的表达式一共能有多少个。

（1）每个运算符有加、减、乘、除四种，根据乘法定理 3 个运算符就有 4×4×4 = 64 种。

（2）加上括号运算，3 个运算符在运算时就有了先后关系，相当于给'#'、'$'、'&'这 3 个符号做排列，一共会产生如下 3! = 6 种情况：

```
# $ &    ->    (((a#b) $ c)&d)
#& $     ->    ((a#b) $ (c&d))
$ #&     ->    ((a#(b $ c))&d)
$ &#     ->    (a#((b $ c)&d))
&# $     ->    ((a#b) $ (c&d))
& $ #    ->    (a#(b $ (c&d)))
```

但数学表达式里规定：相同优先级的运算从左往右计算，因此第 5 个表达式和第 2 个表达式属于同一种，这样只剩下 5 种。

(3)问题描述中没有要求 4 个数字的顺序不能改变,因此也要对 4 个数字进行全排列,得到 4!=24 种表达式。

在(2)中第 1 个表达式和第 6 个表达式、第 3 个表达式和第 4 个表达式都是对称的,那(1)中穷举运算符号和(3)的全排列数字中,是否可以去除这两个对称的表达式呢?答案是不能排除。因为减法和除法不具有交换律,如果排除了类似(((1+2)+3)+4)和(4+(3+(2+1)))这样的重复表达式,则也会忽略了(((1/2)-3)/4)和(4/(3-(2/1)))这样不重复的表达式!

综上所述:4 个数字最多可以产生 64×5×24=7680 种表达式。在动态生成这 7680 条表达式后,就要进行求值。对表达式进行求值是一个很复杂的过程,因为"朴素解法"并非本程序的较优解法,因此表达式求值的方法这里不再做详细介绍。有兴趣的读者,可以参照综合实训四中的表达式运算部分。

2. 改进方法

用上面穷举的方法可以顺利解决这个问题,而且表达式的总数也只有 7680 个,对于现代计算机来说可谓是小事一桩。但其中有很多重复的表达式,比如 3 个运算符都是加号时,(2)中的 5 个表达式其实是一样的,这就浪费了不少计算时间。因此,我们接下来探讨一下有没有方法可以避免此类重复。

不妨换一种思路去解决这个问题。将这 4 个数看做一个集合,再将这个集合分割成两个非空真子集,先计算每个子集里的数经过四则运算能产生的所有值,再对这些值逐一组合进行四则运算,所得结果就是全部 4 个数通过四则运算能获得的值。下面举例说明。

先来考虑只有两个数的集合。比如{1, 2},它能分割成 {1};{2} ,集合{1}和{2}都只有一个元素,能获得的值分别是 1 和 2。再对这两个组进行四则运算,则有以下 6 种结果。

```
1+2=3
1-2=-1
2-1=1
1*2=2
1*2=2
1/2=0.5
```

同理,3 个数的集合,比如{1, 2, 3},它能分割成 {1}{2, 3};{2}{1, 3};{3}{1, 2} 3 种。其中集合 {1, 2}、{1, 3}、{2, 3} 还可以继续分割,由上例可知它们都能产生 6 种运算结果,因此 3 个数的结合可以产生 6×6×3=108 种结果。

依此类推,4 个数的集合,比如 {1, 2, 3, 4},能被分割成{1}{2, 3, 4};{2}{1, 3, 4};{1, 2}{3, 4};{3}{1, 2, 4};{1, 3}{2, 4};{2, 3}{1, 4};{1, 2, 3}{4} 7 种分割方式,一共有 108×6×4+6×6×6×3=3240 个值,和第一种方法的 7680 个相比,少了一大半!

12.1.3　数据结构分析

根据上述算法分析,在获得输入的 4 个数字以后,将面临两种选择:一种是将 4 个数合并成一个有 4 个元素的集合,然后递归式地依次分割成两个非空真子集进行运算;另一种是将 4 个数包装成 4 个只有 1 个元素的集合,然后递推式地组合出 2 −>4 个元素的集合。两种方式的效果是一样的,只是编码方式不同,如果你能理解上面的算法描述,递推式的代码会更简短。这段代码留给读者自己实现。

采用递推的方法就需要定义 4 个集群,分别用于保存由 1 −>4 个元素组成的表达式元素,这些元素的数目不确定,因此我们使用链表来动态申请;另外还需要定义元素的结构,元素中需要记录当前表达式、表达式的值以及一张映射表,如下所示。

```
typedef char EXPRESS[40];
typedef struct s_item {
  FRACTION value;
  EXPRESS expr;
```

```
    int map;// 通过整数的低4位,表示表达式用到了4个数中的哪些数
    struct s_item*next;
} ITEM,*PITEM;
```

其中表达式用字符数组记录,用于输出;表达式的值是这个表达式的运算结果,理论上用浮点数(如 double)即可,但 C 语言的浮点数精度有限,多数情况下结果等于 23.999999,因此只能取近似值。为了避免这种情况,本程序中使用自定义的结构——分数,如下所示。

```
typedef struct {
    int num;// 分子
    int den;// 分母
} FRACTION;
```

用两个整数分别记录分子和分母来代替浮点数,这样就能确保精度万无一失,只不过四则运算的函数需要自己编写;映射表用于记录该表达式中使用了集合中哪些元素,由于本程序规模很小(集合最多只有 4 个元素),因此使用整数位映射的方法。即使用一个 int 整数,其二进制最低 4 位分别代表 4 个元素的状态,0 表示该元素没出现在表达式中,1 表示该元素出现在表达式中。

12.1.4 程序执行流程和设计分析

为了进行模块化设计,程序将比较独立的操作封装成了函数,设计的函数树如图 12-1 所示。

1)程序启动时,调用函数 input,从键盘输入 4 个 1~10 之间的正整数,将它们包装成 4 个集合,每个集合包含 1 个元素,并存取第一个集群。

2)调用函数 calc,进行核心计算。算法在上一节中已经做过详细的介绍:先由两个元素个数为 1 的集合组合出元素个数为 2 的集合,并添加到第二个集群中。依次计算元素个数为 3 和 4 的集合。其中调用了 list_cross 函数。list_cross 函数用于结合前两个集群,并把结果添加到第三个集群中。具体过程是先从两个集群中取出两个元素,检查它们表达式中的元素是否有重叠,确认没有重叠以后分别调用 add、subtract、multiply、divide 函数以执行加、减、乘、除、反减、反除 6 个操作。

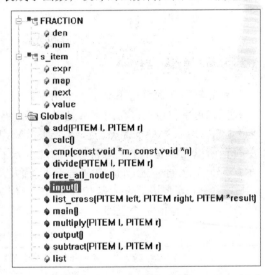

图 12-1 24 点程序函数树

3)调用函数 output 将第四个集群里值为 24 的表达式输出到屏幕。但如果输入的 4 个数字中有重复的数字,那么输出结果也会有部分重复的表达式。这是因为算法实现中都是统一地进行加、减、乘、除、反减、反除 6 个操作,但如果两个数字相同,那么反减、反除的结果和减、除相同,在第 2 步的程序实现中没有排除。因此在最后输出时,需要执行一次快排,将重复的表达式删除,只让其输出一次。

4)调用 free_all_node 函数,释放 4 个集群中动态申请的元素空间。

12.1.5 程序运行和测试

程序运行结果如图 12-2 所示。

程序输入 3 5 7 2 后,列出了所有的运算结果等于 24 的表达式。

图 12-2 24 点程序运行结果

12.2 综合实训二：五子棋游戏

12.2.1 问题描述

请用所学的 C 语言知识实现一个命令行下的五子棋游戏。要求有棋盘界面，并实现人与人、人与计算机、计算机与人三种对弈模式。

12.2.2 问题分析

五子棋游戏是一个比较流行的小游戏。为了实现游戏，需要注意的问题有：

1) 游戏界面。如果借用 Windows 的可视化界面，问题可能比较简单，但是读者使用目前所学知识还不足以开发一个有界面的 Windows 程序，因此需要用字符模拟出一个命令行下的界面。为此，可以借助 Unicode 码字符集的一些特殊符号来实现。

2) 由于要实现人与人、人与计算机、计算机与人三种对弈模式，所以对弈程序的实现必须分三种情况：

- 人与人对弈。程序只需要根据人的指令落子，并根据五子棋的游戏规则判断输赢。
- 人与计算机对弈。表示人先落子，计算机后落子。这种情况程序必须具有一定的智能性，需要根据人的落子情况，自动地选择对自己最有利的落子位置，最后根据局势判断输赢。
- 计算机与人对弈。表示计算机先落子，人后落子。这种情况的处理过程与上一种情况类似。

12.2.3 数据结构分析

首先解释在命令行下显示一个由字符组合的五子棋棋盘所需要的数据结构。在学完 C 语言之后我们知道字符(char)在内存中是以 ASCII 码的形式保存，其数值范围是 $-128 \sim 127$，其中也包括像' $ '、'% '、'&'等漂亮的符号。但是 ASCII 码由于一个字节表示一个字符，最多能表示 256 个字符，所以无法显示中文等符号。为此引入了 Unicode 码，它用两个字节保存一个字符，最多能表示 65535 个字符，能涵盖中文等全世界大多数符号，自然也涵盖了我们关注的'┌'、'┐'、'└'、'┘'等表格符号。表 12-1 给出了这些符号对应的 Unicode 值，读者可以尝试写一个简单的 C 语言程序来验证是否正确。

表 12-1 程序用到的 Unicode 码表

符号	Unicode 值(十六进制)	符号	Unicode 值(十六进制)
┌	0xA9B3	┐	0xA9B7
└	0xA9BB	┘	0xA9BF
┬	xA9D3	┴	0xA9DB
├	0xA9C4	┤	0xA9CC
┼	0xA9E0	○	0xA1F0
●	0xA1F1		

我们知道用 putchar(); 可以打印字符，比如 putchar(48);（等价于 putchar('0');）显示一个字符'0'到屏幕上。同理，执行如下代码：

```
putchar (0xA9);
putchar (0xB3);
```

就能在屏幕上打印出一个'┌'，其他字符也可用相同的方法显示。但这样编码会很复杂，我们可以将上述字符的 Unicode 码保存到一个全局的数组中，打印时直接调用即可！比如在代码中有如下的实现：

```
const char element[][3] = {
  {0xA9,0xB3},        // top left
  {0xA9,0xD3},        // top center
  {0xA9,0xB7},        // top right
  {0xA9,0xC4},        // middle left
  {0xA9,0xE0},        // middle center
  {0xA9,0xCC},        // middle right
  {0xA9,0xBB},        // bottom left
  {0xA9,0xDB},        // bottom center
  {0xA9,0xBF},        // bottom right
  {0xA1,0xF1},        // black
  {0xA1,0xF0}         // white
};
```

在定义字符串的时候不要忘记结尾的 '\0' 也需要占用一个字符的空间，因此 element 每个元素的长度为 3。为了提高调用代码的可读性，程序还定义了一些常量，它们分别对应上述符号所在的下标。

```
#define TAB_TOP_LEFT 0x0
#define TAB_TOP_CENTER 0x1
#define TAB_TOP_RIGHT 0x2
#define TAB_MIDDLE_LEFT 0x3
#define TAB_MIDDLE_CENTER 0x4
#define TAB_MIDDLE_RIGHT 0x5
#define TAB_BOTTOM_LEFT 0x6
#define TAB_BOTTOM_CENTER 0x7
#define TAB_BOTTOM_RIGHT 0x8
#define CHESSMAN_BLACK 0x9
#define CHESSMAN_WHITE 0xA
```

另外，程序定义了一个整型二维数组来记录棋盘的状态。现在标准的五子棋棋盘规格是 15 × 15，因此程序中做如下定义：

```
#define BOARD_SIZE 15
int chessboard[BOARD_SIZE + 2][BOARD_SIZE + 2];
```

不要忘记棋盘的边缘部分，所以 chessboard 的真实大小是 17 × 17。

为了标记五子棋的位置，程序定义了一个"坐标"数据类型，它是一个由横坐标 X 和纵坐标 Y 组成的结构体，用来指定五子棋的位置。坐标结构体定义如下：

```
typedef struct {
  int x,y;
} POINT;
```

最后，程序定义了一个数组：

```
const int dir[4][2] = {
  {0,-1}, // 横
  {-1,-1}, // 撇
  {-1,0}, // 竖
  {-1,1}, // 捺
};
```

用来遍历棋子的八个方向。

12.2.4 程序执行流程和设计分析

为了进行模块化设计，程序将比较独立的操作封装成了函数，设计的函数树如图 12-3 所示。

1. 显示棋盘

基于上述数据结构的定义，要打印左上角的表格符只需执行 printf (" %s",element[TAB_TOP_LEFT]); 即可。而通过对这些符号输出的合理组织就可以构建一个期望的字符棋盘界面。

程序刚刚启动的时候，通过函数 init_chessboard 来对棋盘状态数组 chessboard 初始化，生成一张空的棋盘。每次显示棋盘时，都需要清空屏幕，这或许要牵涉 API 调用等诸多事情，这里提供了一种简便的方法：用 system 函数(stdlib. h)调用系统清屏命令。比如在 Windows 下清屏命令是"cls"，Linux 下是"clear"。为了方便程序调用，定义一个宏：

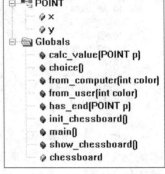

图 12-3　五子棋游戏
设计的函数树

```
#undef CLS
#ifdef WIN32
# define CLS "cls"
#else
# define CLS "clear"
#endif
```

在程序编译时，根据不同的系统自动选择不同的清屏命令。以后的代码中就可以使用 system (CLS); 来执行清屏了！

另外一个需要注意的地方是：Windows 下命令提示符默认是黑底白字，也就是实训中经常看到的输出程序结果的黑框。它使得原本的黑子变成了白色，而白子反而成了黑色。因此需要通过 system ("color F0");将屏幕设置成白底黑字！

2. 对弈

根据题目要求，落子操作可以由人或计算机完成。因此在程序启动时需要显示菜单提供用户选择模式。但无论落子的位置是由谁提供的，整个操作的过程是一样的：都只需提供当前棋子的颜色(黑色或白色)，然后函数返回给落子的坐标。

人落子操作通过函数 from_user 完成，计算机落子操作通过 from_computer 函数完成。这两个函数的返回值、参数类型相同，操作原理也基本雷同。在执行人机对弈时需要在这两个函数之间来回切换。为了方便编码，可以考虑使用一个长度为 2 的函数指针数组来动态决定选择哪个落子函数，在实际调用的时候，只要通过类似于 POINT p = (*get_point[who])(color); 来获得落子的位置，其中 who 取值为 0 或 1，通过一个整数的最后一位变化来模拟对弈者的轮换落子，color 为当前棋子的颜色。

落完子，通过函数 has_end 判断比赛是否已经结束。判断时无须大费周章地扫描整个棋盘，只需检查一下最后一颗落子的位置是否构成五子连珠。除去棋盘边缘部分，和棋子相连的都有 8 个方向，但这 8 个方向都是两两对称的(如上方向和下方向)，因此真正检查的只有 4 个方向。基于 dir 数组，从落子的位置出发，检查每个方向同色棋子相连的个数是否不小于 5 个。

3. 落子

对弈中已经涉及落子的两个函数是 from_computer 和 from_user。这里将详细介绍这两个函数的实现方法。

计算机落子函数 from_computer 相对比较难一些。但是，这里是 C 语言的一个综合实训，虽然问题描述中提到要求实现人机对弈的功能，但并没有要求这个计算机具备五子棋大师的水平，因为计算机下棋属于人工智能领域的内容，和 C 语言本身并不相关。因此你可以放心大胆地去尝试，只要你能让计算机乖乖地按照五子棋规则下棋，至于输赢并不重要！

最简单的方法莫过于在棋盘上随机返回一个未落子的点，但这几乎可以说是必输的方法。虽然题日并没说不能用这种方法，但我们可以尝试稍微像模像样一些的方法，至少让计算机看起来像一个五子棋初学者。

在"最简单的方法"的基础上进行一些改良：扫描整个棋盘，对每个未落子的位置进行分析，获得"将棋子放到该处"的价值，最后把棋子摆放在价值最高的位置。计算五子棋摆放位置的价值由函数 calc_value 完成。

下面简单地介绍一些五子棋的规则：你在棋盘某处放了一颗棋子，如果它能和周围其他棋子连成二子连珠、三子连珠，就称它为"活二"、"活三"；如果能阻挡对方的棋子形成二子连珠、三子连珠，就称它为"冲二"、"冲三"，依次类推。那么我们就可以给"活二"、"冲三"等设定一个价值，将这些所有的值累加起来就是在该位置落子的价值了！

除了这些，我们还可以添加位置的价值，比如越靠近中心的位置价值越高，而边缘部分则价值相对较低。方法很多，我们的源码给出一个实现方法，你可以发挥你的聪明才智来改进这一估值策略。

对于人的落子函数 from_user 的方法就很简单了！只要用户从键盘输入坐标即可，只是要确保输入的位置是可用的。

12.2.5　程序运行和测试

程序运行后，首先显示了如图 12-4 所示的选项，如果我们选择第二项（人机对弈），则进入了如图 12-5 所示的界面，并显示执黑棋的人先行，落子方法为输入落子的坐标位置，比如输入"5 5"表示在横坐标和纵坐标为 5 的交叉点落子。人落子后，计算机根据既定策略进行落子。图 12-6 显示了多步对弈后，执黑棋的人获胜后的界面。

图 12-4　五子棋游戏初始选择界面

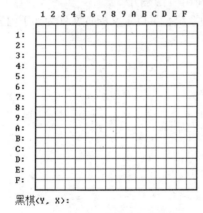

黑棋<Y, X>：

图 12-5　五子棋游戏初始界面

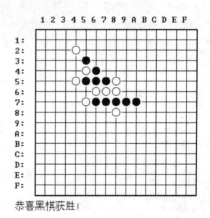

恭喜黑棋获胜！

图 12-6　多步对弈后黑棋获胜界面

12.3　综合实训三：通用的管理信息系统

12.3.1　问题描述

要求编写一个通用的管理系统。现在的管理系统多如牛毛，如"图书管理系统"、"医疗管理系统"、"学生成绩管理系统"等。这些管理系统其基本功能大多雷同，包含"添加"、"删除"、"修改"、"排序"等操作。针对这一现状，要求通过配置文件来指定特定的管理系统，从而实现一个通用的管理系统，在不改变程序代码的前提下，实现一个配置文件所指定的管理系统功能。

12.3.2 问题分析

分析现有管理系统的源代码，如"图书管理系统"、"医疗管理系统"、"学生成绩管理系统"等，其实现思路基本一致，都是用 struct 定义一个新的数据类型，然后对它进行"添加"、"删除"、"修改"、"排序"等操作。可以说除了数据的格式定义不同，其他代码基本上都一样。所以在本实训的实现中，通过配置文件来指定特定的管理系统，在程序运行的时候才指定和创建具体的数据结构！

特定的管理系统的指定主要通过配置文件来完成，程序通过读取配置文件来明确具体管理信息系统和数据结构的特点。下面给出了一个图书管理系统的配置文件实例。

```
[name]
图书
[size]
4x2
[field]
索书号::string
图书名::string
作者::string
价格::number
[data]
001::Programming Perl::Larry Wall,Tom Cbristiansen&Jon Orwant::129
002::Head First Servlets&JSP::Bryan Basham,Kathy Sierra&Bert Bates::98
```

其中各个结点的含义如下：
- [name]：表示这个系统的名称(这里是"图书管理系统")；
- [size]：是整个数据表的大小(这里是 4 列 2 行)；
- [field]：字段的名称以及类型，用"::"隔开；
- [data]：所有数据，每个数据占一行，字段之间用"::"隔开。

依据这个配置文件的结构，为了实现一个成绩管理系统，可以定义配置文件为如下内容：

```
[name]
成绩
[size]
3x7
[field]
学号::string
姓名::string
成绩::number
[data]
001::Bob::97
002::Alicy::80
003::Penny::68
004::Soke::77
005::David::99
006::Miller::54
007::Redraiment::100
```

12.3.3 数据结构分析

```
#define BUFFER_SIZE 80         /* 定义缓冲区大小 */

#define DATA_SIZE 1024         /* 定义数据的最大长度 */
#define SEPARATOR "::"         /* 定义配置文件中数据分隔符 */

typedef char STRING[BUFFER_SIZE];
```

定义列的类型，这里只定义了两种数据类型。

```
typedef enum {
```

```
    string_field,number_field
} column_type;
```

定义域数据的类型，这里定义了该列数据的类型和列标题。

```
typedef struct {
    column_type type;
    STRING title;
} FIELD, *PFIELD;
```

整体数据结构的定义，包括表的行、列数，表名和表的域链表以及数据集合。这里数据保存在一个动态的三维字符数组中。所有的数据在内存中都以字符串形式保存。

```
struct {
    int cols;
    int rows;
    STRING name;
    PFIELD title;
    char **data[DATA_SIZE];
} context;
char *profile;      /* 存储配置文件名的全局变量。*/
```

12.3.4　程序执行流程和设计分析

为了模块化设计，程序将比较独立的操作封装成了函数，设计的函数树如图 12-7 所示。

1）程序启动时，执行 main 函数，首先通过函数 load_data 从配置文件中载入信息，并把信息保存在全局变量 context 中，配置文件名通过命令行参数的方式给出。

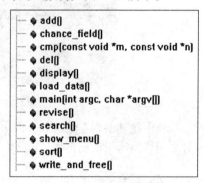

2）程序进入一个永真循环，调用 show_menu 函数打印操作菜单到屏幕，直到用户选择退出。程序提供的功能有"添加"、"删除"、"修改"、"查找"、""排序"以及"显示"。

3）当选择"添加"菜单，执行 add 函数，往现有数据中添加一行新的记录，执行过程，提示用户一步一步地输入每个字段的信息。

图 12-7　通用管理系统
设计的函数树

4）当选择"删除"菜单，执行 del 函数。函数先调用函数 chance_field 打印出所有的字段，并通过键盘选择按照哪个字段查找记录，然后根据选定关键字查找到所有符合条件的记录，并将它们逐项删除！

5）当选择"修改"菜单，执行 revise 函数，这个操作比较简单，可以采用先删除指定的记录再重新添加修改好的记录。

6）当选择"查找"菜单，执行 search 函数，这个函数也会被删除、修改等多个函数调用。如果仅仅执行查找操作，则仅仅找出符合条件的记录并打印到屏幕。

7）当选择"排序"菜单，则执行 sort 函数。函数可以按照指定的字段排序，而且根据配置文件里指定的字段类型(字符串或者数字)进行不同方式的排序，排序时，直接调用了库函数 qsort。为了处理不同类型的数据排序，qsort 函数有一个函数指针参数。

8）当选择"显示"菜单，则执行 display 函数，将内存中所有的数据打印到屏幕。

9）当选择"退出"菜单，则执行 atexit 函数，将操作后的数据重新保存到配置文件中，并调用 write_and_free 函数释放动态申请的空间。

12.3.5　程序运行和测试

假定我们的程序名为 manager. exe 位于 d：\ CBook \ Chaper12 \ Lib3 \ debug 目录下，配置文件

名为 library. txt 也在该目录下，则运行程序的步骤为：

1）进入命令行；

2）键入：d:＜回车＞；

3）cd d:\CBook\Chaper12\Lib3\debug；

4）manager library. txt。

程序运行界面如图 12-8 所示。

图 12-8　通用管理系统的初始运行结果

假定选择了第 6 项，则运行结果如图 12-9 所示，其他情况的运行就不再赘述。

图 12-9　通用管理系统在选择第 6 项后的运行结果

程序在显示现有结果后，再次打印出了选择菜单，以便进行后续操作。其他操作界面和过程与之相似，这里就不再赘述。

12.4　综合实训四：BASIC 程序解释器

12.4.1　问题描述

要求用 C 语言编写一个类 BASIC 语言解释器。所谓类 BASIC 语言解释器是一种把类 BASIC 语言编写的程序，不经过编译而直接运行的转译程序。解释器不会一次把整个程序转译出来。它每转译一行程序叙述就立刻运行，然后再转译下一行，再运行，如此不停地进行下去。在转译的过程中，用类 BASIC 语言写成的程序仍然维持在源代码的格式，而程序本身所指的动作或行为则由解释器一句一句地解释执行。

12.4.2　问题分析

一门编程语言至少应该具备"输入/输出"、"表达式运算"、"内存管理"和"按条件跳转"四种功能。我们采用的类 BASIC 编程语言，自然能提供这些功能。因为是自己设计解释器，所以在基本语法参考 BASIC 后，当然还可以根据个人兴趣给 BASIC 添加一些新的语法元素，如表达式里提供神往已久的阶乘运算等，从而形成一种改良而简化了 BASIC 语言。我们要编写的解释器就是要能正确处理这种改良的 BASIC 语言的"输入/输出"、"表达式运算"、"内存管理"、"按条件跳转"和其他新引入的逻辑描述，或者说解释器必须能提供给类 BASIC 语言"输入/输出"、"表达式运算"、"内存管理"、"按条件跳转"这些逻辑描述功能，这也是整个解释器程序的核心和重点。

下面是一段 BASIC 的示例代码：

```
0009  N = 0
0010  WHILE N < 1 OR N > 20
0011    PRINT "请输入一个 1－20 之间的数"
0012    INPUT N
0012  WEND
0020  FOR I = 1 TO N
0030    L = "*"
0040      FOR J = 1 TO N－I
0050    L = "" + L
0060  NEXT
0070  FOR J = 2 TO 2*I－1 STEP 2
0080    L = L + "**"
0090  NEXT
0100  PRINT L
0110  NEXT
0120  I = N－1
0120  L = ""
0140  FOR J = 1 TO N－I
0150    L = L + ""
0160  NEXT
0170  FOR J = 1 TO ((2*I)－1)
0180    L = L + "*"
0190  NEXT
0200  PRINT L
0210  I = I－1
0220  IF I > 0 THEN
0230    GOTO 120
0240  ELSE
0250    PRINT "By redraiment"
0260  END IF
```

BASIC 语法要求行首提供一个 1 -> 9999 之间的数字作为该行的行号，而且当前行的行号不小于上一行的行号，以供 GOTO 语句跳转时调用。如果将该程序作为解释器程序的输入，应该具有如图 12-10 所示的运行结果。

下面依次讨论解释器处理或提供类 BASIC"输入/输出"、"表达式运算"、"内存管理"和"按条件跳转"四种逻辑描述时所要实现的功能。

1. 输入/输出 (I/O)

通过输入/输出来和外部程序或人交互，这是脱离"硬编码"的最基本要求。输入/输出也是很抽象的概念，它并不局限于标准输入输出端（键盘、显示器等），也可以通过文件、互联网等方式获得数据。我们的类 BASIC 语言并不强调 I/O，因此只要求实现 INPUT 和 PRINT 两条指令，分别用于从键盘输入数据和打印到屏幕。指令的格式如下：

INPUT var[,var…]，其中 var 代表变量名（下同），变量之间用逗号隔开。

作用：从键盘获得一个或多个值，并赋值到相应的变量。同时输入多个变量时，输入的每个数之间用空格、回车或制表符隔开。

例如：INPUT A,B,C

PRINT expression[，expression…]，其中 expres-

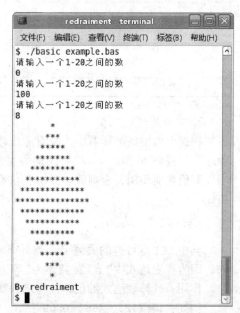

图 12-10　一个类 BASIC 程序经解释运行后的结果

sion 为表达式(下同),表达式之间用逗号隔开。

作用:对表达式求值,将结果输出到屏幕并换行。如果有多个表达式,表达式之间用制表符(\t)隔开。

例如:PRINT I*3 + 1,(A + B)*(C + D)

因此解释器应该能正确解释这两条指令,并完成这两条指令所描述的功能。

2. 表达式运算

表达式运算包含算术运算、关系运算和逻辑运算,功能非常丰富,是整个程序的核心。在我们的解释器程序中,需要实现的运算符如表 12-2 所示。

表 12-2 解释器程序支持的操作符号表

符号	名称	优先级	结合性
(	左括号	17	left2right
)	右括号	17	left2right
+	加	12	left2right
–	减	12	left2right
*	乘	12	left2right
/	除	12	left2right
%	取模	12	left2right
^	求幂	14	left2right
+	正号	16	right2left
–	负号	16	right2left
!	阶乘	16	left2right
>	大于	10	left2right
<	小于	10	left2right
=	等于	9	left2right
< >	不等于	9	left2right
<=	不大于	10	left2right
>=	不小于	10	left2right
AND	逻辑与	5	left2right
OR	逻辑或	4	left2right
NOT	逻辑非	15	right2left

3. 内存管理

在这个微型的解释器中,没有考虑内存空间动态分配的问题,只实现简单的变量管理。解释程序默认提供 26 个(A ~ Z)可用的弱类型变量(可以随意赋值为整数、浮点数或字符串)。变量要求先赋值才能使用,否则就会提示变量不可用,就如示例代码中第一行给 N 赋值为 0。赋值语句的格式为:

[LET] var = expression

其中 LET 是可选的关键字。类 BASIC 中不允许出现 var1 = var2 = expression 这样的赋值语句,因为在表达式中" = "被翻译为"等于",所以赋值符号没有出现在上面的表格中。

作用:计算表达式的值,并将结果赋值给变量 var。

例如:I = (123 + 456)* 0.09

4. 按条件跳转

如果设计一门最简洁的语言,那它的控制语句就只需提供像汇编中的 JMP、JNZ 等根据条件跳转的语句即可，通过它们的组合即可模拟出 IF、WHILE、FOR、GOTO 等控制语句。但 BASIC 作为一门高级语言，需要提供更高层的、更抽象的语句。解释程序将会实现以下四条语句：

（1）GOTO expression

其中 expression 是一个数值表达式，计算结果必须为可用的行号。因为它是一个表达式，通过动态计算就能模拟子程序调用。

作用：无条件跳转到指定行。

例如：GOTO 120 + 10

（2）IF 语句

```
IF expression THEN
   sentence1
[ELSE
   sentence2]
END IF
```

其中，sentence 是语句块，包含一条或多条可执行语句。EISE 为可选部分。

作用：分支结构。但表达式值为真（数字不等于 0 或者字符串不为空）时执行语句块 1；否则，有 ELSE 语句块时执行 ELSE 语句块。

例如：

```
IF 1 = 1 THEN
   PRINT "TRUE"
ELSE
   PRINT "FALSE"
END IF
```

（3）FOR 语句

```
FOR var = expression TO expression [STEP expression]
   sentence
NEXT
```

所有表达式均为数值表达式。STEP 为可选部分，为迭代器的步长。步长表达式的值不允许为 0。

作用：循环迭代结构。

例如：

```
FOR I = 1 TO 10 STEP 3
   PRINT I
NEXT
```

（4）WHILE 语句

```
WHILE expression
   sentence
WEND
```

作用：迭代执行语句块，直到表达式的值为假。

例如：

```
WHILE N < 10
   N = N + 1
WEND
```

5. 更多功能和扩充

1）BASIC 的源代码不区分大小写。

2）本程序在实现中没有处理字符转义，因此无法输出双引号。如果读者有兴趣可以尝试自行完善。

3）本程序同样没有考虑注释（REM 关键字）。这个问题同样留给读者自己扩充。

4）读者也可以添加 GOSUB 和 RETURN 关键字，让子程序功能从 GOTO 中解放出来。

12.4.3　数据结构和程序设计分析

考虑到程序达到了一定的规模，所以设计时采用了多文件组织方式，设计的文件树如图 12-11 所示。

同时为了功能模块化，将许多操作封装成了子函数，程序设计的函数如图 12-12 所示。

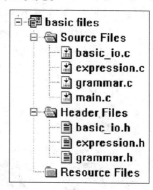

图 12-11　BASIC 解释器的文件树

1. 内存管理实现分析

在类 BASIC 语言中，变量要求是弱类型，而 C 语言中的变量是强类型，为实现这个目标就需要定义自己的变量类型，参考代码如下（注释部分指出代码所在的文件名，下同）：

```c
//in basic_io. h
#define MEMORY_SIZE (26)
typedef enum {
  var_null = 0,
  var_double,
  var_string
} variant_type;
typedef char STRING[128];
typedef struct {
  variant_type type;
  union {
    double i;
    STRING s;
  };
} VARIANT;
extern VARIANT memory[MEMORY_SIZE];
// in expression. h
typedef VARIANT OPERAND;
```

程序自带 26 个（A ~ Z）可用变量，初始时都处于未赋值（ver_null）状态。所有变量必须先赋值再使用，否则将报错！赋值语句的实现在语法分析实现这一节会详细阐述。

2. 表达式求解实现分析

（1）操作符

表达式中只有数值不行，还需要有操作符。前面的问题分析中已经给出了解释器需要实现的所有操作符，包括"算术运算"、"关系运算"和"逻辑运算"。下面给出了程序中操作符的定义和声明：

```c
// in expression. h
typedef enum {
  /* 算数运算 */
  oper_lparen = 0,         // 左括号
  oper_rparen,             // 右括号
  oper_plus,               // 加
  oper_minus,              // 减
  oper_multiply,           // 乘
  oper_divide,             // 除
  oper_mod,                // 模
  oper_power,              // 幂
```

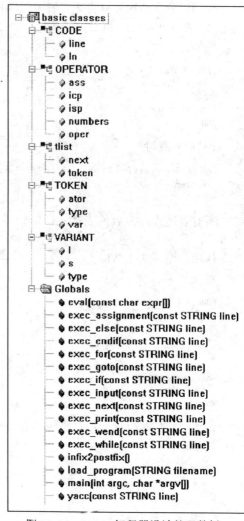

图 12-12　BASIC 解释器设计的函数树

```
    oper_positive,                    // 正号
    oper_negative,                    // 负号
    oper_factorial,                   // 阶乘
    /* 关系运算 */
    oper_lt,                          // 小于
    oper_gt,                          // 大于
    oper_eq,                          // 等于
    oper_ne,                          // 不等于
    oper_le,                          // 不大于
    oper_ge,                          // 不小于
    /* 逻辑运算 */
    oper_and,                         // 且
    oper_or,                          // 或
    oper_not,                         // 非
    /* 赋值 */
    oper_assignment,                  // 赋值
    oper_min                          // 栈底
} operator_type;
typedef enum {
    left2right,
    right2left
} associativity;
typedef struct {
    int numbers;                      // 操作数
    int icp;                          // 优先级
    int isp;                          // 优先级
    associativity ass;                // 结合性
    operator_type oper;               // 操作符
} OPERATOR;
// in expression.c
static const OPERATOR operators[] = {
    /* 算数运算 */
    {2,17,1,left2right,oper_lparen},     // 左括号
    {2,17,17,left2right,oper_rparen},    // 右括号
    {2,12,12,left2right,oper_plus},      // 加
    {2,12,12,left2right,oper_minus},     // 减
    {2,12,12,left2right,oper_multiply},  // 乘
    {2,12,12,left2right,oper_divide},    // 除
    {2,12,12,left2right,oper_mod},       // 模
    {2,14,14,left2right,oper_power},     // 幂
    {1,16,15,right2left,oper_positive},  // 正号
    {1,16,15,right2left,oper_negative},  // 负号
    {1,16,15,left2right,oper_factorial}, // 阶乘
    /* 关系运算 */
    {2,10,10,left2right,oper_lt},        // 小于
    {2,10,10,left2right,oper_gt},        // 大于
    {2,9,9,left2right,oper_eq},          // 等于
    {2,9,9,left2right,oper_ne},          // 不等于
    {2,10,10,left2right,oper_le},        // 不大于
    {2,10,10,left2right,oper_ge},        // 不小于
    /* 逻辑运算 */
    {2,5,5,left2right,oper_and},         // 且
    {2,4,4,left2right,oper_or},          // 或
    {1,15,15,right2left,oper_not},       // 非
    /* 赋值 */

    // BASIC 中赋值语句不属于表达式!
    {2,2,2,right2left,oper_assignment},  // 赋值
    /* 最小优先级 */
    {2,0,0,right2left,oper_min}          // 栈底
};
```

读者可能注意到了 icp（incoming precedence）和 isp（in-stack precedence）两种优先级，为什么需

要这两种优先级，读者可以自己先思考，本书后面会给出详细解释！

（2）后缀表达式

现在操作数（operand，常数或变量）和操作符（operator）都有了，通过对操作数和操作符的组合就构成了表达式。本书中将操作数和操作符统称为标记（token）。在程序中定义如下：

```c
// in expression. h
typedef enum {
  token_operand = 1,
  token_operator
} token_type;
typedef struct {
  token_type type;
  union {
    OPERAND var;
    OPERATOR ator;
  };
} TOKEN;
typedef struct tlist {
    TOKEN token;
    struct tlist*next;
} TOKEN_LIST,*PTLIST;
```

我们平时都习惯将表达式符写作：operand operator operand（比如 $1+1$），这是一个递归的定义，表达式本身也可作为操作数。像这种将操作符放在两个操作数之间的表达式称为中缀表达式，中缀表达式的好处是可读性强，操作数之间泾渭分明（尤其是手写体中）。但它有自身的缺陷：操作符的位置说明不了它在运算的先后问题。例如 $1+2×3$ 中，虽然 + 的位置在 × 之前，但这并不表示先做加运算再做乘运算。为解决这个问题，数学中给操作符分了等级，级别高的操作符先计算（乘号的级别比加号高），并用括号提高操作符优先级。因此上例表达式的值是 7 而不是 $(1+2)*3=9$。

但对于计算机来说，优先级是一个多余的概念。就像上面提到的，中缀表达式中操作符的顺序没有提供运算先后关系的信息，这就好比用 4 个字节的空间仅保存 1 个字节数据——太浪费了！索性将操作符按照运算的先后排序：先计算的排最前面。此时操作符就不适合再放中间了，可以将它移到被操作数的后面：operand operand operator（比如 $1 1 +$）。上例中 $1+2×3$ 就变化为 $1 2 3 × +$；$(1+2)×3$ 变化成 $12+3×$。这种将操作符放到操作数后面的表达式称为后缀表达式。同理还有将操作符按照逆序放到操作数前面的前缀表达式。

无论是前缀表达式还是后缀表达式，它们的优点都是用操作符的顺序来代替优先级，这样就可以舍弃括号等运算优先级概念，化繁为简，方便表达式求解程序的设计和实现。

（3）后缀表达式求值

下面通过一个梯等式计算的例子比较了中缀表达式和后缀表达式的求值过程。

$$8 × (2+3) \qquad 8 2 3 + ×$$
$$=8*5 \qquad =8 5 ×$$
$$=40 \qquad =40$$

后缀表达式的求值方式：从头开始一个标记（token）逐项往后扫描，碰到操作数时先放到一个临时内存空间里；碰到操作符就从该内存空间里取出最后放入的两个操作数，并做相应的运算，然后将结果再次放回空间中。如此反复，直到最后，该内存空间中就只剩下一个操作数，这就是最终的计算结果！这与中缀表达式求值类似，只不过中缀表达式操作数取的是前后各一个。关于后缀表达式求值可以参考我们的课程网站。

（4）中缀 –> 后缀表达式转换

因为类 BASIC 语言书写中采用的都是中缀表达式，因此需要将中缀表达式转换成后缀表达式。简单地说，将中缀表达式转换成后缀表达式，就是将操作符的执行顺序由"优先级顺序"转换成"在表达式中的自然先后顺序"。因此，所谓的中缀转后缀，其实就是给原表达式中的操作符排序。

比如将中缀表达式 5 * ((10 - 1)/3) 转换成后缀表达式为 5 10 1 - 3/ *。其中数字 5 10 1 3 仍然按照原先的顺序排列，而操作符的顺序变为 -/×，这意味着减号最先计算，其次是除号，最后才是乘号。也许读者现在还在担心如何将操作符从两个操作数的中间移到它们的后边。其实不用担心，在完成了排序工作后你就发现它自然已经跑到操作数的后面了。

（5）操作符排序

转换时，从中缀表达式 1 + 2 × 3 + 4 中逐个获取操作符，依次是 + × +。如果当前操作符的优先级不大于前面的操作符时，前面操作符就要先输出。比如例子中的第二个加号，它前面是乘号，因此乘号从这个队伍中跑到输出的队伍中当了"老大"；此时第二个加号再与前面的加号比较，仍然没有比它大，因此第一个加号也排到新队伍中去了；最后队伍中只剩下加号了，所以它也走了。得到新队伍里的顺序 × ++ 就是所求解。表 12-3 详细展示了每一个步骤。

表 12-3　操作符排序过程

序号	输入	临时空间	输出
1	+		
2	×	+	
3	+	+ ×	
4		+ × +	
5		+ +	×
6		+	× +
7			* ++

对于操作数的处理很简单。如果碰到的是操作符就按上面的规则处理，如果是操作数就直接输出！表 12-4 展示了加上操作数后转换后缀表达式的完整过程。得到最终结果 1 2 3 × +4 + 就是所求的后缀表达式。

（6）操作符优先级

中缀转后缀的关键部分是比较两个操作符的优先级大小。通常情况下这都很简单：比如乘除的优先级比加减大，但括号需要特殊考虑。

中缀表达式中用括号来提升运算符的优先级，因此左括号正在放入(incoming)临时存储空间时优先级比任何操作符都大；一旦左括号已经放入(in-stack)临时存储空间中，此时它优先级如果还是最大，那无论什么操作符过来它就马上被踢出去，而我们想要的是任何操作符过来都能顺利放入临时存储空间，因此它放入空间后优先级需要变为最小。这意味着左括号在放入空间前后的优先级是不同的，所以我们需要用两个优先级变量 icp 和 isp 来分别记录操作符在两个状态下的优先级（这里回答了前面遗留下来的问题，为什么要引入 icp 和 isp 优先级？）。

表 12-4　后缀表达式转换过程

序号	输入	临时空间	输出
1	1		
2	+		1
3	2	+	1
4	×	+	1 2
5	3	+ ×	1 2
6	+	+ ×	1 2 3
7		+ × +	1 2 3
8		+ +	1 2 3 ×
9	4	+	1 2 3 × +
10		+	1 2 3 × +4
11			1 2 3 × +4 +

另一个是右括号，它本身和优先级无关，它会将临时空间里的操作符一个个输出，直到碰到左括号为止，具体的代码可以参见我们的课程网站。

3. 类 BASIC 语法分析的实现分析

在前面的章节中已经成功实现了内存管理和表达式求值模块。之所以称表达式求值是解释器的核心部分，是因为几乎所有语句的操作都伴随着表达式求值。也许你已经迫不及待地给 eval 传值让它执行复杂的运算了，但目前来讲它充其量只是一个计算器。要想成为一门语言，还需要一套自成体系的语法，包括输入输出语句和控制语句。但在进行语法分析之前，首先需要将 BASIC 源码载入到内存中。

（1）BASIC 源码载入

在类 BASIC 语言书写的源程序，每一行的结构是一个行号 + 一条语句。其中行号为 1 ~ 9999 之间的正整数，且当前行号大于前面的行号；语句则由前面介绍的 3 条 I/O 语句和 8 条控制语句组成。为方便编码，程序中采用静态数组来保存源代码，读者可以尝试用链表结构实现动态申请的版本。下面是代码结构的定义：

```c
// in basic_io. h
#define PROGRAM_SIZE (10000)

typedef struct {
  int ln; // line number
  STRING line;
} CODE;

extern CODE code[PROGRAM_SIZE];
extern int cp;
extern int code_size;
```

其中，`code_size` 的作用是记录代码的行数。`cp`（$0 \leq cp < code\_size$）记录当前行的下标（如 `cp` 等于 5 时表明执行到第 5 行）。下面是载入 BASIC 源码的参考代码，在载入源码的同时会去除两端的空白字符。

```c
// in basic_io. c
void load_program (STRING filename)
{
  FILE * fp = fopen (filename,"r");
  int bg,ed;

  if (fp == NULL) {
    fprintf (stderr,"文件 %s 无法打开! \n",filename);
    exit (EXIT_FAILURE);
  }

  while (fscanf (fp," %d",&code[cp]. ln) ! = EOF) {
    if (code[cp]. ln <= code[cp - 1]. ln) {
      fprintf (stderr,"Line %d: 标号错误! \n",cp);
      exit (EXIT_FAILURE);
    }

    fgets (code[cp]. line,sizeof(code[cp]. line),fp);
    for (bg = 0;isspace(code[cp]. line[bg]);bg ++ );
    ed = (int)strlen (code[cp]. line + bg) - 1;
    while (ed >= 0&&isspace (code[cp]. line[ed + bg])) {
      ed -- ;
    }
    if (ed >= 0) {
      memmove (code[cp]. line,code[cp]. line + bg,ed + 1);
      code[cp]. line[ed + 1] = 0;
    } else {
      code[cp]. line[0] = 0;
    }

    cp ++ ;
```

```
      if (cp >= PROGRAM_SIZE) {
        fprintf (stderr,"程序 %s 太大,代码空间不足! \n",filename);
        exit (EXIT_FAILURE);
      }
    }
    code_size = cp;
    cp = 1;
}
```

(2)语法分析

源码载入完成后就要开始逐行分析语句了,解释器程序将能处理的 11 种定义成一个枚举类型,通过常量来标记语句类型。

```
// in main. c
typedef enum {
  key_input = 0,        // INPUT
  key_print,            // PRINT
  key_for,              // FOR…TO…STEP
  key_next,             // NEXT
  key_while,            // WHILE
  key_wend,             // WEND
  key_if,               // IF
  key_else,             // ELSE
  key_endif,            // END IF
  key_goto,             // GOTO
  key_let               // LET
} keywords;
```

前面已经详细描述了每个语句的语法,本程序中所谓的语法分析其实就是字符串匹配,检索到相应的语句。参考代码如下:

```
// in main. c
keywords yacc (const STRING line)
{
  if (! strnicmp (line,"INPUT ",6)) {
    return key_input;
  } else if (!strnicmp (line,"PRINT ",6)) {
    return key_print;
  } else if (!strnicmp (line,"FOR ",4)) {
    return key_for;
  } else if (!stricmp (line,"NEXT")) {
    return key_next;
  } else if (!strnicmp (line,"WHILE ",6)) {
    return key_while;
  } else if (!stricmp (line,"WEND")) {
    return key_wend;
  } else if (!strnicmp (line,"IF ",3)) {
    return key_if;
  } else if (!stricmp (line,"ELSE")) {
    return key_else;
  } else if (!stricmp (line,"END IF")) {
    return key_endif;
  } else if (!strnicmp (line,"GOTO ",5)) {
    return key_goto;
  } else if (!strnicmp (line,"LET ",4)) {
    return key_let;
  } else if (strchr (line,'=')) {
    return key_let;
```

　　每个语句对应有一个执行函数，在分析出是哪种语句后，就可以调用它了！为了方便编码，我们将这些执行函数保存在一个函数指针数组中，之后调用的时候，只需要提供相应函数的下标即可，这也是 yacc 函数返回一个枚举类型的一个原因。请看下面的参考代码：

```c
// in main. c
void ( *key_func[])(const STRING) = {
  exec_input,
  exec_print,
  exec_for,
  exec_next,
  exec_while,
  exec_wend,
  exec_if,

  exec_else,
  exec_endif,
  exec_goto,
  exec_assignment
};
int main (int argc,char*argv[])
{
  if (argc !=2) {
    fprintf (stderr,"usage: %s basic_script_file\n",argv[0]);
    exit (EXIT_FAILURE);
  }
  load_program (argv[1]);

  while (cp < code_size) {
    ( *key_func[yacc (code[cp]. line)]) (code[cp]. line);
    cp ++ ;
  }
  return EXIT_SUCCESS;
}
```

　　以上代码展示的就是整个程序的基础框架，现在欠缺的只是每个语句的执行函数，下面将逐个解释。

　　(1) I/O 语句

　　输入输出是一个宽泛的概念，并不局限于从键盘输入和显示到屏幕上，还包括操作文件、连接网络、进程通信等。但我们前面已经指出只需实现从键盘输入(INPUT)和显示到屏幕上(PRINT)，事实上还应该包括赋值语句，只不过它属于程序内部的 I/O。

　　(2) INPUT 语句

　　INPUT 语句后面跟着一堆变量名(用逗号隔开)。因为变量是弱类型，你可以输入数字或字符串。但 C 语言是强类型语言，为实现这个功能就需要判断一下 scanf 的返回值。我们执行 scanf("%1f",&memory[n]. i)，如果你输入的是一个数字，就能成功读取一个浮点数，函数返回 1、否则就返回 0；不能读取时就采用 getchar 来获取字符串！参考代码如下：

```c
// in basic_io. c
void exec_input (const STRING line)
{
  const char *s = line;
  int n;

  assert (s != NULL);
  s += 5;
  while ( *s) {
    while ( *s&&isspace( *s)) {
      s ++;
```

```
    }
    if (! isalpha ( *s) || isalnum ( *(s +1))) {
      perror ("变量名错误! \n");
      exit (EXIT_FAILURE);
    } else {
      n = toupper ( *s) - 'A';
    }

    if (! scanf (" %1f",&memory[n]. i)) {
      int i;
      // 用户输入的是一个字符串
      memory[n]. type = var_string;
      if ((memory[n]. s[0] = getchar()) == '"') {
        for (i = 0;(memory[n]. s[i] = getchar())! = '"';i ++);
      } else {
        for (i = 1;! isspace(memory[n]. s[i] = getchar());i ++);
      }
      memory[n]. s[i] = 0;
    } clse {
      memory[n]. type = var_double;
    }

    do {
      s ++;
      } while ( *s&&isspace( *s));
    if ( *s&& *s != ',') {
      perror ("INPUT 表达式语法错误! \n");
      exit (EXIT_FAILURE);
    } else if ( *s) {
      s ++;
    }
  }
}
```

（3）PRINT 语句

输出相对简单些，PRINT 后面跟随的是一堆表达式，表达式只需委托给 eval 来求值即可，因此 PRINT 要做的仅仅是按照值的类型来输出结果。唯一需要小心的就是类似 PRINT "hello, world"这样字符串中带有逗号的情况，以下是参考代码：

```
// in basic_io. c
void exec_print (const STRING line)
{
  STRING l;
  char *s, *e;
  VARIANT v;
  int c = 0;
  strcpy (l,line);
  s = l;
  assert (s ! = NULL);
  s + = 5;
  for (;;) {
    for (e = s; *e&& *e ! = ',';e ++) {
      // 去除字符串
      if ( *e == '"') {
        do {
          e ++;
        } while ( *e&& *e ! = '"');
      }
    }
    if ( *e) {
    *e = 0;
    } else {
      e = NULL;
```

```
        }
        if (c ++ ) putchar ('\t');
        v = eval (s);
        if (v. type == var_double) {
          printf (" %g",v. i);
        } else if (v. type == var_string) {
          printf (v. s);
        }
        if (e) {
          s = e + 1;
        } else {
          putchar ('\n');
          break;
        }
      }
    }
```

（4）LET 语句

在 BASIC 中，"赋值"和"等号"都使用" = "，因此不能像 C 语言中使用 A = B = C 这样连续赋值，在 BASIC 中它的意思是判断 B 和 C 的值是否相等并将结果赋值给 A。而且关键字 LET 是可选的，即 LET A = 1 和 A = 1 是等价的。剩下的事情就很简单了，只要将表达式的值赋给变量即可。以下是参考代码：

```
// in basic_io. c
void exec_assignment (const STRING line)
{
  const char *s = line;
  int n;
  if (! strnicmp (s,"LET ",4)) {
    s + = 4;
  }
  while ( *s&&isspace( *s)) {
    s ++ ;
  }
  if (! isalpha( *s) || isalnum( *(s + 1))) {
    perror ("变量名错误! \n");
    exit (EXIT_FAILURE);
  } else {
    n = toupper( *s) – 'A';
  }
  do {
    s ++ ;
  } while ( *s&&isspace( *s));
  if ( *s ! = ' = ') {
    fprintf (stderr,"赋值表达式 %s 语法错误! \n",line);
    exit (EXIT_FAILURE);
  } else {
    memory[n] = eval (s + 1);
  }
}
```

（5）控制语句

现在介绍最后一个模块——控制语句。控制语句并不参与交互，它们的作用只是根据一定的规则来改变代码指针（cp）的值，让程序能到指定的位置去继续执行。限于篇幅，本节只介绍 for 控制语句的实现方法，读者可以自己尝试完成其他函数，也可以参看附带的完整代码。

先来看一下 FOR 语句的结构：

FOR var = expression1 TO expression2 [STEP expression3]

　　它首先要计算三个表达式，获得 v1、v2、v3 三个值，然后让变量(var)从 v1 开始，每次迭代都加 v3，直到超出 v2 的范围位置。因此，每一个 FOR 语句都需要保存四个信息：变量名、起始值、结束值以及步长。另外，不要忘记 FOR 循环等控制语句可以嵌套使用，因此需要开辟一组空间来保存这些信息，参考代码如下：

```
// in grammar.h
static struct {
  int id;                  // memory index
  int ln;                  // line number
  double target;           // target value
  double step;
} stack_for[MEMORY_SIZE];
static int top_for = -1;
```

　　分析的过程就是通过 strstr 在语句中搜索" = "、"TO"、"STEP"等字符串，然后将提取的表达式传递给 eval 计算，并将值保存到 stack_for 这个空间中。参考代码如下：

```
// in grammar.c
void exec_for (const STRING line)
{
  STRING l;
  char *s, *t;
  int top = top_for + 1;
  if (strnicmp (line, "FOR ", 4)) {
    goto errorhandler;
  } else if (top >= MEMORY_SIZE) {
    fprintf (stderr, "FOR 循环嵌套过深! \n");
    exit (EXIT_FAILURE);
  }
  strcpy (l, line);
  s = l + 4;
  while (*s&&isspace(*s)) s ++;
  if (isalpha(*s)&&! isalnum(s[1])) {
    stack_for[top].id = toupper(*s) - 'A';
    stack_for[top].ln = cp;
  } else {
    goto errorhandler;
  }
  do {
    s ++;
  } while (*s&&isspace(*s));
  if (*s == '=') {
    s ++;
  } else {
    goto errorhandler;
  }
  t = strstr (s, " TO");
  if (t ! = NULL) {
    *t = 0;
    memory[stack_for[top].id] = eval (s);
    s = t + 4;
  } else {
    goto errorhandler;
  }
  t = strstr (s, " STEP");
  if (t ! = NULL) {
    *t = 0;
    stack_for[top].target = eval (s).i;
    s = t + 5;
    stack_for[top].step = eval (s).i;
    if (fabs (stack_for[top].step) < 1E-6) {
      goto errorhandler;
```

```
        }
    } else {
        stack_for[top]. target = eval (s). i;
        stack_for[top]. step = 1;
    }
    if ((stack_for[top]. step > 0&&
        memory[stack_for[top]. id]. i > stack_for[top]. target) ||
        (stack_for[top]. step < 0&&
        memory[stack_for[top]. id]. i < stack_for[top]. target)) {
        while (cp < code_size&&strcmp(code[cp]. line,"NEXT")) {
            cp ++ ;
        }
        if (cp >= code_size) {
            goto errorhandler;
        }
    } else {
        top_for ++ ;
    }
    return;
errorhandler:
    fprintf (stderr,"Line %d: 语法错误! \n",code[cp]. ln);
    exit (EXIT_FAILURE);
}
```

12. 4. 4　程序运行和测试

假定我们的程序名为 basic. exe，位于 d：\CBook\Chaper12\Lib4\debug 目录下，用于测试的两个类 BASIC 语言的源文件名分别为 example. bas 和 star. bas 都位于该目录下。star. bas 和 example. bas 的文件内容分别如下所示。

example. bas 源文件内容：

```
0006 I = 0
0010 FOR N = 1 TO 10
0020   PRINT N
0030 NEXT
0060 IF I = 0 THEN
0070   I = I + 1
0080   N = 4
0090   GOTO 20
0100 END IF
```

star. bas 源文件内容：

```
0009 N = 0
0010 WHILE N < 1 OR N > 20
0011   PRINT "请输入一个 1 - 20 之间的数"
0012   INPUT N
0012 WEND
0020 FOR I = 1 TO N
0030   L = "*"
0040   FOR J = 1 TO N - I
0050     L = "" + L
0060   NEXT
0070   FOR J = 2 TO 2*I - 1 STEP 2
0080     L = L + "**"
0090   NEXT
0100   PRINT L
0110 NEXT
0120 I = N - 1
0120 L = ""
0140 FOR J = 1 TO N - I
0150   L = L + ""
```

```
0160 NEXT
0170 FOR J=1 TO ((2*I)-1)
0180    L=L+"*"
0190 NEXT
0200 PRINT L
0210 I=I-1
0220 IF I>0 THEN
0230    GOTO 120
0240 ELSE
0250    PRINT "By redraiment"
0260 END IF
```

运行 basic example. bas 的结果如图 12-13 所示。

图 12-13 运行 basic example. bas 的结果

运行 basic star. bas 的结果如图 12-14 所示。

图 12-14 运行 basic star. bas 的结果

运行程序的步骤为:

1)进入命令行。

2)键入：d:〈回车〉。

3)cd d:\CBook\Chaper12\Lib4\debug。

4)basic example. bas。

5)basic start. bas。

12.4.5 讨论

1. 大型程序的组织

前面见到的一些程序规模都不大，所以通常将所有的代码都放在一个文件中。但是如果程序上了一定的规模后，还是将所有的代码放在一个文件中，将导致该源文件过大而不易于理解，难于修改、维护。为了有效地组织大型程序，使程序易于理解，层次分明，通常通过多文件、多文件夹的方式来组织程序。C 语言中，扩展名为 . c 的文件表示源文件。所有可执行 C 语言语句都应该放在扩展名为 . c 的源文件。为了程序组织结构的合理性，通常将实现同一个逻辑功能的代码放入同一个源文件。每个源文件可以单独编译形成目标文件(扩展名为 . o)，在经过链接程序将多个目标文件链接成可执行程序(扩展名为 . exe)。多个源文件通过扩展名为*. h 的文件进行交互。扩展名为*. h 的文件称为头文件，通常在*. h 文件里声明外部其他模块或源文件可能用到的函数、数据类型、全局变量、类型定义、宏定义和常量定义，需要使用这些对象的其他文件或模块，只需要包含该头文件，使用上与自己定义没有区别。基于头文件主要起开放接口的作用，为了使软件在修改时，一个模块的修改不会影响到其他模块，所以修改头文件需要非常注意，修改某个头文件不能导致使用这个头文件的其他模块需要重新编写。

2. 项目文件组织和划分原则

项目文件组织和划分的合理性对于一个大型项目的成功实施至关重要，而且对于后期程序的维护和升级也有着较大的影响。Linux 是一个源码开放的操作系统，其源代码的组织结构非常优秀，值得我们好好借鉴。这里，我们根据 C 语言的特点，并借鉴一些成熟软件项目代码，给出了以下 C 项目中代码文件组织的基本建议：

1)将整个项目按"top-down"(自顶向下)的方式，进行模块的层次划分，最终形成树形模块层次结构。模块划分时，应该力求模块内有较紧的耦合性，模块间有较松的耦合性。

2)每个模块的文件最好保存在独立的一个文件夹中。通常情况下，实现一个模块的文件不止一个，这些相关的文件应该保存在一个文件夹中，文件夹命名时能体现该模块的功能或特点。

3)模块调用关系应该尽量局部化。使用层次化和模块化的软件开发模型。每个模块只能使用所在层和下一层模块提供的接口，从而保证了调用关系的局部化。

4)条件编译的组织。很多情况下可能需要条件编译，比如为了提供功能可定制服务，为了项目具有较好的平台移植性等。一般用于模块裁减的条件编译宏保存在一个独立的文件里，便于软件裁减。

5)硬件相关代码和操作系统相关代码与纯 C 代码相对独立保存，以便于软件移植。

6)声明和定义分开，使用头文件开放模块需要提供给外部的函数、宏、类型、常量、全局变量，尽量做到模块对外部透明，用户在使用模块功能时不需要了解具体的实现就能直接使用。头文件一旦发布，修改一定要很慎重，不能影响其他使用了该头文件的模块。文件夹和文件命名要能够反映出模块的功能。

7)在 C 语言的里，每个 C 文件就是一个模块，头文件为使用这个模块的用户提供接口，用户只要包含相应的头文件就可以使用在这个头文件开放的接口。

3. 头文件书写规则

所有的头文件都建议参考以下的规则：

1)头文件中不能有可执行代码，也不能有数据的定义，只能有宏、类型(typedef、struct、union、menu)、数据和函数的声明。例如以下的代码可以包含在头文件里：

```c
#define PI  3.1415926
typedef  char*string;
enum{
  red=1,
  green=2,
  blue=3
};
typedef  struct{
  int  uid;
  char  name[10];
  char  sex;
  int  score
} student;
extern  add(int x,int y);
```

```
extern  int  name;
```

2）全局变量和函数的定义不能出现在头文件里。例如，下面的代码不能包含在头文件里：

```
char  name[10];
int  add(int x,int y)
{
  return x + y;
}
```

3）只在模块内使用的函数、变量不要用 extern 在头文件里声明，只有模块自己使用的宏、常量、类型也不要在头文件里声明，应该只在相应的源文件里声明。事实上，为了避免名字污染，对于只在模块内使用的函数、变量，应该在其定义前加上关键字 static，以限定其作用域。

4）防止头文件被重复包含。使用下面的宏可以防止一个头文件被重复包含。

```
#ifndef  MY_INCLUDE_H
#define  MY_INCLUDE_H
<头文件内容>
#endif
```

因此，所有头文件都应该采用上述写法，读者也可以参照 VC 自己生成的头文件的写法：

```
#if ! defined(AFX_MAINFRM_H__171DE35B_CAD6_40A5_8A48_1B5BB35BD1E2__INCLUDED_)
#define AFX_MAINFRM_H__171DE35B_CAD6_40A5_8A48_1B5BB35BD1E2 __INCLUDED_
<头文件内容>
#endif // ! defined(AFX_MAINFRM_H__171DE35B_CAD6_40A5_8A48_1B5BB35BD1E2__INCLUDED_)
```

其中，AFX_MAINFRM_H__171DE35B_CAD6_40A5_8A48_1B5BB35BD1E2__INCLUDED_ 是 VC 通过 GUID-GEN. EXE 工具产生的全球唯一的标示符，其目的也就是避免头文件重复包含，因此在书写头文件时，我们也可以借助 GUIDGEN. EXE 产生一个全球唯一的标识符。

5）保证在使用这个头文件时，用户不用再包含使用此头文件的其他前提头文件（当然如果头文件书写时采用了避免重复包含的技术，这也不会出错），即要使用的头文件已经包含在此头文件里。例如，area. h 头文件包含了面积相关的操作，要使用这个头文件不需同时包含了关于点操作的头文件 piont. h。用户在使用 area. h 时不需要手动包含 point. h，因为我们已经在 area. h 中用 #include "point. h"包含了这个头文件。

第 13 章

初涉 ACM/ICPC

13.1　ACM/ICPC 概述

ACM/ICPC(ACM International Collegiate Programming Contest)是由 ACM(Association for Computing Machinery，美国计算机协会)组织的国际大学生程序设计竞赛的简称，它是从 1970 年开始举办的世界上公认的规模最大、水平最高的国际大学生程序设计竞赛，其目的旨在使大学生运用计算机来充分展示自己分析问题和解决问题的能力。在过去十几年中，世界著名信息企业 Apple、AT&T、Microsoft 和 IBM 分别担任了竞赛的赞助商。ACM 国际大学生程序设计竞赛是参赛选手展示计算机才华的广阔舞台，是著名大学计算机教育成果的直接体现，是信息企业与世界顶尖计算机人才对话的最好机会。

ACM 程序设计竞赛规定，每支队伍最多由三名参赛队员组成，其中至少有两名参赛队员必须是未取得学士学位或同等学力的学生，取得学士学位超过两年，或进行研究生学习超过两年的学生不符合参赛队员的资格，任何参加过两次决赛的学生不得参加地区预赛或者世界决赛。

竞赛中至少命题 6 道，至多命题 10 道，比赛时间为 5 个小时，参赛队员可以携带诸如书、手册、程序清单等参考资料，试题的解答提交裁判称为运行，每一次运行会被判为正确或者错误，判决结果会及时通知参赛队伍，正确解答中等数量及中等数量以上试题的队伍会根据解题数目进行排名。解题数在中等数量以下的队伍会得到确认但不会进行排名，在决定获奖和参加世界决赛的队伍时，如果多支队伍解题数量相同，则根据总用时加上惩罚时间进行排名。总用时和惩罚时间由每道解答正确的试题的用时加上惩罚时间而成。每道试题用时将从竞赛开始到试题解答被判定为正确为止，期间每一次错误的运行将被加罚 20 分钟时间，未正确解答的试题不计时。地区预赛可以使用的语言包括 C/C ++ 和 Java，每支队伍使用一台计算机，所有队伍使用计算机的规格配置完全相同。

与其他编程竞赛相比，ACM/ICPC 题目难度更大，更强调算法的高效性，不仅要解决一个指定的命题，而且必须以最佳的方式解决指定的命题；它涉及知识面广，与大学计算机系本科以及研究生相关课程(如程序设计、离散数学、数据结构、人工智能、算法分析与设计等)直接关联；对数学要求更高，由于采用英文命题，对英语要求高；ACM/ICPC 采用 3 人合作、共用一台电脑，所以它更强调团队协作精神；由于许多题目并无现成的算法，需要具备创新的精神；ACM/ICPC 不仅强调学科的基础，更强调全面素质和能力的培养。ACM/ICPC 是一种全封闭式的竞赛，能对学生能力进行实时的全面考察，其成绩的真实性更强，所以目前已成为内地高校的一个热点，是培养全面发展优秀人才的一项重要的活动。概括来说就是：强调算法的高效性、知识面要广、对数学和英语要求较高、具有团队协作和创新精神。

程序设计竞赛中常见的算法包括：

1)搜索。深度优先搜索（DFS）和广度优先搜索（BFS）是用得较多的、做题时优先考虑的算法。BFS：存储前面的信息，计算并保存所有的信息，这样前面的信息不用重复计算。BFS 是一层一层搜索，搜索完一层，再搜索下一层（常用来从前向后推）；DFS 是一直向下搜索，直到到底才返回（常用递归来实现）。

2)递推公式，组合数学上讲得比较多。关系递推、欧拉公式、母函数等都会有所涉及，尤其是从现有的已知条件中如何获取递推公式，找到层与层之间的关系是解题的关键。这需要对这种题的原型有较多的研究，对这部分的概念有较深的理解。

3)排列组合、数论及数字游戏等，对数学的知识要求比较高，不过纯粹数学的题近年来出现得不多。

4)动态规划 = 分析 + 前面的结果，和递推有点类似。

5)图论。数据结构和离散数学上都有涉及，竞赛中涉及的有最短路径问题、最小生成树、Euler 图、二分图（实际模型很多，比较难看出来，用得较多）。

6)模拟题，考的是基本功。要求学生编程速度快、基本功扎实、读题时认真仔细。

下面我们通过具体实例的分析和解决来介绍上述相关内容，使读者对其有个初步的了解。

13.2 小数近似值问题与枚举算法

13.2.1 问题描述

在 FORTRAN 程序设计语言中，不支持浮点数运算。该语言的设计者认为浮点数运算非常耗时，通常使用整数运算来代替浮点数。例如，在计算圆的面积时候，可以通过整数运算来替代 $S = R*R*355/113$，因为 $355/113 \approx 3.141592653$，且误差不超过 2×10^{-7}。这样问题就来了，需要找到一种替代方法，在给出浮点数 A 和限定的范围 L 后，找出两个整数 N，$D(1 \leqslant =N,\ D \leqslant L)$，使得 $|A-N/D|$ 的结果最小，其中 $1 \leqslant =L \leqslant =100000$（问题来自 PKU – acm 题集）。

13.2.2 问题分析与求解

为了求整数 N，D 使得 $|A-N/D|$ 的结果最小，最简单的方法就是穷举，令 $N=1,2,3,\cdots,L$，$D=1,2,3,\cdots,L$，然后分别计算 $|A-N/D|$ 并找出所求解。但是这个方法通常是不可取的，按照这种想法的思路写出的伪代码如下：

```
for(N=1;N <= L;N ++ )
  for(D=1;D <= L;D ++ )
    if(fabs(A - N/D)比之前的要小)
      记录 N,D 的值
```

这种方法一共循环了 L^2 次，若 $L=100000$，则计算量达到了 1010 次，效率非常低。因而需要进一步分析它并找出更优的方法。

仔细观察题目的描述，能发现一些隐含的条件。比如 $1 \leqslant N$，$D \leqslant L$，在已知 D 的情况下，假设 $X \div D = A$，则 $X = A \times D$（其中 X 为浮点数），对 X 做四舍五入就得到所求的 N，而无须从 1 到 L 穷举 N。至于 D 的值我们无法确定，因此还是需要从 1 –> L 穷举一次，示例代码如下：

```
min = l + 1;// min 初始值比最大的 L/1 更大
for (d = 1;d <= l;d ++ ) {
  n = floor(d* a + 0.5);// 乘积四舍五入
  // 1 <= N&&N <= L
  if (n > l) n = l;
  if (n < 1) n = 1;
  offset = fabs(a - n/d);
  if (offset < min) {
```

```
        rd = d;
        rn = n;
        min = offset;
    }
}
```

经过优化后，循环只需执行 L 次，效率比前一种方法要高得多。

13.2.3　问题小结

在上述问题的分析与求解过程中，我们分别采用了两种策略去解决，第二种方法运用数学知识缩小了求解空间。这两种方法都从 1 到 L 尝试了 D 取值范围内的所有值，这种通过列举取值范围中的每个值来找问题解的方法称为枚举法。在方法二中，利用题目中的隐含条件排除了部分不可能解，减少了枚举量，从而提高了执行效率。

枚举法既简单又实用，能解决大部分问题，在学习 C 语言的过程中会经常运用。但通常情况下枚举的效率不高，需要仔细查看题目中每一处细节，利用隐含条件减少枚举量。本题中还有部分隐含条件未被利用（比如当 $A > 1$ 时，$D \in \{1, \text{floor}(\text{L/A})\}$），可以进一步减少枚举量，请读者自己思考并实现。

13.3　迷宫问题与深度优先搜索

13.3.1　问题描述

假设迷宫如图 13-1 所示，图中的每个方块或为通道（以空白方块表示），或为墙（以带阴影的方块表示）。请编程求得一条从"入口"到"出口"的路径，每个通道只能经过一次！

13.3.2　问题分析与求解

假设所求的路径为"当前路径"，"当前位置"指的是"在搜索过程中某一时刻所在图中某个方块位置"，如果"当前位置"上下左右四个方向中有一个是通道并且未曾抵达（下一位置），则称该位置"可通"，否则"不可通"。求迷宫中一条路径的算法的基本思想是：若当前位置"可通"，则纳入"当前路径"，并朝下一个可通位置继续探索；若当前位置"不可通"，则沿原路退回，并朝其他可通方向继续探索；若该可通通道的四个方向均不能到达出口，则应从"当前路径"上删除该通道。重复上面的操作直到找到出口。

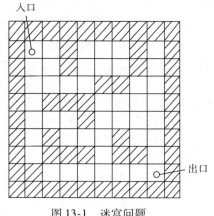

图 13-1　迷宫问题

为了保证在任何位置上都能沿原路退回，显然需要用一个先进后出的结构来保存从入口到当前位置的路径。这种先进后出的结构称为栈，因此，在求迷宫通路的算法中应用栈是合适的。

假设我们用数组来存放一个栈，则每次都从数组的末端增加一个元素，这个过程称为"入栈"。同样地，每次要取出元素时，我们也是从数组的末端取出一个元素，这个过程称为"出栈"。我们用 top 来指示数组末端，top 指向的位置称为栈顶。接下来，假设以栈 S 记录"当前路径"，则栈顶中存放的是"当前路径上最后一个通道块"。由此，"纳入路径"的操作即为"当前位置入栈"；"从当前路径上删除前一通道块"的操作即为"出栈"。求迷宫中一条从入口到出口的路径的算法可简单描述如下：

```
设定当前位置的初值为入口位置;
do{
```

```
      若当前位置可通,
      则{ 将当前位置纳入路径; //入栈
        若该位置是出口位置,则结束; // 求得路径存放在栈中
        否则切换当前位置的相邻方块为新的当前位置;
      }
      否则,
        若栈不空且栈顶位置尚有其他方向未经探索,
          则设定新的当前位置为沿顺时针方向旋转找到的栈顶位置的下一相邻块;
        若栈不空但栈顶位置的四周均不可通,
          则{ 从路径中删去该通道块; // 删去栈顶位置
              若栈不空,则重新测试新的栈顶位置,
              直至找到一个可通的相邻块或出栈至栈空;
          }
   }while(栈不空);
```

13.3.3　问题小结

在该问题的求解过程中,如果把我们所走过的位置看成是一个路口,位置与位置之间的连接即为一条条道路。迷宫问题的求解就是一个从入口到出口的道路寻找过程。在路径的寻找过程中,我们从当前位置出发,不断地寻找一个能走得通并且没有走过的方向,如果此路不通,则进行回退,返回前一个脚印,从那个位置开始重新寻找新的路径,不断地重复前面的过程,直到找到目标为止。这种搜索的策略就是通常所说的深度优先的搜索策略。深度优先的搜索算法在实际中应用得非常广泛,常用于解决搜索问题。

由于在道路的搜索过程中其思路是一路走到底,不通则回退,所以此方法获得的并不是一条最优的路径(路径长度最短)。读者可以思考一下,如果去寻找一条从入口到出口的最短路径,问题应该如何求解。当然也可以考虑找出所有从入口到出口的路径,然后再做比较,但这种解法效率较低。和深度优先相对应的是称为广度优先的搜索策略,有兴趣的读者可以阅读广度优先搜索相关的资料。

13.4　经典 01 背包问题与动态规划算法

13.4.1　问题描述

窃贼在偷窃的时候发现了 n 件物品,每件物品都具有一定的价值和重量,因为背包的容量有限,并且物品不能被分割成小的部分,因此希望得出他能带走哪几样物品才会使带走的物品总价值最高。假设第 i 件物品价值为 v_i,重量为 $w_i(1 \leqslant i \leqslant n)$。而窃贼的背包限重已知为 $W_总$,且它们都为正整数。请你求出最后所能带走的最大价值。

13.4.2　问题分析与求解

由于物品不能被分割,则每件物品只有拿走(用"1"表示)或不拿走(用"0"表示)两种状态,根据题意建立数学模型:

1) $1 \leqslant i \leqslant n$
2) $x[i]$:第 i 件物品的状态($0 \leqslant x[i] \leqslant 1$)
3) $v[i]$:第 i 件物品的价值
4) $w[i]$:第 i 件物品的重量
5) $W = x[1] \times w[1] + x[2] \times w[2] + \cdots + x[n] \times w[n]$($W \leqslant W_总$)
6) $V = x[1] \times v[1] + x[2] \times v[2] + \cdots x[n] \times v[n]$

求 V 的最大值 $V\max$。

由模型中可知,$x[i]$ 有 0、1 两种情况,仅凭这个条件进行枚举,理论上限为 2^n。当 n 比较大时效率非常低,因此需要结合其他条件减少枚举量(如果你还不了解枚举法,请参看 13.2 节)。

在这 2^n 次的枚举中不仅包括了最大值，还包括最小值等数据。但问题只要求我们计算最大值，因此我们可以大大地减少枚举量。考虑以下这情况：假若某件物品不拿走，那么问题会成为从剩余 $n-1$ 件物品取得价值最大的，且背包剩余容量 $W'_{总}=W_{总}$；假若物品要被带走，那么背包剩余容量 $W'_{总}=W_{总}-w[i]$（假设带走第 i 件）。这样问题就转换成了原问题的子问题，该子问题与原问题如出一辙，如果原问题所获得的解是最优的，那么其子问题获得的解也应当是最优的（价值最大），也就是说，原问题的最优解包含子问题的最优解，这种性质被称为最优子结构性质。

由前面的分析可知，01 背包问题具有最优子结构性质。可以通过反证法或者归纳法来证明，限于篇幅，这里不给出证明过程。下面给出最优子结构：

若 $(x_1, x_2, \cdots, x_{n-1}, x_n)$ 是原问题的一个最优解，那么 $(x_1, x_2, \cdots, x_{n-2}, x_{n-1})$ 一定是其子问题 $n-1$ 个物品、限重 $W_{总}-w_n \times x_n$ 的一个最优解。

根据最优子结构，可以得出问题的一个递归解。假设 $f[i][c]$ 表示背包容量为 c 时前 i 个物品能获得的最大价值，则下式成立：

$$f[i][c] = \begin{cases} f[i-1][c], & c < w[i] \\ \max(f[i-1][c], f[i-1][c-w[i]]+v[i]), & c \geq w[i] \end{cases}$$

在上述表达式中，考虑第 i 个物品时：

1）如果背包容量比物品 i 的重量还小，那么物品 i 肯定不能被拿走，所以价值 V 等于背包容量为 c 时前 $i-1$ 个物品所能获得的最大价值。

2）不然，就考虑：

- 不拿走物品 i 时，价值 $V1$ 等于背包容量为 c 时前 $i-1$ 个物品所能获得的最大价值。
- 拿走物品 i 时，价值 $V2$ 等于背包容量为 $c-w[i]$ 时前 $i-1$ 个物品所能获得的最大价值。

$V1$、$V2$ 中的较大值就是所求的价值 V。

该表达式确定了子问题的情况以及所需要的子问题的最优解，基于此表达式，物品个数以及限重的大小所构成的子问题是需要先被求解的。我们采用自底向上的方法解决此问题，最小的子问题是只有一个物品，且在限重确定的情况下，即

$$f[1][c] = \begin{cases} 0, & c < w[1] \\ v[1], & c \geq w[1] \end{cases}$$

子问题的最优解要先于原问题求解，为了记录子问题的解，需要使用一种方法来记录这些值。在递归过程中我们会重复求解相同问题（重叠子问题是指，如果一个问题的两个子问题拥有同样的子子问题，那么求解这两个子问题时候，可能同样的子子问题会被求解两次），通过记录这些子问题的解，可以防止求解相同的子问题，我们采用数组的方式来记录子问题的解，解决此问题的 C 关键代码如下：

```c
int getMaxValue(int n,int maxW)
{
  int i,c;
  //f 被定义为二维数组,并全部初始化为 0
  memset(f,0,sizeof(f));
  for(i=1 ;i <=n;i ++ )
    for(c=0;c <=maxW;c ++ )
    {
      f[i][c]=f[i-1][c];
      if(c >=w[i])
        f[i][c]=max(f[i][c],f[i-1][c-w[i]]+v[i]);
    }
  return f[n][maxW];
}
```

自底向上的方法就是先求解子问题的解，然后通过子问题的解根据递归式子来构造大问题的解，在求解过程中，我们将子问题的解记录下来，使得求解过的子问题不再被重复求解。分析以上算法，它的算法时间复杂度可表示为 $O(n * maxW)$，若 maxW 过大，耗费的空间与时间将是非常

巨大的。因此这种方法不一定优于搜索法,但该算法在某些情况下确实能够降低时间复杂度,使得在有限时间内获得最优解。

13.4.3　问题小结

如果问题的最优解所包含的子问题的解也是最优的,我们就称该问题具有最优子结构性质(即满足最优化原理)。最优子结构性质为动态规划算法解决问题提供了重要线索。

子问题重叠性质是指在用递归演算法自顶向下对问题进行求解时,每次产生的子问题并不总是新问题,有些子问题会被重复计算多次。动态规划算法正是利用了这种子问题的重叠性质,对每一个子问题只计算一次,然后将其计算结果保存在一个表格中,当再次需要计算已经计算过的子问题时,只是在表格中简单地查看一下结果,从而获得较高的效率。

动态规划(dynamic programming)是运筹学的一个分支,是求解决策过程(decision process)最优化的数学方法。20 世纪 50 年代初美国数学家 R. E. Bellman 等人在研究多阶段决策过程(multistep decision process)的优化问题时,提出了著名的最优化原理(principle of optimality),把多阶段过程转化为一系列单阶段问题,利用各阶段之间的关系,逐个求解,创立了解决这类过程优化问题的新方法——动态规划。

动态规划程序设计是对解最优化问题的一种途径、一种方法,而不是一种特殊算法。它不像前面所述的那些搜索或数值计算那样,具有一个标准的数学表达式和明确清晰的解题方法。动态规划程序设计往往是针对一种最优化问题,由于各种问题的性质不同,确定最优解的条件也互不相同,因而动态规划的设计方法对不同的问题有各具特色的解题方法,而不存在一种万能的动态规划算法,可以解决各类最优化问题。因此读者在学习时,除了要对基本概念和方法正确理解外,必须具体问题具体分析处理,以丰富的想象力去建立模型,用创造性的技巧去求解。我们也可以通过对若干有代表性的问题的动态规划算法进行分析、讨论,逐渐学会并掌握这一设计方法。

13.5　经典部分背包问题与贪心算法

13.5.1　问题描述

问题描述详见 13.4.1 节。

13.5.2　问题分析与求解

在前一节中我们曾分析了 01 背包问题,部分背包问题与 01 背包问题的区别在于其物品是可分割的,即背包一定会被装满,而 01 背包当中物品是不可分割的,可能不被装满。因此在该问题当中,参考前一节 01 问题的分析,对于任意一个物品都会有三种选择,即全部放入背包,部分放入背包或者不放入背包。那么根据这些选择,定义一下该问题的解空间,$x[i]$ 表示取走第 i 件物品多少(值为 $0 \sim 1$ 之间),$v[i]$ 表示第 i 件物品的价值,$w[i]$ 表示第 i 件物品的重量,只要:满足 $x[1] \times w[1] + x[2] \times w[2] + \cdots x[n] \times w[n] \leqslant W_{总}$,使得 $x[1] \times v[1] + x[2] \times v[2] + \cdots x[n] \times v[n]$ 最大。其中,$0 \leqslant x[i] \leqslant 1$,$n$ 为物品个数。

显然,由于 $x[i]$ 的不确定性($0 \sim 1$ 之间的数值很多),该问题若用搜索算法很难确定范围。而在考虑拿走某个物品部分或全部还是不拿走该物品,最后剩下的问题同样也是该问题的一个子问题。显然其也是具有最优子结构性质,然而,由于 $x[i]$ 的不确定性,使得我们很难定义这个问题的最优子结构,也就是说很难得出其基于最优子结构的递归解。难道别无他法了吗?

我们重新来看问题的描述,问题提出背包是限重的,即容量有限,我们需要装满背包,装满之后使得背包内的物品的价值达到最大。若要使满背包的物品价值越大,那么只要单位重量的物品价值越大就可以满足。因此,现在先做一个选择,即将单位重量价值最大的物品先放入背包,如果装满了,那么显然背包内物品最大,若没装满,再取单位重量价值次大的物品放入背包,以此类推，找出剩余物品中单位价值最大的，直到装满背包。这种思路是可行的，可以得到问题的解。

接下来，我们需要证明这种方法是能够得到最优解的。在前面所做的选择中，我们选择单位重量价值最大的物品先放入背包，这种选择称为贪心选择，然后通过这个选择将问题转化为一个子问题，并求得子问题的最优解，然后通过子问题的最优解和当前选择构造出问题的最优解，并称这种性质为贪心选择性质。

贪心选择性质：一个全局最优解可以通过局部最优（贪心）选择来达到，也就是说考虑选择时往往选择当前的最佳选择而不考虑子问题的结果。

通常这种性质是必须被证明成立的，才能保证最终所求得的是一个全局最优解。为了证明该问题具有这个性质，将考虑下面的定义：

对于任意一个部分背包问题，定义 P 为问题域中物品价值 V 与重量 W 比值的集合，即 $P_i = V_i / W_i$，设编号为 m 的物品为 P 中具有最大单位重量价值的物品，即

$$P_m = \max\{P_m : P_m \in P\}$$

那么，编号 m 的物品将被选择加入背包即当前最优的选择，且剩余的子问题的最优解与原问题等价，子问题的最优解将和该选择组合成原问题的最优解。

证明：

1) 如若 $W_{\text{total}} \leqslant W_m$，则选择 m 物品部分装满背包会获得最大值，因为 $W_总 * Pm > W_总 * P_o$。P_o 为 P 中次大值或者除了 m 之外的平均值。

2) 如若 $W_{\text{total}} > W_m$，$W_总 > W_m$，则选择 m 物品装进背包会获得最大值，因为 $V_m + (W_总 - W_m) * P_o > W_总 * P_o$。$P_o$ 为 P 中次大值或者除了 m 之外的平均值。

利用这种性质，只要对问题域中物品按照 P_i 的大小进行一次降序排序，每次选择单位重量价值最高的放入背包当中，最后所获得解必然是一个最优解，因为每做一次贪心选择，剩余的问题与原问题同出一辙。为了方便排序，将定义一个结构存储每一个物品的重量和价值，并且为它们定义排序的比较函数。C 语言描述如下：

```c
typedef struct {
  double v;//价值
  double w;//重量
}Goods;

Goods things[MAX_W];

/* 快速排序库函数的比较函数 */
int cmp(const Goods*a,const Goods*b)
{
  // 比较两个元素,使得单位重量价值大的排前
  // 其返回值含义
  // 小于 0 表示 a < b
  // 等于 0 表示 a = b
  // 大于 0 表示 a > b
  return (a -> v*b -> w) < (b -> v*a -> w);
}
```

应用贪心选择策略的代码如下。用这种方法解决背包问题，时间复杂度为 $O(n)$。

```c
double getMaxValue(int n,double maxW)
{
  double value = 0;
  int i;
  qsort(things + 1,n,sizeof(Goods),cmp);
  for(i = 1;i <= n;i ++ )
  {
    if(maxW >= things[i]. w)
    {
      value + = things[i]. v;
```

```
            maxW - = things[i]. w;
        }
        else
        {
            value + = maxW/things[i]. w*things[i]. v;
            maxW = 0 ;
            break;
        }
    }
    return value;
}
```

13.5.3　问题小结

所谓贪心算法是指，在对问题求解时，总是做出在当前看来是最好的选择。也就是说，不从整体最优上加以考虑，它所做出的仅是在某种意义上的局部最优解。

贪心算法并不是对所有问题都能得到整体最优解，但对许多问题它能产生整体最优解或者是整体最优解的近似解。

贪心算法的基本思路如下：

1）建立数学模型来描述问题。

2）把求解的问题分成若干个子问题。

3）对每一子问题求解，得到子问题的局部最优解。

4）把子问题的局部最优解合成原来问题的一个解。

能够被贪心算法解决的问题需要满足两种性质：最优子结构性质和贪心选择性质。贪心算法是很常见的算法之一，这是由于它简单易行，构造贪心策略不是很困难。可惜的是，它需要证明后才能真正运用到题目的算法中。

一般来说，贪心算法的证明围绕着：整个问题的最优解一定由在贪心策略中存在的子问题的最优解得来。

13.6　关系序列问题与图的拓扑排序

13.6.1　问题描述

一个具有独特值的上升有序序列是采用一组小于或等于的符号通过排序得来的。例如，上升有序序列 A，B，C，D 是通过 $A < B$，$B < C$，$C < D$ 求得的。现在的问题是，给定一组类似于 $A < B$ 的关系的集合，问能否从这些关系中获得一个有序上升序列。问题的输入包含一个整数 N 和整数 M。N 表示这个序列有 N 个大写字母，字母范围为第 1 个 ~ 第 N 个大写字母，因此 $2 \leqslant N \leqslant 26$；$M$ 为关系的个数。每个关系被描述成如下：字母 1 < 字母 2。求解是否能得出这些字母的有序上升序列，若能得出，请输出这个上升序列；若不能，请判断是关系冲突，还是关系条件不够（如果 $A < B$，那么 $B < A$ 就是关系冲突；如果有三个字母 A，B，C，而只有一个关系 $C < A$，则关系不足，很难确定顺序）。在得出问题的同时，还需给出所获得的结果是在判断了前几个条件得出的（问题来源 PKU 1094）。

13.6.2　问题分析与求解

就问题分析而言，需要通过一组小于关系来获得一个上升序列，假设问题的解是 $< C_1$，C_2，C_3，$\cdots$，C_{n-1}，$C_n >$，且这个序列应当是唯一的，那么其一定满足 $C_1 < C_2 < C_3 < \cdots < C_{n-1} < C_n$，因而要从问题所给出的一组关系，去获得该问题的解。最简单的方法是枚举，显然这种方法不可取，时间复杂度太高！其次，其关系是具有传递性的，而这种传递性也使问题变得复杂，很难确定序列的顺序，需要尝试寻找新方法。

由于关系是有方向的，因此 $C_i < C_j$ 与 $C_j < C_i$ 是两个不同的关系对。那么如果将 C_i 与 C_j 的关系使用一条有向边将它们连接，先看问题中的例子 $A < B$，$B < C$，$C < D$，如图 13-2 所示。

如果 $C_i < C_j$，那么 $< C_i, C_j >$ 就是一条 C_i 指向 C_j 的有向边，C_i 为起点，C_j 为终点，我们将这种关系称为小于。从图中可以很明显地看出，问题中的例子所求的序列为 $< A, B, C, D >$。假设现在将每个字母看成是一个唯一的顶点，进行如下分析：指向顶点 B 的边数为 1，说明只有一字母直接小于 B；指向顶点 C 的边数为 1，即只有 B 直接小于 C，而小于 B 的字母也只有一个，说明小于 C 的字母仅有 2 个；以此类推，那么小于 D 的字母有且只有 3

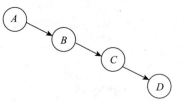

图 13-2　关系的有向边

个，小于 A 的字母为 0 个。可以确定这 4 个字母在序列中位置，即 $A < B < C < D$，且序列唯一。

据此，若需要确定某个顶点在序列中的位置，只需知道指向这个顶点的边数和各边顶点信息（字母），这样就能确定这个顶点的字母在序列中总共有多少个字母比它小。对于这样一个二元关系，可以采用二维数组表示，例如，我们用 graph[i][j] 来表示顶点 i 与顶点 j 之间是否存在有向边，若为 1 表示存在一条有向边，若为 0 表示不存在。显然，可以使用序号 0 ~ 25 来代表所有 26 个字母。

为了方便叙述，将指向某个顶点的有向边的数目称为该顶点的入度。可以得出，如果某个顶点的入度为 0，显然其应该是最小的（如果该序列唯一），那么假设取出入度为 0 的顶点 C_i 后，去掉以 C_i 为起点的有向边，并从关系中删除该顶点，这样问题就变成从剩余的关系中再找出子序列。

因此，问题解决步骤可以被描述如下：

1）从关系中找出入度为 0 的顶点，将该顶点加入序列，并去掉以 C_i 为起点的有向边。

2）重复步骤 1。

在重复这个步骤的过程中即可能遇到三种情况：

1）每次都能取出唯一一个入度为 0 的顶点，表明序列唯一，因为每次最小的顶点有且仅有一个。

2）每次取出入度为 0 顶点个数超过一个，表明条件不足以确定序列，因为该次中最小的顶点超过一个，显然不可能。

3）每次判断时不存在入度为 0 的顶点，表明产生冲突，即出现了形如 $A < B < C < A$，用有向边连接一起则会形成有向环。

为了获得入度为 0 的顶点，采用了一个栈数组（深度优先搜索时介绍过）来存储每一次从关系中获得入度为 0 的顶点，为了获得栈中顶点个数为它增加一个函数 stack_size() 返回栈中元素个数，以及清空栈的函数 stakc_clear()。其次为了保存获得上升序列，定义一个字母数组来存储 ans[MAX_N]。应用前面分析步骤的关键代码如下：

```
#define SURE 0
#define NOTSURE 1
#define CONFLICT 2
int stack[MAX_N];
int top = -1;
int stack_size()
{
  return top + 1;
}
void clear_stack()
{
  top = -1;
}
int graph[MAX_N][MAX_N];//存储图
char ans[MAX_N];
int Topsort(int n) //参数 n 为顶点个数
```

```
{
  int temp,i,j,size,k,res;
  int degree[MAX_N];//存储顶点的入度
  memset(degree,0,sizeof(degree));
  for(i=0;i<n;i++)
    for(j=0;j<n;j++)
      graph[i][j]? degree[j]++:0;//记录顶点的入度,即当前顶点为终点的边的条数
  clear_stack();//清空栈
  for(i=0,k=0;i<n;i++)
    degree[i]? 0:push_stack(i);//将入度为0的顶点入栈
  for(i=0;i<n;i++)
  {
    size=stack_size();
    //如果N个字母的顺序还没全部确定,可是栈空了,因此冲突了(存在有向环)
    if(size==0) return CONFLICT;
    //只要判断入度为0的顶点个数大于1,则序列不唯一,不能被确定
    if(size>1) res=NOTSURE;
    temp=pop_stack();
    //根据入度为0的顶点的顺序记录字母顺序
    ans[i]=temp+'A';
    for(j=0;j<n;j++)
      if(graph[temp][j])
      {
        degree[j]--;
        degree[j]? 0:push_stack(j);
      }
  }
  // 只要入度顶点为0个数出现一次为1,那么其序列肯定不唯一
  if(res==NOTSURE) return res;
  //序列被确定,记录在 ans 数组中
  return SURE;
}
```

在主函数中，对于每输入一个关系条件，调用关键函数 Topsort(n)，只要输入某个关系后返回 CONFLIT 冲突或者 SURE 确定序列，就获得问题解，如果判断完所有关系之后依旧无法确定，则表示条件不足，主函数可描述如下（这段代码在 pku 题库上通过所有测试数据）：

```
int main()
{
  int n,m,i,result,j,done;
  char s[4];
  while(scanf(" %d %d",&n,&m))
  {
    if(n==0&&m==0) break;
    memset(graph,0,sizeof(graph));
    result=-1;
    done=0;
    for(i=0;i<m;i++)
    {
      scanf(" %s",s);
      graph[s[0]-'A'][s[2]-'A']=1;
      if(done)
        continue;
      result=Topsort(n);
      if(result==CONFLICT)
      {
        printf("Inconsistency found after %d relations. \n",i+1);
        done=1;
      }
      if(result==SURE)
      {
        printf("Sorted sequence determined after %d relations: %s. \n",i+1,ans);
        done=1;
```

```
        }
      }
    if(! done)
      printf("Sorted sequence cannot be determined. \n");
    }
  return 0;
}
```

13.6.3　问题小结

通常，对于有序序列的求解，我们可以采用排序的方法，比如给出一组无序的整数，用排序的方法得出一个有序的整数序列。前面所叙述的方法也是一种排序，这种排序是为了在给定的有向图中得出顶点的线性顺序。

有向图就是边有方向的图，在有向图中，只能沿着边指定的方向移动。有向图的拓扑排序就是沿着边指定的方向把图中的顶点排列出来。

拓扑排序算法的两个必需的步骤如下：

1）找到一个没有后继的顶点。

2）从图中删除这个顶点，在列表的前面插入顶点的标记。

重复步骤 1 和步骤 2，直到所有顶点都从图中删除。这时，列表显示的顶点顺序就是拓扑排序的结果。

13.7　公路建设图与最小生成树

13.7.1　问题描述

岛国 Flatopia 地面极其平坦，不幸的是，该国却没有一条公路，Flatopia 的交通非常不方便。Flatopia 政府也意识到这点，并计划建设一些公路，使得可以驱车到达任意一个城镇。

Flatopia 的城镇被编号为 $1 \sim N$，每条公路直接连通两个城镇，所有公路都是直线，且都是双向的。公路可以直接交叉，但是驾驶员只能在公路的两端变换行车路线，也就是说不能在公路的交叉点变换路线。

Flatopia 政府从实际调研中获得了每个城镇之间的距离，即在某两个城镇建一条公路实际长度，它们想要使得建造的公路总长度达到最小，并能保证每个城镇能够到达其他的所有城镇。你能帮助他们完成这个任务吗？

该问题的输入，包含城镇的个数 N，和一个 $N \times N$ 的矩阵，矩阵中第 i 行第 j 列表示城镇 i 和城镇 j 的实际距离，且距离为 $[1, 65536]$ 范围内的整数，要求我们求出所建造的所有公路中长度总和最小的值。

13.7.2　问题分析与求解

显然，我们并不需要在任意两个城镇之间都建造直接的公路，一个城镇可以路经其他城镇来到达另外一个城镇，我们要做的是确定哪些公路是必须建造的，这些道路的建造能保证所有城镇都是可到达的，并且总建公路的长度最短。为了分析公路的信息，将每个城镇用一个顶点表示，每条公路用边表示，可以将该问题转换为数学模型。图 13-3 是个包含 4 个城镇的模型图。

对于 n 个城镇，至少需要 $n-1$ 条公路才能使得它们全部连通。因此问题就转换为从所有公路中找出 $n-1$ 条公路，使得能连通各个城镇，并保证边的长度总和最短。且这 $n-1$ 条公路所组成公路网不

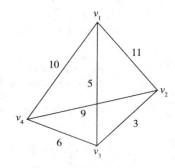

图 13-3　城镇公路网图

能出现 A -> B -> C -> A 的回路,因此,解题思路可以描述为:从某个城镇出发,建造一条最短公路到达其他城镇,然后继续建造,只要不产生回路(即不建多余的路、不必需的路),并且每次都建造最短的公路,一定会使得最后连通所有城镇的公路长度总和最短。

显然,求公路长度最短本身也是一个最优化的问题。从思路提示可知,每次建造最短的是贪心选择。只要证明这种贪心性质是正确的,就能运用贪心方法来解决了,现作如下定义:

令城镇顶点集合 $V = \{0, 1, 2, \cdots, n-1\}$,设 S 为 V 的子集合,其为已被建设的公路所连通的城镇顶点,也就是说,被放入 S 集合中城镇为已连通且它们之间的公路长度和是最小的。令 $N = V - S$,表示还需要建设公路来连通的城镇集合。对于贪心选择来讲,每次建造一条最短长度的公路 (u, v),$u \in S$,且 $v \in N$,并将 v 加入 S 集合,这个贪心选择将使得到的 $S + \{v\}$ 这个集合中城镇全部连通且公路长度达到最短。

归纳法证明如下:

1)如果 $V = \{0\}$,那么令 $S = \{0\}$,只有一个顶点,最短公路长度为 0,肯定成立。

2)如果 $V = \{0, 1\}$,那么令 $S = \{0\}$,选择最短的公路 $(0, 1)$,将 1 加入 S,则 $S = \{0, 1\}$,其也一定满足建造的公路长度最短,且连通所有城镇。

3)假设 V 为包含 $n-1$ 个城镇的集合,如果其能通过前面贪心选择最短公路来达到建造连通所有城镇的公路长度和最短,那么肯定有 V 为 n 个城镇的集合,其也能通过前面的贪心选择来达到。

因为从 n 个城镇中取出任意 $n-1$ 个城镇集合 S_1,其通过贪心选择后能得到最优解,那么选择最短公路 (u, v),$u \in S_1$,v 为剩余的一个城镇,因为 S_1 集合中的所有公路长度和最短,则加上最短的公路 (u, v) 肯定使 n 个城镇规模的集合 V 的所有公路长度和也是最短的。

分析完方法之后,需要将问题的数学描述转成 C 语言描述,下面将采用数组 Road[i][j] 表示第 i 个城镇和第 j 个城镇之间公路的长度,由于其是双向的,因此 Road[i][j] = Road[j][i]。使用数组 visit[i] 表示第 i 个城镇是否已经被加入至 S 集合,visiti[i] 值可取 1 或 0,1 表示已被加入。数组 distance[i] 表示连接到城镇 i 的最短公路长度,那么初始化 $S = \{0\}$,按照前面所描述的方法,可以将代码描述如下:

```c
#define TRUE 1
#define FALSE 0
#define MAX_N 505
unsigned int MAX_INT = 100000000;
int Road[MAX_N][MAX_N];
int GetLongestOne(int n)
{
  short int visit[MAX_N];
  int distance[MAX_N],result,min;
  int i,v,u;
  memset(visit,FALSE,sizeof(visit));
  visit[0] = TRUE;//初始化 S = {0}
  for(i = 0;i < n;i ++ )
    distance[i] = Road[0][i];
  result = -1;
  for(i = 1;i < n;i ++ ) {
    min = MAX_INT;
    u = 0;
      /* 从中选择长度最小的一条边(a,u) */
    for(v = 1;v < n;v ++ )
    if(! visit[v]&&distance[v] < min) {
      u = v;
      min = distance[v];
    }
    visit[u] = TRUE;//将选择过的置为 TRUE
    if(min > result) result = min;
    /* 更新 distance[i] 的值,使得 distance[i] 值一定为最小 */
    for(v = 1;v < n;v ++ ) {
```

```
        if(!visit[v]&&Road[u][v]<distance[v])
          distance[v]=Road[u][v];
    }
  }
  return result;
}
```

13.7.3　问题小结

求解能够连通所有城镇的最小公路集，是一个求最优解的问题，本问题采用贪心算法解决，并解释了图和最小生成树在图论中的定义。求解最小生成树的方法有 Prim 算法和 Kruskal 算法，本书所叙述的方法是 Prim 算法，有兴趣的读者可查阅相关资料学习 Kruskal 算法，它们的原理是一样的。

13.8　青蛙跳石头与图的单源最短路径

13.8.1　问题描述

青蛙 Freddy 站立在中心的一块石头上，突然它看到青蛙 Fiona 在它不远处的另外一块石头上，因此 Freddy 想要到 Fiona 那儿去。但是它认为湖水太脏了，不想游过去。

Freddy 打算跳到 Fiona 边上，又不落入水中，因此它现在只能借助于湖间的其他石头，使得通过一系列的跳跃就能到达 Fiona 那儿，当然如果 Freddy 和 Fiona 之间的距离在它的跳跃范围内，它完全可以直接跳到那儿。因此 Freddy 青蛙可以进行一系列的跳跃，然后到达 Fiona 那儿。

现在，如果给定 Freddy、Fiona 和其他石头的位置坐标用(x, y)表示，你能帮助 Freddy 找到到达 Fiona 所在的石头的最短跳跃距离吗？（此问题改编自 pku 2235）。

13.8.2　问题分析与求解

由于石头的平面位置坐标是给定的，那么任意两块石头间的一次跳跃的距离显然为两块石头的实际距离。如果将石头看成是平面上的点，每一次跳跃即为两点间的连线，因此，Freddy 和 Fiona 所在位置的石头间的最短路径其实就是从平面上以 Freddy 位置为起点，经过其他石头，然后到达 Fiona 位置的最短连线。

现在为石头做个编号：Freddy 石头编为 0 号，Fiona 石头编为 1 号，其他石头以此类推。令 D_i 为 Freddy 石头到达第 i 号石头的最短路径距离，显然一开始只有 D_0 为 0 是已知的，接下来，每次从已知的最短距离中选择一块石头 v，然后由它跳往其他石头 w，并更新这些石头的 D 值，显然，如果 $D_w > D_v + C_{v,w}$，则 D_w 可更新为 $D_v + C_{v,w}$。其中 $C_{v,w}$ 为石头 v 到石头 w 的实际距离。这里也是应用了一次贪心选择，请读者自行证明。该算法可被描述如下，其中 P_w 表示 w 号顶点的前驱，即最后由哪个顶点到达它。

```
while(还有顶点最短距离未知)
{
  从中取出最短且未被访问过的顶点 v
  标记顶点 v 已被访问过
  for(对于 v 所能到达的所有顶点 w)
    if(顶点 w 未被访问过且 Dw > Dv + Cv,w)
    {
      更新 Dw
      并标记 Pw = v
    }
}
```

最后 D_i 中存储的就是最短距离，P_w 所标记的为由 Freddy 顶点到达所有其他顶点的最短路径的序列。其对应的代码可以描述如下，其中 road[i][j] 表示第 i 块石头直接跳到第 j 块石头的实际距离。

```
void Dij(int n)
{
  unsigned int visit[MAX_N];
  double D[MAX_N],mind;
  int P[MAX_N],i,w,minpos,j;
  for(i=0;i<n;i++)
  {
    visit[i]=0;
    D[i]=MAX_DOUBLE;
    P[i]=0;
  }
  D[0]=0;
  for(i=0;i<n;i++)
  {
    mind=MAX_DOUBLE;
    minpos=-1;
    for(j=0;j<n;j++)
    {
      if(! visit[j]&&(minpos==-1 || D[j]<mind))
      {
        minpos=j;
        mind=D[j];
      }
    }
    visit[minpos]=1;
    printf(" %d %. 2f\n",minpos,mind);
    for(w=0;w<n;w++)
    {
      if(! visit[w]&&D[w]>D[minpos]+road[minpos][w])
      {
        D[w]=D[minpos]+road[minpos][w];
        P[w]=minpos;
      }
    }
  }
}
```

13. 8. 3   问题小结

以上算法用于解决从单一起点到任意其他顶点的最短路径问题，被称为单源最短路径 Dijkstra 算法。其实还有一种算法，运用了动态规划的思想，可以求解任意点对的最短距离，叫做 Floyd 算法。由于 Dijkstra 算法不适合存在负边权值的图，因此还有典型的 Bellman-Ford、SPFA 算法都能解决最短路径问题。这几种算法请读者自行参阅相关资料。

13.9   青蛙约会之解与模线性方程

13.9.1   问题描述

两只青蛙在网上相识了，它们聊得很开心，于是觉得很有必要见一面。它们很高兴地发现它们住在同一条纬度线上，于是它们约定各自朝西跳，直到碰面为止。可是它们出发之前忘记了一件很重要的事情：既没有问清楚对方的特征，也没有约定见面的具体位置。不过青蛙们都是很乐观的，它们觉得只要一直朝着某个方向跳下去，总能碰到对方的。但是除非这两只青蛙在同一时间跳到同一点上，不然是永远都不可能碰面的。为了帮助这两只乐观的青蛙，你被要求写一个程序来判断这两只青蛙是否能够碰面，会在什么时候碰面。

我们把这两只青蛙分别叫做青蛙 A 和青蛙 B，并且规定纬度线上东经 0 度处为原点，由东往西为正方向，单位长度为 1 米，这样就得到了一条首尾相接的数轴。设青蛙 A 的出发点坐标是 x，青蛙 B 的出发点坐标是 y。青蛙 A 一次能跳 m 米，青蛙 B 一次能跳 n 米，两只青蛙跳一次所花费的时间相同。纬度线总长 L 米。现在要你求出它们跳了几次以后才会碰面。（问题来源于 Pku 1061。）

13.9.2　问题分析与求解

由题意可知，若青蛙 A 要与青蛙 B 相遇，则必须满足：

$$x + mC - (y + nC) = kL \ (k = \cdots, \ -2, \ -1, \ 0, \ 1, \ 2, \ \cdots)$$

简化上式，可以得到：

$$(n - m)C + kL = x - y$$

如果令 $a = n - m$，$b = x - y$，上式可写为：

$$aC \equiv b \ (\mathrm{mod} \ L),$$

上式称为线性同余方程。要解这类方程，需要了解以下的知识：

欧几里得定理：

$gcd(a, b) = gcd(b, a \% b)$，其中 $gcd(a, b)$ 表示求解 a，b 的最大公约数。

现在，令 $ax + by = gcd(a, b)$，对于 $a' = b$，$b' = a \% b$ 而言，求得 p，q 使得：

$a'p + b'q = Gcd(a', b')$

由于 $b' = a \% b = a - a/b * b$（注意：这里的 / 是程序设计语言中的除法），可以得到：

$a'p + b'q = Gcd(a', b') == => bp + (a - a/b * b)q = Gcd(a', b') = Gcd(a, b) == =>$
$aq + b(p - a/b * q) = Gcd(a, b)$

这就是著名的扩展欧几里得算法，通过求解 $gcd(a, b)$，并返回 $ax + by = gcd(a, b)$。其代码描述如下：

```
#include < iostream. h >
int exGcd(__int64 a,__int64 b,__int64 &x,__int64&y)
{
  if (b == 0)
  {
    x = 1;
    y = 0;
    return a;
  }
  __int64 r = exGcd(b,a %b,x,y);
  __int64 t = x;
  x = y;
  y = t - a/b*y;
  return r;
}
void linear_equation_solver(__int64 a,__int64 b,__int64 n)
//解方程 ax = b(mod n),必须保证 n 是正数
{
  __int64 x,y,d;
  if(a < 0) a %= n,a + = n;
  if(b < 0) b %= n,b + = n;
  d = exGcd(a,n,x,y);
  if (b %d) printf("Impossible\n");
  else
  {
    x = (x*b/d) %n;
    if(x < 0) x + = n;
    while(x > (n/d))
      x - = n/d;
    printf(" %I64d\n",x);
  }
}
int main(){
```

```
    __int64 x,y,m,n,L;
    scanf(" %I64d %I64d %I64d %I64d %I64d",&x,&y,&m,&n,&L);
    linear_equation_solver(m-n,y-x,L);
    return 0;
}
```

13.9.3　问题小结

数论一度被认为是漂亮的但却没什么大用处的纯数学学科。今天，有关数论的算法已被广泛使用。在青蛙约会的问题中，我们采用了求解模线性方程来解决该问题，讨论了一个已知数 a 的倍数模 n 所得到的集合，并说明如何利用欧几里德算法来求出方程 $ax = b(\bmod n)$ 的所有解。掌握一些基本的数论知识和相关的算法，能很方便地帮助我们解决问题。

13.10　练习参考网址

以下列出国内外常见的一些练习站点，有兴趣的读者可以登录练习。

国内的 online judge：

1）ZOJ：http：//acm. zju. edu. cn/（浙江大学）

2）POJ：http：//acm. pku. edu. cn/（北京大学）

3）SOJ：http：//acm. sjtu. edu. cn/（上海交通大学）

4）HDJ：http：//acm. hdu. edu. cn/（杭州电子科技大学）

国外的 online judge：

1）http：//www. spoj. pl/（波兰）

2）http：//acm. timus. ru/（俄罗斯）

3）http：//acm. sgu. ru/（俄罗斯）

初学者也可以登录以下两个站点练习：

1）http：//www. uwp. edu/sws/usaco/（美国）

2）http：//www. rqnoj. cn/（中国）

第 14 章

程序设计风格与程序调试

本章介绍程序设计的风格和程序调试问题。程序风格由于不会对程序运行的结果产生影响，所以没有引起许多初学者的足够重视。如果你只是在编写一些小的练习程序，程序代码只有一两百行，程序设计风格可能并不重要。然而，如果你和许多人一起进行合作开发，或者，你希望过一段时间之后，还能够正确理解自己的程序，就必须养成良好的程序设计习惯。良好的程序设计风格可以在许多方面帮助开发人员。如果你阅读过 Linux 内核源代码，那么可能会对程序的优美编排所倾倒。良好的程序设计风格可以增加代码的可读性，并帮助你理清头绪。如果程序代码非常杂乱，对于阅读程序代码的人将是一件很痛苦的事。所以，程序设计风格最能体现一名程序员的综合素质。

14.1 程序设计风格和程序设计方法

程序设计风格涉及一整套使计算机程序成为易学易用和易理解程序的约定、准则和规则。前面介绍了 C 语言的语法规则和限制，它们保证了计算机可以正确接收和执行 C 语言程序。下面将要介绍程序设计的风格和限制。它们保证人们能够正确、容易地阅读、理解和使用 C 程序，能方便地维护程序。需要说明的是，从计算机的角度来说，强调这些风格毫无特殊的意义，只要按语言的语法规则来编程，编译程序都可以通过，但是良好的程序设计风格是程序员之间交流的前提，是让别人理解自己编程思路的基础。

例 14-1 和例 14-2 给出了两个功能相同，但风格十分不同的函数。

[例 14-1]

```
/* * * * * * * * * * * * * * * * * * * * * * * * * * * * * */
/* 程序 14…1                                              */
/* * * * * * * * * * * * * * * * * * * * * * * * * * * * * */
strcmp(char *s,char *t)
{
  for(; *s == *t;s ++ ,t ++ )
    if( *s == '\0')
      return(0);
    return( *s - *t);
}
```

[例 14-2]

```
/* * * * * * * * * * * * * * * * * * * * * * * * * * * * * * */
/* 程序 14-2                                                */
/* * * * * * * * * * * * * * * * * * * * * * * * * * * * * * */
strcmp(char s[],char t[])
```

```
{int i;i=0;l:if(s[i]==t[i]){if(s[i++]=='\0')
return(0);goto l;}return(s[i]-t[i]);
}
```

这两个函数都实现两个字符串的比较，执行的结果也相同。但人们试图理解它们时却发生了很大的差别。例 14-2 函数的阅读和理解要比例 14-1 困难得多。虽然这只是一个极端的例子，但它说明了人们开发和运用好的程序设计风格准则是非常重要的。

强调程序设计的风格主要有以下几个方面的原因：

1）在实际应用中，计算机程序的生命周期一般较长。编好的程序要随环境和事务的变化而变化，系统维护的工作量很大。程序的使用和维护，往往是由那些不熟悉的人来完成的。应用程序的清晰、可读、可理解显然十分重要。

2）随着计算机制造技术的发展，机器硬件的性价比不断增加，硬件价格的大幅度下降和软件研制费用的相应增加，使软件开发和维护的人工费占总费用的比例也不断增加。因此，当今计算机程序设计的原则是追求程序的易读、易理解、易维护，避免用大量的时间和代价来维护软件。

程序设计方法是研究程序开发的方法和程序开发的管理技术，用以全面开发许多模块组成的大的、复杂的计算机程序。在程序开发时，有时一些方法对 个小的程序是好的，但当应用到较大规模的程序时就会出现问题。

14.2 C 语言程序设计风格

用任何一种计算机语言来编制程序，都必须做到程序结构清晰、易于阅读、易于理解。应从程序设计的不同角度来刻画或描述程序设计的风格，主要包括标识符的命名、注释、清晰简洁的表达、程序书写格式等。这对程序员培养一个良好的程序设计习惯是很重要的。

14.2.1 标识符的命名

C 语言的标识符包括变量名、数组名、函数名、结构名、联合名等。一个良好的标识符名称可提高程序的清晰性和可读性。如语句：

```
m=s/(n-a);
```

使我们在阅读时很难理解其真正的意图，但把标识符的名称换一下，改成如下语句：

```
average=sum/(count-invalid);
```

读起来就清楚多了，甚至不考虑上下文也能理解其操作意图。在 C 语言中，标识符的语法既不限制字符数，也不要求和 FORTRAN 语言那样，用首字母来规定特定的数据类型。所以在标识符命名时，要尽可能做到标识符的名称与其表示的含义相一致。一般来说，标识符应尽量使用英文名和习惯性的符号，并尽可能地反映变量的作用，例如 day、month、year、salary、todayyear、tomorrowday、getline、copystring 等表示日、月、年、工资、今天的年、明天的日、取一行、字符串复制等含义。使用一个公共前缀或后缀的程序设计技术来标识在程序中有逻辑联系的一组变量是非常有用的。

例如，todayyear、todaymonth、todayday，均表示今天的日期；而标识符 tomorrowyear、tomorrowmonth、tomorrowday，均表示明天的日期。

同样，在程序中使用后缀"file"可以很快地区别所有文件。例如：

masterfile、transationfile、updatefile

又由于 C 语言中的标识符语法不允许空格，而允许下划线包含在标识符中，因此可以用下划线来分隔两个字，这样标识符就更加清晰。例如：

today_year、tomorrow_year、number_to_convert

比下列形式：

todayyear、tomorrowyear、numbertoconvert

就要清晰许多。

也有一种写法是将由多个单词组成的一个标识符中的每个单词的首字母大写，如上例，将它们写成：

TodayYear、TomorrowYear、NumberToConvert

在定义函数时，特别要注意函数名的选择。选择一个好的函数名，不仅容易记忆和阅读，而且使我们在程序中一开始调用函数就基本能确定函数的功能。例如，函数名 getline、copes-tring、readdate 等就非常清晰。在某种程度上函数名命名的好坏比变量名还要重要。当然，文件名的选择也同样十分重要。

总之，为了使程序更清晰，在标识符命名时，要考虑以下几点：

1）标识符应当直观且可以拼读，可望文知意，不必进行"解码"。标识符最好采用英文单词或其组合，便于记忆和阅读。切忌使用汉语拼音来命名。程序中的英文单词一般不太复杂，用词应当准确，例如，不要把 CurrentValue 写成 NowValue。

2）标识符的长度应当符合"min-length&&max-information"（最小长度和最多信息）原则。几十年前，旧 ANSI C 规定名字不准超过 6 个字符，现今的 C/C++ 不再有此限制。一般来说，长名字能更好地表达含义，所以函数名、变量名、类名长达十几个字符不足为怪。那么名字是否越长越好？不见得！例如变量名 maxval 就比 maxValueUntilOverflow 好用。单字符的名字也是有用的，常见的如 i,j,k,m,n,x,y,z 等，它们通常可用作函数内的循环变量。

3）命名规则尽量与所采用的操作系统或开发工具的风格保持一致。例如 Windows 应用程序的标识符通常采用"大小写"混排的方式，也就是多个单词组成的标识符，每个单词的首字母都大写，如 AddChild。而 UNIX 应用程序的标识符通常采用"小写加下划线"的方式，如 add_child。不要把这两类风格混在一起用。

4）程序中不要出现仅靠大小写区分的相似的标识符。例如：

```
int x,X;// 变量 x 与 X 容易混淆
void foo(int x);// 函数 foo 与 FOO 容易混淆
void FOO(float x);
```

5）程序中不要出现标识符完全相同的局部变量和全局变量，尽管两者的作用域不同而不会发生语法错误，但会使人误解。

6）变量的名字如果是名词，要注意单复数。例如：

```
int person;
int persons;
```

7）用正确的反义词组命名具有互斥意义的变量或相反动作的函数等。例如：

```
int minValue;
int maxValue;
int SetValue(…);
int GetValue(…);
```

8）尽量避免名字中出现数字编号，如 Value1、Value2 等，除非逻辑上的确需要编号。

9）尽量不要使用含义不明确、不通用的缩写，这样妨碍对程序语义的理解。

10）对宏定义的标识符，最好用大写，以示与变量的区别，多个单词间用下划线连接。

11）不要用与关键字相同的用户标识符。

14.2.2　注释

C 语言提供了以"/*"开头、以"*/"结尾的注释功能，帮助对程序段的解释，两注释符之间的内容在编译时不会产生目标代码，也就是说，它是程序中的非执行部分。大部分初级程序员，

特别是学生，往往将注释看做是在程序完成后加入的一些东西。这主要是由于他们所编写的程序往往十分短，且仅供自己阅读，也不需要维护。事实上，在开发设计软件时，必须同时加适当的注释，这是绝对不可少的。注意这里强调"适当"二字，因为不是所有的注释都是有益的，而那些使人误解或多余的注释甚至可能是有害的。

程序的注释可放在每个函数前或程序单元之前，可在程序中加以注释，也可放在语句的右边。程序（或函数）的注释信息因人而异，但一般应包含下列内容：

1）程序的功能及使用的方法。

2）程序员的姓名。

3）程序编写的日期。

4）有关程序的说明。在一个函数之前还可声明函数的入口参数、返回值以及调用函数等。

5）程序适合的计算机软硬件环境等。

6）程序的版本和修改日期。

以下是一个编程与注释一起进行的例子，供读者参考、借鉴。

例 14-3 是一个计算机辅助教育系统的部分源程序。程序中无论是定义的变量还是函数，甚至到每个语句都加以说明，开发者在研制中做到了注释与编程的一起进行，使该程序调试和维护极佳，以致在调试时也没有出现逻辑错误。其他人来阅读或维护该程序也非常容易。读者不妨按此原则进行尝试，这将会使你得到很大好处。

[例 14-3]

```c
/* 程序 14.3 */
#include < stdio. h >
#include < stype. h >
#include < string. h >
#define LINE10                         /* 屏幕的文本最大行数 */
#define ROW 179                        /* 屏幕的扫描行数最大值 */
#define COL 639                        /* 屏幕的扫描列数最大值 */
#define BUFSIZE 4096                    /* 文本缓冲区大小 */
char buf[BUFSIZE];                      /* 文本缓冲区 */
char *p = buf;                         /* 文本缓冲区读指针 */
unsigned char c[2];                    /* 存放编码 */
char t[10];                            /* 存放章节号、图号、公式号 */
int speed = 9;                         /* 文本显示速度 0~9,9 最快 */
int ud = 0;                            /* 底划线标记:1-有;0-无 */
int fd;                                /* 打开文本文件描述字 */
int n = 0;                             /* 读入文本缓冲区的字符数 */
int clr = 0;                           /* 显示方式:1-正常;0-反向 */
int maxdy = 1;                         /* 本行文本所占最大行数 */
int x = 0,y = 0;                       /* 文本显示起始坐标 */
int dx = 1,dy = 1;                     /* 文本显示最大倍数 */
int tx1 = 0,ty1 = 1;                   /* 文本区左上角坐标 */
int tx2 = COL,gy1 = RPW;               /* 文本区左下角坐标 */
int gx1 = 0,gy1 = 0;                   /* 图形区左上角坐标 */
int gx2 = 0,gy2 = 0;                   /* 图形区左下角坐标 */
/* 计算机辅助教育系统(CAE)系统主程序 */
/* 使用:CAE < 文本文件名 > < CRE > */
main(int argc,char *argv)
{
  int i;
  initsc(6);                           /* 置屏幕汉字方式 */
  get_addr();
  getwnode(tx1,ty1,tx2,ty2);           /* 初始化窗口结点 */
  if((fd = open(argv[1],0)) <= 0)      /* 打开文件 */
  {
    printf(" %s file can't open. \n",agrv[1]);
    exit(1);
  }
```

```
        for(;;)
        {
          if((c[0]=getbyte())==0)              /* 读一个字符 */
          { /*  文件结束 */
            printf("End of CAE,Goodbye! \n");
            close(fd);                          /* 关闭文件 */
            exit(1);
          }
          for(i=(9-speed)*1000;i>0;--i);      /* 调节速度 */
          if(c[0]=='^')
            pctrl();                            /* 处理控制符 */
          else if (c[0]>0xa0&&c[0]<0xf8)
            Pahan();                            /* 显示汉字 */
          else
            pascii();                           /* 显示 ASCII 字符 */
        }
}
/* 读一个字符,并滤去回车换行符 */
getbyte()
{
    char c;
    do
    {
      if(p==buf+n)                              /* 缓冲区字符已读完 */
      {
        if((n=read(fd,buf,BUFSIZE))<=0)        /* 读文件 */
          return(0);
        p=buf;
      }
      c=*p++;
    }while(c=='\015'||c=='\012');             /* 滤去回车换行符 */
    return(c);                                  /* 正常返回字符 */
}
```

我们可以使用注释来对定义的变量加以说明，为了对各个定义变量加以注释，可以将本来可以在一行中定义的相同类型的变量分成若干行，甚至是一行一个变量，以便在每一行中对每个变量加以注释说明，如例 14-3。由于本书篇幅的限制，很遗憾前几章的例题没能完全按照这个要求去做。

使用注释来区分和说明程序分段是有益的，注释可以说明一段程序的目的并标记各段开始和结束，甚至只是由空行组成的注释也是有益的，即使它不解释任何东西，它们在视觉上仍可分隔关联的语句组。

另一个非常有用的注释是用来匹配分段程序的花括号，这在匹配多循环时特别有用。在写程序时使用锯齿形缩进将使程序的层次结构关系一目了然，同时使用注释每个花括号将帮助我们对该结构层次作进一步的区别，如例 14-4 所示。

[例 14-4]

```
{/*  begin of procedure readfile */
    ...
  {/*  begin of else clause for negtive parameters */
      ...
  {/*  begin of inner while loop */
      ...
  }/*  end of inner while loop */
  }/*  end of else clause for negative parameters */
    ...
}/*  end of procedure readfile */
```

一种重要的风格是注释应该和开发程序一起写，而不是在编码后进行。程序员应该把注释看做 C 语言的一部分，从头开始编写。否则，写出的注释将可能与程序不一致或不能有效地帮助程序阅读者理解程序思路。

当对程序进行维护时，需要依靠注释来进行工作。于是不正确或过时的注释可能对正确理解程序是毫无帮助的。不正确或使人误解的注释还不如不加注释。

对于注释的写法，特别要注意以下几点：

1）注释是对代码的"提示"，而不是文档。程序中的注释不可喧宾夺主，注释太多了会让人眼花缭乱。注释的花样要少。

2）如果代码本来就是清楚的，则不必加注释；否则多此一举，令人厌烦。例如，"i ++ ;// i 加 1"中的注释是多余的。

3）边写代码边注释，修改代码同时修改相应的注释，以保证注释与代码的一致性。不再有用的注释要及时删除。

4）注释应当准确、易懂，防止注释有二义性。错误的注释不但无益反而有害。

5）尽量避免在注释中使用缩写，特别是不常用的缩写，注释尽量表达清楚、简练。

6）注释的位置应与被描述的代码相邻，可以放在代码的上方或右方，不可放在下方。

7）当代码比较长，特别是有多重嵌套时，应当在一些段落的结束处加注释，便于阅读。

14.2.3　清晰简洁的表达

在程序执行效率和程序的清晰度之间，程序的清晰度显得更加重要。有的程序员往往为设计了一个特定的复杂程序而自豪，他们认为自己设计的程序代码少，程序复杂，执行效率高。其实，这是不可取的，请记住程序设计是一个团队工作，而不是一个人表演的舞台，写出的程序首先是要易于理解。下面来看两个例子：

［例 14-5］

```
/* ........................................... */
/* 程序 14-5 */
/* ........................................... */
sw = false;
while(! sw)
{
  sw = true;
  for(i = 0;i < n − 1;i ++ )
  {
    if(list[i] > list[i + 1])
    {
      temp = list[i];
      list[i] = list[i + 1];
      list[i + 1] == temp;
      sw = false;
    }
  }
}
sum = 0;
i = 0;
do
{
  sum + = list[i];
  i ++ ;
}while(list[i] < 0);
printf("sum of all negative values = %f \n",sum);
sum = 0;
do
{
  sum + = list[i];
  i ++ ;
```

```
}while(i < n);
printf("sum of all positive vale = %f\n",sum);
```

[例 14-6]

```
/* .......................................... */
/* 程序 14-6 */
/* .......................................... */
positivesum = 0;
negativesum = 0;
for(i = 0;i < n;i ++ )
  if(list[i] >=0)
    positivesum + = list[i];
  else
    negativesum + = list[i];
printf("sum of all positive vale = %f\n",positivesum);
printf("sum of all negative vale = %f\n",negativesum);
```

程序 14-5 是一个 4 个循环的程序段，而在程序 14-6 中用 9 行和一个循环就完成了与程序 14-5 同样的功能，分别累加 list[] 数组中的正负数。

由于程序 14-5 的编程混乱和不必要的复杂，导致该程序不能正确地工作，除非 list[] 数组中至少包含一个整数和一个负数。这就向程序员提出了一个问题，像程序 14-5 这样的程序设计行为将是不可容忍的。程序员应该清楚，他们开发的程序将由其他人员阅读和使用，所以编码必须是清晰的和直接反映现实的操作。

另外关于修饰符位置的问题也值得注意。修饰符 * 和 & 应该靠近数据类型还是该靠近变量名，这是个有争议的话题。若将修饰符 * 靠近数据类型，例如：int * x;，从语义上讲此写法比较直观，即 x 是 int 类型的指针。上述写法的弊端是容易引起误解，例如：int * x,y;，此时，y 容易也被误解为指针变量。虽然将 x 和 y 分行定义可以避免误解，但并不是人人都愿意这样做。建议的书写风格还是每行定义一个指针变量，并且用"NULL"值对其初始化，比如：

```
int *x = NULL;
int *y = NULL;
```

编写程序时绝不能为了巧妙的实现，而损失表达的清晰性，应该用简单而直接的方法实现。同样在程序设计中不要为了降低执行时间而使程序变得混乱。我们必须清楚地认识到，降低执行时间一般以千分之一秒为量度，由于重复使用混乱编码段所引起的程序员时间的损失是以小时、天甚至以周为度量的，所以绝不能为减少少许机器执行时间而损失程序清晰度，况且现在计算机的计算能力已经非常强，所以清晰性显得越来越重要。当然，这并不意味着为了达到编码的精美而容忍严重的低效率。一般采用执行效率和程序设计风格之间的折中方法。

14.2.4　书写格式

1. 缩进的书写格式

要编写一个清晰的软件，程序的书写格式很重要。由于 C 语言是一种自由格式的语言，它允许一行写多个语句，一个语句也可以写在不同的行上（当然不允许把一个常数或一个标识符写在不同行上），例如：

```
if(b*b - 4*a*c >=0){
x1 = ( - b + sqrt(b*b - 4*a*c))/2/a;xi1 = 0;
x2 = ( - b + sqrt(b*b - 4*a*c))/2/a;xi2 = 0;}
else{ x1 = - b/2/a;xi1 = sqrt( - b*b + 4*a*c)/2/a;
x2 = - b/2/a;xi2 = - sqrt( - b*b + 4*a*c)/2/a;}
```

这样书写的程序虽然正确，但给阅读和理解带来了困难。为此要采取缩进和对齐的书写格式，并根据运算符的结合性与优先级，在表达式中插入空行和括号。如对上述程序又可重写为：

```
if(b*b-4*a*c>=0)
{
  x1=(-b+sqrt(b*b-4*a*c))/2/a;
  xi1=0;
  x2=(-b+sqrt(b*b-4*a*c))/2/a;
  xi2=0;
}
else
{
  x1=-b/2/a;
  xi1=sqrt(-b*b+4*a*c)/2/a;
  x2=-b/2/a;
  xi2=-sqrt(-b*b+4*a*c)/2/a;
}
```

这样阅读起来就容易多了。尽管每一位程序员的程序书写风格各不相同，但无论怎样，要使所编的程序结构清晰、易于阅读。

本书中的所有程序例题都采用锯齿形描述，使得同一层的语句保持在一条直线（即同一列）上，这是一个好的直观描述。两层之间实际空出多少格是个人爱好问题，一般是根据某些特性，例如打印机的打印宽度或使用纸的宽度。通常两层之间给出 3～5 个空格就已足够了，但要保证这一语句在该行能放下。特别地，当嵌入层次很多时两层之间的间隔不能太大，否则很难使语句在留下的空间里放下，而不得不将语句分成几行，影响了阅读。最后要记住缩进仅仅突出结构，而不引起任何事情，也不影响程序的执行。

2. 空行和空格

空行起着分隔程序段落的作用。空行得体将使程序的布局更加清晰。空行不会浪费内存、不会导致程序运行时间变长，虽然打印含有空行的程序会多消耗一些纸张，但这是值得的。所以不要舍不得用空行。

在每个函数定义结束之后都要加空行，如例 14-7 所示。

[例 14-7]

```
// 空行
int Add(int x,int y)
{
...
}
// 空行
int Sub(int x,int y)
{
...
}
// 空行
int Multiple(int x,int y)
{
...
}
```

在一个函数体内，逻辑上密切相关的语句之间不加空行，其他地方应加空行分隔，也就是逻辑上不相关的程序段用空行分隔，就像我们学语文时划分段落一样，用空行分隔段落，如例 14-8 所示。

在代码行中，适时地添加空格也有利于程序的阅读。

1) 关键字之后必须留空格。像 const、int、case 等关键字之后至少要留一个空格，否则无法辨析关键字。像 if、for、while 等关键字之后应留一个空格再跟左括号 '('，以突出关键字，便于阅读。函数名之后不要留空格，紧跟左括号 '('，以与关键字区别。

2) 赋值操作符、比较操作符、算术操作符、逻辑操作符、位域操作符，如 "＝"、"＋＝" "＞＝"、"＜＝"、"＋"、"＊"、"％"、"&&"、"‖"、"＜＜"，"^" 等二元操作符的前后应当加空格，有利于防止程序员的视觉疲劳。

3）一元操作符如"！"、"～"、"＋＋"、"－－"、"&"（地址运算符）等前后不加空格。像"［］"、"．"、"－>"这类操作符前后也不加空格。

3. 长行拆分

一条 C 语言语句，其长度最好能在一屏能显示的范围内，如果实在需要长的 C 语言语句，则最好能在合适的地方拆开，写成多行，以方便程序的阅读。

1）代码行最大长度宜控制在 70～80 个字符以内。代码行不要过长，否则阅读程序时需要不断地拖动鼠标，影响工作效率，也不便于打印。

2）长表达式要在低优先级操作符处拆分成新行，操作符放在新行之首（以便突出操作符）。拆分出的新行要进行适当的缩进，使排版整齐，语句可读。例 14-8 给出了一个示例。

[例 14-8]

```
if ((very_longer_variable1 >= very_longer_variable12)
  &&(very_longer_variable3 <= very_longer_variable14)
  &&(very_longer_variable5 <= very_longer_variable16))
{
  //其他执行语句
}
```

4. 表达式和基本语句

表达式和语句都属于 C 的短语结构语法。它们看似简单，但使用时隐患比较多。本节归纳了正确使用表达式和语句的一些规则与建议。

（1）括号

如果代码行中的运算符比较多，用括号确定表达式的操作顺序，避免使用默认的优先级。由于将所有运算符的优先级熟记是比较困难的，为了防止产生歧义并提高可读性，应当用括号确定表达式的操作顺序。例如：

```
word = (high << 8) | low
if ((a | b)&&(a&c))
```

（2）复合表达式

如 a = b = c = 0 这样的表达式称为复合表达式。允许复合表达式存在的理由是书写简洁并能提高编译效率。但要防止滥用复合表达式，复合表达式的书写要自然。

其一，不要编写太复杂的复合表达式。例如，i = a >= b&&c < d&&c + f <= g + h;，该复合表达式就过于复杂；

其二，不要有多用途的复合表达式。例如，d = (a = b + c) + r;，该表达式既求 a 值又求 d 值，严重影响程序阅读。应该拆分为两个独立的语句：

```
a = b + c;
d = a + r;
```

通过两个语句分别求 a 和 d 的值，逻辑语义一目了然。

（3）if 语句

if 语句是 C/C++ 语言中最简单、最常用的语句，然而很多程序员用隐含错误的方式写 if 语句。由于 C 语言要求所有局部变量的定义应该放在函数开始的地方，所以 if 语句的书写应该尽量反映相应变量的特点。这样在阅读程序时，就不需要将鼠标先滚动到变量定义的地方，了解变量的类型后，再回头来阅读 if 语句。

1）整型变量与零值比较。应当将整型变量用"＝＝"或"！＝"直接与 0 比较。

假设整型变量的名字为 value，它与零值比较的标准 if 语句如下：

```
if (value == 0)
if (value != 0)
```

2)浮点变量与零值比较。不可将浮点变量用"=="" !="与任何数字比较。

千万要留意，无论是 float 还是 double 类型的变量，都有精度限制。所以一定要避免将浮点变量用"=="或"!="与数字直接进行比较，应该设法转化成">="或"<="形式。

假设浮点变量的名字为 x，应当将：

```
if (x ==0.0)     //隐含错误的比较
```

转化为：

```
if ((x >= - EPSINON)&&(x <= EPSINON))
```

其中，EPSINON 是允许的误差(即精度)，如 EPSINON 定义为：#define EPSINON 1.0e－6 就表示精度为 0.000001。假如 x 等于 0.0000009，当#define EPSINON 1.0e－6 时，程序认为 x 等于 0 成立，当#define EPSINON 1.0e－7 时，程序认为 x 等于 0 不成立。这就是精度的影响，不同精度情况下将得到完全不同的两个结果。

3)指针变量与零值比较。应当将指针变量用"=="或"!="与 NULL 比较，切不要直接与 0 比较。

指针变量的零值是 NULL。尽管很多系统中将 NULL 定义为#define NULL 0，也就是其值大多数情况与 0 相同，但是两者意义不同。假设指针变量的名字为 p，它与零值比较的标准 if 语句如下：

```
if (p == NULL) // p 与 NULL 显式比较,强调 p 是指针变量
if (p != NULL)
```

不要写成：

```
if (p ==0) // 容易让人误解 p 是整型变量
if (p !=0)
```

这里，我们进一步总结了 C 语言中的三个 0 值：0、NULL、'\0'。虽然这三个值都是 0，但是各自的含义完全不同，0 表示整数 0，NULL 表示空指针，'\0'表示字符串结束标记，所以在使用的时候，一定要注意区分，充分体现各自的含义。

4)对 if 语句的补充说明

有时候我们可能会看到 if(NULL == p)这样古怪的格式。不是程序写错了，是程序员为了防止将 if (p == NULL) 误写成 if (p = NULL)，而有意把 p 和 NULL 颠倒。编译器认为 if(p = NULL)是合法的，但是会指出 if(NULL = p)是错误的，因为 NULL 不能被赋值，同理我们也会看到 if(5 == p)这样的写法，都是为了避免程序员误将"=="写成"="。这种写法能将错误提前暴露在编译阶段，从而避免引入潜在的逻辑错误，而且这种逻辑错误非常隐晦，难于查找。

(4)大括号

if、if－else 条件分支语句，while、do－while、for 等循环语句，其后不管是单个的语句还是复合语句，都用大括号{}括起来，这样既能清晰地表达程序的层次结构，又能杜绝潜在错误的发生。例如：

```
for (i =0; i <=10;i ++ )
  y =0;
```

如果在程序调试过程中发现需要在 for 循环后面再添加一条"x = - x;"语句，就很容易变成下面的形式：

```
for (i =0; i <=10;i ++ )
  y =0;
  x = - x;
```

编译系统无法查出这种潜在的逻辑错误，这将导致程序的运行结果错误。

14.3　结构化程序设计

本书前面章节介绍了结构化程序设计的三种基本结构，接下来将介绍结构化程序设计方法，以指导大型的程序设计。

14.3.1　自顶向下的程序设计方法

"自顶向下"与"自底向上"是结构化程序设计方法中的两个经典方法。所谓"自顶向下"是指把一个顶层问题划分为具有相对独立性的子问题，对每个子问题又可作相应的划分，划分成相应的孙子问题，这个过程可以一直细分下去，直到该问题小到非常容易求解，然后对每一个子问题用相应的模块来实现。所有这些程序模块的有机组合，就构成了解决顶层领域问题的程序系统。其实，这种自顶向下的设计技术，在其他领域中的应用是很广泛的。例如，在编写本书时，我们经过一定时间构思，确定 C 语言程序设计的大致书写大纲，如下所示：

```
第 1 章　　C 语言概述
第 2 章　　例子驱动的 C 语言语法元素概览
第 3 章　　数据类型、运算符与表达式
第 4 章　　输入/输出函数
第 5 章　　程序结构
第 6 章　　函数
第 7 章　　预处理
第 8 章　　数组
第 9 章　　指针
第 10 章　结构体与共用体
第 11 章　文件
第 12 章　综合实训
第 13 章　初涉 ACM/ICPC
第 14 章　编程风格与程序调试
附录 A　　ASCII 码表
附录 B　　常用 C 库函数
```

但是这样的目录大纲还是比较粗线条的，不能直接指导编写，需要进一步细化，经过每章的仔细斟酌后，列出了本书更详细的大纲：

```
理论篇
第 1 章　C 语言概述
1.1　初见 C 语言程序
1.2　计算机与程序设计
1.3　C 语言学习与自然语言学习的关系
1.4　C 语言的发展历史、现状与特点
本章小结
习题
第 2 章　例子驱动的 C 语言语法元素概览
2.1　变量与表达式
2.2　分支语句
2.3　循环语句
2.4　符号常量
```

直到完整详细的目录确定后，再具体组织书写每章、每节、每小节的内容，最后形成本书。

自顶向下设计的方法从程序总的目标出发，即希望达到的目标出发，而不是将怎样达到目标。在某种意义上讲，这就是上面提到的总的程序顶层结构，非常类似于《C 语言程序设计与实践》一书的第一层结构，这就是"自顶向下"的顶。

在自顶向下的设计中，采用了逐步求精的方法细化问题，通过逐层分解，完成了多层目标的设计任务。例如"第 2 章　例子驱动的 C 语言语法元素概览"再分为更多的小节，就是一个例子。

以一个简单的工资管理程序为例，程序开发中的求精过程可以用图 14-1 给出的"树状"形式表示。在图 14-1 中，子问题输入、修改、查询、统计、初始化模块是解决工资管理系统所必需的；孙子问题按部门查询、按组合查询、按个别职工查询又是完成子问题查询功能所必需的，等等。这样逐步求精，只有当子问题(如图 14-1 中的按姓名查询)已是非常简单，以致可以直

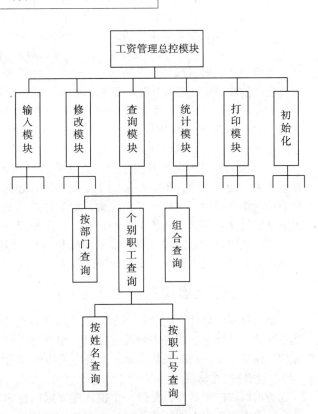

图 14-1　简单工资管理程序"树状"设计图

接描述而不需要进一步定义低层子任务时，求精才会终止。

在进一步求精之前，要使每一个子问题生效，保证每个子问题求解正确，在每个子问题的设计（如查询模块的设计）和它的孙子问题（如按部门查询、按组合查询、按个别职工查询）的编码之前，应先进行彻底的测试，直到形式上检验是正确的。从上述简单的介绍可以看到，使用自顶向下设计方法的优点在于它对程序的智能可管理性。在开发过程中，从一般目标到具体的细节问题，我们始终能保持智能控制。由于是从全局出发来考虑问题的，故系统结构完整，任务明确。我们可以知道，现在在什么地方，将要到什么地方去，而不会一开始就陷入到细节中去。其具体优点包括以下几个方面：

1）自顶向下逐步求精的程序设计方法，通过抽象化的过程实现一种智能可管理性。所谓抽象化，就是一开始处理一种操作只需要从总体的观点来考虑，而不必考虑它的子结构。在计算机程序设计中，我们可以将注意力集中到一些高级结构上，当我们对问题有了一个全面的了解时，才开始研究和开发低层细节。这样既保证了程序功能的正确，又提高了整体开发效率。

2）自顶向下逐步求精的程序设计方法，可以实现延迟定义。它包括对程序编码的延迟定义、数据结构的延迟定义。所谓对程序的延迟定义是指：在它们影响的模块编码之前不必做出定义，对于低层的定义，这将在项目开发的晚些时候，当有一个做什么的更好的想法时才进行。所谓数据结构的延迟定义是指：数据结构也是自顶向下的方向发展，例如在统计模块中有一按职工工作属性分析的模块，在开始这一工作之前，并不需要考虑具体的工作属性，只要在数据描述时留下这一部分，在具体的开发时，再详细定义工作属性的各项更详细的数据结构。这既保证了结构的正确性，又避免了一开始就陷入复杂的结构而不能自拔。

3）自顶向下逐步求精的程序设计方法既减轻了程序调试的工作量，又保证了程序的正确性。它是在程序开发时，而不是在全部完成编程之后。语句数不是影响调试时间的唯一因素，影响调试时间的还有语句间的相互作用。也就是说，n 行程序的调试时间 t，在相同的比例下不像程序长度一样线性增加，而是变得更快。T 与 n 的关系如下：

$$t = n^k (k > 1)$$

当程序变长时，调试显著地增加，最后变成为全部程序设计项目中的主要工作。有关资料表明，在大的项目中，若程序设计管理和组织不适当，调试消耗约占项目全部时间的 50% ~ 70%。

自顶向下的方法中，我们将程序作为一系列小单元来进行调试，肯定比作为大的"集中"来得优越。将程序作为人物的分层结合来并发，定义一系列能单独测试校验结合成完整解决的子单元。这既保证了程序的正确性，又大大提高了调试程序的效率。

4）自顶向下逐步求精的程序设计方法适合应用系统开发的规律和有利于系统的维护和扩展。在应用系统的开发中，不论是采用生命周期法，还是原型法，或者是将这两者结合起来，都会碰到系统的维护问题。这里既有系统源代码和结构设计的不合理性，又有随着系统要求的变化，扩大原系统的功能问题。自顶向下的过程，本身就是一个逐步求精的过程，可以把新问题方便地添加进去，也可以对老问题按要求重新调配和修改。这种方法具有良好的结构性，不会破坏原系统的结构，大大提高了程序开发和应用的效率。

14.3.2　程序的模块化

结构化程序设计方法的另一个特点是程序的模块化，实现模块结构。把一个大的复杂程序按其各部分的功能分解成许多相互连接但又相对独立的小程序块，这些小程序块称为"模块"，或称为功能模块。每一功能模块表示一个特定的操作和功能。这个模块化过程应遵循以下几个原则。

1. 模块的逻辑性

所谓模块的逻辑性，是指一个模块能完成的逻辑功能。任何一个模块的一个非常重要的要求是它致力于完成单一的任务，完成相对独立的逻辑功能。若一个模块要完成多个逻辑功能，则对程序的调试、维护都会带来一些问题，最突出的问题是对模块中某一逻辑功能的修改，可能会影响到该模块中的其他逻辑功能，这就很难保证程序的正确性。

例如，假设 A 和 B 是两个单独的任务(如分类和归并)，而我们按单个函数进行编程，如果希望修改分类算法(任务 A)，而不修改任务 B，这样会存在引起任务 B 的错误的危险。例如，在任务 A 里对局部变量的再赋值，如果任务 B 也使用相同名的变量，则可能影响任务 B。如果我们把这两个任务隔离到不同的函数中去，由于局部变量的作用域特性，两个任务之间的局部变量不会互相影响，也就没有了引起错误的机会。将不同任务的责任隔离可以提高程序的安全性。

同样，模块的逻辑条理性在测试阶段也是重要的。我们假定任务 A 有 m 条不同的控制路径。任务 B 有 n 条不同的路径。如果将任务 A 和 B 放在一个函数中实现，我们就可能至少需要 $m \times n$ 个不同的数据集进行彻底测试通过这个函数的所有可能路径。但如果将 A、B 任务用两个独立的函数来实现，则它仅要求测试 A 任务 m 种情况和测试 B 任务 n 种情况，这样总共需要 $m + n$ 个不同的数据集。对任何 m、$n > 2$ 时，总有 $m + n < m \times n$。显然，这对开发和测试短而简单的函数是十分有益的。

2. 模块的独立性

在一个软件系统中，每一个模块应做到相对的独立，特别它应完全独立于：

1)输入的原始信息。

2)输出的目的。

3)这个模块活动的过时历史。

模块往往以函数的形式体现，因此要达到一个模块独立的最好办法是：

1)避免使用全局变量，避免全局变量的不必要修改使函数受到不希望有的副作用影响。

2)模块间的信息传递最好用参数的形式，使函数的输入与输出独立。

3)函数所引用的临时变量尽量局限于本函数。

4)只做由问题的规格说明所定义的事情。

3. 模块大小

由于设计每个模块仅定义一个任务，模块将自然地相对小。当然，相对的大小没有统一的标准。可以是不超过一个代码页——大约 50~60 行为好，这样，我们在阅读和修改模块时不必翻页。也可以设置一个二页范围——大约 100~120 行，这显然也是可取的。当然。我们力求达到的不是模块的适当大小，而是它的逻辑条理性。

14.4 健全程序的风格标准

优良的程序设计风格有利于程序的阅读和修改，但仅有这些还是不够的。要达到最大限度的实用和灵活，程序运行时也应该遵从一定的风格约束和准则。

一个健全的程序对任何数据集都应产生有意义的结果，不管数据集是合法的，还是非法的、难以置信的、不正确的或"病态的"。"健壮性"是程序设计的重要标准之一。对一个程序来说，仅仅当提供正确的输入时才能产生正确的输出是不够的。一个设计得好的程序必须能在任何条件下，即在它运行过程中可能遇到的各种情况下都能正确地操作。应当把计算机程序设计得能够重复运行或连续运行；它必须很"耐用"，能够经得起偶然或故意的错误使用。有时程序还能提供怎样校正和重新提供数据的详细信息。也就是说，运行的程序对数据有容错能力。

下面，从输入确认、防止描述错误、防止运行错误和降低错误影响四个方面描述健全程序的准则。

1. 输入确认

程序一般可分为输入、处理、输出三大模块。其中，正确地输入数据是保证程序运行的首要条件。因此，程序员确保程序健全的一个非常重要的操作是对输入完全彻底的确认。一般，在输入的数据中，错误总是难免的，例如：

- 输入的数据出错，如将 1 输为 7。

- 在一行中，或行与行之间的数据项或数据次序不正确。
- 输入的数据类型错误。
- 输入数据不可理解，明显超过了范围，例如：月份从 1 到 12，日期从 1 到 31。如果输入月份时出现 13，就明显地超出了范围。

虽然我们在写程序时也十分小心，但不正确的数据值被程序接收，仍然可能导致不可预测和无意义的操作。

首先，输入的数据必须确认是合法的，它们必须由问题规定或被限定在实际物理的数据范围集合里。例如，可以根据自然物理范围进行限制，表示日期的程序中的数据值如下：

```
1 <= month <= 12
1 <= day <= 31
1 <= second <= 60
1 <= minute <= 60
1 <= hour <= 24
```

对学生成绩的程序数据由下列范围限定：

```
0 < 学号 <= 99999
0 <= 成绩 <= 100
```

对于输入数据错误的处理方法有两种，一种是不接收错误的输入。在输入数据的语句外中，套一层循环，当输入错误数据时，产生死循环，使数据无法接收，只有接收正确数据时，程序才能向下运行。

另一种方法，在接收到错误的数据时准确地告诉用户什么发生错误和错误在哪里，便于用户修改。

对数据输入只确认合法是不够的，必须确认合理性。例如成绩必须为正且小于 100 分，为了防止这种问题的发生，在程序开发时应该作细致的调研，并将输入数据的合理性输入有关文档，作为数据输入的约束条件，提醒程序员编程时采取措施予以解决。

当然，无论采用何种措施，在输入数据时，"漏网之鱼"总是难免的。我们还有最后一个检查点——用户。用户可以通过校对程序来检验输入数据的正确性。特别在统计报表处理时，我们可以通过表中栏目与栏目之间的数量关系、表与表之间的数量关系编制复核程序，通过运行复核程序来发现数据的逻辑错误。也可以将数据打印出来，由用户来检查输入数据的正确性。输入确认阶段可能相当长。对输入和输出的检测占程序的 20% ~ 40% 的语句是不足为奇的。特别是在事务管理程序中，这一步骤是必不可少的，在程序设计中必须保护程序，使其免受一切病态的、不正确的数据所侵害。一个尽人皆知的程序设计格言是：没有检测到的错误就是那些将要发生的错误。

2. 防止描述错误

由于所有的实数值不能精确地表示，因此使用实数数据类型必须十分小心，对其必须要有正确的描述。

在任何计算机中，除了各种整数能精确地表示以外，所有各种实数都需要进行二、十进制转换，可能产生误差。

例如，1/5 用二进制表示为：

$$(1/5)10 = (0.00110011)2 = 0.192$$

因此在数学上显然成立的式子：

$$1/5 + 1/5 + 1/5 + 1/5 + 1/5 = 1$$

而在计算机运算后是不成立的，在八位机中，它近似于 0.996。

在程序中，我们绝不能测试两个实数类型的数据相等。我们应使用不会遭受舍入错误的整数类型，或者在写程序时使用一种它们在实数中舍入误差不灵敏的方法。

例如，下面的代码处理在 0.0 ~ 2.0 范围的 x 值，以 0.2 为步长，共计迭代 11 次。

一个程序如下：

```
x = 0.0;
while(x! = 2.2)
{
  ...
  /* process this value of x */
  ...
  x + = 2;
}
```

当然，这样的程序是十分危险的，严重得可能会导致死循环。因为 x 值舍入误差在 11 次后可能不是精确的 2.2，而是 $2.2 - \varepsilon$，其中微小的差异将导致不等测试(x! = 2.2)仍然为真，使循环重复执行。一个正确的程序如下所示：

```
x = 0.0;
while(x <= 2.0)
{
  ...
  /* process this value of x */
  ...
  x + = 0.2;
}
```

现在它将正确地循环 11 次。还有一种方法，也是处理实数经常用到的技巧就是通过允许误差来处理，上述程序就可以改成：

```
x = 0.0;
while(fabs(x - 2.2) <= 0.0000001)
{
  ...
  /* process this value of x */
  ...
  x + = 0.2;
}
```

3. 防止运行错误

运行错误由程序在执行期间的异常终止引起。产生的原因，可能是非法数据的输入，也可能由完全合法和合理的数据所引起。

在 C 语言中，大多数的运行错误由以下情况引起：

1) 被零除，即零做除数。

2) 一个函数的参数不正确，例如：sqrt(x)中的 x < 0。

3) 浮点数到整数的转换时，实数的绝对值大于最大整数。

4) 非法输入。

5) 指针没有赋初值。

6) 数组越界。在程序书写过程中，数组下标越界。

7) 文件打开失败。

为防止失败的操作，必须在操作执行之前，在程序里提供足够的测试。提供这些预防措施，通常称为防御程序设计——预先处理潜在的问题所在和保证防止错误。

例如，下面的赋值语句是尽人皆知的计算二次方程的一个根(假设已经检验 a! = 0)：

$root_1 = (-b + sqrt(b * b - 4.0 * a * c) / 2.0 * a$

然而如果 $b * b - 4.0 * a * c < 0$，则有一个负根。前面的那个语句在求一个负数的平方根时，将产生程序终止。下面语句的描述将避免对一个负数求方根的情况，如下所示：

```
discriminant = b*b - 4.0*a*c;
if(discriminant >= 0.0)
{
  root1 = (-b + sqrt(discriminant))/(2.0*a);
```

```
    root2 = ( - b - sqrt( - discriminant ))/(2.0*a));
    }
    else
    {
    root1 = - b/(2.0*a);
    root1i = sqrt( - discriminant)/(2.0*a);
    root2 = - b/(2.0*a);
    root2i = - sqrt( - discriminant)/(2.0*a);
    }
```

另一个引起运行错误的常见情况是对空情况处理失败，空情况是空数据集（例如没有输入，没有合法值，或长度为 0 的一个表）。如果我们不小心，它是很容易发生的，所写的代码仅在一个或多于一个合法时完全正确。它看上去是无害的，例如：

```
sum = 0;
i = 0;
do{
    sum + = table[i ++ ];
}while(i == LISTSIZE);
```

上述代码仅为 LISTSIZE > 0 时才正确。如果我们经常给出长度为 0 的数组。此类问题就不宜使用 do-while 语句，而应该使用 while 语句，才能避免上述问题。

对于文件打开操作，通常写成：

```
if ((pFile = fopen("test. dat","w")) == NULL)
{
    printf ("打开文件失败\n");
}
```

4. 降低错误影响

运行错误的最坏情况是导致程序失去控制。在出现错误时应尽可能降低错误的影响，使其能恢复原状。一般来说，可按如下次序给出的规则来降低错误的影响：

1) 产生一个关于允许继续处理错误项的合理段，并将假设告诉用户。

2) 抛弃错误项。如果可能，继续进行处理现行记录的剩余部分。

3) 抛弃错误的现行记录，如果可能，继续处理现行文件直到文件结束。

4) 抛弃含有错误的文件，如果可能，继续处理以后任何文件，直到所有信息结束。

5) 产生有意义的信息，并允许用户真正地再次运行程序，然后直到主程序结束而退出。

14.5　程序错误类型和调试

介绍了程序设计风格和程序设计方法后，我们知道了设计程序时应遵循的一般原则，现在来看一下程序的调试。

一个 C 程序编制完成后，在编译、链接和运行各阶段还会发生各种错误，因此还应对程序进行调试和测试，尽可能发现这些错误，并予以纠正。只有当程序正确无误地运行时，程序才编制完成。因此，在程序开发的过程中，调试是一个不可缺少的重要环节。"三分编程，七分调试"，说明程序调试的工作量要比编程大得多。

14.5.1　程序错误类型

一个 C 程序错误有三种类型：语法错误、链接错误和逻辑错误。语法错误指编写程序时没有满足 C 语言的语法规则，这是 C 语言初学者出现最多的错误，例如，分号"；"是每个 C 语句的结束的标志，在 C 语句后忘记写"；"，变量常量没有定义，标识符命名不合法等都是语法错误，发生语法错误的程序，编译通不过，VC ++ 将给出错误提示，如图 14-2 给出了一个有语法错误的例子，图中的输出窗口自动给出了编译器检查出的语法错误。链接错误指编译阶段没有错误，但在链接器链接形成可执行程序时，找不到被调用的函数或全局变量。图 14-3 给出了一个有链接错误的示例，图中函数 get() 有声明，没有定义，所以在链接形成可执行文件时，提示找不到外部符号。逻辑错误是指用户编写的程序已经没有语法错误，可以运行，但得不到所期望的结果（或正确的结果），也就是说由于程序设计者的原因，程序并没有按照程序设计者的思路来运行。比如一个最简单例子是：本来两个数的和应该写成 z = x + y;，由于某种原因却写成了 z = x − y;，这就是逻辑错误。VC++ 编译软件发现不了发生逻辑错误的程序，要用户跟踪程序的运行过程才能发现程序中逻辑错误，这是最不容易发现和修正的错误类型。例如，软件的 bug 就是逻辑错误，发行补丁程序就是修改逻辑错误（用户最常见的就是 Windows 操作系统经常发布补丁程序）。

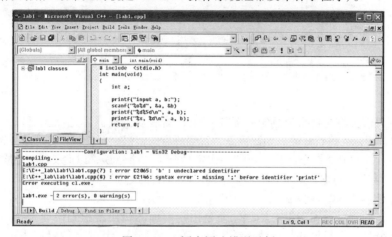

图 14-2　C 语言语法错误示例

图 14-3　C 语言链接错误示例

14.5.2　程序错误分析方法

程序错误分析方法一般不是固定不变的，需要具体情况具体分析。而且不同类型的错误，解决方法也大不一样。下面将重点介绍一般的错误分析和解决方法。

1. 语法错误和链接错误

这类错误相对比较简单，因为 VC++ 能自动检测出来，并给出提示。对于图 14-3 所示的例子，VC++ 自动给出了明确的错误提示，如错误所在的文件、行号和错误大致描述。

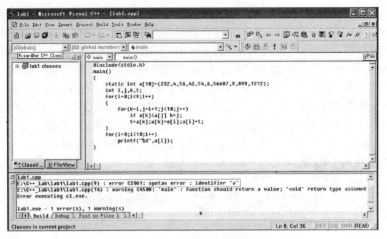

图 14-4 错误提示误报示例

如果要修改只需要将光标定位到第一条错误上，然后双击鼠标，光标就可以跳转到相应的错误行，再根据错误提示，进行修改，如此重复，直到所有的错误全部修正。另外定位错误也可以用快捷键 F4，按第一次定位到第一条错误，再按一次定位到第二个错误，以此类推。如果在最后的错误行上，再按一次 F4 键，则重新定位到第一条错误。但是在解决这类语法或链接错误时，必须注意：

1）不能过分依赖于 VC ++ 的提示，因为 VC ++ 的智能提示，只是一种推测，不一定完全正确。例如，有可能报错的程序行确实没有错误，而是由于前面的错误累积到该处报错，也有可能本来只是漏写了一个分号，但是软件却自动报错多行，改正该行后，其他行的错误提示也自动消失了，除了报错的位置可能不准确外，给出的错误提示可能也不准确。如图 14-4 所示，程序实际错误是 if 语句没有括号，但是自动提示的却是标识符 a 有错误，所以在处理这种错误的时候，必须对 C 语言语法比较熟练，借助于 VC ++ 的提示，而不过分依赖它。为了加速这类错误的校正速度，读者需要不断地积累常见错误的英文提示，如将英文标点符号写成了中文标点符号的英文提示等。

2）对于警告的处理。警告有两类：一类是严重警告，可能影响程序的运行结果，这类警告必须修正，如数据类型不匹配；另一类是一般警告，这种警告一般不会影响程序的运行结果，可以不处理，比如定义了的变量没有使用。

2. 逻辑错误

逻辑错误是最难解决的一类错误，因为计算机不能检测出错误，更不会给出错误描述。解决这类错误必须通过有效的调试手段，其一般步骤是：

1）认真阅读程序，通过人脑模拟计算机的运行过程，找出比较明显的错误。

2）通过广泛的测试，定位错误范围。一般地，测试的工作顺序如下所示：

a）模块测试。对各模块逐个进行独立的测试，调用执行各模块，验证其结果是否与预期的一致。

b）整体测试。把已经经过模块测试的各模块组装起来，以便及时发现与模块之间的接口有关的问题。

c）其他测试。这时主要测试一些性能指标，如速度、容错性、界面是否友好等。测试数据的选择和准备，既要包括反映正常情况的数据，也要包括反映一些特殊情况的数据，甚至可以选一些错误数据以便测试程序的容错能力。

3）通过设置断点等有效调试手段，找到具体的错误代码并修改。

下一节将重点讲解 C 语言的程序调试方法。

14.6 程序调试方法

一个刚编好的 C 程序，会有很多错误，即使编译通过了的程序也有可能存在错误。一个 C 语言初学者，经常误认为 VC ++ 中，经过编译后输出窗口中给出 0 错误、0 警告就代表程序正确，从而提出"我的程序是对的，为什么答案不对"的问题。事实上，经过编译后输出窗口中给出 0 错误，0 警告只能说明你的程序没有了编译和链接错误，但是还有可能隐含着另一类错误——逻辑错误。对于逻辑错误，有时候很难通过眼睛直观发现，必须通过工具对程序进行调试。所谓调试就是发现并纠正程序中的错误，下面我们将系统地讲解 VC ++ 中的调试方法和技巧。

1. 设置

为了调试一个程序，首先必须使程序中包含调试信息。一般情况下，一个从 AppWizard 创建的工程中的 Debug Configuration 自动包含调试信息，但是，是不是 Debug 版本并不是程序包含调试信息的决定因素，程序设计者可以在任意的 Configuration 中增加调试信息，包括 Release 版本。为了增加调试信息，可以按照下述步骤进行：

1）打开 Project settings 对话框（可以通过快捷键 Alt + F7 打开，也可以通过 IDE 菜单 Project/Settings 打开），如图 14-5 所示，图的左边表示选择要配置的程序版本，有三个选项：Win32 Debug，表示配置程序的调试版本；Win32 Release，表示配置程序的发布版本；All Configuration，表示配置对调试和发布版本都有效。

2）选择 C/C ++ 页，Category 中选择 general，则出现一个 Debug Info 下拉列表框，可供选择的调试信息、方式，如表 14-1 所示。

3）选择 Link 页，选中复选框"Generate Debug Info"，这个选项将使链接器把调试信息写进可执行文件和 DLL。

4）如果 C/C ++ 页中设置了 Program Database 以上的选项，则 Link incrementally 可以选择。选中这个选项，将使程序可以在上一次编译的基础上被编译（即增量编译），而不必每次都从头开始编译。

2. 断点

断点是调试器设置的一个代码位置。当程序运行到断点时，程序中断执行，回到调试器。断点设置是最常用的技巧。调试时，只有设置了断点并使程序回到调试器，才能对程序进行在线调试，进行程序的交互运行。

（1）设置断点

可以通过下述方法设置一个断点：

1）把光标移动到需要设置断点的代码行上，然后按 F9 快捷键。

2）通过弹出 Breakpoints 对话框设置。方法是按快捷键 Ctrl + B 或 Alt + F9，或者通过菜单 Edit/Breakpoints 打开。打开后点击 Break at 编辑框的右侧的箭头，选择合适的位置信息。一般情况下，直接选择 line xxx 就足够了，如图 14-6 所示。如果想设置的不是当前位置的断点，可以选择 Advanced，弹出如图 14-7 所示的对话框，然后填写函数、行号和可执行文件信息，图 14-7 给出了一个填写的例子。断点设置好后，将在设置断点的代码行左边显示一个红色的圆圈，程序运行到该地方将停下来，等待用户的进一步操作，在程序中可以设置许多断点，程序开始运行时，停在第一个断点处。

表 14-1 Debug Information 配置项含义

命令行	Project settings	说明
无	None	没有调试信息
/Zd	Line Numbers Only	目标文件或者可执行文件中只包含全局和导出符号以及代码行信息，不包含符号调试信息
/Z7	C 7.0 – Compatible	目标文件或者可执行文件中包含行号和所有符号调试信息，包括变量名及类型、函数及原型等
/Zi	Program Database	创建一个程序库（PDB），包括类型信息和符号调试信息
/ZI	Program Database for Edit and Continue	除了前面/Zi 的功能外，这个选项允许对代码进行调试过程中的修改和继续执行。这个选项同时使#pragma 设置的优化功能无效

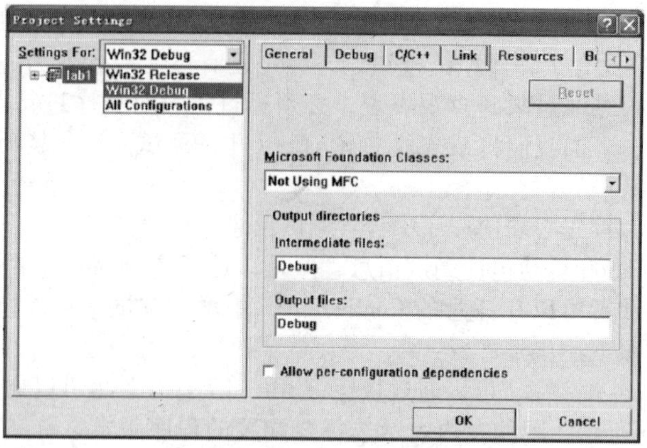

图 14-5　调试信息配置界面

（2）去掉断点

把光标移动到给定断点所在的行，再次按 F9 就可以取消断点。同前面所述，打开 Breakpoints 对话框后，也可以按照界面提示去掉断点。

（3）条件断点

可以为断点设置一个条件，这样的断点称为条件断点，即在满足条件后，程序运行到该处才会停下来。对于新加的断点，可以单击图 14-6 中的 Conditions 按钮，为断点设置一个表达式。当这个表达式发生改变时，程序就被中断。底下设置包括"观察数组或者结构的元素个数"。最后一个设置可以让程序先执行多少次然后才到达断点，也就是在该处停下之前，跳过多少次。

（4）数据断点

数据断点只能在 Breakpoints 对话框中设置。选择图 14-6 所示的"Data"标签页，就显示了设置数据断点的对话框。在编辑框中输入一个表达式，当这个表达式的值

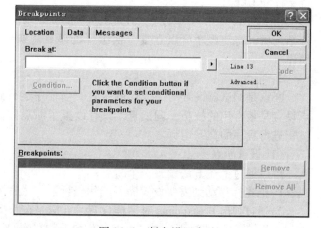

图 14-6　断点设置方法

发生变化时，数据断点就到达。一般情况下，这个表达式应该由运算符和全局变量构成，例如：在编辑框中输入 gbFlag 这个全局变量的名字，那么当程序中有 gbFlag!=gbFlag 时，程序就将停在这个语句处。

（5）消息断点

VC 也支持对 Windows 消息进行截获。它有两种方式进行截获：窗口消息处理函数和特定消息中断。在 Breakpoints 对话框中选择 Messages 标签页，如图 14-6 所示，就可以设置消息断点。如果在上面那个对话框中写入消息处理函数的名字，那么每次消息被这个函数处理，断点就到达。如果在底下的下拉列表框选择一个消息，则每次这种消息到达，程序就中断。

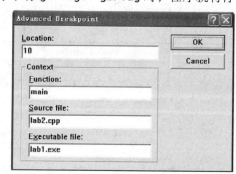

图 14-7　高级断点设置方法

3. 值

（1）Watch

VC 支持查看变量、表达式和内存的值。所有这些观察都必须是在断点中断的情况下进行，通过查看变量或表达式的值，并与预期结果比较，如果不符合，说明前面运行过的 C 语言语句有问题。观看变量的值最简单，方法有：

1）当断点到达时，把光标移动到这个变量上，停留一会就可以看到变量的值。

2）VC 提供一种称为 Watch 的机制来观看变量和表达式的值。在断点状态下，在变量上单击右键，选择 Quick Watch，就弹出一个对话框，显示这个变量的值。

3）单击 Debug 工具条上的 Watch 按钮，就出现一个 Watch 视图（Watch1，Watch2，Watch3，Watch4），在该视图中输入变量或者表达式，就可以观察变量或者表达式的值。注意：这个表达式不能有副作用，例如 ++ 运算符绝对禁止用于这个表达式中，因为这个运算符将修改变量的值，而只需将在这个新值的基础上继续运行，从而导致软件的逻辑被破坏。

图 14-8 给出了一个观看变量内容的一个例子。

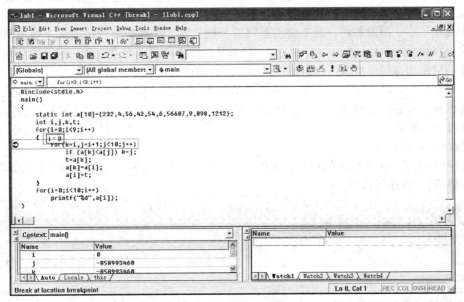

图 14-8　观看变量内容的例子

（2）Memory

由于指针指向的数组，Watch 只能显示第一个元素的值。为了显示数组的后续内容，或者要显示一片内存的内容，可以使用 memory 功能，通过对数组内容的判断，可以定位程序出错的局部位置。在 Debug 工具条上点 memory 按钮，或在调试状态下，在工具栏上右击选择 Memory，就弹出一个对话框，在其中输入地址，就可以显示该地址指向的内存的内容，如图 14-9 所示。这种方法对于查看指针所指的内容非常有用。

（3）Varibles

Debug 工具条上的 Varibles 按钮弹出一个框，显示所有当前执行上下文中可见的变量的值。特别是当前指令涉及的变量，以红色显示，如图 14-9 所示。

（4）寄存器

Debug 工具条上的 Reigsters 按钮弹出一个框，显示当前的所有寄存器的值。

图 14-9　Memory 窗口

4. 进程控制

VC 允许被中断的程序继续运行、单步运行和运行到指定
光标处，分别对应快捷键 F5、F10/F11 和 Ctrl + F10，也可以通过调试状态下右击工具条选择 De-bug 就弹出调试快捷工具栏，通过按钮来操作。各个快捷键功能如表 14-2 所示。

表 14-2　快捷键功能列表

快捷键	说明
F5	继续运行
F10	单步，如果涉及子函数，不进入子函数内部，而将函数调用语句当做一条语句执行
F11	单步，如果涉及子函数，进入子函数内部
Ctrl + F10	运行到当前光标处

5. Call Stack

调用栈反映了当前断点处函数是被那些函数按照什么顺序调用的。单击 Debug 工具条上的 Call stack，也可以通过调试状态下，右击工具条选择 Call Stack 就显示 Call Stack 对话框。在 Call Stack 对话框中显示了一个调用系列，最上面的是当前函数，往下依次是调用函数的上级函数。单击这些函数名可以跳到对应的函数中去。通过 Call Stack 调试递归函数非常有效，它非常清晰地反映了递归调用的层次和递归函数调用的路线，对理解递归调用的概念非常有帮助。

需要强调的是：虽然 VC ++ 提供了非常高效的调试手段，但是调试最重要的还是你要思考，要猜测你的程序可能出错的地方，然后运用调试器来证实你的猜测。而熟练使用上面这些技巧无疑会加快这个过程。

6. 程序调试例子

例 14-9 给出了一个有问题的程序，该程序的预期功能是根据输入系数 a 的值求函数的值。

[例 14-9]　程序代码

```c
#include < stdio. h >
float r1 = 0. 079,r2 = 0. 102,r3 = 0. 124;
void main( )
{
  char c;
  int a;
  float b,d;
  float func (char,int,float);
  scanf (" %c %d %f",&c,&a,&b);
  while (0 != 'q')
  {
    d = func (c,a,b);
    printf (" %f, %f, %f \n",b,d,b + d);
    scanf (" %c %d %f",&c,&a,&b);
  }
}
float func(char c,int a,float b)
{
  float x;
  switch (c)
  {
    case'1':
    case'2':
      x = a*r1*b;
      break;
    case'3':
    case'4':
      x = a*r2*b;
      break;
```

```
      case'5':
        x = a*r3*b;
        break;
    }
    return(x);
}
```

但是运行该程序后发现，第一次输入后能获得正确的答案，但是在第二次输入后，获得的答案是错误的。调试程序的基本思路如下：

1）第一步通过眼睛看，仔细核对程序，找出可疑代码段。

2）因为程序表现第一次输入答案正确，第二次输入答案错误，所以在 main 函数的 scanf 语句上设置断点。

3）按 F5 键运行程序，并在 scanf 语句上停了下来，对该程序进行跟踪时，发现从键盘输入的值正确地给了各个相应的变量。按一下 F10 键，可以看到执行长条到了 while 循环，不停地按 F10 键，程序不断在循环内移动，但无法观察到函数 func 内部的 switch 语句中执行到哪一个具体的 case 分支，如果要看到 func 函数内语句的执行顺序，当执行长条移至 "d = func(a,b);" 时，应该按 F11 键而不是按 F10，执行长条将移至 func 函数内的第一条语句，通过不断地按 F10 键或 F11 键可跟踪程序在函数内的执行流程，然后返回 main 函数。

4）进入 while 循环后，观察第二个 scanf 语句。当从键盘输入数据后，发现无论从键盘输入什么值，a 的内容永远显示的是 10，而 10 正是回车键的 ASCII 值，因此可以断定程序错误出在 scanf 读取数据上面。

5）修改程序。由于程序出错是每次首先读取的都是回车，因此在 scanf 前面添加一条语句 getchar()，以过滤掉回车符号，再运行程序，无论怎么输入都能获得正确的答案。修改后的程序如下所示。

```
#include < stdio. h >
float r1 = 0. 079 ,r2 = 0. 102 ,r3 = 0. 124 ;
void main( )
{
  char c;
  int a;
  float b,d;
  float func (char,int,float);
  scanf (" %c %d %f",&c,&a,&b);
  while (c! = 'q')
  {
    d = func (c,a,b);
    printf (" %f, %f, %f \n",b,d,b + d);
    getchar()
    scanf (" %c %d %f",&c,&a,&b);
  }
}
float func(char c,int a,float b)
{
  float x;
  switch (c)
  {
    case'1':
    case'2':
      x = a*r1*b;
      break;
    case'3':
    case'4':
      x = a*r2*b;
      break;
    case'5':
      x = a*r3*b;
```

```
        break;
    }
    return(x);
}
```

7. 其他调试方法

(1)添加打印语句

程序调试的方法一般是通过设置断点和程序跟踪等手段,利用断点可以查看断点处各个变量的值,而通过程序跟踪可以逐条地跟踪程序运行的逻辑流程。但是对于有些情况,只采用断点的方法,可能效果并不是很好,如 DLL 程序调试等。对于这种情况,程序员可以通过在程序中插入一些输出语句来实现程序跟踪和查看某处各个变量的值。

例如:

```
#include < stdio. h >
main()
{
    static int a[10]= {232,4,56,43,54,6,56687,9,898,1212};
    int i,j,k,t;
    for(i = 0;i < 9;i ++ )
    {
        for(k = i,j = i +1;j < 10;j ++ )
        {
            if (a[k] < a[j]) k = j;
        }
        printf("k = %d,a[k]= %d\n",k,a[k]);
        getchar();
        t = a[k];a[k]= a[i];a[i]= t;
    }
    for(i = 0;i < 10;i ++ )
        printf(" %d,",a[i]);
}
```

其中,语句"printf ("k = %d,a[k]= %d\n",k,a[k]);"是用于调试时临时插入的语句,以便了解程序执行到此处时有关变量的值。一旦调试完成,应把这些临时插入的语句删除。这种方法在一般情况下是行之有效的。

(2)使用断言

断言是一种让错误在运行时候自我暴露的简单有效实用的技术。它们帮助你较早较轻易地发现错误,使得整个调试过程效率更高。断言是布尔调试语句,用来检测在程序正常运行时某一个条件的值是否总为真,它能让错误在运行时刻暴露在程序员面前。断言具有以下特征:

1)断言是用来发现运行时刻错误的,发现的错误是关于程序实现方面的。

2)断言中的布尔表达式显示的是某个对象或者状态的有效性而不是正确性。

3)断言在条件编译后只存在于调试版本中,而不是发布版本里。

4)断言不能包含程序代码,断言只是为了给程序员而不是用户提供信息。

5)使用断言最根本的好处是自动发现许多运行时产生的错误,但断言并不能发现所有错误。

6)断言检查的是程序的有效性而不是正确性,可通过断言把错误限制在一个有限的范围内。

当断言为假时,激活调试器,显示出错代码。我们可用 Call Stack 命令,通过检查栈里的调用上下文、少量相关参数的值以及输出窗口中 Debug 表的内容,通常能检查出导致断言失败的原因。C 语言中的断言语句是 assert 语句,例 14-10 给出了一个使用断言的例子。

[例 14-10]

```
#include < stdio. h >
#include < assert. h >
#include < string. h >
void analyze_string(char *string); /* Prototype */
```

```
void main(void)
{
  char test1[] = "abc",*test2 = NULL,test3[] = "";
  printf ("Analyzing string' %s'\n",test1);
  analyze_string(test1);
  printf ("Analyzing string' %s'\n",test2);
  analyze_string(test2);
  printf ("Analyzing string' %s'\n",test3);
  analyze_string(test3);
}
/* Tests a string to see if it is NULL, */
/* empty,or longer than 0 characters */
void analyze_string(char*string)
{
  assert(string ! =NULL);          /* Cannot be NULL */
  assert(*string ! ='\0');          /* Cannot be empty */
  assert(strlen(string));
}
```

14.7 常见错误分析

C 程序在编译的每个阶段(预处理、语法分析、优化、代码生成)和程序运行时都可能出现各种错误，为了使读者能尽快找出错误的原因，尽量避免犯各种错误，下面列出 C 程序中部分易出现的错误，同时给出如何避免这些错误的建议。

1. 变量定义和使用方面

(1)变量没定义

C 语言中规定所有变量应先定义，后使用。这种错误也可能是因为变量名拼写错误引起的。例如 BASIC 语言和 FoxBASE 中，变量 x 和 X 代表同一变量，而 C 语言由于大小写敏感，它们代表不同的变量。

(2)变量没声明或重复定义

如果使用其他源程序文件中定义的变量，应在使用该变量的源程序文件中先进行声明，例如：

```
main. c:              sub1. c:
...                   ...
int x;                extern int x;
...                   ...
```

这里文件 main. c 中定义了一个全局变量 x，而文件 sub1. c 中"extern int x;"说明这个文件中出现的 x 是在其他文件的函数外部定义的全局变量。如果把"extern int x;"改成"int x;"则又定义了一个变量 x，与 main. c 中的 x 是不同的变量。这两种不同的定义和声明会得到不同的结果。

(3)变量定义时连续赋初值

例如：

```
int a = b = c = 5;
```

是错误的。

变量定义时，可以给变量赋初值，但初值只能是常量表达。而"c = 5"等并不是一个常量表达式。

应改为：

```
int a = 5,b = 5,c = 5;
```

但赋值语句：

```
a = b = c = 5;
```

是合法的，因为赋值运算符右侧可以是一个表达式。

2. 指针的使用方面

指针是 C 语言体现灵活性和低级功能的概念，也是最不容易正确使用的。

（1）使用未初始化的指针变量

当定义了一个指针变量时，仅仅是分配了存储单元给该指针变量，但其值是随机的，还没有明确指针变量指向哪一个确定的存储单元。因此，在使用前应对其赋值。

例如：

```
#include < stdio. h >
main()
{
  char *sp1,sp2;
  char s[10];
  strcpy(sp1,"123456");
  scanf(" %s",sp2);
  printf(" %s %s\n",sp1,sp2);
}
```

这段程序中的"strcpy(sp1,"123456");"和"scanf(" %s",sp2);"都会产生错误，因为指针 sp1 和 sp2 没有确定的值，也就谈不上有足够的内存存放字符串。所以，应首先给 sp1 和 sp2 赋值，使其指向足够长度的存储单元，如：

```
sp1 = s;
sp2 = (char *)malloc(80);
```

这样 sp1 指向长为 10 个字符的存储区域，有足够的空间放字符串"123456"；scanf 可以输入不超过 79 个字符的内容给 sp2。

3. 数组的使用方面

（1）不能给数组名赋值

C 语言中，数组名是指向数组首元素的指针常量，不是变量，不能对其赋值。

例如：

```
int a[12];
for(i =0;i <12;i ++ )
  printf(" %d\n",a ++ );
```

是错误的。因为 a 是常量，不能计算 a ++ 。

（2）多维数组引用错误

在 BASIC 等语言中，对多维数组元素的引用是以 a[i,j]这种形式，但 C 语言中不能这样引用，应该以 a[i][j]这种形式。如果在 C 语言中使用 a[i,j]，因为逗号是一个运算符，表达式"i,j"最后的值是 j，因此，它实际引用的是 a[j]，在二维数组中，a[j]是一个指针，表示一个数组。

（3）数组起始下标错误

C 数组的起始下标是 0 而不是 1，维数声明中的是元素个数而不是最大下标。例如，下面程序段给数组元素 a[15]输入值，这会产生错误。

```
int a[15],i;
for(i =1;i <15;i ++ )
  scanf(" %d",&a[i]);
```

应改为：

```
for(i =0;i <15;i ++ )
  scanf(" %d",&a[i]);
```

4. 字符串使用方面

（1）字符串常量表示错误

没有用双引号正确表达字符串，而用单引号表达。如用'a'表示字符串"a"。

在描述 DOS 路径中的反斜杠时没有用转义字符。我们知道反斜杠（\）在 C 中是作为转义字符使用的，在字符串中表示字符'\'，应该用两个反斜杠'\\'表示，如文件标识 d:\tc\data 应该表示成"d:\\tc\\data"。

（2）字符串终止符问题

定义字符数组时，没有考虑为字符串终止符保留一个字符位置。如考虑姓名是三个汉字，定义字符数组时至少应 name[7]，因为作为字符串终结符的'\0'要占用一个单元。

5. 表达式运算符方面

（1）运算符使用错误

如" = "代替" == "，误作为等于比较符；用" < > "代替" ! = "误作为不等于比较符。赋值运算符" + = "、" * = "等运算符间不能有空格，即不能用" + = "、" * = "等代替。

又如，数组下标运算误用"( )"代替"[ ]"等。

例如：

```
for(i = 0;i < >10;i ++ )
  scanf(" %d",a(i));
```

（2）运算符优先级错误

例如：

```
while(c = fgetc(fp1)! = EOF)
  fputc(fp2);
```

上面的程序段无法完成把文件 fp1 中的内容复制到文件 fp2 中，因为比较运算符" ! = "的优先级高于赋值运算符" = "，导致变量 c 的值是比较运算的结果，而不是从 fp1 读入的那个字符。因此，应改为：

```
while((c = fgetc(fp1))! = EOF)
  fput(fp2);
```

（3）运算符结合性错误

C 中优先级相同的运算符中，部分是左结合，部分是右结合。不同的结合性会产生不同的结果。例如，表达式" * p ++ "，由于运算符" * "和" ++ "优先级相同，且是右结合，因此，计算机先计算 p ++ ，再进行指针运算，等价于 * (p ++)。如果要使指针 p 所指内容加 1，应表示为(* p) ++ 。

（4）类型不相容或错误

不同类型的数据可以混合运算，系统将按照约定进行类型的自动转换，不能自动转换的应采用显式方式强制类型转换，如：

```
int i,j,k;
float x,y;
y = i/j*x;
```

由于 i，j 是整型，首先执行 i/j，并取整型结果（取整），然后再与 x 相乘。如果希望 i/j 的结果不取整，应先把其中一个操作数转换成实型，如表示成：y = (flat)i/j*x;。

6. 语句描述方面

（1）switch 语句的分支语句中缺少 break

在 switch 语句中，一旦条件相符，就从该分支开始执行，直至 switch 语句末。为了使执行能在下一个分支前跳出 switch 结构，应使用 break 语句。

例如，统计成绩分段人数的程序段如下：

```
switch(grade)
{
  case'A':
    a[5]++ ;
  case'B':
    a[4]+ +;
  case'C':
    a[3]+ +;
  case'D':
    a[2]+ +;
}
```

如果成绩 grade 为'B'，则导致 a[4]～a[2]都加 1，显然不符合实际，应改为：

```
switch(grade)
{ case'A':
    a[5]++ ;
  break;
  case'B':
    a[4]+ +;
  break;
  case'C':
    a[3]+ +;
  break;
  case'D':
    a[2]+ +;
  break;
}
```

（2）没有使用复合语句括号{}

如果要把一组语句作为一个不可分的整体使用时，应对其加花括号{}，作为复合语句。

例如，累加若干个正实数，如下所示：

```
for(sum=0,sanf(" %f",&x);x>0;)
  sum+ =x;
  scanf(" %f",&x);
```

这段程序的最后一条语句"scanf(" %f",&x);"要在 for 循环结束后才会执行，因此将导致 for 循环的执行过程中，变量 x 值不变，使 for 循环无法正常终止，应改为：

```
for(sum=0,sanf(" %f",&x);x>0;scanf(" %f",&x))
  sum+ =x;
```

或

```
for(sum=0,sanf(" %f",&x);x>0;)
{
  sum+ =x;
  scanf(" %f",&x);
}
```

（3）分号"；"使用不当

例如，上面的程序段如写成：

```
for(sum=0,sanf(" %f",&x);x>0;scanf(" %f",&x));
  sum+ =x;
```

由于 for 后面加了一个分号，使得循环体是一空语句，结果 sum 值是最后一个输入的负数。

（4）if-else 匹配错误

if 语句是可以嵌套的，系统约定 else 与前面最近的尚未匹配的 if 匹配。

例如，符号函数如下：

$$sign = \begin{cases} -1 & x < 0 \\ 0 & x = 0 \\ +1 & x = 1 \end{cases}$$

其程序段错误地写成：

```
if(x >=0)
  if(x ==0) sign =0;
else sign = -1;
```

事实上，这里"else sign"是与"if(x ==0)"匹配，而不是与"if(x >=0)"匹配。

（5）语句的其他语法错误

如条件语句的语法是：if(表达式) 语句 [else 语句]

这里作为条件的表达式是用圆括号括起来的，如果把圆括号去掉，就会产生语法错误。while 循环语句和 do-while 循环语句中的条件也同样。

例如：

```
if age > 20
  printf(" %s %d\n",name,age);
```

中的条件书写是错误的。正确写法是：

```
if (age > 20)
  printf(" %s %d\n",name,age);
```

7. 函数定义和使用方面

（1）函数类型与返回值类型不相容

函数类型与返回值类型可以不完全一致，但必须相容。如指针类型函数返回一个整型数是错误的（0 例外）；整型函数返回实型值也会造成误差等。特别应注意的是，类型省略默认是 int 型。

例如：

```
func(…)
{
  ⋮
  return;
}
```

函数 func() 类型省略，默认是 int 型，但没有返回值。正确的定义应该是：

```
void func(…)
```

（2）函数缺少定义或声明

如果被调函数是先定义后调用，可以直接调用；否则应先对被调函数进行声明，声明其返回值的类型。特别应注意的是，省略对函数返回值的声明，则默认其是 int 型。如果被调函数与主调函数不在一个源文件内，还应作外部声明。

8. 输入/输出方面

（1）输入列表没有使用指针

scanf 和 fscanf 函数中的输入列表项应该是指针，这是由 C 语言中函数参数的传递方式是值传递所决定的，要使函数执行后参数的值被改变就应使用指针作为参数。

例如：

```
int x,y, *px, *py;
scanf(" %d %d",x,y);
```

其中，语句"scanf(" %d %d",x,y);"是错误的，应改为：

```
scanf(" %d %d",&x,&y);
```

或

```
px = &x,py = &y;
scanf(" %d %d",px,py);
```

（2）数据输入格式与要求不符

用 scanf 或 fscanf 函数输入数据时，输入数据的排列格式应与 scanf 或 fscanf 中的格式控制相吻合。

例如，用

```
scanf(" %d %d",&x,&y);
```

输入数据时，应该用空格作为数据分隔符。如输入：

```
12 25
```

而对

```
scanf(" %d, %d",&x,&y);
```

应输入 12，25，以逗号分隔。

（3）文件打开方式与使用不匹配

应根据文件的具体操作，选择合理的打开方式，尤其是当以"r"方式打开时，应确信文件已存在；而以"w"方式打开时，应注意文件中原有的数据将被删除。

例 14-11 往通讯录文件 tx1. dat 中增加若干数据的程序段。

[例 14-11]　部分程序

```
if((fp = fopen("tx1. dat","w")) == NULL)
{
  printf("Can't open file tx1. dat in w mode! \n ");
  exit(1);
}
printf("input name address,telephone:");
scanf(" %s, %s %s",name,addr,tele);
while(strcmp(name,"#") == 0)
{
  fprintf(fp," %s, %s %s",name,addr,tele);
  printf("input name address,telephone:");
  scanf(" %s, %s %s",name,addr,tele);
}
fclose(fp);
```

由于以"w"方式打开文件，将使文件 tx1. dat 中已有的数据被丢失，文件中只有刚输入的数据内容。

（4）没有考虑文件数据是否读完

从文件读数据与从控制台读入一样，应测试是否已读到文件尾部，否则会产生意想不到的错误。

例 14-12 把通讯录文件 tx1. dat 中，电话号码以 8 开头的内容复制到 tx18. dat 的程序段。

[例 14-12]　代码片段

```
FILE *fp1, *fp2;
char name[10],addr[40],tele[15];
if((fp1 = fopen("tx1. dat","r")) == NULL)
{ printf("Can't open file tx1. dat in r mode! \n")
    exit(1);
}
if((fp2 = fopen("tx18. dat","w")) == NULL)
```

```
{   printf("Can't open file tx18. dat in w mode! \n")
        exit(1);
}
while(1)
{
    fscanf(fp1," %s, %s, %s \n",name,addr,tele);
        if(tele[0] == '8')
            fprintf(fp2," %s, %s, %s \n",name,addr,tele);
}
fclose(fp1);fclose(fp2);
```

程序的 while 循环中，无限制地从文件 tx1. dat 中读数据，最后导致出错。应把：

```
while(1)
```

改为：

```
while(! feof(fp1))
```

上面是 C 程序设计中常见的错误，应该指出程序设计是实践性很强的课程，读者应通过不断进行程序设计和上机，提高自己的编程能力和调试能力。

14.8　帮助的使用

C 语言初学者最喜欢做的事情就是，一有错误就找书。事实上，我们的 VC ++ 系统提供了非常完善的帮助系统。C 语言编程过程中，必须善于使用帮助。

帮助的使用方法：将光标定位到需要帮助的行或函数名，再按 F1 键，VC ++ 将自动跳出相关主题的帮助。也可以通过帮助菜单中的"内容"、"索引"、"搜索"菜单来进入帮助界面，再输入帮助主题，如函数名。

帮助能加速解决错误，很多场合都需要使用帮助，下面列举了几种：

1)查找函数所在的同文件。例如，调用 sqrt 函数，我们不知道函数所在的头文件。我们只需要将光标定位在 sqrt 函数上，然后按 F1 键，帮助页就非常清楚地告诉了函数所在的头文件。

2)查找函数的使用方法。C 语言的库函数非常多，要想非常熟悉每个函数的使用方法，难度非常大，事实上也没有必要。对于不熟悉的函数，只需要打开帮助界面，输入函数名，就跳出帮助界面，非常详细地讲解了函数的使用方法，包括函数的参数个数、类型、传递参数的注意事项以及返回值的类型。有些甚至有调用例子，在获得这些帮助之后，调用不熟悉的函数也就轻而易举了。

3)查找不熟悉的语法。例如，typedef 这个关键字的使用不熟悉，读者就可以在帮助界面输入 typedef 这个关键字，帮助界面就给出了详细的使用解释。

4)查找一些经典实例。VC ++ 中也提供了一些经典实例。对于 C 语言初学者，可以通过对这些实例的学习，提高自己的编程能力。

上面只是列出了一些使用帮助的场合。事实上，VC ++ 的帮助功能远远不止这些。在实际编程过程中，读者应该第一时间想起通过帮助来加速解决疑难问题。

习　　题

14.1　为什么要研究程序设计的风格和方法？

14.2　什么是程序设计的风格？良好的风格包括哪些方面？举例说明。

14.3　健全的程序设计要注意什么？

14.4　什么是结构化程序设计方法？举例说明。

14.5　何谓程序调试？你认为程序调试的方法有哪些？在 Visual C ++ 集成工具中可以用哪些方法进行程序调试和排错。

14.6 什么时候要使用 Visual C ++ 调试功能中的表达式求值功能?

14.7 Visual C ++ 中是如何设置断点和进行跟踪的?

14.8 下列程序用于从一个字符串中找最长的单词并输出,但运行后发现并非如此。请你对此程序进行调试排错,使程序能正常运行。

```
#include < stdio. h >
#include < string. h >
/* 输出文本行的最长单词 */
int alphabetic(char c)
{
  if((c >= 'a'&&c <= 'z') || (c >= 'A'&&c <= 'z'))
    return(1);
  else
    return(0);
}
/* 寻找最长的单词 */
int longest(char string[])
{
  int len = 0,i,length = 0,flag = 1,place,point;
  for(i = 0;i <= strlen(string);i ++ )
    if(alphabetic(string[i]))
      if(flag)
        point = i;
      else
        len ++ ;
      else
      {
        flag = 1;
        if(len >= length)
        {
          length = len;
          place = point;
        }
      }
  return(place);
}
main()
{
  int i;
  char line[100];
  printf("输入一行文本. \n");
  gets(line);
  printf("\n 最长的单词是:");
  for(i = longest(line);alphabetic(line[i]);i ++ )
    printf(" %c",line[i]);
  printf("\n");
}
```

程序中的 **longest** 函数,作用是找最长单词的位置,函数的返回值是该行字符中最长单词的起始位置。变量 **flag** 用于表示是否开始一个单词,**flag = 0** 表示未开始;**flag = 1** 表示单词开始。**len** 表示当前单词已累计的字母个数,**lenth** 代表先前单词中最长单词的长度,**point** 表示当前单词的起始位置(用下标表示),**place** 代表最长单词的起始位置。函数 **alphabetic** 的作用是判断当前字符是否是字母,若是则返回 1;否则返回 0。

ASCII 码表

八进制	十六进制	十进制	字符	八进制	十六进制	十进制	字符
00	00	0	nul	100	40	64	@
01	01	1	soh	101	41	65	A
02	02	2	stx	102	42	66	B
03	03	3	etx	103	43	67	C
04	04	4	eot	104	44	68	D
05	05	5	enq	105	45	69	E
06	06	6	ack	106	46	70	F
07	07	7	bel	107	47	71	G
10	08	8	bs	110	48	72	H
11	09	9	ht	111	49	73	I
12	0a	10	nl	112	4a	74	J
13	0b	11	vt	113	4b	75	K
14	0c	12	ff	114	4c	76	L
15	0d	13	er	115	4d	77	M
16	0e	14	so	116	4e	78	N
17	0f	15	si	117	4f	79	O
20	10	16	dle	120	50	80	P
21	11	17	dc1	121	51	81	Q
22	12	18	dc2	122	52	82	R
23	13	19	dc3	123	53	83	S
24	14	20	dc4	124	54	84	T
25	15	21	nak	125	55	85	U
26	16	22	syn	126	56	86	V
27	17	23	etb	127	57	87	W
30	18	24	can	130	58	88	X
31	19	25	em	131	59	89	Y
32	1a	26	sub	132	5a	90	Z
33	1b	27	esc	133	5b	91	[
34	1c	28	fs	134	5c	92	\

（续）

八进制	十六进制	十进制	字符	八进制	十六进制	十进制	字符
35	1d	29	gs	135	5d	93	]
36	1e	30	re	136	5e	94	^
37	1f	31	us	137	5f	95	_
40	20	32	sp	140	60	96	`
41	21	33	!	141	61	97	a
42	22	34	"	142	62	98	b
43	23	35	#	143	63	99	c
44	24	36	$	144	64	100	d
45	25	37	%	145	65	101	e
46	26	38	&	146	66	102	f
47	27	39	`	147	67	103	g
50	28	40	(	150	68	104	h
51	29	41	)	151	69	105	i
52	2a	42	*	152	6a	106	j
53	2b	43	+	153	6b	107	k
54	2c	44	,	154	6c	108	l
55	2d	45	–	155	6d	109	m
56	2e	46	.	156	6e	110	n
57	2f	47	/	157	6f	111	o
60	30	48	0	160	70	112	p
61	31	49	1	161	71	113	q
62	32	50	2	162	72	114	r
63	33	51	3	163	73	115	s
64	34	52	4	164	74	116	t
65	35	53	5	165	75	117	u
66	36	54	6	166	76	118	v
67	37	55	7	167	77	119	w
70	38	56	8	170	78	120	x
71	39	57	9	171	79	121	y
72	3a	58	:	172	7a	122	z
73	3b	59	;	173	7b	123	{
74	3c	60	<	174	7c	124	|
75	3d	61	=	175	7d	125	}
76	3e	62	>	176	7e	126	~
77	3f	63	?	177	7f	127	del

参 考 文 献

［ 1 ］凌云 . C 语言程序设计与应用［M］. 北京：电子工业出版社，1995.

［ 2 ］Brian W. Kernighan, Dennis M. Ritchie. C 程序设计语言(第 2 版·新版)［M］. 徐宝文，李志，译 . 北京：机械工业出版社，2003.

［ 3 ］何钦铭，颜晖，杨起帆，韩杰 . C 语言程序设计［M］. 北京：人民邮电出版社，2003.

［ 4 ］何钦铭，颜晖 . C 语言程序设计［M］. 北京：高等教育出版社，2008.

［ 5 ］谭浩强，张基温 . C 语言程序设计教程［M］.3 版 . 北京：高等教育出版社，2006.

［ 6 ］陈刚 . C 语言程序设计［M］. 北京：清华大学出版社，2010.

［ 7 ］罗晓芳等 . C 语言程序设计习题解析与上机指导［M］. 北京：机械工业出版社，2009.

［ 8 ］武雅丽，王永玲，解亚利 . C 语言程序设计习题与上机实验指导［M］.2 版 . 北京：清华大学出版社，2009.

［ 9 ］刘振安 . C 语言程序设计［M］. 北京：机械工业出版社，2009.

［10］夏宽理 . C 语言与程序设计［M］. 上海：复旦大学出版社，1994.

［11］谭浩强 . C 语言程序设计［M］.2 版 . 北京：清华大学出版社，1999.

［12］匡松 . C 语言程序设计百问百例［M］. 中国铁道出版社，2008.

［13］柳盛，王国全，沈永林 . C 语言通用范例开发金典［M］. 北京：电子工业出版社，2008.

［14］Samuel P. Harbison. C 语言参考手册 TP312/2317－3［M］. 北京：机械工业出版社，2008.

［15］K. N. King. C 语言程序设计现代方法［M］. 北京：人民邮电出版社，2007.

［16］谭明金，俞海英 . C 语言程序设计实例精粹［M］. 北京：电子工业出版社，2007.

［17］徐士良 . 常用算法程序集：C 语言描述［M］. 北京：清华大学出版社，2004.

［18］Mark Allen Weiss. 数据结构与算法分析：C 语言描述［M］. 北京：人民邮电出版社，2005.

好 书 推 荐

作者：Al Kelley Ira Pohl
译者：徐波
书号：7-111-20213-9
定价：45.00元

作者：Eric S. Roberts
译者：翁惠玉 张冬茉 杨鑫 蒋文新
书号：7-111-15971-3
定价：55.00元

作者：Brian W. Kernighan Dennis M. Ritchie
译者：徐宝文 李志
书号：7-111-12806-0
定价：30.00元

作者：Brian W. Kernighan Dennis M. Ritchie
书号：7-111-19626-0
定价：35.00元

教师服务登记表

尊敬的老师：

您好！感谢您购买我们出版的＿＿＿＿＿＿＿＿＿＿＿＿＿＿＿＿＿＿＿＿＿＿＿＿ 教材。

机械工业出版社华章公司为了进一步加强与高校教师的联系与沟通，更好地为高校教师服务，特制此表，请您填妥后发回给我们，我们将定期向您寄送华章公司最新的图书出版信息！感谢合作！

个人资料（请用正楷完整填写）

教师姓名		□先生 □女士	出生年月		职务		职称：□教授 □副教授 □讲师 □助教 □其他	
学校			学院			系别		
联系 电话	办公： 宅电： 移动：			联系地址 及邮编				
				E-mail				
学历		毕业院校		国外进修及讲学经历				
研究领域								

主讲课程	现用教材名	作者及 出版社	共同授 课教师	教材满意度
课程： □专 □本 □研 人数： 学期：□春□秋				□满意 □一般 □不满意 □希望更换
课程： □专 □本 □研 人数： 学期：□春□秋				□满意 □一般 □不满意 □希望更换

样书申请		
已出版著作	已出版译作	
是否愿意从事翻译/著作工作 □是 □否 方向		
意 见 和 建 议		

填妥后请选择以下任何一种方式将此表返回：（如方便请赐名片）

地 址：北京市西城区百万庄南街1号 华章公司营销中心 邮编：100037

电 话：(010) 68353079 88378995 传真：(010)68995260

E-mail:hzedu@hzbook.com markerting@hzbook.com 图书详情可登录http://www.hzbook.com网站查询